W0302696

DANS LES BRAS DE L'ÉLITE

L'ENFER DE BURBERRY PREP #4

C.M. STUNICH

GREY EAGLE
PUBLICATIONS

Titre original : *In the Arms of the Elite*

Pour la présente édition :

greyeaglepublications.com

Couverture : The Book Brander
www.thebookbrander.com

Traduction : Greta O'Keefe pour Valentin Translation

ISBN: 978-1-64366-435-4
Print ISBN: 978-1-64366-436-1

PROLOGUE

MA ROBE DE DIPLÔMÉE – et mon cœur – est en lambeaux.

Je peux à peine respirer lorsque l'officier en uniforme le plus proche de moi m'attrape par le coude.

— Mademoiselle ?

Je cligne bêtement des yeux en tournant la tête vers lui, encore sous le choc. *Il... il est allé chercher la voiture,* je me dis, les mains tremblantes. J'en lève une pour ôter ma coiffe. Le gland rouge et noir de Burberry Prep étale le sang sur le dos de ma main.

— Elle est en état de choc.

Quelqu'un d'autre parle – je ne suis pas sûre de savoir qui. Tout ce que je suis capable de me dire, c'est : *est-ce qu'il va vivre ?* Je suis presque sûre de connaître déjà la réponse, or je refuse d'y croire. Impossible. Je ne peux pas, point. Des mains m'aident à me relever et j'entends des voix autour de moi, mais tout ce qui m'importe, c'est d'arriver à l'hôpital.

— ... juste elle, j'en ai peur, mais nous en prendrons bien soin, déclare l'officier.

Et je suis traînée vers une voiture de police. Je secoue la tête pour m'éclaircir les idées et je jette un regard en arrière aux garçons, ceux qui sont toujours à mes côtés. Quelqu'un... semble avoir disparu. Je me répète qu'il est juste allé chercher la voiture.

Je suis désolée, je suis sûre que ça n'a aucun sens. Je suis juste... Je suis sous le choc, là.

— Où allons-nous ? je demande quand l'officier m'ouvre la portière arrière.

— On va vous emmener à l'hôpital en mettant la sirène en marche, répond l'homme.

J'acquiesce, parce que cela a du sens, même pour mon cerveau embrouillé.

— On sera derrière vous, me rassure l'un des gars, la poigne serrée mais ferme. Juste derrière.

Je venais d'assouvir ma vengeance, d'infliger le coup de grâce. J'étais en paix avec la décision du garçon que j'allais choisir et maintenant, je n'ai jamais été aussi malheureuse. Je n'ai jamais eu aussi mal. Comment cela a-t-il pu m'arriver ? C'est tellement pire que ce que j'ai subi en première année. Tellement, tellement, tellement pire.

Une blague cosmique.

Un doigt d'honneur de la part de l'univers.

— Vous serez juste derrière moi...

J'inspire, puis je me glisse sur la banquette arrière de la voiture de patrouille. Le rouge et le bleu des sirènes clignotent sur le visage des badauds, y compris celui des garçons que je viens de laisser derrière moi. J'aimerais que l'un d'entre eux soit ici à mes côtés.

Nous nous engageons sur la route et je cherche mon téléphone dans ma poche. Le hic, c'est qu'il y a un trou dans ma poche et que mon foutu portable a disparu. Évidemment.

Putain.

L'hôpital le plus proche est... Bon sang, il est à une heure d'ici, non ? Comme j'ai l'impression d'être sur le point de vomir, je me penche et mets la tête entre mes genoux jusqu'à ce que je parvienne à reprendre le contrôle de ma respiration. Je vais attendre un peu, puis je demanderai à l'agent d'appeler l'hôpital pour moi.

Appuyant le front contre la vitre fraîche de la fenêtre, je ferme les yeux pour ne plus voir les arbres qui défilent en trombe. Le choc doit vraiment m'avoir atteinte car, je le jure, je perds la notion du temps pendant un instant. Quand je rouvre les paupières et me redresse, je réalise que nous allons dans la mauvaise direction.

— L'hôpital n'est pas plutôt à l'ouest ? je demande, en regardant autour de moi et réalisant que nous sommes plus proches du casino que de l'hôpital.

Mais qu'est-ce qui se passe ? Les sirènes ont été coupées, ce qui est bizarre.

— On vous y emmène, ne vous inquiétez pas, réplique le policier assis sur le siège passager.

Cependant, il ne se retourne pas pour me regarder. Plus nous roulons, plus je suis inquiète.

Et puis on se gare sur le parking du casino, et mon cœur commence à battre si vite que je me sens au bord de l'évanouissement.

— Qu'est-ce qu'on fait ici ? je m'écrie en regardant autour de moi alors qu'on stoppe sur le parking et que les officiers sortent du véhicule.

Ils ne me répondent pas lorsqu'ils viennent ouvrir ma portière, puis me tirent de force de la banquette arrière et me jettent sans ménagement sur le gravier.

Mes mains glissent sur le sol, de petits cailloux s'incrustent dans ma chair, tandis que je jette un coup d'œil par-dessus mon épaule, juste à temps pour voir les officiers remonter dans leur voiture et partir.

Ils m'ont laissée ici, devant un casino abandonné, au beau milieu d'une réserve amérindienne. Il est bordé de tous côtés par des parcs nationaux ou locaux, rien que des arbres et c'est tout, à des kilomètres à la ronde. Je me redresse sur mes genoux lorsque j'entends des pas sur les cailloux et je tourne la tête dans la direction d'où provient le bruit.

Et la voilà, Harper du Pont, flanquée de John Hannibal et de Gregory Van Horn.

— Bonjour, Marnye Reed, lance-t-elle, les lèvres retroussées sur un sourire.

John tient une batte de baseball, Greg un rouleau de corde.

Ça ne sent pas bon. Pas bon du tout.

Je m'efforce de me lever, tout en reculant devant Harper qui s'avance comme si l'endroit lui appartenait.

— Règles du Club Infinity, dit-elle en souriant. Tes amis ont fait du bon travail en s'assurant qu'on ne puisse pas déléguer ta punition. Marnye Elizabeth Reed ne peut souffrir que par les mains d'un étudiant... (Elle s'interrompt avec un soupir, pendant qu'elle rejette quelques-unes de ses extensions écarlates par-dessus une épaule.) Donc par les mains d'un étudiant elle souffrira.

Harper me désigne d'un mouvement du menton, et Greg et John se dirigent vers moi.

Je les surprends en courant droit sur eux puis entre eux, m'enfuyant vers le casino dans ma robe noire de diplômée dont les lambeaux flottent derrière moi. Mon poignet me fait mal depuis que je suis tombée de l'estrade pendant la cérémonie, et du sang ruisselle de ma paume, à la fois à cause de ma chute sur le gravier du parking et du coup que j'ai donné contre le bord de la chaise de Mme Felton.

Pas question que je laisse le Club Infinity gagner, pas quand je suis si proche du but. Si proche, bordel.

Je tourne au coin du bâtiment, monte les marches, passe par la porte de derrière...

Pour tomber sur le reste des Sang-bleu.

Et quand je dis « Sang-bleu », je veux parler des Sang-bleu d'origine, ceux de ma liste.

— Marnye, lâche Tristan en se retournant pour me regarder.

Il sourit et mon cœur, transformé en glace, se brise dans ma poitrine.

Je refuse de le croire. Je refuse.

Il me regarde droit dans les yeux et ne prononce qu'un mot.

— Cours.

Je n'hésite pas même une demi-seconde.

Vous pensez savoir comment l'histoire se termine.

Vous vous trompez.

Vous ne savez rien pour l'instant.

CHAPITRE UN

– C'EST LE DIABLE, je chuchote, en me laissant tomber sur le bord de mon lit.

Je porte un pyjama blanc avec des canards dessus, mais ne jugez pas : c'est un cadeau de Charlie et je n'ai pas eu le cœur de lui dire que j'avais dix ans de trop pour ce genre de motifs.

– Qui ? demande Miranda en s'immobilisant. Ah, tu veux parler de ta sœur ? Ne t'inquiète pas trop d'elle. Mon frère est une tête de nœud et j'arrive encore à le supporter.

Elle se retourne pour me dévisager. Ses magnifiques cheveux blanc-blond lui tombent sur l'épaule. Elle les brosse doucement, me regardant avec des yeux qui ressemblent à deux blocs de glace dans une mer houleuse.

Je soupire et passe les doigts dans mes cheveux, essayant de ne pas trop stresser à propos des garçons et de l'endroit où ils se trouvent. Cela fait presque une semaine que nous les avons laissés au manoir Vanderbilt, entre les mains du Club Infinity. Si Windsor ne m'avait pas envoyé un message pour me dire que tout le monde allait bien, je les penserais tous morts ou quelque chose du genre.

— Ton frère est un chaton dans un costume de tigre, je réplique en me redressant, et je laisse tomber mes mains sur mes genoux. Cette fille, cette Isabella Carmichael, elle me rappelle Harper.

Miranda frissonne et repose la brosse. Elle se retourne complètement sur sa chaise, afin de me faire face. Un léger sourire se dessine sur ses lèvres charnues. Elle est vraiment la version féminine de Creed. Mince, Creed me manque ! Tous les garçons me manquent, en fait. Et ça me fait peur.

Tous autant qu'ils sont, ils me fréquentent parce qu'ils se sentent coupables, parce qu'ils savent qu'ils ont merdé, mais je ne peux pas leur demander ça éternellement. Finalement, je vais devoir choisir. Ce n'est pas équitable pour eux si je ne le fais pas, non ?

— Elle ne s'est pas montrée particulièrement chaleureuse, je te l'accorde, convient Miranda en se mordillant la lèvre inférieure. Mais je ne m'inquiéterais pas à son sujet. Pas plus qu'à celui de Harper. J'assure tes arrières, on leur bottera les fesses l'année prochaine.

Alors que je suis habillée d'un ridicule pyjama de flanelle, la jumelle Cabot est vêtue d'une courte nuisette en satin rose. Je l'admets : je suis un peu jalouse. Elle se lève, vient s'asseoir sur le bord du lit à côté de moi et se penche pour prendre mon visage entre ses mains. Je le jure, elle sent la fraise et la vanille. C'est réconfortant d'une certaine manière.

— Encore un an, et on laissera tous ces enfoirés mordre la poussière. Plus qu'un an.

— Et ensuite ? je demande, prise d'une étrange douleur dans la poitrine.

Quand je suis arrivée à la Burberry Preparatory Academy, j'étais excitée par la perspective des années à venir. Peu après, cette excitation s'est transformée en crainte. Puis c'est devenu une mission de survie, une question de principe.

Maintenant… je ne peux pas imaginer que tout soit fini. Je ne suis pas prête. Pas encore.

— Ensuite, Creed et moi, on te suivra à Bornstead et on t'embêtera pendant quatre années supplémentaires ! Ou peut-être six, voire plus si on fait un master ou un doctorat.

Miranda s'arrête quand je hausse les sourcils. Je dois être plus ou moins bouche bée.

— Vous allez à Bornstead ? je demande, en essayant de ne pas être trop excitée.

Bon, rien n'est définitif tant que ce n'est pas… eh ben, définitif. Mais quand même. Comment Miranda ou Creed pourraient-ils être refusés ? Leur mère, Kathleen, est allée à Bornstead.

— Bien sûr que oui, répond-elle en lâchant mon visage pour se lever. Non seulement Bornstead est l'*alma mater* de ma mère, mais ma meilleure amie y va. Et mon jumeau qui est collé aux basques de ma meilleure amie. Vraiment, j'ai un autre choix ? Allons nous concocter des margaritas de minuit.

Elle se lève et ouvre la porte de ma chambre. On entend alors le ronflement rauque de mon père.

— Il n'y a pas d'alcool dans cette maison, je murmure.

Pourtant, je la suis quand même. Un sentiment d'angoisse me tord douloureusement la poitrine. Miranda va à Bornstead. Creed aussi. Et pour autant que je sache, Zayd également. Et si je finissais par choisir quelqu'un d'autre ? Et si je ne choisissais pas du tout ? Et si, contrainte de faire ce choix, je me retrouvais le cœur brisé en deux, avec mon sang dégoulinant sur la terre desséchée ?

— On devrait s'habiller et sortir, murmure Miranda après une fouille systématique du frigo et de tous les placards. Aller dans un bar. J'ai de fausses cartes d'identité pour nous deux dans mon sac.

Je croise les bras lorsqu'elle se retourne et remarque mon sourcil haussé et mon regard sévère.

— Des fausses cartes d'identité ? Tu es sérieuse ?

Miranda hausse les épaules et sourit.

— Briana Chow les vendait au rabais à la fin de l'année, et j'en ai pris pour toute la bande, juste au cas où on aurait envie de sortir.

— Briana vendait de fausses cartes d'identité ? j'insiste, sourcils froncés.

Pourquoi une personne aussi riche qu'elle se donnerait une telle peine ? Miranda balaie ma question d'un revers de la main.

— Eh oui. Et elles sont de bonne qualité. Sa mère possède une maison d'édition et une imprimerie, ils ont des tas de machines marrantes dans leur usine. Tu savais que son père est dans le crime organisé ? C'est ce qu'on raconte, en tout cas. Je parie qu'ils utilisent leur presse d'imprimerie pour falsifier toutes sortes de documents.

Miranda saisit une grappe de raisin dans le bol sur la table et fait sauter un grain violet, bien juteux, dans sa bouche.

— Tu te laisses complètement distraire, je réplique en me dirigeant vers la table pour me servir du raisin. Et tu sais que je ne bois pas. Même si ça pourrait être amusant de sortir et de danser...

— Les garçons devraient être de retour bientôt. On pourrait commencer nos fêtes de fac en avance. Enfin, toi, moi, Andrew et tes nombreux petits amis. Lizzie n'est pas invitée.

Je grimace légèrement, en repensant à la chambre de Tristan, aux yeux ambrés de Lizzie qui étincellent, à son visage déterminé. « *Tout ce qui m'importe, c'est toi, Tristan. Je t'aime.* » Mon ventre se serre soudain et je dois plaquer une main dessus pour en calmer le grondement.

Peut-être que je n'aurais pas dû parler à Miranda de la confession de Lizzie ? Mais encore une fois, je déteste les secrets. Ils sont comme des échardes. Si tu les enlèves tout de suite, la douleur est minime. Si tu les laisses plantées, elles provoquent des infections. Laisse-les assez longtemps et tu es obligé de sectionner un morceau de peau pour arrêter la douleur. Non merci.

— Il n'y a vraiment rien d'autre entre Lizzie et toi que je devrais savoir ? je demande.

Mais Miranda passe déjà devant moi, me prend la main et me ramène dans la chambre. Elle se penche pour fouiller dans son sac, ce qui me donne un aperçu de sa culotte en dentelle. Je détourne le regard pendant qu'elle se relève et pivote sur elle-même, pour étaler ensuite plusieurs faux permis de conduire devant moi.

Je m'en saisis et les passe rapidement en revue. Il y en a un à mon nom, un à celui de Miranda, d'Andrew et de chacun de mes petits amis.

Mes petits amis.

Au pluriel.

Mon cœur bat la chamade et je serre le paquet de cartes en plastique contre ma poitrine.

Même si cela fait une semaine que nous avons quitté le manoir Vanderbilt, j'ai encore en tête toutes les folies qui s'y sont produites. *La moins grave étant la fois où Tristan et toi avez failli avoir des rapports sexuels non protégés...* Je rougis lorsque Miranda se dirige vers l'armoire et en sort deux robes de marque coûteuses qu'elle jette sur le lit.

— Tu ne vas pas répondre à ma question sur Lizzie, c'est ça ?

— Je n'ai plus rien à ajouter sur le sujet, répond-elle en se retournant pour me considérer de ses yeux d'une beauté troublante. J'ai déjà dit ce que j'avais à dire : cette fille est un serpent tapi dans l'herbe. Prends une putain de tondeuse à gazon, Marnye. (Elle ricane, puis se lève pour secouer ses magnifiques cheveux blonds.) Elle sait que tu es amoureuse de Tristan...

— Je n'ai jamais parlé d'amour, je m'étrangle.

Miranda m'ignore.

— Elle sait que tu es folle de cet enfoiré, et pourtant, la voilà qui se pointe avec sa propre déclaration d'amour, plusieurs années trop tard ? Si tu veux mon avis, c'est un vautour qui se nourrit de la charogne d'une relation dont la date de péremption est expirée depuis longtemps. Je parie que c'est une espionne pour le compte des Harpies.

— Elle..., je commence, mais je ne sais plus quoi objecter.

Je n'ai pas reçu un seul texto de Lizzie depuis. Je n'en suis pas surprise. Windsor est le seul à avoir pu m'envoyer des textos, et encore, il s'agissait d'un court message crypté. « Tout va bien. On va tous bien. Tu me manques. »

— Si elle l'aime vraiment, c'est mieux qu'elle l'avoue maintenant. Je veux dire, s'il veut être avec elle, alors...

Je laisse ma phrase en suspens, car mon estomac se tord dans tous les sens, comme pour former le symbole de l'infini. Évidemment, c'est une image, mais c'est l'impression que j'en retire. Beurk !

— Il ne veut pas être avec elle, déclare Miranda. Il est sérieusement obsédé par toi. Ils le sont tous. Pourtant, je suis #TeamCreed, donc...

Elle s'empare des deux robes pour en tenir une devant moi, puis l'autre. Elle recommence plusieurs fois, finit par secouer la tête et ranger les deux dans le placard.

Je passe devant elle et attrape l'une des robes suspendues dans l'armoire. La noire, celle que Tristan m'a offerte en première année, celle que j'étais censée porter au gala de remise des diplômes. Même si je l'ai depuis tout ce temps, je ne l'ai jamais portée, pour éviter de contrarier quelqu'un. Mais comme aucun des garçons n'est là...

— Je connais un endroit où on joue de la salsa et où on danse, je glisse à Miranda.

Elle sourit. Peut-être que si je passe la soirée à danser, je pourrai évacuer un peu de cette angoisse et de ces soucis ?

Peut-être.

On finit de se préparer. Je laisse Miranda me coiffer et me maquiller avant qu'on s'éclipse dans ma Maserati rose et or pour aller danser toute la nuit.

Ce à quoi je ne m'attendais pas, c'est à trouver Isabella Carmichael dans la même boîte de nuit que nous.

— Elle n'a pas, genre, quinze ans ? je chuchote à Miranda.

Je sens mon cœur s'accélérer. Je suis soudain en sueur et nerveuse, vêtue d'une robe qui coûte plus d'un mois du salaire de mon père. Depuis l'autre extrémité de la pièce, les yeux bruns d'Isabella se posent sur les miens et elle sourit.

D'un sourire qui n'a rien de très chaleureux.

— Hmm, peut-être, à condition que son

anniversaire soit aussi tardif que le nôtre, commence Miranda en passant la langue sur sa lèvre inférieure. (C'est un mouvement qu'elle fait quand elle s'apprête à s'en prendre à quelqu'un.) Sans doute plutôt quatorze ans.

— Marissa, c'est ça ? demande la fille en se séparant de son groupe d'amis pour venir se planter devant moi.

Elle est élancée et très jolie, pourtant il y a quelque chose chez elle qui me met sur les nerfs. Peut-être que c'est cette couche de privilèges et de droits qui me hérisse le poil ?

— « Marissa, c'est ça » ? répète Miranda en haussant les sourcils à son intention. Sérieusement ? C'est Marnye, putain. Tu parles à ta sœur, là.

— Ma demi-sœur, rétorque Isabella en jetant un regard froid à Miranda. Et t'es qui, toi, bordel ?

Waouh !

Ça a vite dégénéré.

— Miranda Cabot, crache mon amie dont les lèvres se retroussent sur un sourire tandis qu'Isabella cligne plusieurs fois des yeux, surprise. Tu as peut-être entendu parler de moi ? Si tu viens à Burberry Prep l'an prochain, tu devrais traiter ta sœur avec un peu plus de respect. C'est une Idole, après tout.

— Ce n'est pas ce que j'entends dire, réplique Isabella. Harper du Pont, Becky Platter et Ileana Taittinger sont les Idoles. Toi, tu es... l'animal de compagnie des garçons, d'après ce que je sais.

Son visage reste neutre et impassible, mais une légère pointe de menace imprègne ses paroles. Mince !

J'ai attendu quatorze ans pour rencontrer cette fille et on dirait que notre sororité est le cadet de ses soucis.

Miranda s'avance comme si elle allait frapper notre interlocutrice, mais je l'arrête d'un geste de la main, affichant un sourire triste, né de souhaits chiffonnés et de désirs égoïstes. J'ai toujours voulu rencontrer ma sœur, j'avais envie d'un deuxième parent, en plus de papa, qui m'aimerait comme Jennifer ne l'avait jamais fait.

Ça n'arrivera pas avec Isabella, et tant pis.

J'ai parcouru un long chemin depuis la personne triste et solitaire que j'étais au collège.

— Je ne suis l'animal de compagnie de personne, je rétorque d'une voix sévère. Et je suis une Sang-bleu. Nous ne tolérons pas l'intimidation à Burberry Prep, plus maintenant. Je ne l'accepterai pas.

Je sais que quand elle me regarde, elle le voit aussi. Et ce n'est pas parce que Miranda a mis de jolies boucles dans mes cheveux rose et or. Ce n'est pas la robe de créateur. Ce n'est même pas le collier coûteux qui pend entre mes seins. Tout vient de l'intérieur.

Isabella ouvre la bouche, la referme, soupire. Ses yeux bruns, aussi familiers que ceux de mon reflet, se ferment. Quand elle les rouvre, ils étincellent du feu brûlant de l'humiliation. Et puis... elle rejette ses cheveux en arrière.

Un mouvement parfait.

Merde.

— Peu importe. On n'est pas à Burberry, là, si ?

Isabella se détourne pour s'éloigner. Sa robe lui

couvre à peine les fesses. Je ne juge pas, c'est juste... triste. Elle a quatorze ans, merde. Elle s'est éloignée d'un mètre environ quand elle s'arrête et regarde par-dessus son épaule. Si je ne savais pas que c'est impossible, je dirais qu'elle a le nez de papa.

— Pas étonnant que maman t'ait abandonnée. Quelle déception tu as été pour elle !

Isabella s'en va dans un tourbillon de cheveux bruns, pour rejoindre ses amis près des sièges du bar. Je pince les lèvres quand je repense à elle assise entre mes parents, aux larmes dans les yeux de mon père qu'il n'a jamais vraiment expliquées.

« *Ça faisait si longtemps que tu attendais ça, bébé. Je suis heureux que ce moment soit enfin arrivé.* »

Eh ben...

— Tu veux que je lui flanque une correction pour toi ? demande Miranda.

Je lève les yeux vers elle : mon amie est folle de rage. Je secoue la tête, puis j'enfonce les doigts dans les poches de ma petite robe de cocktail sexy. Waouh ! Je n'aurais jamais cru que Tristan Vanderbilt choisirait une robe avec des poches, surtout pas le Tristan d'il y a deux ans.

— Elle est contrariée par quelque chose, je commente en repoussant la douleur qui tente de redresser sa tête immonde à l'intérieur de moi. Et je pourrais bien avoir une idée de ce que c'est.

Me tournant vers Miranda, je sors le faux permis de conduire avec deux doigts et je m'oblige à sourire. Je ne vais pas laisser Isabella Carmichael m'atteindre, même si elle est l'aboutissement et l'anéantissement de quatorze années d'espoirs et de rêves.

— Pourquoi ne pas aller te chercher quelque chose de fruité et d'alcoolisé, et je serai celle qui conduit et ne boit pas ?

Miranda a l'air sceptique, mais acquiesce quand même et me prend la main pour m'entraîner vers le bar.

Isabella reste aussi longtemps que nous, jusqu'à la fermeture du club, et je le jure, je sens ses yeux dans mon dos en permanence.

Ce n'est pas une sensation agréable... Comme si j'avais une cible entre les omoplates.

On dirait que je vais devoir surveiller ma nouvelle petite sœur très, très attentivement…

CHAPITRE DEUX

LE LENDEMAIN MATIN, je suis brusquement réveillée par le bruit du Klaxon d'un bus devant ma fenêtre. En gémissant, je me colle un oreiller sur la tête pour étouffer le bruit. Quelques instants plus tard, on frappe à la porte, et je suis obligée de me lever quand même.

Miranda est toujours paisiblement allongée sur le canapé, en train de ronfler, et papa est parti chez le médecin. J'avais l'intention de l'accompagner, mais il ne m'a pas réveillée. Une partie de moi se demande s'il tient à me laisser dans l'ignorance quant à la gravité de son état.

— Ça a intérêt à en valoir la peine, je grommelle en frottant mes yeux bouffis de sommeil avant d'ouvrir la porte d'entrée.

J'écarquille les yeux et un petit couinement s'échappe de mes lèvres.

Putain !

Ça m'apprendra à ne pas vérifier dans l'œilleton que

je ne reçois pas la visite d'un meurtrier ou autre. C'est-à-dire, d'un meurtrier et d'une rock star tatouée.

— Waouh, la michetonneuse, tu portes un pyjama avec des canards ? s'étonne Zayd, avec un petit sourire diabolique.

Il pince l'épaule de mon pyjama et se penche pour m'embrasser. Je suis très choquée de le voir, et très embarrassée, mais quand il s'avance et enroule son bras tatoué autour de moi, j'oublie que je porte un pyjama à pieds.

Zayd a le goût du Coca cerise et du clou de girofle, et l'odeur de la sauge et du géranium. Avec son bras puissant autour de moi et ses lèvres contre les miennes, je peux à peine respirer. Mon cœur bat à tout rompre et je suis sur la pointe des pieds, les yeux fermés, en train de sombrer dans l'oubli.

— Putain, qu'est-ce que tu portes ?

Une voix paresseuse s'élève de quelque part derrière Zayd. J'ouvre brusquement les paupières et je m'écarte du torse de Zayd, qui hurle de rire et me libère.

Mes pieds dans le pyjama glissent sur le parquet, et si Zayd ne s'était pas avancé pour me rattraper, je serais tombée sur les fesses.

Creed se glisse dans l'ombre de la maison et m'adresse le sourire insouciant qui est sa marque de fabrique tout en allant s'asseoir sur le canapé, juste à côté de la tête de sa sœur. Elle remue à peine lorsqu'il se penche pour lui planter un doigt au milieu du front.

— Réveille-toi, marmotte, ronronne-t-il en croisant

brièvement mon regard. Vous avez fait la fête tard hier soir ? C'est très vilain de ta part, Marnye.

Il y a un petit éclair de jalousie dans ses yeux alors qu'il se passe la langue sur les lèvres, m'étudiant dans les bras de Zayd.

— Je, on..., je commence.

Mais je vois ensuite Zack descendre d'un bus géant, argent et noir, garé juste devant chez moi. Je serais émerveillée par la taille de l'engin – il fait toute la longueur de notre cour et de l'allée, voire au-delà – si je n'étais pas aussi concentrée sur ce garçon aux larges épaules et aux biceps gonflés. *Ne bave pas, Marnye, c'est pas joli.*

— Salut, lance-t-il, d'un calme olympien. Tu ne t'attendais pas à nous voir ici, hein ?

Ses yeux foncés dardent un regard scrutateur mais pas désagréable. Non, en fait, dans les profondeurs ombrageuses de ses magnifiques iris, il a l'air sacrément heureux de me voir. Un sourire retrousse les lèvres parfaites de sa magnifique bouche.

— Pas exactement, j'admets, à la fois étourdie et heureuse, mais aussi un peu inquiète. Qu'est-il arrivé à Tristan et Windsor ?

Ils ont disparu depuis une semaine et ils se pointent dans un camping-car géant ? C'est quoi, ce délire ?

— Oh, tout va bien pour eux, répond Zayd, s'assurant que je suis bien stable sur mes pieds avant de me lâcher.

Il étudie avec intérêt ma silhouette en pyjama. Je sens le rouge me monter aux joues et je commence à reculer, avec l'intention de m'enfuir dans ma chambre avant que Tristan ou Windsor n'entrent et ne me voient habillée comme ça. Je suis déjà assez embarrassée, mais l'idée que ces deux-là me découvrent en pyjama pelucheux à motifs de canards...

— Oh non, pas question, reprend Zayd en m'attrapant le poignet pour me tirer vers l'avant, loin de la sécurité de ma porte close, d'un jean moulant et d'un joli haut.

Tristan descend du bus, vêtu de son uniforme de quatrième année. Il a l'air d'un putain de roi. Il a choisi le blazer noir avec le logo Burberry Prep rouge et blanc, la chemise noire, la cravate noire, le pantalon noir...

Windsor est juste derrière lui, vêtu de façon beaucoup plus décontractée : long short en jean et marcel rouge. Ses cheveux rouges sont légèrement bouclés et il y a une arrogance dans sa démarche qui me fait sourire... Enfin, avant que les deux garçons ne quittent le soleil pour entrer dans la pénombre de la maison.

Car leurs regards convergent alors vers ma tenue et mon visage s'enflamme comme un brasier.

Quelque chose d'étrange passe dans le regard de Tristan, une chaleur presque incroyable, peut-être même une forme étrange de tendresse, mais elle disparaît et il fronce un sourcil brun parfaitement dessiné.

— Ta tenue est ridicule. Mais où as-tu trouvé un pyjama aussi hideux ?

— C'est un cadeau de mon père, je grommelle.

Windsor sourit et s'avance, pose la main sur ma joue. Mon cœur s'arrête brièvement et, pendant un tout petit instant, j'ai l'impression d'être à deux doigts de m'évanouir. Ils m'ont tellement manqué que, tout à coup, je me sens vraiment chez moi.

Au fond, je vis avec eux depuis des années, je mange avec eux, j'emprunte les mêmes couloirs, jour après jour. Après nos diplômes, tout sera terminé, fini, et je ne pourrai jamais le récupérer.

Mon estomac se retourne, le visage de Windsor se crispe presque imperceptiblement.

— Tu vas bien ? murmure-t-il en se penchant vers moi.

Il pose son front contre le mien et ferme un instant ses beaux yeux noisette, mais pas avant que je n'y entrevoie un éclair de fatigue. *Il est fatigué. Il s'est passé quelque chose cette semaine, je le sais.*

— Je vais très bien, je lui réponds, avec la sensation que des papillons s'éveillent dans mon ventre.

Il s'écarte légèrement, rouvre les yeux, puis il se penche et écrase sa bouche sur la mienne. Il y a une possession féroce et silencieuse dans ce baiser qui me coupe le souffle. J'ai aussi l'impression que peut-être... Windsor n'est pas la force imperméable et inébranlable qu'il prétend être. On dirait qu'il a besoin de moi, là, et j'aime ça. Je veux être là pour lui comme il l'a été pour moi dès notre rencontre.

— Ce pyjama est très joli, ma belle. Très sexy.

Il s'éloigne alors vers le fauteuil près de la cheminée,

où il s'assied comme si son corps était un peu trop lourd pour être porté confortablement.

— Alors... comment s'est passée la réunion du Club ? je demande en m'éclaircissant la gorge pendant que Miranda gémit et remue, surtout parce que Creed lui tire les cheveux. Vraiment mal, hein ?

— C'était... intéressant, répond Zack, qui est le seul à croiser mon regard.

Il détourne les yeux, vers une peinture à l'huile sur le mur, que Jennifer avait peinte à la fac. Je l'ai toujours détestée. Elle n'est pas très réussie et Jennifer n'est pas quelqu'un de très gentil, par conséquent je suis très encline à souligner les défauts de son œuvre. *Elle m'a abandonnée sur une aire de repos, m'a tenue éloignée de ma sœur et maintenant, elle est à nouveau enceinte. La dernière chose dont le monde a besoin, c'est d'un autre bébé à qui elle va gâcher la vie.*

— Mais je suppose que ça s'est mieux passé que prévu, reprend Zack. Tristan est toujours là, non ?

Zack plisse les paupières et soupire, puis se lève pour ébouriffer les courts cheveux noirs de l'intéressé.

Tristan se contente de soupirer et de regarder par la fenêtre, le regard perdu dans le lointain. Sachant qu'il ne reviendrait pas à Burberry Prep l'année prochaine, il a essayé d'organiser les choses de manière à ce que je sois en sécurité. Mon cœur frémit et je laisse échapper un petit soupir qui attire son attention.

Son regard, d'un gris lame, accroche le mien. J'ai soudain l'impression de tomber. J'enroule mon bras autour de celui de Zayd pour garder l'équilibre.

— Où iras-tu si... les choses ne se passent pas comme tu veux ? je demande directement à Tristan.

Il soupire en enfonçant les mains dans ses poches. Nos regards se croisent, si bien qu'un frisson chaud me descend le long du corps.

On a presque... J'ai presque pris une mauvaise décision, et je m'en fichais.

Mon éducation sexuelle vaut mieux que ça. Ce serait une bonne idée que je me renseigne sur la contraception, non ?

— Dans une école militaire de l'Est du Maine, répond Tristan d'une voix neutre pourtant empreinte d'une certaine noirceur, qui se reflète dans le poing qu'il serre contre son flanc. La nouvelle maîtresse de mon père accepte gracieusement de payer pour me faire traverser le pays. Bien sûr, seulement après qu'elle l'a convaincu de ne pas renier complètement son fils unique... Il ne l'aurait pas fait si j'avais rempli ses conditions. Mais je ne les ai pas remplies.

Il martèle les deux derniers mots comme une malédiction.

— Il est à ce point en colère contre toi ? je murmure alors que Miranda se redresse enfin, bâille et se frotte le visage en marmonnant des jurons. À cause de moi ?

Je suis sûre qu'elle a la gueule de bois. Elle a beaucoup bu la nuit dernière. Se débarrasser des types bizarres s'est avéré un travail à plein temps. Les hommes peuvent être tellement dégoûtants parfois.

Tristan se contente de hausser les épaules.

— Entre autres choses. Il ne m'a jamais aimé, depuis

le jour où ma mère a décidé qu'elle voulait m'avoir. Puis il m'a acheté à elle comme il achète tout ce qui constitue sa vie. Je m'égare, excusez-moi. Il y a des toilettes que je pourrais utiliser ?

Tristan sourit, mais c'est la même expression que celle du jour où je l'ai rencontré. Il n'y a rien d'amical ou de joyeux là-dedans.

Je lui adresse le plus beau et le plus gentil sourire à ma disposition.

— Non, on est des paysans, alors tout ce qu'on a, c'est des toilettes extérieures.

Je suis presque sûre que Creed, Zayd et Tristan me dévisagent sans trop savoir s'il faut me croire ou pas. Un petit rire m'échappe, et je montre le couloir.

— Première porte à droite.

Tristan passe devant moi et je reçois une bouffée de son odeur caractéristique – cannelle et menthe poivrée –, ce qui me fait frissonner. Puis il s'immobilise soudain, se tourne vers moi et place ses doigts sous ma mâchoire. La façon dont il me regarde... Il y a dans ses yeux une énigme que j'aimerais beaucoup pouvoir résoudre.

Sans dire un mot, il me relâche et disparaît dans la salle de bains. Quelques instants plus tard, j'entends une portière claquer à l'extérieur et je jette un coup d'œil pour voir Lizzie descendre les marches du bus.

— Qu'est-ce qu'elle fait ici ?! s'étrangle Miranda.

Ses beaux cheveux blonds sont tout ébouriffés sur le dessus de son crâne. Creed lui décoche un regard et soupire, avant de se laisser retomber dans la mer de couvertures et d'oreillers comme si l'endroit lui appartenait. Ses manières me rappellent un épisode de *RuPaul's Drag Race* que j'ai regardé la semaine dernière, dont les candidats se déguisaient en riches héritières. « Tout m'appartient ! »

— Elle était avec nous à la réunion du Club, intervient Zack en regardant Miranda. On s'est littéralement entassés dans le bus, on est partis et on est venus direct ici.

— Il est à qui, ce bus ? je demande, le cœur battant la chamade et les mains devenues moites.

Tristan et Lizzie sont restés seuls au manoir Vanderbilt pendant une semaine entière ; je ne vais pas perdre trop de temps à penser à ce qui a pu se passer entre eux. Pas question.

Zayd m'adresse un grand sourire, toutes dents blanches dehors, et s'appuie contre le cadre de la porte.

— À moi. C'est le bus de tournée d'Afterglow.

Zayd s'arrête lorsque Lizzie arrive. Ses boucles sombres sont ramenées en queue-de-cheval, son sourire doux est authentique. Un sentiment étrange bouillonne en moi, que je refoule. Si je n'accorde pas aux autres le bénéfice du doute, qui le fera ? Je dois donner le bon exemple.

— Salut, lance-t-elle en s'avançant pour me serrer dans ses bras. Joli pyjama, constate-t-elle en gloussant.

Non sans un petit gémissement de honte, je lui rends son étreinte, malgré le regard noir de Miranda qui me perce un trou dans la tempe.

— Cadeau de papa. Je ne pouvais pas dire non,

j'explique en levant les yeux lorsque la porte de la salle de bains s'ouvre sur un Tristan aux cheveux mouillés, rejetés en arrière.

J'essaie de repérer une connexion entre Lizzie et lui, mais il ne la regarde pas. Il ne regarde personne.

— Alors..., commence Zayd, ramenant mon attention sur lui.

Ses cheveux ont toujours la belle couleur vert d'eau de notre première rencontre. J'adore. Il pourrait les teindre de cette façon pour le reste de sa vie, que je serais heureuse. *En supposant qu'on reste en contact aussi longtemps...* Mon cœur recommence à tambouriner et je repousse mes sentiments. J'ai toute l'année pour profiter de ce que je partage avec ces garçons. Une année entière avant de paniquer. Et il faudra attendre au moins décembre pour recevoir des nouvelles de Bornstead.

On a le temps.

— Alors, quoi ? je demande alors que Tristan s'appuie contre le mur près de l'entrée de la cuisine.

Creed et Miranda se disputent à voix basse pour des broutilles.

De la pointe de la langue, Zayd fait tourner l'un de ses anneaux labiaux et m'observe de ses beaux yeux émeraude. Son sourire se transforme lentement en un petit rictus impudent quand il se penche vers moi.

— Tu m'as donné envie de sortir jouer un peu, comme je le faisais avant d'être signé par un label. Les gars et moi, on organise un concert improvisé ce week-end. Je me suis dit que tu aimerais peut-être venir.

Il s'interrompt et repousse la porte, qu'il referme derrière lui. Il croise ses bras tatoués. Je me souviens brièvement de notre première rencontre, quand il m'avait qualifiée de « baisable ». Quel chemin nous avons parcouru depuis !

— Un concert ? je demande, des palpitations plein la poitrine. J'adorerais. Où ça ?

Zayd sourit et pose la semelle de sa botte contre la porte, m'observant, les yeux à demi fermés. Il a l'air d'assez bonne humeur, mais il me suffit de regarder Windsor et Tristan pour savoir qu'avec le Club Infinity, tout n'est pas rose et couvert de paillettes.

Harper me déteste toujours. Ma petite sœur ne veut rien avoir à faire avec moi. Papa est malade. La quatrième année à Burberry Prep va être folle.

— C'est un secret. Seules les personnes qui me suivent de près sur les réseaux sociaux sauront où il aura lieu. (Zayd m'adresse un nouveau clin d'œil, puis mordille son anneau labial.) Par bonté d'âme, j'ai même gracieusement invité tes autres petits amis. Qu'en penses-tu, Charity ? Cette générosité ne mérite-t-elle pas un autre baiser ?

— Ne sois pas un connard lubrique, grogne Zack, en jetant à Zayd un regard particulièrement inamical.

Il a mis son blouson et je me demande s'il sait à quel point ce vêtement me met en émoi.

— Si j'étais un connard lubrique, réplique Zayd, en s'écartant de la porte pour s'approcher et repousser de mon front quelques-unes de mes mèches rose et or, je demanderais quelque chose d'un peu plus extrême qu'un baiser.

Mon pouls s'accélère et je décide que j'ai vraiment, vraiment besoin de quitter ce pyjama au plus vite.

— OK, je commence en reculant jusqu'à m'adosser au mur mitoyen entre le salon et ma chambre. Vous n'allez vraiment pas me dire ce qui s'est passé à cette réunion, les gars ?

— Ce n'est pas important, répond Windsor, presque trop rapidement. (Il se lève et me lance un sourire malicieux.) On a la situation en main, ma belle. On s'est occupés de tout. Maintenant, est-ce que tu comptes manger dans cet adorable pyjama à motifs de canards ou tu veux te changer ? Dans tous les cas, je t'emmène déjeuner dehors.

— Lizzie et moi, on peut rester ici, alors vous pouvez en profiter pour vous organiser un rendez-vous, renchérit Miranda d'un ton guilleret. On peut même nettoyer pour toi pendant ton absence, en guise de faveur.

Sur quoi, elle se lève du canapé avec un sourire des plus authentiques.

— Tu n'as pas à..., je proteste, mais Miranda a déjà passé son bras sous celui de Lizzie et lui adresse un sourire de quasi-psychopathe à présent.

— Ne sois pas bête. Ça nous fait plaisir. Pas vrai, Lizzie ? Marnye mérite de passer du temps en tête-à-tête avec ses copains, surtout après une semaine de séparation.

Miranda l'interroge du regard, mais elle a déjà forcé

Lizzie à accepter. Ce serait difficile de refuser sans avoir l'air d'une garce.

— Je..., commence Lizzie avec un coup d'œil à Tristan. (Il est aussi expressif qu'un pamplemousse, là. Il ne laisse rien transparaître.) Oui, ça se comprend, en effet...

— Kidnappons-la dans ce pyjama, plaisante Creed en bâillant et en étirant les bras au-dessus de sa tête blond-blanc. Franchement, cette tenue m'excite plus que tout au monde.

— Tais-toi, tout juste ex-puceau, grommelle Miranda, en lâchant Lizzie pour me prendre la main. Je vais habiller l'amour de vos vies, ne vous inquiétez pas. Accordez-nous vingt minutes.

Miranda me traîne du salon à ma chambre, puis verrouille la porte derrière elle.

— C'était un sale tour, je murmure, mais elle continue de sourire et m'ignore pour aller chercher une autre robe dans le placard.

— Je sais. Mais ce qui est fait est fait. Soit Lizzie recule d'elle-même, soit c'est moi qui la fais reculer. Maintenant, essaie cette robe et voyons si on peut faire bander cinq gars en même temps.

— Comme c'est romantique ! je marmonne, pourtant je souris aussi, désormais.

Un déjeuner avec les gars, c'est exactement ce dont j'ai besoin en cet instant.

CHAPITRE TROIS

À L'INTÉRIEUR, le bus ressemble plutôt à un mini-manoir sur roues. Je suis presque bouche bée quand Zayd m'en fait faire le tour complet. Nous venons de rentrer du déjeuner, et je dois dire que ça fait du bien d'être à nouveau avec les garçons. Ils m'ont tellement manqué que ça fait mal. En même temps, il y a beaucoup de tension : tous ces fils enchevêtrés qui ont besoin d'être démêlés.

Je continue à me répéter qu'il faut régler un problème à la fois.

— Ce sont les couchettes, m'indique Zayd en me désignant les lits de chaque côté de l'étroit couloir. (Le regard sombre qu'il me lance indique qu'il envisage de faire plus que dormir là-dedans.) Beaucoup de place pour un gars et une invitée très spéciale.

— Et combien d'invitées très spéciales tu as reçues dans ce bus ? je demande, mais il se contente de rire, de ce rire dévorant qui me tire un sourire.

— Oh, Charity…, fait-il en me tapotant la tête.

D'un coup de pied, il ouvre la porte de la salle de bains derrière lui. Il y a même une baignoire ici. Encore une fois, beaucoup de place pour un gars et son invitée très spéciale...

— Je pars si tu continues, je proteste en me retournant pour regagner le couloir.

Zayd me rattrape, ses bras glissent autour de ma taille, son menton vient se poser sur mon épaule. Je rougis des pieds à la tête et mes paupières se ferment d'elles-mêmes. En parlant de tension... Il y a un fil conducteur entre Zayd et moi, qui existe depuis la seconde où j'ai posé les yeux sur lui.

— Ne pars pas, Charity, je plaisantais, murmure-t-il en se blottissant contre mon cou.

Pour le moment, nous sommes seuls dans le bus. Une chaleur indescriptible s'empare de mes entrailles quand je pose mes mains sur celles de Zayd.

— Il n'y a plus qu'une seule invitée spéciale que je veux voir monter dans mon bus désormais.

— Ah bon ? j'insiste, alors qu'il me serre encore plus fort, mon dos contre son torse.

— Aucun doute là-dessus. Que dirais-tu de virer tous ces bâtards dans le caniveau pour la nuit et de nous faire une petite soirée pyjama ici ? Je vais donner sa nuit au chauffeur...

— Mon père n'appréciera peut-être pas beaucoup, je murmure.

Pourtant, je sais que je vais bientôt avoir dix-huit ans. Charlie n'aura plus vraiment son mot à dire quant à ce que je peux ou ne peux pas faire. Le fait est que je l'aime et que je le respecte, et je ne voudrais pas non plus lui causer de stress inutile.

— Ce que papa ne sait pas ne lui fera pas de mal, murmure Zayd en faisant courir sa langue le long de la courbe de mon oreille.

— Peut-être que ça ne dérangera pas son père, mais moi, ça me dérange, intervient Tristan qui apparaît en haut des marches.

Je frissonne dans les bras de Zayd et mon esprit s'en va vagabonder vers un terrain dangereux. *Je me demande comment ce serait avec Zayd d'un côté et Tristan de l'autre ?*

Oh, mon Dieu ! J'ai peut-être passé trop de temps à lire *Groupie,* le livre que Miranda m'a offert, il y a quelques jours. C'est une histoire de harem inversé où la protagoniste a les cinq garçons pour elle seule. Comme... moi. Sauf que ça se termine de cette façon aussi. Elle n'a pas à choisir.

Elle en a de la chance, cette garce !

Zayd me relâche avec un soupir, appuyant son coude sur le bord d'une des couchettes supérieures.

— Qu'est-ce que tu veux, Vanderbilt ? De l'argent pour une nuit d'hôtel ? Parce que dans ce cas, je suis prêt à te faire un peu la charité pour avoir du temps en tête-à-tête avec, eh bien, Charity, si tu vois ce que je veux dire.

— Ta famille n'a pas une maison sur la plage ? je demande à Tristan. (Son visage s'assombrit et il ne répond rien. Zut ! Cette histoire de reniement, c'est donc pour de vrai ?) Je dois demander à mon père, mais je suis sûre que tu peux rester ici quelques nuits.

— Il n'a pas besoin d'un endroit pour quelques nuits, ma poulette, réplique Zayd, comme s'il prenait plaisir à la déchéance de Tristan. (Bon, le connaissant, c'est probablement le cas.) Il a besoin d'un endroit pour tout l'été.

Tristan s'appuie contre les placards de la cuisine.

— Je suis un vagabond sans abri maintenant, conclut-il en nous scrutant de ses yeux argentés. Est-ce que ça te rend heureux, Zayd ? Est-ce que tu te savonnes la queue à la lotion en fantasmant là-dessus ?

— Non, quand je me savonne la queue, c'est sur Marnye que je fantasme, rétorque Zayd avec un sourire en coin.

Il m'attrape à nouveau, mais je me dégage de ses bras et jette un regard par-dessus mon épaule.

— Espèce de connard, je grommelle, mais je ne suis pas complètement mécontente de sa déclaration.

Je me dirige vers la cuisine, beaucoup plus large, et j'essaie de ne pas penser au fait que ce bus est comme une version plus luxueuse du wagon. Papa et moi avions dû vivre dans un wagon pendant très longtemps, alors que Zayd en possède un juste pour le plaisir. La répartition des richesses est un sujet intéressant.

— Je ne vois pas pourquoi l'un des garçons ne pourrait pas t'héberger quelque part, je réplique tandis que mon regard passe de Tristan à Zayd. Tu vas dans les Hamptons pour l'été, d'habitude ? Il y avait plein de maisons là-bas pour tout le monde.

— On n'ira pas cette année, répond Zayd en se dirigeant vers le réfrigérateur. Qu'est-ce que je te sers, bébé ?

Il l'ouvre pour révéler une centaine de bouteilles différentes. Je vois d'ici qu'il y a une étagère entière de thés glacés et de sodas pour moi ; il n'y a donc pas que de l'alcool, ce que j'apprécie. Zayd prend une bière pour lui, en lance une à Tristan, puis se tourne vers moi en haussant son sourcil percé.

— Un thé glacé, merci. (Zayd m'en tend un et je m'installe sur le bord du banc qui entoure la petite table.) Comment ça, vous n'allez pas dans les Hamptons ?

— Il veut dire qu'on reste ici. Avec toi, répond Tristan.

Il utilise un décapsuleur vissé dans le mur et fait sauter le bouchon de sa bouteille, dont il porte le long goulot à sa bouche charnue pour en prendre une gorgée.

— Pourquoi ? je demande, sentant une vague d'enthousiasme monter en moi. Je veux dire, j'apprécie et, honnêtement, je suis assez excitée à la perspective de traîner avec vous, mais je suis curieuse.

Même si j'ai envie de sauter de joie, je me méfie aussi un peu.

— On veut se détendre avec toi, explique Zayd en triturant l'étiquette de sa bière avec ses ongles vernis de noir, avant de lever les yeux vers moi. Et on sait que tu veux être proche de ton père.

J'ai l'impression qu'ils me cachent tous les deux quelque chose : j'ai cette sensation depuis que je les ai vus ce matin.

— C'est tout ? je demande. (Zayd hausse les épaules.) J'ai l'impression que vous manigancez un truc.

— C'est juste d'autres conneries du Club Infinity, précise Tristan, d'une voix aussi douce que le cognac, qui se pose sur moi en une vague fraîche. Ça n'a pas d'importance. Je dormirai dans un refuge pour sans-abri, s'il le faut.

Tu n'y survivrais pas une seule nuit, je pense en plissant les paupières et en dévissant le bouchon de ma bouteille.

— Ce ne sera absolument pas nécessaire. Tu peux rester chez moi pour le reste de l'été.

— Quoi ? fait Zayd alors que je me lève pour lui lancer un regard glacial.

— Il faut bien qu'il reste quelque part, non ? Donc il sera à deux pas de la porte de ma chambre pour les prochains mois.

— Waouh, waouh, waouh, lâche Zayd en reculant un peu, les mains levées. Bien sûr qu'il peut rester avec moi. On est presque, comme qui dirait, des amis.

— Je n'irais pas jusque-là, proteste Tristan en soupirant. Mais j'accepte l'offre.

Avec ses yeux plissés, il a l'air presque aussi fatigué que Windsor. Je ravale la boule dans ma gorge et me passe la langue sur les lèvres, attirant ainsi son attention sur moi. Une étrange communication silencieuse passe entre nous. *Le petit déjeuner quand il m'a plaquée sur la table, cette partie de Twister, la confession de Lizzie.*

— C'est bien, murmure Zayd en levant les yeux au ciel. (Il s'interrompt parce que le chauffeur du bus passe la tête et demande à lui parler.) Je reviens tout de suite. Ne t'attire pas trop d'ennuis pendant mon absence.

Il descend du bus et la portière qui se referme doucement derrière lui nous enferme, Tristan et moi, dans l'espace climatisé.

— Je peux te poser une question ? je commence, essayant de combler le silence gênant.

Tristan s'avance vers la table et s'assoit en face de moi. Ses iris argentés franchissent l'espace entre nous et plongent droit dans mon âme. Il avance un pied et le frotte contre le mien.

— Vas-y. Peut-être que j'y répondrai, peut-être pas.

Je le scrute et bois une gorgée de mon thé.

— Dans quelles universités tu as postulé ?

Tristan reste immobile, comme si ce n'était pas une question qu'il s'était même attendu à entendre de ma part. Il se lève et passe ses doigts dans le noir corbeau de ses cheveux soyeux et regarde la rue par la fenêtre au lieu de croiser mon regard.

— C'est ça, ta question ? Tu ne veux pas me poser de questions sur mon père, ou sur Lizzie, ou même sur la raison pour laquelle j'ai tant essayé de te battre en troisième année ?

— Tu essaies toujours de me battre. Ça n'a rien de neuf. Dis-moi où tu as postulé.

Tristan marque une pause, s'adosse à son siège et m'étudie attentivement.

— Harvard. (*Bien sûr.*) Stanford. (*Rien d'étonnant.*) Brown. (*Un choix intéressant.*) Oxford. (*C'est trop loin, merde.*)

Tristan boit une autre gorgée de sa bière, observant mon visage comme s'il attendait un certain type de réaction de ma part, puis il lâche :

— Bornstead.

Mon cœur bondit hors de ma poitrine, et je me lève.

— Mais j'ai déjà décidé de ne pas y aller, ajoute-t-il avant que je ne sois trop excitée.

— Pourquoi ? je m'insurge en reposant mon thé glacé et en croisant les bras. J'ai l'impression que tu fais exprès de m'infliger ça.

— Je te l'ai déjà dit, Marnye, tu es mieux sans moi.

Tristan se lève, comme si cette conversation était terminée. Pourtant, je n'ai même pas commencé. Je me place devant lui quand il va partir et il braque ses yeux gris sur moi.

— Qu'est-ce que tu fais ?

— Je t'empêche de t'enfuir, je réplique, en écartant les bras.

C'est peut-être un peu théâtral, mais tant pis. Je m'en fiche. Tristan Vanderbilt est un homme habitué à obtenir ce qu'il veut. Or ce qu'il veut en ce moment, c'est prendre la voie la plus facile et me fuir. Je ne suis pas d'accord. Il va devoir s'habituer aux compromis.

— Tu penses être quelqu'un de mauvais, mais tu ne l'es pas. Tu es un enfant gâté ? Bien sûr. As-tu un soupçon de cruauté dans le sang ? Oui. Mais... je t'aime bien quand même.

Tristan me regarde fixement, la respiration lourde, puis jette sa bouteille de bière vide dans l'évier. Son odeur caractéristique de cannelle et de menthe poivrée flotte lourdement dans l'air entre nous, m'enveloppant comme un charme. Il essaie de passer devant moi, mais je m'accroche à son bras et il s'arrête soudain. Sa poitrine se soulève et s'abaisse au rythme de ses respirations rapides. Ses yeux impitoyables viennent se poser sur moi.

— Il faudra plus qu'une amourette de lycée pour me faire changer d'avis, Marnye. Tu ne mérites pas de passer ta vie à essayer de faire changer un connard. Je n'ai même plus les moyens d'aller à l'université maintenant.

— On peut t'obtenir des bourses d'études ; il n'est pas trop tard, Tristan. Si tu veux quelque chose, il y a un moyen d'y arriver. Regarde-moi : je suis entrée à Burberry Prep contre toute attente. J'ai survécu à Burberry Prep contre toute attente. Pourquoi tu résistes à ce point ?

Ma main se resserre sur son bras et il ferme les yeux, cherchant à échapper à mon emprise, mais je refuse de le lâcher. Tristan finit par me pousser contre le comptoir. Il plaque les mains de chaque côté de moi ; nos corps sont si près l'un de l'autre que je ne peux pas respirer sans que mes seins se pressent contre son torse.

— Tu ne comprends pas à quel point ma vie est compliquée, Marnye. Je ne peux pas simplement m'éloigner et disparaître dans le soleil couchant. Ni avec toi, ni avec personne d'autre. Pourquoi tu ne me laisses pas tranquille ? Tu as quatre autres gars qui bavent pour avoir ton affection. Ils ont tous de l'argent et des familles beaucoup moins compliquées que la mienne. (Il s'arrête et détourne le regard une minute.) Si tu étais intelligente, tu te détacherais du Club Infinity et tu partirais aussi loin et aussi vite que...

J'attrape son visage entre mes mains et l'oblige à se tourner vers moi pour l'embrasser violemment. J'essaie de commencer en douceur mais, dès que nos bouches se touchent, Tristan prend le dessus. Il émet ce son qui dément cette impression de contrôle. Tristan Vanderbilt n'est pas maître de lui-même en ce moment. Il ne contrôle rien du tout dans sa vie.

Il me soulève et me pose sur le bord du comptoir. C'est peut-être un bus de tourisme, mais il y a toujours les mêmes comptoirs bas que dans le wagon, ce qui me place juste à la bonne hauteur pour sentir la bosse dure de son pantalon contre mon sexe.

Avec un petit grognement, Tristan détourne la tête et enfouit son visage dans mes cheveux.

— J'ai tellement envie de te baiser, murmure-t-il. (Je frissonne en appuyant ma tête contre la sienne.) Mais je ne peux pas, achève-t-il.

— Pourquoi ? je murmure.

Il me serre si fort dans ses bras que je nous imagine

déjà aller plus loin que dans sa chambre, ce fameux jour...

— Parce que j'utilise le sexe comme une arme. Je ne la manierai pas contre toi. (Il s'éloigne à nouveau et, cette fois, je le laisse partir.) Fais-moi confiance : la tentation est là, ajoute-t-il avec un dernier regard, avant de se diriger vers la porte. On dirait bien que ton père est rentré.

Il descend du bus tandis que je gémis, la tête appuyée contre les meubles. Je marmonne un juron. Tout mon corps est en feu en ce moment et mes tétons pointent de manière embarrassante sous la fine robe rose que Miranda m'a fait enfiler.

Je prends un moment pour rassembler mes esprits, puis je descends, pour aller à la rencontre de Charlie qui s'arrête au bord du trottoir dans sa Ford rouillée. Je suis sûre qu'il sera ravi de voir mes cinq petits amis traîner dans sa maison.

— Marnye, commence-t-il, en regardant le bus géant avec un sourcil interrogateur. C'est quoi, tout ça ?

Le bus est si long qu'il bloque l'allée : papa a dû se garer dans la rue, devant la maison du voisin.

— C'est juste une... maison pour quand on est loin de chez soi, je réponds en souriant devant la monstruosité géante, noir et argent, qui éclipse notre quartier. J'espère que ça ne te dérange pas que mes amis soient passés un moment...

Papa sourit et m'ébouriffe les cheveux.

— Ça ne me dérange pas du tout, fait-il quand je

prends sa main pour la serrer dans la mienne.

— Comment s'est passée la chimio aujourd'hui ? je demande avec désinvolture, sachant que Charlie est réticent à me parler de son traitement.

Il ne veut pas me faire peur. Ce qu'il ne réalise pas, c'est que j'ai déjà très peur.

— Super, répond-il.

Une casquette de baseball dissimule son crâne chauve. Je déteste ça. Ce n'est pas juste. Pourquoi un salaud comme William Vanderbilt peut battre son fils, dilapider la fortune familiale et trouver quelqu'un pour lui sauver la mise à la dernière seconde ? Et pourquoi quelqu'un comme Jennifer Carmichael peut tromper son mari, abandonner son enfant, puis vivre une vie de luxe sans aucun problème de santé ?

Le monde est parfois si cruel.

— Monsieur Reed, lance Windsor, qui sort de la maison, Zack sur les talons.

Le premier n'a aucun problème à s'avancer nonchalamment pour serrer la main de mon père alors que le second... La honte sur son visage se reflète aussi sur celui de Creed. Si Zayd a juste l'air nerveux, le visage de Tristan est complètement vide d'expression.

— Oh, je vois. Ces amis-là, soupire papa, mais c'est quelque chose qu'on a déjà vécu, lors de ma fête d'anniversaire, l'année dernière, alors ce n'est pas très lourd à gérer. Un de mes amis est passé à l'hôpital pour me faire un petit coucou et m'a apporté un énorme paquet de grillades. Je suppose que je pourrais préparer des steaks et du poulet, peut-être quelques hamburgers...

— Laissez-nous faire la cuisine, propose Windsor, qui passe devant papa et attrape la glacière à l'arrière du van avant que Charlie ne puisse même penser à protester. Reposez-vous et je vous apporte une tasse de thé. J'ai des feuilles de thé en vrac avec moi, cadeau de mon arrière-grand-mère.

— Tu es un si gentil garçon, commente papa, avant de grimacer légèrement. Enfin je suppose que vous avez tous presque dix-huit ans, donc je devrais vous qualifier d'hommes.

— Je vous suis simplement reconnaissant que vous m'autorisiez à sortir avec votre fille, réplique Windsor.

Moi, j'adore le fait que personne ne relève que l'arrière-grand-mère de Wind est la reine de cette putain d'Angleterre.

Papa sourit, mais ses yeux semblent se perdre dans le lointain, comme c'est arrivé toute la semaine. Je dois lui parler d'Isabella. C'est un très mauvais menteur, donc si mes soupçons sont avérés, il crachera le morceau dès la première confrontation. Mais c'est un trait de caractère positif, non ? D'être un très mauvais menteur ? C'est mieux que d'être un expert en la matière.

— Tout va bien ? je demande à nouveau, en posant une main sur son bras.

Il marque un temps d'arrêt, les lèvres pincées, tout en hochant la tête.

— Oui, tout va bien, bébé. Il n'y a pas de quoi

s'inquiéter, je veux juste que tu profites de ta dernière année.

Il se remet en route vers la maison, cependant mes nerfs sont à vif. Je sens qu'il me cache quelque chose.

Je le regarde s'éloigner, saluer Lizzie et Miranda quand il entre dans la maison. Il ignore quasiment Zack et Creed, mais ce n'est pas une surprise. Il ne leur a pas encore pardonné et je ne peux pas le lui reprocher. Je suis plus encline à accorder mon pardon pour un tort qui m'a été causé à moi, plutôt qu'à une personne que j'aime.

— Il les déteste, n'est-ce pas ? je demande à Wind.

Je lève les yeux vers lui qui suit la retraite de mon père. Des ombres sombres dansent derrière ses iris noisette. Il me semble toujours distrait et fatigué, ce qui me rend nerveuse.

Le prince jette un nouveau coup d'œil dans ma direction, tout en chassant les craintes et les doutes de son regard. Il me sourit.

— Peut-être. C'est pour ça que tu devrais laisser tomber le reste de ces connards, m'épouser et partir dans le soleil couchant à bord de ta Maserati rose et or.

Windsor se penche vers moi et dépose un léger baiser sur ma joue, juste une pression fugace de ses lèvres sur ma peau, qui me laisse tout étourdie.

Je lui coule un regard, sans parvenir à savoir s'il est sérieux ou non.

— L'université d'abord, Wind, je réplique.

Il me répond d'un petit sourire coquin et sexy. On n'a pas beaucoup parlé de l'université, lui et moi. À part le fait qu'il se moque assez d'y aller ou non, je ne sais rien de ses projets d'avenir. Il a suffisamment d'argent pour le dépenser dans ce qu'il veut et vivre confortablement pour le reste de sa vie.

— L'université d'abord, puis l'élévation au rang de princesse, nuance-t-il en s'avançant vers moi et en entremêlant ses doigts aux miens.

Pendant quelques secondes, je me retrouve à bout de souffle, à regarder ce beau prince en me demandant ce que j'ai bien pu faire pour qu'il m'aime autant. Une partie de moi ne peut s'empêcher de continuer à redouter qu'il mijote quelque chose.

Je décide de lui poser la même question qu'à Creed.

— Pourquoi ? je murmure d'une voix à peine audible, à cause de la brise légère qui l'emporte et du tintement des carillons.

— Pourquoi quoi ? demande le prince, en s'approchant si près que je distingue des taches d'or, de bleu et de vert dans ses iris.

Ses cheveux rouge orangé sont légèrement bouclés sur le dessus et ils tombent doucement sur son front jusqu'à ce qu'il lâche une de mes mains pour les repousser vers le haut. Ils restent dressés, comme si c'était ce qu'ils préféraient.

— Pourquoi est-ce que je te plais ? je demande, sincèrement curieuse.

Je ne suis pas à la pêche aux compliments ou à la recherche d'une confirmation, je veux juste savoir.

Windsor hausse un sourcil roux à mon intention.

— Hmm, question intéressante, lâche-t-il en

regardant le ciel pendant un moment. Maintenant ? Ou quand je t'ai vue pour la première fois ? Parce que ce sont deux réponses différentes, ma chère.

Il y a, dans le regard qu'il jette sur moi, une expression beaucoup plus douce qui me fait frissonner.

— Maintenant, je réponds fermement, en relâchant mon souffle.

J'apprécie la chaleur de sa main pressée contre la mienne. Wind hoche la tête, comme s'il s'attendait à cette requête.

— Maintenant, c'est parce que tu es une personne qui n'est pas influencée par les choses faciles de la vie. Tu exiges du cœur, des sacrifices, de la bonté, de la générosité. Ce genre d'actes n'est pas facile. Je t'admire comme je n'ai jamais admiré personne d'autre. (Il marque une pause et me caresse la joue.) Il y a une pureté en toi qui pourrait très bien annuler l'obscurité en moi. Je n'ai pas honte de l'admettre, Marnye : je te veux et je suis prêt à me battre pour avoir le privilège de t'appeler mienne.

CHAPITRE QUATRE

— TU CROIS qu'on pourrait parler de quelque chose ? je demande à papa quelques semaines plus tard, assise en face de lui au restaurant Station.

Il a à peine touché à ses gaufres tartinées de beurre de cacahuète et imbibées de sirop, et semble à des millions de kilomètres.

Il cligne des yeux comme s'il revenait à lui et se tourne vers moi, affichant un sourire qui n'atteint pas vraiment ses prunelles. Je soupire et enroule les doigts autour de ma fourchette. L'odeur du café frais et du sirop d'érable me calme les nerfs, mais ma question reste difficile à poser.

— Tu es toujours...

Ouh là, ça va être plus dur que je ne le pensais.

— Je suis toujours quoi ? demande-t-il en reposant sa fourchette pour prendre son café.

La nappe en plastique est collante, l'endroit est bondé, mais c'est le doux murmure des voix et le tintement des couverts qui me font me sentir chez moi. Papa et moi mangeons ici depuis des années.

Aller à Bornstead... Je serai à des millions de kilomètres. Bon, j'exagère : c'est plutôt un trajet de deux mille kilomètres. Vingt heures. Ou un vol de trois heures depuis l'aéroport de San Jose.

— Tu vois toujours Jennifer ? je demande, en regardant les traces de jaune d'œuf dans mon assiette plutôt que le visage de papa.

Il marque une pause pendant une minute, mais je suppose qu'il trouve la question normale, et il répond.

— Non, plus maintenant. Pas depuis mon diagnostic. Ta mère...

— Est une salope égoïste et ne peut pas gérer ta maladie ?

Je lève les yeux : papa me regarde attentivement. Il soupire et ajuste sa casquette de baseball. Normalement, il ne porterait pas de couvre-chef à l'intérieur, mais il a trop honte de ses cheveux clairsemés, et tout le personnel compatit.

— Tu ne devrais pas parler de ta mère comme ça, lâche-t-il. Je voudrais que tu aies une relation saine avec elle et ta sœur.

Mais je n'ai aucune sympathie pour cette femme. *Et le pardon, Marnye, qu'est-ce que tu en fais ? Si tu as pardonné aux gars, tu peux sûrement pardonner à Jennifer, non ?*

— Seulement parce que tu penses que tu pourrais ne pas être là longtemps, je lâche.

Je sens un sombre désespoir m'envahir. Je

commence à réaliser que je suis un peu une maniaque du contrôle, mais... la maladie de papa, c'est une chose que je ne peux pas contrôler. Et un aspect de ma vie que je ne supporte tout simplement pas. J'ai besoin de lui. J'ai besoin qu'il me voie diplômée non seulement de Burberry Prep, mais également de l'université de Bornstead. J'ai besoin qu'il me voie mariée. J'ai besoin qu'il me voie réussir. Il a tant sacrifié pour moi : je veux qu'il sache que je fais tout mon possible pour que ses sacrifices n'aient pas été vains.

— Marnye, dit-il d'une voix douce, étrange et lointaine. Nous devons avoir cette conversation.

Nous nous fixons et il refuse de me laisser détourner le regard.

— Non, c'est faux.

Mes yeux commencent à se remplir de larmes, mais je les refoule. Je me suis déjà promis que je ne laisserai plus Charlie me voir pleurer. Creedence Clearwater Revival passe dans les haut-parleurs et je dois lutter encore plus fort pour repousser les larmes. *Have You Ever Seen the Rain* me donne envie de sangloter. Je ne sais pas pourquoi.

— Mon médecin n'est pas sûr que je tienne plus de six mois.

— Non !

Je me lève brusquement. Toutes les autres questions que j'avais enfouies se dissipent comme de la fumée. *Isabella est-elle vraiment ma demi-sœur ? Parce qu'on dirait qu'elle pourrait être plus que ça. C'est pour cette raison qu'elle est si en colère ? Et le bébé ? Ce n'est pas le tien, n'est-ce pas ?*

— Non, je répète plus bas quand plusieurs clients se tournent vers moi. S'il te plaît, ne parle pas comme ça. Tu suis le meilleur traitement possible et...

J'éprouve le besoin soudain d'envoyer un SMS à Windsor et de lui poser des questions à ce sujet. Il a promis de s'en occuper, non ? Logiquement, je sais bien que Windsor York n'a aucun contrôle sur le cancer de mon père. Logiquement. Mais il n'y a pas de logique dans un cœur brisé.

— Parfois, il faut accepter les cartes que nous avons en main..., commence papa.

Alors je me retourne et m'écarte de la table, pour m'enfuir dehors dans la matinée ensoleillée. L'air est vif, des oiseaux chantent des airs joyeux. Je les déteste tous à ce moment-là.

— Ça va ? me demande Zack, appuyé contre sa McLaren orange.

Je lève les yeux et le regarde. Il me scrute, son expression est douce mais sa posture inquiétante. Il a l'air effrayant. Bon sang, j'avais peur de lui avant. Mais quand je m'approche et que je glisse mes bras autour de sa taille, il me serre contre lui. Son odeur de sportif me réconforte.

Je ferme les paupières, j'inspire le mélange sucré et salé de noix de muscade et de lavande, et je décide que je me fiche que papa nous voie. Je déteste les secrets. Je dois lui dire la vérité sur les garçons, à savoir que je sors avec les cinq.

Zack attrape ma nuque avec l'une de ses grandes mains, me serrant si fort que je me sens plus qu'en sécurité, enveloppée de ses muscles puissants.

Il ne me demande pas d'en parler, il se contente de me tenir jusqu'à ce que je m'écarte et renifle un peu.

— Tu veux aller voir le campus de LBMS ? demande-t-il, et je lui coule un regard. On pourrait écrire « Mme Dickweed » au feutre indélébile sur la porte de Mme Dillword et faire semblant d'avoir quatorze ans à nouveau.

Le jour où je suis partie, j'ai juré que je ne retournerais plus jamais à la Lower Banks Middle School. Mais... peut-être que l'expérience pourrait être cathartique d'une certaine manière ?

— Je n'ai jamais écrit « Mme Dickweed » sur la porte de cette femme, je réplique à Zack en croisant les bras. Parce que je ne suis pas une brute. Mais elle était un peu tyrannique parfois, alors je comprends.

Le visage de Zack s'adoucit et il tend la main pour ébouriffer mes cheveux. Mal fait, ça pourrait être un geste condescendant, mais avec Zack, c'est plutôt affectueux. Je fais une pause et j'étudie sa haute silhouette pendant un moment, en essayant de ne pas penser à nos séances dans l'obscurité. Nous n'avons couché ensemble que quelques fois, et c'est toujours aussi nouveau. Quand je le regarde et que j'y pense trop, je rougis et je ressens l'envie presque incontrôlable de débiter au hasard des faits architecturaux et historiques.

— Qu'est-ce que tu fais ici de toute façon ?

— Tu m'as rendu accro à cet endroit, répond-il, s'arrêtant au moment où l'une des jeunes et jolies serveuses descend les marches avec un sac de nourriture à emporter.

— J'ai ta commande, Zack, lance-t-elle en mordillant sa lèvre inférieure et en battant des cils à son attention.

Puis elle me remarque et me regarde comme si je me tenais en travers de sa route.

— Merci, Lucia, lâche Zack en fouillant dans sa poche pour en sortir une liasse de billets. Garde la monnaie, d'accord ?

Elle s'en empare et me jette un autre regard insolent avant de partir en trombe.

— Tu viens souvent ici, on dirait ? je lui demande, en lui lançant un regard noir, tempéré cependant d'un sourire. Lucia a l'air de bien t'aimer. Et vous vous tutoyez, en plus ?

Zack me lance un sourire arrogant et se penche, assez pour m'embrasser.

— Je ne sais pas si tu es au courant, mais je suis une putain de star du football. Je peux avoir toutes les filles que je veux.

— Ouh, là, là, je dis en croisant les bras.

Mais je me sens mieux. Je veux dire, aussi bien que n'importe qui serait en mesure de l'être vu ce que papa traverse. Mon corps commence à trembler et Zack le remarque. Fronçant légèrement les sourcils, il se lève alors que la porte du restaurant se rouvre et que Charlie descend les marches.

Il n'est toujours pas le plus grand fan de Zack, mais ça s'améliore.

— Zack, lance-t-il en guise de salut.

Il nous regarde tous les deux comme s'il n'arrivait pas à comprendre notre relation.

— Monsieur Reed, réplique Zack. J'étais juste venu récupérer une commande à emporter et je suis tombé sur Marnye.

Je ressens une autre pointe de culpabilité pour avoir brisé leur amitié avec cette vidéo. Peut-être que je suis allée un peu trop loin sur ce coup-là ?

Papa opine et se tourne vers moi, une expression impénétrable sur le visage.

— Je vais aller à la cave à vin pour commencer à installer les arches.

— Tu ne devrais pas travailler, je déclare fermement, sentant mon corps devenir brûlant de frustration. J'ai l'argent du poker...

— Dont tu auras besoin pour l'université. (Papa pose sur ma joue une main fine, qui a été autrefois forte et sûre.) Je veux travailler, Marnye. J'aime ça. La ferronnerie s'apparente à une forme d'art pour moi. Si j'arrête, c'est comme si je renonçais. Tu veux me déposer à la maison, que je prenne mon camion ?

Papa désigne la Maserati rose et or, qui trône bien en évidence dans une rangée de vieilles voitures rouillées dotées, pour moi, d'autant de vie et de beauté que le cadeau d'anniversaire du prince. Je tends mes clefs à Charlie.

— Tiens, dis-je avec un sourire. Prends ma voiture,

mais mets ta ceinture et ne fais rien d'imprudent. (Papa rit et me serre brièvement dans ses bras.) Je te prépare le dîner de ce soir. J'expérimente une recette végane que j'ai trouvée en ligne. J'ai aussi acheté des bouchées de bagel au cas où ce serait complètement immangeable.

— Ça marche, dit Charlie en me plaquant un baiser sur le front, avant de se diriger vers la décapotable.

Sur un juron et une petite caresse à la portière, il grimpe dedans et démarre.

— Il est en train de mourir, tu sais, je glisse à Zack pendant que papa s'en va.

— Je sais, murmure-t-il.

Et comme Charlie est parti, je m'accorde quelques minutes pour pleurer pendant que Zack me serre contre lui. Il se montre si gentil, si généreux... Je suis sûre que je lui ai bel et bien pardonné.

LA LOWER BANKS Middle School est entourée d'une clôture à mailles losangées. Il y a des caméras de sécurité, mais je doute que quelqu'un regarde les images. Il est fort probable qu'elles soient juste là en cas de vandalisme majeur. Il y avait jadis un trio d'officiers de police à plein temps qui faisaient tourner leurs équipes, de sorte que quelqu'un surveillait les lieux, qu'il pleuve ou qu'il vente, que le campus soit ouvert ou fermé.

Plus maintenant.

Les coupes budgétaires ont frappé l'école si durement que je me sens à la fois reconnaissante et coupable d'avoir eu la chance d'étudier à Burberry Prep. Tout le monde n'a pas un père comme le mien, quelqu'un qui a fait des heures supplémentaires pour me payer des cours de harpe, pour me pousser à travailler plus dur, à me battre avec tout ce que j'ai.

Le disque d'herbe au milieu de la cour est jaune et marron, avec des zones de terre sèche. Quand Zack et moi étions scolarisés ici, il était toujours vert et bien entretenu.

— C'est pire qu'avant, commente-t-il après m'avoir aidée à me faufiler à travers l'un des nombreux trous de la clôture.

Et nous restons là, au centre de la pelouse morte, à regarder le passé.

— C'est bien pire, je renchéris en sentant mon ventre se serrer.

Un jour, je vais me donner pour mission d'aider des écoles comme celles-ci. Combien d'enfants intelligents et talentueux sont-ils mis de côté par le système ? Ils méritent une chance, tout comme moi.

Une œuvre de charité. Une moins que rien élevée dans un camping de caravanes. La fille harcelée.

— Viens, on va aux WC, dis-je au bout d'une minute.

Zack se raidit à côté de moi. Je traverse la pelouse et m'arrête près d'un des poteaux qui soutiennent l'auvent extérieur. Un jour, par le passé, Zack avait encouragé un groupe de filles à me jeter contre ce même poteau et à vider tout mon déjeuner dans ma chemise.

— Marnye..., hasarde-t-il d'une voix cassée, comme si les souvenirs étaient presque aussi durs pour lui que pour moi.

Non, peut-être plus durs. Il a choisi de me traiter comme il l'a fait, et pour la seule raison que Lizzie m'avait désignée. Et elle l'avait fait à cause d'un beau-père qui avait encouragé Jennifer à m'abandonner sur une aire de repos parce que je pleurais trop.

Je devrais vraiment avoir une conversation posée avec elle.

— C'est bon. Allez, viens.

Je me tourne vers les toilettes des filles, surprise de trouver la porte déverrouillée. En entrant, je vois le cadre de la porte éclaté et je réalise que quelqu'un s'est introduit ici récemment. Ce qui n'est pas surprenant. Je m'arrête à l'entrée, ma main droite sur la porte, les yeux rivés sur la grande cabine du fond, celle où je me suis assise et où j'ai avalé toutes ces pilules.

— On n'est pas obligés de faire ça, dit Zack en s'arrêtant derrière moi. Je suis désolé d'avoir suggéré de venir ici. Je ne sais pas à quoi je pensais.

— Tu pensais qu'il fallait qu'on affronte ça ensemble, lui dis-je en entrant dans la pièce et en me dirigeant vers cette cabine où j'ai failli perdre la vie.

Je pousse la porte et je regarde le sol. Ça sent l'eau de javel et il n'y a pas de souillures sur les vieux carreaux. Le concierge a dû passer ici récemment.

Alors je m'assieds par terre à côté des toilettes et

j'enroule mes bras autour de mes jambes. Zack me rejoint, glissant le long du mur pour s'asseoir sur le sol. Pendant un moment, nous attendons là dans un silence total.

— Comment tu as su où me trouver ? je demande finalement.

Nous n'avons pas vraiment parlé des choses qui se sont passées ici. Nous les avons survolées, mais je veux les affronter et passer à autre chose.

— Je ne le savais pas. J'ai juste vu que tu n'étais pas en classe. Tu étais toujours en classe, alors... (Il fait une pause et soupire, en étirant les jambes devant lui.) Je ne sais pas pourquoi je t'ai cherchée, vraiment. Je... (Zack s'arrête de parler et se passe les doigts dans ses cheveux chocolat.) Je pensais que tu serais peut-être ici en train de pleurer ou autre. Puis j'ai vu tes jambes sous la porte de la cabine.

Je le regarde : il souffre, mais moi... non. Est-ce que je suis engourdie à l'intérieur ? Non, ce n'est pas ça. Je suis juste à un stade différent de ma vie. Je suis devenue plus forte.

— Je t'ai sauvée, et ensuite je l'ai dit à Lizzie.

— Attends, je le coupe en le fixant d'un regard attentif. Tu m'as sauvée et ensuite tu l'as dit à Lizzie ? J'avais cru comprendre qu'elle avait déjà annulé sa participation au pari.

— Non, c'était après... (Zack lève les yeux vers moi.) Pourquoi ?

— Je... Peu importe.

Je retourne mes bras, pour y voir les marques sur

mes poignets. Il reste de légères cicatrices, si ténues que je ne les vois presque plus. Après ma tentative ratée avec les pilules, je me suis reposée chez moi pendant trois jours, puis j'ai essayé de me trancher les veines sous la douche.

Papa venait d'acheter de nouveaux couteaux de cuisine avec une planche magnétique, et de belles impressions de galaxies sur les lames. Dotés de manches aux couleurs vives, ils étaient aiguisés à l'extrême. Ça n'a pas fait aussi mal que je le redoutais, mais il y a eu une quantité phénoménale de sang, des rubans et des rubans de couleur rouge, qui tourbillonnaient dans la bonde.

Alors j'ai paniqué et j'ai couru chercher Charlie.

C'est le vertige qui m'a vraiment fait peur, la faiblesse qui a balayé mon corps. J'ai réalisé que je ne serais jamais rien ni personne dans cette vie, que j'avais laissé tomber papa, que j'avais renoncé à la chose la plus importante au monde : une chance. J'avais une chance de changer les choses, et je la refusais. Ce n'est pas dans ma nature de renoncer, je suppose. Mais mon sentiment de solitude et d'impuissance était plus fort. J'aurais aimé que quelqu'un remarque en amont à quel point je souffrais.

Après cela, j'ai passé un certain temps en convalescence à l'hôpital et, lorsqu'ils ont décidé que je ne représentais plus un danger pour moi-même, ils m'ont renvoyée chez moi. Zack et moi avons commencé à sortir ensemble, puis nous avons échangé notre premier baiser. Il a rompu avec moi, fin de l'histoire. Je ne l'ai plus vu.

Pas avant qu'il ne sorte d'une limousine devant Burberry Prep.

— À quoi tu penses ? me demande-t-il.

Je lève les yeux, me rappelant qu'il a attiré mon corps contre le sien. Il a enfoncé ses doigts dans ma bouche pour me faire vomir. Je sanglotais et sanglotais alors qu'il me berçait, mes doigts s'accrochaient à sa chemise. Il m'avait tellement rabaissée ! Pour un pari. Un jeu. Le putain de Club Infinity.

— Comment tu t'es senti quand tu m'as trouvée ici dans cet état ? Qu'est-ce qui t'est passé par la tête ?

Zack enroule les bras autour de ses jambes et pose le menton sur ses genoux. Son regard est perdu dans le lointain, signe qu'il n'est pas ici dans le moment présent, avec mon moi actuel, mais plutôt dans le passé avec la fille qu'il a tant essayé de détruire.

— De la honte. De la colère. De la haine. Pas envers toi cependant, envers moi-même. Je ne sais pas si tu te souviens que je criais. Je crois que je n'ai pas arrêté jusqu'à ce qu'ils t'emmènent et que je frappe le mur si fort que je me suis cassé l'articulation d'un doigt.

Il se redresse et désigne un carreau, encore fissuré par cet incident survenu il y a si longtemps. C'est comme la vie, je suppose : une petite action peut changer le destin du monde pour toujours.

— Et ton grand-père... pourquoi il a coupé les ponts avec tes parents en fait ?

Zack serre les lèvres et il détourne le regard, pour

se concentrer sur un sexe dessiné au feutre indélébile à côté des toilettes. La légende précise qu'« Emily aime la queue de Brad ». Je me lève et fouille quelques secondes dans mon sac, d'où je sors mon propre marqueur indélébile. Mon stylo crisse sur les carreaux quand je raye les mots.

— Mon père et son père ne sont pas exactement d'accord sur... eh bien, sur rien du tout. Politique, religion, économie. Ils sont l'exact opposé l'un de l'autre. Ils ont eu une énorme dispute à propos de la direction de l'entreprise. Mon père n'a jamais rejoint le Club Infinity. Il voulait gagner sa vie honnêtement. Mon grand-père... (Zack ricane lorsque je me retourne pour le regarder.) Il prétendait qu'il n'y avait aucune chance de gagner vraiment de l'argent sans le Club Infinity. Il a raison, d'ailleurs.

Zack se lève et s'appuie contre le mur tandis que je caresse l'idée d'écrire moi-même quelques phrases sur le carrelage. Mais je ne tarde pas à prendre le concierge en pitié et je finis par ranger mon feutre.

— Il a raison, pour l'argent, c'est vrai. Mais il n'aurait jamais dû me pousser à m'engager, et mon père n'aurait jamais dû le laisser faire.

Zack fixe le sol pendant quelques secondes et, quand il lève son regard vers le mien, j'y décèle de l'inquiétude : il redoute que je ne sois jamais vraiment capable de leur pardonner à Lizzie et à lui pour ce qu'ils ont fait.

— J'étais jeune et stupide. Si je pouvais revenir en arrière, je ne recommencerais pas. J'irais à Lower

Banks High à la place. Mon seul regret serait de ne pas avoir pu aller à Burberry avec toi.

— Miranda trouve que tu es trop parfait, je réplique en me retournant pour essayer d'évaluer sa réaction. Selon elle, tu fais et tu dis tout ce qu'il faut, mais tu es probablement un ramassis de conneries.

Zack sourit et hausse les épaules.

— Elle a sans doute raison. Marnye, je ne suis pas quelqu'un de gentil. J'apprends, mais... j'ai encore beaucoup de chemin à parcourir. (Il soupire et son sourire se tempère.) Tu veux qu'on prenne la nourriture que j'ai récupérée au resto et qu'on aille à l'école primaire ? Je te pousserais sur la balançoire et on pourrait manger des crêpes à un dollar sur les tables de pique-nique ?

— Je crois que j'ai vu tout ce que j'avais besoin de voir ici, je réplique en laissant Zack passer un bras autour de moi et me ramener dehors jusqu'à la clôture.

Juste avant de la franchir, je regarde une dernière fois le campus pour lui lancer un au revoir silencieux et je quitte la Lower Banks Middle School pour la dernière fois.

CHAPITRE CINQ

CHARLIE N'ÉTAIT PAS VRAIMENT RAVI à l'idée que j'aille à un concert de rock avec une bande de mecs, mais je crois que la présence de Miranda et de Lizzie l'a un peu calmé. Et puis il m'a encore servi son couplet sur le thème : « Tu auras bientôt dix-huit ans ».

Je suis presque sûre que le sous-texte de cette conversation était : « Je ne serai pas toujours là, alors tu dois faire des choix intelligents en tant qu'adulte. » J'ai choisi d'ignorer cette partie-là. Enfin, juste la partie « Je ne serai pas toujours là ». J'essaie toujours de faire des choix intelligents.

Le bus de tournée n'est que la version pour riches d'un camping-car. Je veux dire, j'aime bien, mais ça ne me met pas dans tous mes états.

— La plupart des filles mouillent quand elles regardent ce truc, lâche Zayd, assis sur le comptoir pour siroter une bière.

J'espère toujours qu'on va percuter un nid-depoule, pour voir son cul de rock star arrogante partir valdinguer. J'ai déjà menacé de filmer la scène et de poster la vidéo sur YouTube.

— Eh bien, je suppose que je ne suis pas la plupart des filles, je réponds, tranquillement allongée sur la banquette en cuir rouge.

Avec Creed à ma droite et Windsor à ma gauche, je me sens comme une véritable princesse.

— Non, tu es différente de la plupart des filles, c'est sûr, admet Zayd, la voix adoucie, ses yeux verts à demi clos.

Ce regard sensuel dure jusqu'à ce que Miranda lui lance sa bouteille de bière vide. Il l'esquive et elle s'écrase dans l'évier.

— C'était pour quoi, ça ? demande-t-il.

— Pour avoir dit que quelqu'un n'était pas « comme la plupart des filles », explique Miranda, en mimant de petits guillemets avec ses doigts. C'est misogyne au possible. Ça sous-entend qu'il y a d'emblée quelque chose de mal à être « comme une fille ». Donc abstiens-toi.

Zayd claque des doigts, descend d'un bond du comptoir et disparaît à l'arrière pour fouiller dans un des tiroirs. Quand il revient, il a presque ôté sa chemise.

Mes yeux parcourent son corps tatoué alors qu'il arrache son haut et le remplace par un ample débardeur noir sur le devant duquel figure « Feminist AF » en cursive blanche. Je me fends d'un énorme sourire et Zayd me sourit en retour.

— Plutôt fantastique, hein ? demande-t-il à Windsor qui sirote son thé en l'étudiant. Je vais le porter, ajoute-t-il en haussant les épaules alors que Tristan fixe sa bière sans rien dire.

Il est si calme, si renfermé. Je suis sûre qu'il est encore sous le choc de tout ce qui s'est passé au manoir Vanderbilt. Il était certain de ne pas revenir à Burberry, puis Windsor a débarqué et s'en est occupé comme il le fait pour tout.

J'ai peur que ça commence à le fatiguer.

— Tu essaies trop d'être cool. En réalité, tu n'es qu'un connard comme nous tous.

Creed s'adosse à son siège et passe un bras sur le dossier, pour faire glisser ses doigts sur mon épaule, ce qui me couvre de frissons. Je jette un coup d'œil dans sa direction et ses yeux bleu pâle se posent sur les miens. *Je n'arrive pas à croire qu'on ait perdu notre virginité ensemble.* Ma respiration s'accélère légèrement, mais je détourne le regard avant de me mettre dans l'embarras.

Heureusement, il n'y a que quatre heures de route pour aller chercher le reste du groupe, puis deux heures supplémentaires pour se rendre sur place. Je ne suis pas sûre de pouvoir supporter la tension plus longtemps. Lizzie m'accorde à peine un regard maintenant, en revanche elle ne laisse pas Tristan tranquille.

J'éprouve l'envie irrationnelle de la décoller de lui.

Lui, par contre, ne semble pas être dérangé par sa proximité constante. Je serre les poings, mes ongles s'enfoncent dans le denim de mon jean. *Ne la blâme pas, elle, Marnye. C'est son choix à lui. S'il veut Lizzie à ses côtés, alors...*

— Est-ce que je vais détester les membres de ton groupe autant que je te déteste ? demande Zack en haussant ses deux sourcils bruns.

Il est vêtu d'une chemise noire moulante et d'un short en jean, sa veste de cow-boy ayant été mise de côté en raison de la chaleur estivale. La saison a été inhabituellement chaude pour notre région, d'une chaleur inquiétante. Au moins, nous avons la climatisation dans ce stupide bus et dans la maison de mon père. Le wagon a été une sorte de succès ou d'échec. Nous devions utiliser soit des unités portables, soit celles, pourries, de la fenêtre. Souvent, elles fonctionnaient pendant quelques semaines, puis tombaient en panne.

— Si par « détester », tu veux dire « aimer de tout ton cœur et de toute ton âme », alors oui, confirme Zayd, en se dirigeant vers la porte quand le bus s'arrête.

Il est pratiquement étourdi, passant ses mains tatouées sur le devant de son débardeur ample. Il a de grandes emmanchures qui dévoilent sa silhouette fine et musclée en dessous. Il est couvert de dessins, incitant mon regard à parcourir les lignes harmonieuses de son corps pour en observer davantage.

Je compare Zayd à une grenouille arboricole venimeuse (je le lui ai dit, d'ailleurs) parce qu'il est très beau à regarder, mais mortel au toucher.

Il jette soudain un coup d'œil par-dessus son

épaule ; ses yeux verts brillent comme des bijoux, un sourire loufoque tord sa jolie bouche. Les piercings noirs à chaque extrémité de sa lèvre inférieure et de son sourcil ajoutent ce léger tranchant à tout ce qu'il a de mignon. Et il l'est vraiment, mignon, je veux dire.

— Eh, Charity, fait-il.

Zack émet un grognement irrité.

— Oui, Zayd-qui-met-les-filles-dans-tous-leurs-états ? je demande, en clignant coquettement des cils.

Il lève les deux sourcils et Creed ricane.

— Sérieusement, c'est le pire surnom de mauvais garçon de l'histoire de l'humanité. Pourquoi tu ne t'appelles pas simplement Un-petit-aller-retour ? Ça aurait plus de peps, au fond.

— Ah, ne sois pas jaloux, mec, ironise Zayd, en posant ses paumes sur la table pour me lancer un regard super coquin. Si Charity a eu vent de cet affreux surnom, ça veut dire qu'elle m'a cherché sur Internet, non ? (Zayd se baisse soudain et un petit cri m'échappe alors qu'il m'entraîne sous la table et me tire, me balançant dans ses bras.) Tu as besoin de matériel pour la fessée, la michetonneuse ?

— Tu es vraiment grossier, je gémis.

Mais il a au moins partiellement raison. J'ai fait des recherches sur lui et j'ai trouvé cet horrible, cet affreux surnom, qui ne sonne même pas bien. Il y a en ligne des fils de conversation monopolisés par des filles qui prétendent avoir couché avec lui.

Rien que d'y penser, ça m'énerve.

— Les gars ! crie Zayd alors que la portière s'ouvre

pour laisser entrer un énorme barbu. J'ai une vraie petite amie !

Il me soulève et un rire s'échappe de ma gorge. Je ne peux pas m'en empêcher. Outre le fait qu'on partage une sorte d'alchimie naturelle et complètement folle, c'est pour ça qu'il me plaisait tant en première année. Il a un charme naturel… quand il n'est pas une brute totale, bien sûr.

— Ce n'est pas la pauvre fille que vous avez torturée ? grommelle le barbu en croisant les bras sur sa poitrine de bûcheron. (Il me regarde d'un air compatissant.) Si c'est le cas, alors je suis désolé. Si ce n'est pas toi, alors... oublie ce que je viens de dire.

— Non, tu as raison, c'est moi, je confirme alors qu'un garçon aux cheveux bleu électrique arrive sur ses talons, suivi d'un brun aux pointes blond givré, un bandeau en mousse repoussant ses cheveux courts en petites pointes hérissées sur le dessus de sa tête.

Tous les trois sont séduisants à leur manière, mais aucun d'entre eux n'est mon type. *Dieu merci, non ? Tu as déjà cinq petits amis. Je pense que c'est suffisant.*

Cependant, comme je l'ai dit, il n'y a pas de logique dans un cœur brisé. Aucune dans un cœur éperdu d'amour non plus.

— C'est ta petite amie ? demande Cheveux Bleus, avant de désigner les deux autres filles. Dans ce cas, qui sont ces deux autres beautés ?

Zayd jette un coup d'œil par-dessus son épaule, comme s'il avait complètement oublié Miranda et Lizzie. *Lizzie.* Pour être tout à fait honnête, je ne sais même pas pourquoi elle est là. Andrew n'est pas là, et nous sommes beaucoup plus proches que Lizzie et moi. *Arrête de faire la gamine, Marnye.*

— Miranda Cabot, idole de Burberry Preparatory Academy, annonce Miranda en se levant et en rejetant le voile brillant de ses cheveux blonds. Lesbienne pure et dure, pas du tout intéressée par toi.

— D'accord, dit Cheveux Bleus qui tourne vers Lizzie ses yeux bruns pétillants. Et tu es... ?

— L'ex-petite amie de l'autre petit ami de ma petite amie, répond Zayd. (Ses amis le regardent comme s'il avait perdu la tête.) Oui, j'ai oublié de mentionner que je suis genre, poly ou quelque chose comme ça maintenant. (Zayd désigne la table du menton.) Alors l'Anglais, au bout, c'est Windsor ; vous connaissez Creed, Zack le crétin de footballeur et enfin Tristan.

— Ta petite amie a cinq petits amis ? demande Mèches Blondes.

Zayd hausse les épaules. Je sens ses doigts tatoués s'enfoncer dans ma cuisse et ça me donne chaud à des endroits qui n'ont pas besoin d'être réchauffés dans ma situation actuelle.

— Au moins, maintenant, tu sais ce que ça fait, reprend Mèches Blondes. Bienvenue, Marnye, je suis Aiden. Le naze avec les cheveux bleus, c'est Benji, comme le chien...

— Eh, va te faire foutre, proteste Benji en prenant quelques bières dans le frigo qu'il pose sur la table.

— ...et l'énorme mec avec la barbe, c'est Bern.

Ses présentations terminées, Aiden s'approche de la

table pour prendre une bière, reluquant Lizzie sans honte. Elle le fixe de ses yeux ambrés, puis se rapproche de Tristan. Il n'a pas l'air de le remarquer, tant son magnifique regard gris est concentré sur le groupe.

— Alors, tu es l'ex de qui ? reprend Aiden en faisant sauter la capsule d'une des bières avec le porte-clés à sa ceinture, avant de la lui offrir.

— Je suis, eh bien…, commence Lizzie, dont le regard dérive vers le mien, comme si elle cherchait les mots adéquats que je ne saurais lui donner. Tristan et moi, on était ensemble...

— Tristan, c'est ça, répète Aiden, avant de regarder le roi Vanderbilt comme s'il voulait l'étrangler. On a déjà rencontré Tristan. Je ne peux pas dire que j'ai été impressionné lors de nos précédentes rencontres. Ce n'est pas toi qui as baisé une fille que Zayd avait ramenée dans le bus, pendant qu'il était aux toilettes ?

Waouh ! Des trucs que je ne voulais pas savoir.

— J'avais littéralement oublié ton existence, lâche Tristan, la voix sombre et l'expression encore plus sombre. Un bassiste à deux balles qu'on peut remplacer en crachant dans la foule. Pardonne-moi si je ne me pâme pas.

— Oui, s'esclaffe Aiden avant de porter son attention sur Creed. Peu importe. Je me souviens que je vous détestais tous les deux. C'est toi qui es toujours en train de dormir, non ?

Creed plisse les yeux, comme un chat, mais ne dit

rien. Ses doigts martèlent un rythme agacé sur le dossier du banc.

— Bon, Tristan, tu n'es peut-être pas en pâmoison, mais qu'en est-il de ton ex-petite amie ? insiste Benji. Qu'en dis-tu, ex-petite amie ?

Miranda se lève gracieusement, pour qu'il puisse se glisser à sa place à côté de Lizzie.

— Je ne suis pas entièrement disponible, répond Lizzie en coulant un regard à Tristan. (Il la regarde à son tour, mais ne dit plus rien. Rien. Pourquoi ?) Je viens d'avouer mon amour à Tristan. J'attends une réponse.

— Waouh, l'intrigue s'épaissit, commente Aiden en ébouriffant ses cheveux aux pointes givrées. Mec, ça va être un long voyage, non ?

Il jette un coup d'œil à Zayd qui s'accroche toujours à moi. Ses doigts, cependant, semblent s'être légèrement resserrés.

— Félicitations pour ta nouvelle copine, ajoute Bern en lui jetant un regard noir. Essaie de ne pas gâcher cette relation, d'accord ? C'est une bonne personne, ça se voit.

Il me sourit et s'approche pour attraper une bière. Zayd et moi échangeons un regard, et il m'adresse un demi-sourire narquois.

— Moi, j'aurais déjà dit à Lizzie d'aller se faire foutre, murmure-t-il.

Alors j'enroule mes bras autour de son cou et je le serre contre moi.

LE CONCERT A LIEU dans un immense ranch appartenant à une célébrité, dont je découvre rapidement qu'il s'agit du seul, de l'unique Billy Kaiser. C'est assez beau, cette vue parfaite de la Californie du Sud avec ses collines luxuriantes, parsemées de cactus en fleurs et de buissons couverts de fleurs violettes. Je suppose que si cette chaleur sèche se maintient encore longtemps, le paysage va changer radicalement. Mais pour l'instant, la terre profite des bienfaits d'une récente averse d'été.

— Ton père s'en fiche que tu utilises cet endroit pour un concert ? je chuchote alors que nous entrons dans l'immense hall avec son escalier en colimaçon.

Le décor est sur le thème de l'Ouest, notamment des souvenirs de films coûteux exposés derrière des vitres avec des petites pancartes. Un vague souvenir ressurgit de la première fête du Club Infinity, quand Zayd et Creed ont parié l'un contre l'autre sur la venue de Lizzie. Quel était le gain en cas de victoire ? Un chapeau de cow-boy ? Non, non, des bottes de cow-boy.

Intéressant.

Bien sûr, Creed a dit qu'il voulait baiser une cowgirl, et je sais maintenant que c'est un mensonge...

— Papa laisse ses amis organiser des concerts ici tout le temps, déclare Zayd en me lançant un regard bizarre. Viens, Charity, je veux te montrer ma chambre.

Il monte les marches avec ses bottes vertes, parfaitement assorties à ses cheveux, et se retourne, une main tatouée enroulée sur la rampe. Et, sur un petit clin d'œil exagéré, il s'en va.

— #TeamCreed, murmure Miranda, qui me pousse pourtant légèrement dans le dos. Vas-y, je vais surveiller Lizzie.

— Je…

Je m'apprête à lui dire que je n'ai pas besoin qu'elle surveille Lizzie pour moi quand je me retourne et vois les mains de Lizzie sur la cravate de Tristan. Il me regarde aussi et il y a une sorte de défi sur son visage qui me fait mal au ventre. Peut-être qu'il est ... et s'il nous aimait toutes les deux, Lizzie et moi ? Je veux dire, je craque pour cinq gars, alors quelle importance s'il aime une autre fille ?

Mon estomac bouillonne d'angoisse et je m'élance dans les marches, passant devant Zack et Creed, et jusqu'au sommet où Zayd attend.

— Bienvenue au Château Kaiser, ronronne-t-il de sa voix veloutée de rock star. J'ai une salle de musique, une chambre, un salon, une salle de jeu et une salle de bains ici.

Il ouvre une porte qui donne sur une aile. Oui. Pas une chambre. Une aile. Ma mâchoire se décroche alors que je m'engage dans le couloir, et Zayd marche derrière moi, fermant la porte doucement.

Je touche l'un des cadres accrochés au mur : un petit garçon au visage poupin, enlacé par une femme. Ils ont le même nez et la même bouche pleine. Je jette un coup d'œil derrière moi et le visage de Zayd s'affaisse légèrement.

— Ma mère, commente-t-il en se plaçant à côté de moi. C'était une groupie du groupe de papa. (Il tapote la vitre avec un ongle peint en noir et son visage se décompose.) Il l'a épousée, mais ça n'a duré que quelques années parce que, comme tu le sais, mon père est un putain de drogué.

Zayd se passe la main sur le visage.

— Alors ils ont divorcé ? je demande.

En regardant par-dessus mon épaule, j'étudie les lignes dures de l'expression de Zayd. Son émotion est plus qu'authentique : sa mère lui manque.

— Non, elle est juste partie. Ils n'ont jamais divorcé. Elle a essayé d'obtenir ma garde, mais ensuite elle... tu le sais, elle est morte.

Zayd s'écarte du mur et se dirige vers le couloir, ouvrant la dernière porte à droite et s'appuyant contre le montant. Il a croisé ses bras forts et tatoués sur son torse.

— Tu entres ou quoi, Charity ? Je te promets que je ne mords pas – à moins qu'on me le demande, bien sûr.

Je souris légèrement et caresse le côté de la photo avant de le rejoindre. Je veux lui en demander plus sur sa mère, mais peut-être que Zayd n'est pas encore prêt à partager ?

— Putain de merde, je murmure, en entrant dans la pièce et en laissant mes yeux errer sur un grand mur couvert de guitares. C'est fou !

Il y en a probablement une centaine accrochées là,

depuis le sol jusqu'au plafond. Zayd s'approche et attrape une guitare acoustique, puis il s'assied sur le canapé rouge à côté. Il gratte les cordes et fredonne doucement, se balançant un peu d'avant en arrière au rythme de la musique.

— *Marnye, je ne peux pas croire que tu sois dans ma chambre,* ronronne-t-il, et je sens mon visage se fendre d'un sourire. *Je dois être le connard le plus chanceux du monde.* (Zayd fait glisser ce dernier mot dans un doux roucoulement qui me donne des frissons partout.) *Comment pourrais-tu pardonner à un idiot comme moi ? Et as-tu déjà essayé les chocolats à l'herbe que j'ai faits ?*

Il marque une pause et hausse les sourcils. Je rougis, en me mordillant la lèvre inférieure.

— Je les ai donnés à mon père parce que... j'ai lu des trucs sur la marijuana et le cancer, et...

Zayd sourit et pose la guitare de côté.

— Eh, Charity, tu n'as pas à te justifier, OK ? J'ai fait ces chocolats pour toi. Je suis content que tu aies pu les donner à ton père.

Zayd se lève et s'approche de cette magnifique commode qui, je le sais, a dû coûter une fortune ; elle est brillante, laquée et moderne. Elle n'émoustille pas l'amatrice d'antiquités que je suis, mais elle est belle.

— J'ai quand même quelques *pre-rolls,* dit-il en montrant un tube en plastique.

Il me le tend et je le fais tourner. Ah, d'accord. Un *pre-roll* est littéralement un joint de marijuana qui a été roulé par le dispensaire et qu'on achète prêt à fumer. Charlie en prend tout le temps : fumer de l'herbe est censé l'aider à lutter contre les tumeurs dans ses poumons.

Mon cœur se serre et je ressens une soudaine culpabilité à être ici alors que je devrais me trouver à la maison avec mon père.

— Marnye, ajoute Zayd en me reprenant doucement le tube des doigts. (Il le range dans sa poche, puis pose ses mains sur mes épaules, les serre fermement et me regarde dans les yeux.) Tu ne dois pas te sentir coupable de vivre ta vie et d'être adolescente. Ton père ne voudrait pas que tu restes à la maison à te tracasser pour lui. S'il le voulait, il ne t'aurait pas suggéré de venir. Je ne le connais peut-être pas très bien, mais la façon dont il nous a parlé ce jour-là dans ta chambre... J'ai l'impression que ce n'est pas un homme qui ment et qui raconte des conneries.

Je ris, mais c'est un peu larmoyant.

— Non, tu as raison. Charlie est un homme de peu de mots, mais ceux qu'il dit, il les pense.

— Deux nuits ici, et je te ramène. Puis je vais me détendre chez mon père à Cruz Bay jusqu'à ce que l'école commence. Je ne te laisse pas tomber, d'accord ? Faisons la fête ce soir, déchaînons-nous demain, et inquiétons-nous de la vie le jour d'après. Qu'en dis-tu ?

Zayd se penche et m'embrasse avant que je puisse répondre. La sensation descend de mes lèvres jusqu'à mes orteils. Il s'écarte et sourit. La musique retentit sous nos pieds et je baisse les yeux avant de reporter mon regard sur celui de Zayd.

— Une fête ? je demande, parce que je n'avais pas vraiment envisagé ça.

— Bien sûr, répond Zayd, en se redressant et en tournoyant au rythme de la musique hip-hop diffusée en bas. Que serait un concert d'Afterglow sans un *before* et un *after* ?

Il s'approche et m'attrape, m'encourageant à bouger en même temps que lui. C'est un danseur vraiment très talentueux.

Nous dansons pendant une minute et je laisse Zayd me faire tournoyer avant qu'il ne m'attire à nouveau vers lui. C'est... peut-être moins comme une danse et plus comme du sexe pendant une minute. Nos bassins ondulent ensemble et mon corps commence à palpiter. Maintenant que je ne suis plus vierge, c'est comme si mon corps avait été éveillé aux plaisirs du sexe et qu'il ne pouvait plus se rendormir.

— C'est ça. Je vais t'emmener en bas et t'exhiber.

Zayd m'attrape par la main et m'entraîne hors de son aile du bâtiment, dans un manoir soudain très animé. Il s'avance jusqu'au bord de la rampe et lève les bras.

— Bienvenue aux fêtards ! crie-t-il. Boissons alcoolisées et cigarettes dans le salon, snacks dans la cuisine et vêtements facultatifs dans la piscine !

Sa voix à un million de dollars se fraye un chemin à travers le brouhaha de la foule qui ne cesse de croître ; le hall est presque bondé et les gens continuent d'affluer par la porte.

Zayd se retourne alors que je hausse les sourcils et que Miranda monte les escaliers avec sa valise.

— Tu as pris des robes de soirée ? me demande-t-elle d'une voix à peine audible à travers le bruit.

— Euh, tu me prends pour qui ? je réplique en sentant mon cœur battre plus vite. Je ne m'attendais pas exactement à une fête ce soir, mais je savais qu'il y en aurait une demain. Allons-y.

— Ne sois pas trop longue, bébé, dit Zayd. Je vais te couronner reine de l'élite ce soir, ma chérie. Souviens-toi de mes putains de paroles !

Il se tourne pour sauter sur la rampe d'une manière qui m'inquiète sérieusement. Mais ensuite, je me dis que c'est sa maison et qu'il a probablement déjà fait ça avant. Je refuse d'être une rabat-joie, pas question. Si je dois être une des Idoles de Burberry Prep, la salope des Sang-bleu, je dois jouer le rôle. Si j'ai le contrôle de l'école, je pourrai mettre un terme au harcèlement.

— Zayd ! je crie alors qu'il se laisse tomber en arrière et atterrit dans la foule, surfant sur les bras levés vers l'entrée du salon.

Mon cœur bat à tout rompre et cela ne s'arrange pas quand Lizzie monte les marches avec une robe dans une housse à vêtements sur un bras.

— Je pensais qu'on pourrait faire une entrée d'idoles, non ? Tu peux parier que, même si les Harpies ne sont pas là, elles verront des vidéos et des photos, elles sauront tout. Un front uni ?

Elle tend la main, et Miranda, à contrecœur, pose la sienne par-dessus. Personnellement, je n'arrive pas à croire que mon petit ami se soit jeté d'un balcon du deuxième étage, mais je pose quand même la main sur les leurs.

Les filles Idoles de Burberry Prep, juste comme Tristan l'a voulu.

Voyons comment cela fonctionne.

CHAPITRE SIX

J'AVAIS PRIS la robe rouge de Zayd dans mes bagages pour l'occasion, la petite robe courte et moulante qui remonte sur mes cuisses tandis que je m'agite et laisse Miranda mettre la touche finale à mes cheveux. Je les ai fait couper juste avant notre départ, mais c'était surtout un peu d'entretien. Je rajoute juste un peu de longueur.

— Voilà, déclare Miranda, en faisant tourner une grosse boucle autour de son doigt et en la laissant rebondir contre ma tête. On va retoucher ton rouge à lèvres et te trouver de la laque.

— Tu ne viens pas déjà de me pulvériser à mort ? je demande en souriant, mais Miranda recule et me lance son regard ironique.

Et elle a une allure féroce, elle aussi, avec ses yeux charbonneux pleins de théâtralité, ses vagues étincelantes de cheveux blonds et la courte robe saphir qu'elle porte. Si j'aimais les filles, j'épouserais Miranda ce soir dans cette robe.

— Je parle de tes cuisses, pas de ta tête, réplique-t-elle en soulevant ma robe juste assez pour laisser apparaître ma culotte de dentelle noire. Ça l'empêchera de remonter.

Elle asperge mes cuisses pendant que je m'étouffe de surprise, puis elle remet la robe en place et secoue la bombe avant de la passer à Lizzie, qui porte une robe de soirée dorée aux manches amples couvertes de petites perles de verroterie.

— J'ai lu sur Internet que les gymnastes utilisent la même technique pour maintenir leur justaucorps en place, ajoute-t-elle. Je ne sais pas si c'est vrai ou non.

— On en apprend tous les jours, je lâche alors que Miranda me fait faire la moue pour rafraîchir mon rouge à lèvres.

— Maintenant, ferme les yeux.

J'obtempère et sursaute quand elle me pulvérise de la laque sur le visage.

— Tu es comme le père dans *Mariage à la grecque* qui vaporise du nettoyant pour vitre sur tout. Arrête ça.

Je lui fais signe de s'éloigner et j'ouvre les yeux pour m'examiner dans le miroir géant, sur le mur en face du meuble-lavabo. On est à l'étage, dans l'une des ailes réservées aux invités. Oui, pas de chambres, mais encore des ailes. C'est fou. Ma maison entière pourrait tenir dans cette suite.

Je passe ma main sur le devant de la robe rouge. J'espère vraiment que ça n'énervera pas trop Creed. J'ai l'intention de porter la sienne à la prochaine fête. J'ai mis celle de Tristan en boîte de nuit, il y a quelques semaines, mais j'aimerais aussi la mettre pour un événement auquel il assisterait. Même si les gars étaient des connards, je ne pense pas que j'aurais dû choisir entre eux pendant la première année.

Lizzie vient se placer à côté de moi, léger sourire aux lèvres. On n'a toujours pas parlé de sa confession. Je ne sais même pas comment aborder le sujet. En tout cas, ce ne sera pas pour ce soir.

— Tu as l'air d'un putain de mannequin, commente Miranda en me prenant par les épaules pour me déposer un baiser parfumé sur la joue. Tu ne trouves pas, Lizzie ? Pas étonnant qu'elle ait cinq types qui bavent sur elle. Alors maintenant, allons tuer quelques trous du cul de Burberry Prep.

— Combien de nos camarades seront présents ce soir, à ton avis ? je demande à Miranda qui me lance un regard sévère.

— Tous ceux qui viendront... ou sont autorisés à passer la porte.

Elle sourit et m'attrape le bras, puis m'encourage à prendre celui de Lizzie de l'autre côté. Je suppose que présenter un front uni est plus important à ses yeux que sa haine envers elle. Une haine que je ne suis toujours pas sûre de comprendre. Simple solidarité avec moi ou... autre chose ?

— Allons-y, je chuchote, sentant une crampe nerveuse dans mon ventre.

Je suis en quatrième année à la Burberry Preparatory Academy.

Je sors avec les cinq gars les plus sexy de l'école.

Et maintenant, je suis censée aider à diriger le tout.

Souhaitez-moi bonne chance.

Nous sortons et traversons le hall. Andrew nous attend juste derrière la porte. Il porte un beau costume blanc qui lui donne des airs de James Bond, surtout avec ses cheveux gominés. Il siffle quand il nous voit et s'écarte du mur pour se planter devant nous.

— Bon sang, les filles ! lance-t-il. Vous êtes magnifiques !

Il nous embrasse toutes les trois sur la joue. Il a parcouru un long chemin depuis la première année, où il embrassait Gary Jacobs en cachette dans les bois. Est-ce qu'il l'a dit à ses parents ? Il nous ouvre la porte et nous fait signe d'entrer dans le hall.

Zayd attend... entouré d'une horde de filles.

Il suffit que je hausse les sourcils pour qu'elles se dispersent toutes, parce que Zayd se lève, écarquillant les yeux en me découvrant. Il porte toujours le débardeur *Feminist AF*, mais il a donné du peps à ses cheveux et ajouté un trait d'eye-liner.

— Marnye Reed, putain ! grogne-t-il en gravissant les marches, les mains devant la bouche. Faites place aux Idoles, les amis. Votre reine est arrivée.

Zayd me prend par le bras, laissant Miranda et Lizzie derrière nous tandis que nous descendons les marches.

Tout le monde nous suit du regard, tout le monde nous examine.

C'est quelque chose que je n'ai jamais vraiment voulu, mais maintenant que je l'ai, je vais utiliser ma position pour faire le bien. Parce que l'année prochaine, un autre élève viendra étudier à Burberry Prep grâce à la bourse Cabot et je veux que le chemin soit dégagé pour cette personne, quelle qu'elle soit.

Les autres garçons attendent en bas de l'escalier, répartis en éventail dans différentes tenues vestimentaires : blazer, tee-shirt et pantalon pour Tristan ; chemise moulante et short en jean pour Zack ; polo – je le jure devant Dieu – pour Windsor ; et chemise blanche ample, certainement pas boutonnée, pour Creed.

— Salut, les garçons.

J'obtiens le plus paresseux, le plus sexy petit sourire du jumeau de Miranda.

— Votre Majesté, lâche-t-il, ce qui fait sourire Windsor.

— Votre Majesté, en effet, enchaîne le prince. Épouse-moi et ce sera officiel. Pas de contrat prénuptial. Tu pourras avoir la moitié de ma fortune si jamais on divorce.

— Tu es vraiment bizarre, et je t'aime pour ça, je réplique. (Mes joues s'enflamment quand Windsor hausse les sourcils.) Je veux dire... pas aimer *aimer*, mais... juste...

Je gémis et me couvre le visage. Je ne suis pas encore prête pour les « je t'aime ».

Zayd se contente de me rire au nez et m'entraîne à travers la foule, sans se soucier de savoir si les autres nous suivent. Les fêtards s'écartent devant nous et je vous jure que je ne reçois pas même un coup de coude.

Il y a partout des visages que je reconnais, certaines personnes en uniforme, d'autres non. Il y a des élèves de Coventry Prep, ainsi que de Beverly Hills Prep. Il y a même un groupe arborant les blazers bleus frappés de l'écusson « Adamson Academy » sur leur poche de poitrine.

— Très bien, bébé, lâche Zayd.

Il se retourne en écartant les bras pour désigner l'immense salon avec ses fenêtres qui montent du sol au plafond, l'énorme tête d'élan empaillée au-dessus de la cheminée de pierre et le mobilier moderne avec juste un soupçon de cow-boy. Oui, le style de Billy Kaiser n'est définitivement pas le mien, mais je sais l'apprécier. Bon, OK, je sais tout apprécier sauf la tête d'animal décapité. Juste pas mon truc.

— On a notre propre canna-bar, alias bar à cannabis, pour ceux qui ne boivent pas d'alcool. Si je peux te faire une recommandation...

Zayd parcourt du regard l'impressionnante gamme de produits à base de marijuana : produits comestibles, joints, infusions, vapoteuses, toutes sortes de choses.

L'âge légal pour l'alcool et la marijuana est de vingt et un ans en Californie. Je redouterais de voir les flics faire une descente ici si je ne pensais pas qu'ils ont probablement été payés pour s'en abstenir.

— Une recommandation ? je demande, parce que je n'ai encore jamais essayé l'herbe.

Non, jamais. OK, je sais, je suis l'exemple même du bon toutou studieux qui ne fait pas de bruit, mais ça ne me dérange pas. J'ai toujours accepté cette partie de moi. Pourtant, même si je ne suis pas encore prête à essayer l'alcool, à cause des problèmes de mon père par le passé, peut-être que je pourrais essayer l'herbe.

Zayd prend un tout petit morceau de chocolat entre ses doigts et se tourne vers moi, affichant son sourire sexy plein d'assurance. Il y a littéralement des dizaines de filles qui regardent dans notre direction et le reluquent, quelques gars aussi. Ma nature possessive se réveille et je jette un coup d'œil derrière moi : les autres garçons sont l'objet de la même attention.

Aie confiance, Marnye, aie confiance, je pense en croisant le regard de Zack qui sourit en levant une bière, par solidarité. Il porte à nouveau sa veste Letterman, ce qui, bien sûr, produit aussitôt l'effet voulu sur moi. Il a une fille assise de chaque côté et deux autres devant lui.

— Du sativa ? demande Creed, en arrachant le chocolat des doigts de Zayd à qui il jette un regard sévère.

Zayd ferme légèrement les yeux, puis hausse les épaules.

— Hybride, mais à dominante sativa. Les critiques sur Leafly disent qu'elle a un côté énergisant et créatif.

— Énergisant ? J'aurais bien besoin d'un coup de boost en ce moment, fait Creed qui se fourre le chocolat dans la bouche et me sourit en avalant. Tu as vu *Délire Express,* Marnye ?

— Pas vraiment, je réponds, mais je souris parce que je ne suis pas aussi ignorante que les garçons pourraient le penser. En revanche, je sais que Leafly est une application où les gens évaluent les différentes sortes de marijuana, c'est-à-dire certaines variétés, comme certains comparent le chardonnay et le cabernet. Je sais aussi qu'il existe deux types de marijuana : l'indica et la sativa. En général, avec l'indica, on se sent plus endormi, plus détendu, tandis que la sativa procure plutôt un sentiment d'optimisme. (Creed et Zayd haussent les sourcils et échangent un regard.) Quoi ? je soupire. J'ai dû faire des recherches sur ce truc pour Charlie.

— C'est pas ça, dit Creed, en reprenant un morceau de chocolat. Juste... tu as l'air si clinique. Détends-toi, bébé.

Il place le morceau de chocolat entre ses lèvres et se penche pour m'embrasser avec. Sa langue pousse le chocolat dans ma bouche et j'ai une demi-seconde pour décider si je veux le recracher ou l'avaler.

Waouh !

Ça a l'air beaucoup plus cochon que je n'en avais l'intention...

Mais c'est aussi... une bonne question. Je n'ai jamais eu l'occasion de me demander si je devais recracher ou avaler...

J'avale le chocolat et je soupire. D'après les expériences de papa avec les produits comestibles de Mme Fleming, je sais que les effets peuvent mettre jusqu'à deux heures pour se manifester. *Pourvu que je ne regrette pas mon geste.*

— Waouh ! fait Zayd, en levant les mains alors que Creed recule en souriant, une main glissée dans les poches de son jean noir moulant. Je pensais bien qu'on sortait avec la bonne fille, Creed. Il faut croire que notre nouvelle reine des Idoles est un peu coquine, non ?

— Oh, très coquine, renchérit Creed en faisant mine de lécher le chocolat du bout de ses doigts. (Il enroule sa langue autour de chacun d'eux.) Maintenant, tu veux savoir pourquoi j'ai parlé de *Délire Express ?*

— Parce que... tu aimes le film ? je demande alors que Creed échange un nouveau regard avec Zayd.

— Peut-être pas si coquine après tout ? Elle est si douce. Empoisonnons-la, Zayd.

Creed s'avance tandis que Zayd sourit et m'attrape par la taille. Creed se penche si près que je peux sentir son eau de Cologne, même au milieu de tous les autres élèves en sueur et de la brûlure âcre de l'alcool qui semble imprégner l'air. Il a cette odeur de linge propre et de soleil, comme des draps laissés à sécher dans la chaleur de l'été.

— J'ai mentionné ce film parce qu'à un moment, Seth Rogen se lance dans un long discours pour expliquer que l'herbe donne un meilleur goût à la nourriture, un meilleur son à la musique, améliore les émissions de télé merdiques... et rend le sexe exquis.

— Seth Rogen utilise le mot « exquis » ? je murmure. J'ai du mal à le croire.

Creed m'adresse son sourire de chaton coquin, de très vilain chat domestique. De très, très vilain chat domestique avec des griffes. C'est mal si j'ai envie d'être griffée ? Et peut-être même mordue ? Creed glousse doucement, juste assez pour que ses épaules frémissent, puis il secoue la tête comme s'il avait hâte de voir comment le chocolat va m'affecter.

— Attends juste que ce que tu viens de manger fasse effet et viens me trouver.

— Non, je ne pense pas, murmure Zayd en mordillant mon oreille, ce qui me fait frissonner. Va te faire foutre, Cabot. J'emmène Charity nager.

Il m'attrape par le bras et m'entraîne vers la piscine. Miranda est déjà dehors, en train de danser sur une table, une bouteille de champagne dans une main. Creed suit, puis s'arrête avec un soupir, croisant les bras pour protéger sa jumelle des types indisciplinés. *Bon sang, on se croirait dans un clip de rap ici ou quelque chose du genre. Ou devrais-je dire un clip de rock ?*

Tristan est déjà dans le jacuzzi, la tête rejetée en arrière sur le rebord derrière lui, les bras tendus de chaque côté. Il a dû s'éloigner pendant la conversation sur les produits comestibles, car au départ, il était juste derrière nous, je suis prête à le jurer.

Windsor et Zack sont toujours dans les parages, ce qui est une bonne chose, puisque j'ai failli péter les plombs en voyant Lizzie entrer dans le jacuzzi en mini bikini et se rapprocher de Tristan.

— Qu'est-ce qu'elle fait ? je chuchote alors que Windsor vient se placer à ma droite.

— Elle se bat, mon amour, répond-il en m'observant. Elle le veut – presque désespérément.

Je pince les lèvres et me baisse pour passer ma robe par-dessus ma tête. Zayd et Zack poussent de petits cris choqués, mais Windsor ne semble pas surpris. *C'est ridicule, je n'arrive pas à croire que je fais ça.* Je ne porte même pas de maillot de bain sous ma robe, juste une culotte noire sexy et un soutien-gorge push-up dont je n'ai pas besoin. C'est Miranda qui a insisté pour que je l'enfile.

— Venez, je lance aux autres garçons, avant de grimper dans le jacuzzi de l'autre côté de Tristan.

Il ouvre un seul œil gris pour me regarder, puis il relève la tête.

— C'est un maillot de bain ?

Le ton tranchant de sa voix indique qu'il en doute.

Désormais assise dans l'eau chaude, très chaude, je me contente de répondre par la négative, alors que mon corps commence à me picoter. Je réalise alors que le comestible que j'ai avalé n'a pas besoin de deux heures pour s'activer. Oh non, il est beaucoup, beaucoup plus rapide ! Oh oh !

— Et sache que je viens de manger mon premier comestible.

L'un des sourcils noirs parfaitement arqués de Tristan se hausse en signe de surprise. Zayd jette sa chemise, enlève son jean et... je jette un coup d'œil et je vois sa queue, juste sous mon nez. Il vient littéralement de se mettre à poil pour grimper dans le jacuzzi. Je vois des parties de lui dont je n'ai fait que rêver.

Je veux dire... Est-ce que je viens de dire en avoir rêvé ? Ha ha, non. Euh, eh bien, si je veux être honnête, c'est peut-être bel et bien le cas.

Oui, d'accord, j'ai certainement rêvé d'un Zayd

Kaiser nu.

Il a une très belle queue, me souffle mon esprit en apercevant un petit piercing à son extrémité. Mes joues s'enflamment lorsqu'il se glisse à côté de moi. *J'ai vraiment une impression de déjà-vu.* Je me remémore le jour où je me suis assise nue sur les genoux de Creed dans un jacuzzi très similaire à celui-ci.

— Tu as mangé un comestible ? insiste Tristan, incrédule. Toi ?

— Oui, et alors ? je hausse les épaules, en essayant d'avoir l'air cool.

Les gens me regardent comme si je l'étais en effet, coincée dans un jacuzzi entre un mec à poil et un autre qui... Je baisse les yeux. Pendant un bref instant, les bulles se séparent et, je le jure, comme par un fait exprès, je découvre la queue de Tristan.

Oh !

Oh, merde !

Je m'adosse au bord du jacuzzi dans ma lingerie et passe ma langue sur mes dents pour m'assurer qu'il n'y a pas de trace de rouge à lèvres dessus. Windsor, Zack et, finalement, Creed et Miranda nous rejoignent. Creed se débat avec sa sœur ivre, mais je préfère qu'elle reste assise sur le bord du jacuzzi plutôt qu'elle s'enfuie dans la chaleur de la fête.

Lizzie me regarde comme si elle ne m'avait jamais vue auparavant.

— Oh, ça va être bon, murmure Tristan en souriant, avant de jeter un regard à Zayd. J'en déduis que c'est ton œuvre ?

— Creed m'a peut-être aidé, répond Zayd en haussant les épaules.

Il allume un joint avec un briquet sorti de la poche du pantalon qu'il vient de quitter. Il tire une bouffée et passe le joint à Windsor. Le prince tire deux bouffées et fait passer. Zack est le seul à refuser.

— Les tests de dépistage des drogues, ça craint, explique-t-il en secouant la tête. Et si tout se passe bien lors des prochains matchs, je serai repéré par... une université.

Il s'interrompt et regarde ailleurs, le visage crispé, comme s'il était en train de réfléchir à quelque chose. Il a ôté sa chemise et entre dans l'eau en short. Je jure devant Dieu qu'il a le torse le plus large et le plus sexy que j'aie jamais vu. Il est évident que c'est un athlète de haut niveau.

— On empoisonne Marnye lentement mais sûrement, murmure Creed en s'accrochant au bras de Miranda lorsqu'elle tente de s'éloigner à nouveau.

Elle le fusille du regard et boit une autre gorgée de son champagne.

— On l'empoisonne ? répète Lizzie avec un sourire. Comment ça ?

Elle pose une main sur l'épaule de Tristan. Il se raidit et son visage se fige, mais elle ne semble pas le remarquer. J'ai peur de le toucher, désormais. Refuse-t-il tout contact ? À moins qu'il ne s'agisse que de celui de Lizzie ? Je n'arrive pas à savoir. Impossible ! Et ça me tue.

— C'est un secret et tu n'as pas à le savoir, réplique Zayd avec un sourire en coin.

Je vois son côté cruel remonter à la surface. Lizzie le regarde fixement, les yeux légèrement plissés. Je me souviens qu'elle est sortie avec tous les garçons pendant un été fatidique. Ce n'était sûrement qu'un petit coup de cœur de collège, non ?

Lizzie ouvre la bouche pour parler quand les yeux verts de Zayd se posent sur elle et s'écarquillent. Il pince les lèvres.

— Les gars, on a un problème.

Il se lève et sort du jacuzzi. Son sexe scintillant de gouttelettes d'eau chaude heurte mon coude. Je manque de pousser un cri, mais dans le bon sens du terme. Je suis presque sûre que le comestible est en train de produire son effet. Je me sens étourdie et prise de vertige, comme si j'avais envie de rire de tout.

— Un problème ? je répète, bien trop lentement.

Windsor est debout, lui aussi. Même Tristan se lève. Il enroule une serviette autour de son corps, si rapidement que je ne vois rien.

Levant les yeux, je découvre Harper, Becky et Ileana debout à côté du jacuzzi. L'équipe au grand complet.

Ma liste apparaît dans ma tête, comme si elle était gravée en lettres de feu dans mon cerveau.

Vengeance sur les Sang-bleu de Burberry Prep
Une liste de Marnye Reed

Les Harpies : Harper du Pont, Becky Platter et Ileana

Taittinger
La Compagnie : Abigail Fanning, Valentina Pitt, Mayleen Zhang, Jalen Donner et Kiara Xiao

Ils sont tous là, jusqu'au dernier, et même plus. Ils ont recruté beaucoup de nouveaux élèves, avides de profiter de la vue depuis le sommet.

— Qu'est-ce que vous foutez dans ma maison ? Ce n'est pas une fête du Club Infinity. Foutez le camp.

— La sécurité de ta porte pourrait être renforcée, rétorque Harper. On est ici pour prendre position.

Sa luxuriante chevelure aux toutes nouvelles extensions rousses tombe en cascades sur ses épaules. Elle n'est pas la seule : toutes les filles portent à nouveau soit des perruques, soit des extensions. Elles sont comme des pissenlits qui, piétinés, repoussent aussitôt.

— C'est vrai ? demande Tristan, d'une voix froide et imperturbable.

Je vois ses mains frémir alors qu'il lutte pour ne pas serrer les poings.

— Silence, le michetonneur, grogne Harper, d'une voix pleine d'autorité alors qu'elle se moque de Tristan. Une œuvre de charité dans notre école, c'était déjà intolérable, mais deux ? Qu'est-ce que tu essaies de faire, de déprécier la réputation de l'académie pour que le reste d'entre nous en pâtisse ?

Tristan replie un bras contre son torse pour poser le coude de l'autre dans sa paume, afin de pouvoir lui dresser sous le nez un long majeur plein d'élégance.

— Oh, mais tu t'en es déjà chargée, ma belle. Ta conduite laisse à désirer, ton éducation est inférieure à la norme et, franchement, tu es une salope stupide que personne n'aime. Si tu te considères comme l'une des meilleures de l'académie, alors la fameuse réputation de Burberry Prep souffre déjà.

Harper ricane et s'avance, mais Zayd l'en empêche.

— Dégage de ma propriété, grogne-t-il.

Sa serviette glisse sur ses hanches, à deux doigts de tomber complètement. Je me précipite hors de l'eau pour la lui arranger. Il frissonne quand mes doigts effleurent ses hanches, mais ses yeux ne quittent pas les Harpies et leur nouvelle Compagnie d'esclaves populaires. Jalen, le dernier gars restant, a été rejoint par une bonne demi-douzaine de quatrième année que je me souviens vaguement d'avoir vus sur le campus.

Harper baisse les yeux sur moi, mais je me tiens droite, les mains sur les hanches, trempée et en sous-vêtements. Je m'en moque. Vas-y, prends une putain de photo.

— Oh, c'est ce qu'on va faire. Crois-moi, lâche-t-elle. Je voulais juste vous faire savoir à tous qu'on n'accepte pas le nouveau statu quo. Si vous pensez que cette année à l'académie va être facile, réfléchissez mieux.

— Et si tu t'imagines que je vais autoriser le harcèlement dans mon école, je commence, en intimant le silence aux garçons qui veulent protester, tu vas avoir un réveil brutal.

— « Ton » école ? ironise Harper. C'est ce qu'on va

voir.

À la façon dont elle me regarde, je comprends qu'elle ne plaisante pas, cette fois. Elle veut me voir hors de l'académie, hors de sa vie, hors de son chemin. Et elle veut m'écraser dans le processus.

Elle rejette ses cheveux en arrière (oui, de manière experte) et s'en va, entraînant une bonne partie des élèves de Burberry derrière elle. Pas autant que je l'avais craint, mais assez pour que je puisse cesser de la considérer comme une menace.

— Je vais tuer ces putains d'agents de sécurité, grogne Zayd, mais j'enroule mes bras autour de son biceps pour attirer son attention sur moi.

— Ne les laisse pas t'atteindre, je lui glisse, les dents serrées. Ils vont se pendre avec leur propre corde. Il suffit d'attendre.

Les garçons échangent des regards énigmatiques qui m'amènent à m'interroger sur ce qui s'est passé à la réunion du Club Infinity. Quoi qu'il en soit, si je me fie à leurs expressions, je devrais être terrifiée.

Seulement... je ne le suis pas.

Je n'ai pas peur de Harper ou d'aucune autre brute d'ailleurs.

Plus maintenant.

— Viens, j'insiste en entraînant Zayd vers le jacuzzi.

Les autres suivent. Le temps que le comestible fasse vraiment son effet, les Harpies sont parties depuis longtemps.

JE ME RETROUVE dans un lit avec Creed d'un côté et Zayd de l'autre. La musique est toujours en train de retentir en bas, mais les draps sont si doux sous moi que je ne peux pas m'arrêter de rire.

— Tu es complètement défoncée, constate Creed qui sourit parce qu'il est défoncé, lui aussi.

Zayd nous regarde depuis l'autre côté, la tête appuyée sur sa main tatouée. Son tatouage « Plus jamais » est visible sur un côté de son cou et je me sens obligée de le toucher, juste pour voir si l'encre est aussi belle qu'elle en a l'air.

— Hmm, ronronne Zayd quand ma main glisse dessus.

Il se penche pour m'embrasser et, promis, je n'ai jamais rien ressenti de tel que sa bouche sur la mienne. Il a un goût juste assez proche du danger pour être attirant, mais qui évoque aussi la sécurité. Je suis sûre que Zayd est là pour moi maintenant, vraiment et sincèrement. Je ne pense pas qu'il ait jamais voulu être ailleurs.

— Tu as bon goût, je lui dis alors que Creed s'allonge sur le dos et fixe le plafond.

C'est la première fois que je suis vraiment intime avec un garçon avec un autre à proximité. C'est... excitant.

— Vraiment ? demande Zayd.

Il affiche cet air arrogant qui me fait frémir. Je suis toujours en sous-vêtements, sans rien d'autre. Ils sont secs maintenant, mais mes cheveux sont encore humides. Le chanteur d'Afterglow tend la main et enroule ses doigts dans mes cheveux, dont ils taquinent les mèches rose et or, puis il se penche pour un autre baiser, beaucoup plus profond, et nos langues s'entremêlent.

À côté de nous, Creed glisse une main dans son short de bain et gémit, ce qui fait naître en moi une bouffée de chaleur dont je ne sais pas trop quoi faire. Je suis encore assez nouvelle en ce qui concerne le sexe. Quelques étreintes avec Creed et quelques autres avec Zack ne font pas de moi une experte.

Zayd fait courir sa main tatouée le long de mon flanc, sur la courbe de ma taille, et pose avec douceur sa paume sur ma hanche. Chaque endroit qu'il touche crie de plaisir, et je réalise que Creed avait raison : je me sens dix fois plus sensible maintenant qu'en étant complètement sobre.

Un petit gémissement m'échappe au moment où Zayd remonte sa main vers le haut de mon corps. Je frémis.

— C'est vraiment exquis, hein ? je fais.

Zayd éclate de rire. Le son est aussi musical que ses chansons. J'ai envie de les écouter toutes en boucle, encore et encore et encore. Je glousse. Il sourit, se penche pour m'embrasser la clavicule, faisant glisser ses lèvres le long de la dentelle de mon soutien-gorge. Mes seins pâles qui montent et descendent démentent le calme que j'affiche et montrent à quel point je suis nerveuse en réalité.

Je me penche un peu en arrière et mon corps rencontre celui de Creed, qui gémit. Je jette un coup d'œil dans mon dos : sa main s'active furieusement, dans sa quête du plaisir. Comme je le regarde, il jouit dans un frisson et son corps s'affale dans les oreillers. Je suis presque sûre qu'il va s'endormir, genre, dans une minute.

— La règle d'or, c'est : fumer d'abord, boire ensuite. Creed fait toujours l'inverse, puis il boit à nouveau. C'est son problème. (Je reporte les yeux sur Zayd que je trouve en train de me sourire dans l'obscurité.) Tu vois, je lui ai dit que tu ne viendrais pas le voir plus tard.

— Il avait l'air de passer un bon moment, je murmure, réalisant soudain que je serai sans doute mortifiée de me souvenir de ce moment demain matin.

Pour l'instant, tout semble surréaliste et plus qu'excitant. Je grimpe à califourchon sur Zayd, les paumes plaquées sur sa poitrine nue et tatouée, puis je les fais glisser vers le bas. Il gémit et lève les mains pour me caresser les fesses. On s'embrasse à nouveau, en longs baisers profonds, exploratoires, qui semblent durer des heures.

Mais dans un sens positif. Dans le sens où je voudrais que ça ne se termine jamais.

— Ce comestible est incroyable, je halète.

Zayd s'esclaffe, fixant sur moi un regard curieux à travers le clair de lune. Je recule pour poser les lèvres sur les lignes dures comme la pierre de ses abdominaux. On est dans son lit, dans sa chambre, la fenêtre ouverte, avec la brise chaude de la Californie du Sud qui agite les rideaux. J'entends les gens dans la piscine, mais ils sont trop loin pour faire beaucoup de bruit. Ils pourraient tout aussi bien se trouver dans un autre monde.

Ma langue glisse sur le jean de Zayd, puis j'ouvre sa braguette. Je lève les yeux vers lui en m'emparant de son sexe.

— Putain de merde, murmure-t-il, mais il ne me laisse pas lui donner plus d'un seul coup de langue avant de m'attraper le poignet et de me ramener vers son visage. Pas quand tu es défoncée, pas pour notre première fois.

Zayd m'embrasse à nouveau, puis il me renverse sous lui. Sa langue tourbillonne autour de la mienne, ses doigts tatoués s'insinuent entre mes cuisses, jusqu'à toucher mon sexe. Je sursaute, en m'accrochant à ses épaules. Il ne les introduit même pas en moi, il se sert de ma propre humidité pour me taquiner et me caresser, et m'amener à un orgasme à la fois chaud et frissonnant qui me rappelle beaucoup ce qui s'est passé avec Creed.

Immédiatement, mes paupières sont lourdes et je soupire alors que Zayd sourit et m'embrasse à nouveau. Ses anneaux labiaux font frissonner ma bouche.

— Dors bien, Charity. On tâchera de finir ça demain matin.

Zayd se détend à côté de moi et la dernière chose dont je me souviens, c'est de ses doigts tatoués qui s'enroulent autour de la base de sa queue.

Après, il n'y a plus que des rêves jusqu'à ce que le soleil se lève.

CHAPITRE SEPT

UNE SCÈNE EST INSTALLÉE à environ huit cents mètres de la maison et, malgré la chaleur, les gens commencent à faire la queue avant même que la fête ne se termine vraiment. Il y a des élèves recroquevillés sur les canapés et allongés à même le sol, la plupart avec la gueule de bois ou encore un peu défoncés. Mais s'ils veulent une bonne place dans la foule, ils feraient mieux de se lever maintenant, car la file pour entrer s'étend à perte de vue.

— Tu es vraiment célèbre, hein ? je demande à Zayd, en jetant un coup d'œil par-dessus mon épaule.

Il enfile un débardeur blanc avec le logo de son groupe sur le devant : « Afterglow » en cursive avec une demi-lune, un demi-soleil derrière, qui brillent de chaque côté de cette lueur qu'en anglais on appelle, eh bien, « *glow* ». Il me lance un sourire arrogant.

— Oui, bon, peut-être juste un peu.

Il se déplace pour se planter à côté de moi et je me

sens rougir quand je me rappelle ma langue sur sa… euh, eh bien... si je ne suis pas assez mature pour le dire, alors je ne suis pas assez mature pour le faire : sa queue. J'ai failli tailler ma première pipe hier soir.

— Je vais bientôt partir avec le groupe pour saluer quelques vedettes, mais des voiturettes de golf et des passes pour les coulisses t'attendront. Et je suis tellement gentil que j'en ai même inclus en plus pour tes autres petits amis.

Zayd se plaque une paume sur le torse. Ses cheveux verts brillent dans le soleil matinal. La chaleur torride de la journée n'est pas encore là, donc il fait encore assez frais pour que ce soit agréable.

— Les types gentils ne disent pas qu'ils le sont, je réplique.

Il sourit et se penche pour me coller contre la porte, un bras de chaque côté. La grappe de colliers avec des images de guitare qu'il a glissée autour de son cou se balance dans l'espace entre nous.

— Non, tu as raison : je suis un vrai connard. Mais voilà le truc... (Zayd fait une pause et dépose un baiser sur le coin de ma bouche.) Je t'apprécie assez pour essayer. Donc, conclut-il en se redressant, ses bras musclés repliés sur sa poitrine, me voici en train d'essayer. J'échoue probablement mais, au moins, je fais des efforts.

— Tu t'en sors bien, je le félicite en me sentant rougir. Je veux dire, tant que tu es toi-même. Si tu es un connard, tu es un connard. Mais ne sois pas une brute.

— Si je m'en sortais bien…, réplique Zayd, avant de

s'interrompre en remarquant Creed qui s'approche de nous en pantalon de survêtement, une serviette sur ses cheveux blonds mouillés. Ta langue ne m'aurait même pas effleuré le bout.

— Le bout de quoi ? grogne Creed, mais Zayd se met à rire et grimpe par-dessus la balustrade du balcon avant que je puisse l'arrêter.

Il plonge dans la piscine, me donnant au passage une crise cardiaque alors que je me précipite près de la balustrade. Je retiens ma respiration jusqu'à ce qu'il émerge et nage jusqu'au bord.

Zayd se hisse hors de l'eau rien que pour y pousser un autre gars et se retourner pour me faire signe.

— Toujours un connard ! Mais pas avec toi.

Il dépose des baisers sur ses paumes puis les envoie dans ma direction. Ses cheveux verts gouttent sur son visage alors qu'il traverse la cour et sort par une porte latérale.

— Le bout de quoi ? répète Creed alors que je jette un coup d'œil sur lui, grand et imposant, avec deux glaçons en guise d'yeux.

Mon visage s'échauffe et je lève la tête vers le ciel bleu, bleu de Californie.

— Euh, tu me croirais si je te disais qu'il s'agit d'une... sucette ?

— Non, répond Creed qui soupire, le regard mauvais. Sauf si par sucette, tu veux parler de la queue de Zayd. Tu as sûrement remarqué son piercing débile ? C'est un tel connard de frimeur. (Creed marque une pause, comme s'il reconsidérait l'utilisation de ce dernier terme, et baisse les yeux vers moi.) Est-ce que tu...

— Non ! je m'écrie, sentant que je m'empourpre. On était tous les deux défoncés. Il m'en a empêchée.

— Il t'en a empêchée ? demande Creed, avant de secouer la tête. Intéressant.

Il essuie ses magnifiques cheveux avant de jeter la serviette sur le côté, probablement pour qu'une femme de ménage sous-payée aille la laver. Comme ça me dérange, je ramasse la serviette et la mets dans un panier qui contient déjà des vêtements sales.

— En quoi c'est intéressant ? je demande.

Creed hausse paresseusement les épaules, s'avachissant sur le lit pour s'y allonger à plat ventre. Il ne semble même pas se soucier du fait qu'on se trouve dans la chambre de Zayd. Ou qu'il ait joui dans son pantalon, allongé juste à côté de moi, la nuit dernière. Apparemment, l'herbe n'efface pas les souvenirs de la même manière que l'alcool.

— Juste... Je veux dire, Zayd qui repousse une fille, c'est nouveau.

— Tu veux dire comme toi quand tu étais puceau ? je demande, en m'asseyant à côté de lui.

Il soulève une paupière lourde et me regarde.

— Je ne suis plus puceau, dit-il, avec un petit sourire insouciant. Et toi non plus. Quoi qu'il arrive, tu te souviendras probablement de moi pour le restant de tes jours. J'aime ça.

— Tu es un connard arrogant, prétentieux et paresseux, je réplique.

Mais Creed se contente de hausser une nouvelle fois les épaules.

— Je ne vais pas polémiquer là-dessus. On devrait faire une sieste avant le concert, non ? Je ne sais même pas pourquoi on est debout à l'aube de toute façon. Ce n'est pas notre concert ce soir.

— On pourrait faire une sieste..., je commence.

Il doit cependant y avoir quelque chose dans ma voix, car soudain Creed n'a plus l'air si endormi. Son sourire insouciant se transforme en un rictus de mâle satisfait alors qu'il se relève pour ramper vers moi.

On finit tout juste à temps de se rhabiller pour le début du spectacle.

— DÉGUEU, dégueu, dégueu, murmure Miranda alors que je rougis, assise à l'arrière de la voiturette de golf avec Lizzie et elle, pendant que Zack conduit. Je n'arrive pas à croire que je suis entrée et que j'ai vu ces fesses dégoûtantes et ridées.

— Mes fesses ne sont pas ridées, proteste Creed en se retournant pour la fusiller du regard.

Zack est tellement grand et musclé que seuls Creed et lui peuvent tenir sur le siège avant, tandis que nous trois, les filles, nous nous installons facilement à l'arrière.

— C'est pourtant l'impression que j'en ai retirée, à lui voir faire ses mouvements de haut en bas...

— Miranda ! je crie, en mettant mes mains sur mes oreilles. Arrête, s'il te plaît.

Ça n'a pas été agréable de nous faire surprendre une deuxième fois par Miranda. Ça nous apprendra, à son jumeau et moi, de ne pas vérifier que la porte était fermée.

— OK, très bien, mais elles m'ont quand même semblé ridées...

Zack pousse un grognement de frustration tandis que Lizzie glousse, la main sur la bouche. J'en ai marre de cette conversation, alors je les ignore tous, pour regarder la foule compacte qui s'agite autour de la scène.

Nous suivons l'autre voiturette de golf jusqu'à l'arrière où plusieurs vigiles costauds vérifient et revérifient nos badges avant de nous laisser entrer dans les coulisses.

— Quel cirque ! lance Tristan, comme s'il s'ennuyait à mourir.

— C'est mieux que des fesses ridées, commente Lizzie.

Elle le fait exprès, c'est évident. Je m'arrête net et me tourne pour la regarder, mais elle est déjà en train de passer mine de rien tout en gloussant. Tristan la regarde, puis se retourne vers moi. Si les rumeurs sont vraies, il n'a pas fait l'amour depuis... des années, non ?

— Miranda nous a surpris, Creed et moi, je lui explique en croisant les étincelles de son regard argenté.

Il serre la mâchoire, mais ne dit rien, attendant que

les autres passent jusqu'à ce que Windsor s'arrête à côté de moi.

— Je n'étais pas jaloux avant, lâche ce dernier, en repoussant ses cheveux roux sur son front. (Comme d'habitude, ils pointent en épis vers le haut.) Je commence à être jaloux maintenant. Qu'en pensez-vous, monsieur Vanderbilt ?

— Creed n'est pas une menace pour moi, réplique-t-il, se redressant.

Et il passe en trombe devant nous tandis que Creed adresse un doigt d'honneur à son dos.

— Putain de connard, lance-t-il en me jetant un coup d'œil pour évaluer ma réaction.

Je reste là, à digérer la tension ambiante et à me demander combien de temps je vais pouvoir continuer. Combien de temps encore puis-je les garder tous avant qu'ils ne commencent à se battre entre eux ?

— Salut, lance Zayd.

Il me prend par la main, ce qui interrompt le cours de mes pensées. Il a des bracelets éponge aux poignets maintenant et un air féroce sur le visage qui le transforme complètement. Lui qui était beau, légèrement inaccessible, légèrement dangereux... il est devenu transcendant. Zayd Kaiser ressemble à un dieu du rock. Il est dans son élément et il ressent les vibrations de la foule.

Son énergie est contagieuse.

Zayd me traîne jusqu'au bord de la scène où les membres de son groupe attendent. Le groupe en charge de la première partie commence à accorder ses instruments. La foule se déchaîne dans l'attente du spectacle et Zayd enroule un bras autour de mes épaules. Son souffle est chaud contre mon oreille.

— Après le spectacle, j'aurai besoin de toi pour m'aider à repousser les groupies, d'accord ?

Mais avant que je puisse ouvrir la bouche pour lui poser la question, la musique commence et je n'entends plus rien du tout.

Cela fait des années que je veux assister à l'un des concerts de Zayd pour le voir jouer.

Ce soir, j'ai enfin cette chance.

Les trois groupes qui précèdent celui de Zayd sont bons, mais leurs chanteurs n'ont pas l'énergie sauvage que je sens en lui lorsqu'il me touche, ses doigts partout sur mon corps. Je porte une robe débardeur *Afterglow* et des talons, et on dirait que Zayd ne peut pas se passer de moi. Il me tient dans ses bras pendant les trois sets avant de me donner un baiser brûlant pour que je lui porte chance et de traverser la scène.

Il arrache le micro de son support, passe les doigts dans ses cheveux verts, puis lance à la foule un regard ardent qui la fait hurler.

— Waouh. Si je n'étais pas gay, je soutiendrais la #TeamZayd, marmonne Miranda alors que Zayd s'avance vers le devant de la scène et pose une de ses bottes sur un haut-parleur.

— Bonsoir, Californie ! lance-t-il. Vous êtes prêts à en prendre plein la tronche, ce soir ?!

Une vague d'énergie semble traverser la foule. Mon cœur est secoué et je pousse un petit cri que seul Zack semble remarquer. Il me jette un coup d'œil et se tourne pour examiner Zayd, les yeux sombres et scrutateurs.

Des cris assourdissants répondent à l'interpellation de Zayd.

Il repose le micro sur son support, attrape une guitare vert citron en forme de hache et gratte quelques accords. Bern démarre la batterie pendant qu'Aiden fait retentir sa basse. Benji s'empare d'une autre guitare. Je ne connais pas grand-chose au rock, mais la musique a une essence inoubliable, quelque chose qu'on apprend une fois et qu'on n'oublie jamais. Même moi qui joue de la harpe, mon corps vibre avec les notes que Zayd fait naître sous ses doigts.

Il commence par une chanson bien plus lourde que tout ce que j'ai l'habitude d'écouter, mais j'aime ça. Bien sûr, je serai probablement sourde pendant quelques jours, mais... ça vaut vraiment le coup.

« *Altered by fire, destroyed by the flame, broken by violence, restored in the rain*[1] », hurle Zayd dans le micro, puis il baisse la voix quand ses doigts tatoués entament une danse frénétique sur les cordes de sa guitare. J'en ai la chair de poule en écoutant les paroles pour essayer de déterminer si je l'ai déjà entendu chanter cette chanson. Mais non... c'est une nouvelle. Un sourire se dessine sur mes lèvres. Aucun autre auteur n'a composé cette chanson pour lui. « *The fall of your tears was the catalyst I craved, the heat of your mouth was the balm that could save. You opened your eyes, and you saw through my pain.*[2] » Zayd marque une pause dans son jeu de guitare, puis grogne dans le micro de telle manière que je sens chaque partie de moi s'enflammer d'un violent désir.

Bon sang !

Il veut que je le protège des groupies ?

Je comprends pourquoi.

— Maintenant, dansez, ordonne Zayd qui fait claquer sa langue et décrit une petite rotation de son doigt, ce qui met la foule tellement en transe qu'un amas de danseurs furieux se forme juste devant la scène.

À ce stade, Miranda et moi, on crie et on trépigne.

L'énergie continue d'affluer tout au long de cette chanson et jusqu'à la suivante, lorsque Zayd pose sa guitare et élève sa performance à un tout autre niveau. Il utilise la scène entière comme toile pour son art. Le morceau est beaucoup plus doux que le premier, mais toujours aussi sauvage. Il grimpe même au milieu de la foule et chante pendant qu'elle le porte comme un dieu.

— Ces vidéos vont devenir virales, crie Miranda, trempée de sueur mais souriant comme une folle. D'ici demain, ton petit ami sera encore plus demandé.

Elle montre la foule du doigt et je vois des dizaines... peut-être plutôt des centaines de téléphones qui enregistrent. Elle a probablement raison. Miranda me serre le bras et je me demande si elle veut me réconforter... ou me terrifier.

Cinq gars sexy, riches, talentueux... J'ai vraiment de quoi faire.

Zayd a sa chemise collée au corps par la sueur, ses

cheveux verts plaqués sur le front. Il se lève pour se frotter le visage et étale son eye-liner.

— OK, bande d'enfoirés, lance-t-il, pantelant. La chanson suivante, je l'ai écrite pour ma petite amie.

Il pointe un doigt tatoué dans ma direction et me fait signe d'approcher, loin de la sécurité du rideau et sous les projecteurs.

— Vas-y ! m'encourage Miranda, qui me pousse et me fait légèrement trébucher avant que Zayd ne m'attrape par la main et me traîne au centre de la scène.

Il y a quelques légères huées chez certaines filles, des sifflets agaçants de la part de certains gars, mais dans l'ensemble, la foule semble plutôt bienveillante.

— Marnye Reed, lance Zayd, le souffle court, en levant mon bras. (J'adresse un petit signe de la main au public.) Elle a supporté mes conneries et mes brimades, et cette chanson... c'est juste pour la baiser, OK ? (Il rit et le son me traverse comme un verre de rhum, me réchauffant de l'intérieur.) Vous pouvez toujours écouter, mais ce n'est pas pour vous. (Zayd jette dans la foule quelques-uns de ses bracelets en caoutchouc, ceux qui portent l'inscription « Afterglow Fangirl », avant de se tourner vers moi.) C'est une nouvelle chanson, OK ? Alors toutes mes excuses par avance si je la fous en l'air.

Ces dernières phrases, il les prononce hors micro.

Zayd me fixe de ses yeux émeraude pendant qu'il remet le micro dans son support et recule. Puis il se retourne pour se diriger vers un piano au bout de la scène. Il me fait signe de m'asseoir à côté de lui et pose les doigts sur les touches.

— Prête ? me demande-t-il, en me regardant sous ses longs cils.

Ses piercings étincellent dans le soleil de fin d'après-midi qui s'enfonce derrière l'horizon, boule orange en fusion. J'acquiesce, et Zayd relâche son souffle en levant la main pour allumer son micro. Ses doigts tatoués se posent sur les touches d'un piano blanc nacré et il commence par une mélodie lente et facile, sur laquelle la foule ne tarde pas à se balancer, briquet à la main. Son groupe le soutient avec un son plus rugueux, plus granuleux, qui se marie à merveille avec les notes chantantes du piano. « *I'll never be a nice guy, and I'll never be a saint, but if you're game to let me try, I'll make a valiant change. If you could only love me for the asshole that I am, then I swear to God I'd be the man you want to claim.*[3] » Zayd fait une pause et lève les mains des touches, avant de jeter un coup d'œil à son groupe.

— OK, les gars, c'est parti.

Les trois autres garçons frappent leurs instruments avec force et font vibrer la scène tandis que Zayd se lève de son banc, tout en emportant son micro. « *I'm sorry, Marnye, but I do feel bad* », chantonne-t-il en s'asseyant sur le piano. La sueur dégouline sur les magnifiques surfaces tatouées de sa peau tandis qu'il passe les doigts dans ses cheveux et les hérisse. « *If there's any chance of trust, can you give me another chance? There's so much fear inside, no place to hide. But can you see the real me?*[4] »

Je suis tellement sensible aux excuses quand elles sont bien faites, je me dis quand Zayd me prend la main et m'attire sur ses genoux. Il dégage une chaleur intense et pourtant, il tremble aussi, alimenté par l'adrénaline de la foule. Je jure qu'elle se transfère en moi alors que je suis assise là, à l'écouter chanter une chanson qu'il a écrite, à sentir la basse et la batterie pulser dans mon corps.

Sa queue est dure sous moi : je la sens quand je m'ajuste sur lui. La tension entre nous est à son comble, un besoin presque douloureux m'envahit quand je touche les courbes moites de ses biceps, pour le peloter purement et simplement pendant qu'il chante. Je me sens audacieuse aussi, alors je me penche en avant et lèche la sueur de sa gorge, si bien que Zayd bégaie les paroles. Cela n'a pas d'importance, car je vois qu'il aime ça, son corps vibre alors qu'il chante et fait glisser une main dans mon dos. Ses doigts se faufilent et m'attrapent un sein, devant tout le monde.

Mon cœur bat si fort que je peux à peine entendre autre chose. C'est comme si j'étais coupée du reste du monde, enveloppée dans l'aura d'un dieu du rock. Zayd ferme les yeux alors qu'il chante la fin de la chanson : « *can you see the real me ?* », puis il lâche le micro et me prend dans ses bras, sautant du piano alors que la foule hurle et se rue vers l'avant, pour pousser contre la barrière métallique qui bloque le devant de la scène.

— On fait une petite pause, d'accord ? demande-t-il.

Je hoche la tête. On arrive à peine dans les coulisses qu'on s'arrache nos vêtements. On s'embrasse violemment, nos langues s'emmêlent. Il a les mains moites lorsqu'il fait passer ma robe débardeur par-dessus ma tête et s'en débarrasse pour palper mes deux seins de ses mains tatouées. Comme mon dos est pressé contre un haut-parleur, je recule jusqu'à être assise dessus, pendant que mes propres mains se débattent avec le jean moulant de Zayd.

Il n'y a personne par ici, derrière la scène et au coin du faux mur érigé entre la rangée de toilettes portables et l'une des aires de stationnement du personnel. Cela ne veut pas dire qu'il n'y aura pas quelqu'un sous peu.

On n'a pas vraiment beaucoup de temps.

Mais ce n'est pas grave.

Je ne suis pas là pour une longue séance de caresses expérimentales et de baisers vagabonds.

Zayd et moi allons enfin nous laisser aller à l'alchimie qui nous ronge depuis le premier jour, quand il est entré dans la classe de Mme Felton et m'a regardée avec un sourire en coin. « *Je te baiserais bien, si tu étais d'accord.* » C'est l'une des premières choses qu'il m'ait dites. À l'époque, je voulais le tuer.

Maintenant... je suis d'accord, c'est une certitude.

Ses jolis doigts tatoués glissent dans sa poche pour trouver un préservatif et il l'enfile en un clin d'œil, avant de me tirer vers lui tout en me regardant droit dans les yeux.

— Dis à Zack et Creed que je suis désolé, grogne-t-il d'une voix toujours à mi-chemin entre la parole et le chant.

— De quoi ? je murmure, tremblant de partout, les mains agrippées à son débardeur en sueur.

— De les avoir couverts de honte. Laisse-moi te montrer comment baise une rock star. Regarde-moi, Marnye, ronronne-t-il alors qu'un des autres groupes occupe la scène laissée vide.

La musique m'envahit comme une tempête et Zayd écarte ma culotte. Je pousse un petit cri. Il affiche un sourire en coin sur ses lèvres parfaites avant de me pénétrer avec force et rapidité. Je laisse retomber ma tête en arrière, presque incapable de respirer.

Je n'arrive pas à garder les yeux ouverts, mais Zayd enroule ses doigts dans mes cheveux et me serre contre lui. Il m'embrasse, m'envahissant de son goût de sueur fraîche et de Powerade à l'orange, sa boisson de scène. Sa main droite remonte et saisit un sein à travers mon soutien-gorge, pétrissant la chair douce pendant qu'il me baise contre le haut-parleur.

J'ai tellement d'adrénaline en moi que je tremble de partout. *Mais putain, ça fait du bien.* Zayd me lèche la tempe et me mordille le lobe de l'oreille. Je cambre le dos et des vagues de plaisir déferlent en moi. Il bouge vite et fort, faisant travailler son bassin de manière à stimuler chaque partie de mon corps.

La rumeur de la foule se transforme en un bruit de fond pour notre partie de jambes en l'air, un grondement facile à ignorer qui se noie dans ce moment presque surréaliste.

Il est imposant, lui aussi. Je risque d'avoir mal plus tard, je pense en resserrant encore mes jambes autour de lui.

Le piercing que j'ai vu plus tôt, je peux le sentir, même à travers le préservatif. Pendant une fraction de seconde, j'ai peur qu'il se perce, mais Zayd sait sûrement ce qu'il fait, non ? *Bon sang, oui, j'ai sacrément l'impression qu'il sait ce qu'il fait.* Le petit piercing métallique fait naître en moi des frissons de plaisir qui me sont aussi étrangers que bienvenus.

J'enlace le cou de Zayd et je finis par lui mordre l'épaule… violemment.

Il gémit quand je jouis, le corps enroulé autour du sien. Il manifeste son propre plaisir dans un son guttural bien moins travaillé et policé que les paroles chantées pour moi sur scène.

— Merde, gémit Zayd, le souffle court. (Il referme les bras sur moi.) Putain.

— Salut.

On se fige tous les deux lorsqu'une voix nous tire de l'instant. Je réalise que je ne porte plus ma robe et que Zayd est toujours enfoui en moi.

C'est Tristan.

— Des gens vous cherchent, lâche-t-il, comme s'il s'ennuyait à mourir. Dépêchez-vous.

La façon dont il nous regarde tous les deux... Je ne parviens pas à deviner s'il est furieux... ou s'il s'en fout. Il est complètement fermé.

Il se détourne et s'en va tandis que Zayd marmonne un juron et se retire de moi, se débarrasse du préservatif et part en quête de la poubelle la plus proche pendant que je cherche ma robe. Au moment où je suis sur le point de l'enfiler par la tête, il attrape le tissu autour de mes poignets, me piégeant ainsi avec la robe qui me couvre les yeux.

— Tu as promis de m'aider à repousser les groupies ce soir. Ne l'oublie pas. (À mon assentiment, Zayd m'embrasse avec un côté dur et possessif.) Tu es ma seule groupie maintenant, Charity.

Il me relâche et je me hâte de faire descendre ma robe alors qu'il repart vers la scène.

Je le suis mais m'arrête près des marches, à côté de Tristan, dont je croise le regard.

— Tu es...

— Je me fous de qui tu baises, Marnye, réplique-t-il, puis il s'en va et disparaît pour le reste de la soirée.

Si je n'avais pas vu Lizzie danser avec un groupe de ses anciens amis de Coventry Prep, j'aurais pensé qu'ils étaient partis ensemble.

En l'état actuel des choses, Zayd Kaiser est littéralement assailli par des filles à la fin du set. Ses amis en invitent une bonne moitié à la fête et je finis collée à ses côtés par la foule. Il y a à peine assez de place pour marcher.

— Tu en as de la chance, espèce de garce, murmure l'une des filles.

Zayd lui lance un regard noir qui me prouve qu'il a raison : il est toujours le même connard.

— Parle-lui encore une fois comme ça et je me charge moi-même de te faire sortir, pigé ? crache-t-il. (Je hausse les sourcils quand il me regarde.) Quoi ? La seule personne qui a le droit de te malmener, c'est moi.

— Waouh, quelle déclaration romantique ! je m'écrie en levant les yeux au ciel.

Mais je sais que c'est une blague, alors je laisse tomber.

Plus tard dans la nuit, je me retrouve dans le lit de Zayd, avec Zayd et seulement Zayd. Et il me montre qu'il est tout aussi capable d'aller lentement que rapidement.

CHAPITRE HUIT

LA PREMIÈRE CHOSE que je fais en rentrant du concert, c'est aller au planning familial avec Miranda. Elle parle sans cesse de la chance qu'elle a de ne pas avoir besoin de contraception, mais son bavardage constant m'aide à me calmer. Et elle n'a pas tort. *Veinarde de garce !*

— Tu te comportes tellement en adulte en ce moment, me dit-elle quand on sort de là avec des pilules contraceptives et qu'on monte dans la Maserati.

— Ah bon ? je dis, en essayant de trouver un endroit où glisser la boîte géante de préservatifs qu'ils m'ont fourrée dans les bras en sortant. (Charlie se doute vaguement que je suis sexuellement active, mais ce n'est pas quelque chose dont il tient à avoir la preuve, j'en suis sûre.) Est-ce qu'on devrait sortir pour fêter ça ? Un déjeuner spécial Contrôle des naissances ?

— Mettons nos uniformes et allons intimider les morveux bourgeois et BCBG de Grenadine Heights.

— Ça ne me semble pas très adulte, j'objecte en démarrant la voiture.

Elle baisse ses lunettes pour me fixer de ses yeux bleus glacés.

— Ce n'est pas parce qu'on atteint dix-huit ans qu'on doit renoncer à tous les trucs amusants. Allez, on y va. C'est moi qui paie le repas.

Je souris, mais je dois admettre que l'idée est sympa. Ces uniformes noirs de Burberry Prep savent attirer l'attention.

Je mets mes propres lunettes de soleil et on rentre à la maison pour prendre nos uniformes. Miranda passe encore la nuit ici, donc toutes ses affaires sont empilées sur le sol de ma chambre. Les Cabot ont une grande maison sur la plage, mais ses parents ont des invités, alors elle s'est esquivée. Creed, lui, s'est en quelque sorte laissé entraîner dans une interminable série de dîners et de cocktails. Je le plaindrais presque.

En arrivant dans l'allée, je vois un panneau « À vendre » dans la cour et j'ôte mes lunettes de soleil, bouche bée. C'est quoi ce bordel ?

Charlie est assis dans son fauteuil au salon quand j'entre. Il sourit en nous voyant.

— C'est quoi ce panneau ? je demande, le ventre quelque peu noué par l'appréhension.

Papa hausse les épaules, mais je vois qu'il est stressé. Il a les sourcils légèrement froncés par l'inquiétude.

— Le propriétaire veut vendre et je ne peux pas me permettre de verser un acompte pour une maison en ce moment. Ne t'inquiète pas trop à ce sujet.

L'agent immobilier m'a dit qu'elle serait probablement achetée en guise d'investissement et que, dans ce contexte, des locataires à long terme sont un atout précieux.

— Et l'argent sur mon..., je commence, mais papa secoue déjà la tête.

— Il y a déjà six offres. Il y a peu de maisons en vente à Grenadine Heights. Ne t'inquiète pas, chérie. Garde cet argent pour l'université et arrête de t'inquiéter autant pour ton vieux père.

Je pince les lèvres. J'aurais aimé qu'il m'en parle plus tôt. Ou peut-être que le panneau était déjà dans le jardin quand le bus nous a déposées hier soir et que je ne l'ai pas remarqué ? J'étais si nerveuse à cause de mon rendez-vous au planning familial aujourd'hui que j'aurais facilement pu ne pas le voir.

— Je ne cesserai jamais de m'inquiéter pour toi, dis-je en lui plaquant un baiser sur le front.

Miranda et moi, on se change et on part pour la journée. En revenant, une pancarte « Vendu » est collée sur celle « À vendre ». On échange un regard et on sort dans le noir, mais on sursaute quand une personne se lève dans l'ombre du porche. J'avais l'intention de changer cette ampoule...

— Marnye.

C'est Windsor, qui repousse ses cheveux roux de son front. Il attend que je m'arrête à côté de lui. Il a une ampoule dans une main et un tournevis dans l'autre.

— J'ai remarqué que tu avais besoin de lumière, ma chérie.

Miranda se faufile à l'intérieur pour nous laisser un moment d'intimité.

— Qu'est-ce que tu fais ici ? je demande, en sortant mon téléphone pour l'utiliser comme torche afin qu'il voie mieux. Et pourquoi tu es assis tout seul dans le noir ?

— Je suis juste fatigué, répond Windsor en installant l'ampoule qui inonde le porche de lumière.

Il se tourne vers moi pour me regarder, et je les vois creusées sur son visage : les lignes sombres de la fatigue. Il met le tournevis de côté, puis fouille dans la poche de sa veste en cuir et en sort une liasse de papiers pliés.

Je les lui prends, louche sur les petits caractères et lève brusquement les yeux.

— Tu as racheté notre maison ? je demande, cillant sous le choc.

— De justesse. Il y avait pas mal d'autres offres, et elles ne provenaient pas toutes d'acheteurs amicaux ou même neutres. Je viens juste de payer dix fois la valeur de ta maison. (Windsor s'esclaffe et se passe une main sur le visage.) Harper la voulait vraiment, vraiment beaucoup.

Il me sourit, mais il lui manque un peu de son éclat habituel. Il est épuisé. Quoi qu'il se passe en coulisses, ça l'épuise. Et je ne veux pas qu'il se tue à la tâche pour moi. Je m'y refuse.

— Tu ne vas pas augmenter le loyer, n'est-ce pas ? je demande, mais c'est juste une blague.

Mon cœur tambourine dans ma poitrine et je

voudrais... Je veux le prendre dans mes bras. Alors je le fais. Je glisse mes bras autour de sa taille et je serre. Il me rend la pareille tout en me glissant un trousseau de clefs dans la main.

— Achat en liquide, affaire vite conclue. L'argent peut acheter... presque tout.

Il sourit et s'éloigne vers l'allée, les mains dans les poches. J'envisage de le suivre, mais j'ai l'impression qu'il veut être seul. Il s'arrête avant de sortir de la cour, agite la main dans ma direction, puis continue vers l'arrêt de bus.

Je ne comprends toujours pas pourquoi il ne conduit pas.

En réalité, je ne sais rien du prince britannique, la brute des brutes.

Mais je veux savoir.

J'en brûle.

LE RESTE de l'été semble se dérouler au rythme des journées chaudes et paresseuses, du chant des cigales et du temps que je peux passer avec Charlie. Les questions que je me pose à propos d'Isabella et du nouveau bébé de Jennifer restent en suspens afin de maintenir la paix.

À moins que je ne veuille pas connaître les réponses à ces questions ?

— Que veux-tu faire pour ton anniversaire ? demande papa.

J'ai une folle impression de déjà-vu, à être assise sous le porche de derrière avec Windsor et lui. L'année dernière, on avait organisé une fête au bowling. Cette année... semble bien plus sévère, tellement plus importante en quelque sorte.

— Ta mère voudrait t'emmener dîner avec ta sœur, ajoute mon père.

— C'est à peu près la dernière chose que je souhaiterais en guise d'anniversaire, je réplique. Peut-être qu'on pourrait tous aller au lac faire un barbecue ?

Wind reste silencieux, à siroter sa citronnade à l'aide d'une paille en métal enfoncée dans le coin de sa bouche. Je soupire en regardant la pelouse. Elle est un peu trop haute, l'herbe ondule sous la brise chaude, mais elle est parsemée de fleurs sauvages dont la vue m'apaise d'une certaine façon.

— C'est ton anniversaire, bébé, pas le mien, déclare papa qui se penche pour serrer ma main.

Mais il n'y a plus de force dans son geste. Les oiseaux gazouillent, les papillons volent, pourtant j'ai l'impression d'être aspirée dans un trou noir en cet instant.

J'ai envie de crier, peut-être de jeter quelque chose, mais ça ne servira à rien. À la place, je prends une longue et profonde inspiration et je m'oblige à sourire. Il me fait mal, ce sourire, comme un couteau qui m'entaille le bas du visage, n'empêche que je le fais quand même. Parce qu'en fait, c'est le contraire de ce que papa vient de dire : cet anniversaire, c'est pour lui, pas pour moi.

— C'est tes dix-huit ans, insiste Charlie en me regardant avec un sourire malicieux. Tu es censée avoir des ennuis. C'est un rite de passage.

Je me suis déjà attiré de sacrés ennuis au concert d'Afterglow, je pense en sentant un petit frisson me parcourir. Je n'arrive pas à me sortir de la tête les mains tatouées de Zayd ni le violent orgasme que le piercing au bout de son sexe m'a donné.

Ce n'est pas exactement la conversation que je veux avoir pendant que papa me touche la main. J'ai failli grimacer, pourtant je réussis à garder mon visage sous contrôle.

— Barbecue et partie de pêche au bord du lac, j'insiste fermement et je soupire. Je sais que j'ai été assez stricte sur le vegan et le végétarien, alors on prendra de gros steaks bien gras, des côtelettes, du poulet...

— C'est moi qui vais prendre les bons gros steaks, et tout ce que vous voulez, intervient Windsor en mettant sa citronnade de côté. Fais-moi juste une liste et tes souhaits seront exaucés.

Je lui lance un regard d'avertissement.

— Plus de cadeaux extravagants cette fois. Ce n'est pas une compétition.

Mais j'esquisse quand même un sourire, car il sait à quel point j'aime ma voiture.

— Marché conclu, Votre Majesté, répond-il, sans une once d'ironie. Juste l'essentiel. Tu veux un gâteau ? Des bougies ? Une couronne ?

Je souris et papa glousse, en se penchant pour ébouriffer mes cheveux.

— Elle porte une couronne depuis qu'elle est née, ma petite princesse...

Il se tait et la façon dont il me regarde... Je sais qu'il se pense en train de mourir. Il en est absolument persuadé. Je serre le bracelet à breloques de ma grand-mère June sans le quitter des yeux.

— N'importe quel truc normal de fête fera l'affaire..., je commence.

Et comme si Windsor sentait que nous en avons besoin, il se lève et nous laisse, papa et moi, seuls au soleil.

MON DIX-HUITIÈME ANNIVERSAIRE tombe quelques jours avant la rentrée des classes. Le temps est parfait, un 22° C avec juste assez d'ombre pour qu'on n'ait pas trop chaud, mais beaucoup de soleil qui brille à la surface du lac. Grâce à l'argent gagné au jeu, je nous ai acheté, à papa et à moi, de nouvelles cannes à pêche, de vraies cannes de luxe, une boîte d'appâts et plein de trucs pour aller dedans. Je lui ai même acheté un nouveau chapeau, ainsi qu'un petit bateau en métal qui traverse l'eau comme dans un rêve.

— Ce n'est pas mon anniversaire, proteste-t-il.

Toutefois, il accepte quand même les articles et on passe une bonne partie de la matinée en silence sur l'eau, remontant plusieurs poissons dont on ne garde que deux en vue du déjeuner. Lorsque les autres arrivent – Jaguar pour Zayd, McLaren pour Zack et Mercedes pour Miranda qui l'a reçue pour son dix-huitième anniversaire –, on sort le bateau de l'eau et on prépare les braises du petit barbecue.

Windsor installe des banderoles et attache un bouquet de ballons ridiculement énorme à un arbre pendant que Zack s'occupe du grill. Andrew, qui est avec sa famille à Hawaï jusqu'à demain, ne sera pas là et Lizzie n'est pas sûre de pouvoir venir. Ai-je tort d'espérer qu'il n'y aura que les garçons, Miranda et moi ?

— Une couronne, comme promis, déclare Windsor en me posant un diadème sur la tête.

J'en ai les yeux qui sortent de leur orbite.

— Tu as dépensé combien pour ça ? je chuchote. Je sais que c'est maladroit, mais qui a eu cette idée ?

Il m'ignore et s'éloigne pour aider à décharger les cadeaux, la collation et un gâteau géant à trois étages qui ressemble un peu au campus de Burberry Prep.

— On a mis de l'argent en commun pour t'offrir la couronne et le gâteau, répond Miranda en me fourrant dans la main une baguette en plastique coiffée d'une étoile lumineuse. (Elle sourit devant mon haussement de sourcils.) On s'est dit qu'on allait tous dire au revoir à Burberry cette année, alors pourquoi ne pas manger l'académie sous forme de gâteau ?

— Mouais...

Elle me passe devant et commence à ouvrir les sacs pour verser des chips dans des coupelles en métal.

Quelques minutes plus tard, Lizzie se gare et mon cœur se serre. Elle m'étreint brièvement pour me souhaiter bon anniversaire avant d'aider Miranda avec les snacks.

Zayd met de la musique pendant que Creed et Tristan se laissent tomber sur la table de pique-nique comme des rois.

— Petit avertissement, lance Tristan, en jetant un coup d'œil vers la route. On a vu une Cadillac champagne en train de venir par ici.

Je hoche la tête, mais c'est bon. En fait, cette fois, c'est moi qui ai invité Jennifer... et Isabella, et le bébé auquel Jennifer a donné naissance le mois dernier.

J'ai un pressentiment qui ne s'effacera pas.

La voiture s'arrête et Jennifer en sort, bien trop jolie pour quelqu'un qui vient d'accoucher. Je me déteste d'avoir ce genre de pensées mais, si je pouvais, je transférerais sa santé et sa vitalité sur Charlie. Vraiment. C'est lui qui est resté à mes côtés, qui a pris soin de moi, qui m'a élevée tout seul. Jennifer n'est qu'une mondaine égoïste et ambitieuse.

— Joyeux anniversaire, ma chérie, lance-t-elle en me plantant un baiser sur la joue.

Isabella reste loin derrière, les narines dilatées alors qu'elle jauge la fête avec dégoût, comme si ces réjouissances étaient bien en dessous de ses standards habituels. Jennifer me tend le paquet qu'elle tient avant de retourner chercher le bébé dans sa voiture.

Ça pourrait être le bébé de papa, je pense en la regardant, puis je baisse les yeux sur le cadeau que je tiens dans ma main. C'est une petite boîte avec un nœud dessus. Je lève à nouveau les yeux, mon esprit tournant à des millions de tours par minute. Non, ce bébé ne peut pas être celui de papa, n'est-ce pas ? Quand a-t-il commencé la chimio ? Parce que ça perturbe définitivement la fertilité d'un homme...

Je regarde ensuite Isabella, puis je vais m'asseoir à côté de Creed, en luttant pour garder ma respiration sous contrôle. Remarquant que je suis en train de piquer une mini crise, il m'attire sur ses genoux et colle sa bouche contre mon oreille.

— Qu'est-ce qui se passe, reine du jour ? demande-t-il.

Je réalise que je ne connais sa date d'anniversaire que grâce à Miranda. Le 26 août. Je ne connais l'anniversaire d'aucun des garçons. Ils sont tous plus âgés que moi d'au moins quelques semaines, je le sais. Pourtant, aucun d'entre eux n'a organisé de fête extravagante ou quoi que ce soit dont je sois au courant.

— Tu trouves qu'Isabella ressemble à mon père ? je demande.

Creed se tourne pour la dévisager. Brune aux yeux marron. Elle est en train de reluquer tour à tour les cinq garçons de la fête avec un intérêt renouvelé, mais elle ne fait aucun effort pour nous rejoindre à la table.

— Tu te demandes si elle est la fille de ton père ? demande Tristan en se tournant vers moi.

J'acquiesce, mais je grimace.

— Ça fait vraiment feuilleton de base, non ? Ce genre de merde n'arrive pas dans la vraie vie.

— Et pourtant, insiste-t-il en soupirant. (Il rejette en arrière quelques mèches noir corbeau.) Ta mère veut une vie confortable, de l'argent et un mari en bonne santé. Mais elle aime ton père.

Tristan se lève brusquement et s'éloigne d'un pas raide vers le lac. Je le regarde se diriger vers l'extrémité du quai, ôter ses chaussures, remonter son pantalon et mettre les pieds dans l'eau.

Cela ressemble... si peu à Tristan que je finis par être fascinée par ce spectacle.

Lizzie le suit de près, pour s'asseoir à ses côtés. Le murmure de leur conversation parvient jusqu'à moi. Je pince les lèvres, mais j'ai d'autres sujets de préoccupation pour le moment.

Jennifer présente le bébé à Charlie et, vrai de vrai, son visage s'illumine.

Isabella finit par céder et prend place à la table. Cependant, à part faire les yeux doux aux garçons, elle ne dit ni ne fait rien. Elle ne prend même pas la peine de me souhaiter un bon anniversaire.

Au moment d'ouvrir les cadeaux, je commence, intriguée, par celui de Jennifer et je trouve une clef au bout d'une chaîne.

— Ma maison est ta maison, m'explique-t-elle avec un grand sourire étincelant. C'est la clef de la maison. L'adresse est cachée dans la boîte et j'y ai une chambre toute prête pour toi.

C'en est apparemment trop pour Isabella

Carmichael. Elle s'enfuit, s'enferme dans la voiture et n'en ressortira pas pendant le restant de la fête.

— Merci, je lâche.

Cela étant, je n'ai pas l'intention de la prendre au mot. Le pardon est une chose, mais… l'offre de Jennifer me parvient juste un peu trop tard.

CHAPITRE NEUF

L'UNIFORME des quatrième année de Burberry Prep a toujours été mon préféré : noir de la tête aux pieds. Même les chaussettes et les chaussures sont noires.

— J'ai l'impression d'aller à un enterrement, se lamente Miranda en se regardant dans le miroir de la salle de bains.

On est dans les toilettes du parking des visiteurs, à attendre que tous les membres de notre petit groupe se changent. *Tous les Sang-bleu, tu veux dire. Vous êtes les Sang-bleu cette année. C'est quasi officiel.*

L'année dernière, je n'étais pas prête à accepter le poste.

Cette année, si.

L'intimidation est interdite dans mon école.

— Ce n'est pas funèbre, je murmure, défendant l'uniforme en passant ma main sur la cravate.

Elle me jette un regard, sautant sur le comptoir

pour changer de chaussettes. Vu qu'on a le droit de porter les chaussettes de n'importe quelle année, je ne suis pas surprise quand Miranda enfile les blanches à rayures rouges et noires de l'an dernier.

— Elles ne vont pas avec la tenue, je me moque quand Lizzie sort d'une des cabines, habillée de noir de la tête aux pieds.

Elle me sourit, et je lui souris en retour, mais il y a une tension bizarre entre nous, qui n'était pas là avant sa confession. On a passé tout l'été à tourner autour du pot et nous voilà, sans rien à nous dire.

— Miranda ! appelle Creed de l'extérieur de la salle de bains.

L'interpellée lève les yeux au ciel de façon théâtrale avant de glisser du comptoir et de rejeter ses cheveux blonds sur son épaule. Elle me consulte du regard et je hoche la tête pour lui dire que oui, c'est d'accord pour qu'elle me laisse seule avec Lizzie Walton.

— Au fait…, commence Lizzie, penchée sur le comptoir.

Elle a lissé ses boucles sombres qui forment un écran d'un noir brillant. Elle me jette un coup d'œil avec des iris ambrés qui étincellent et je prends une longue inspiration. *Elle est vraiment jolie, non ?* Cette pensée est immédiatement suivie d'un sentiment d'insécurité.

Non, Marnye, tu as largement dépassé ce stade. Je repousse cette pensée en plongeant mes mains sous l'eau froide pour les laver avec le savon moussant qui sent le chèvrefeuille. Je m'essuie rapidement les mains et m'adosse au mur. Lizzie me fixe toujours, son expression est indéchiffrable.

— Alors ? je demande, en fronçant les sourcils.

— C'est notre dernière année chez Burberry et... après, tout change. On va aller dans des universités différentes et vivre des vies différentes.

Elle se lève complètement et se tourne vers moi. Elle redresse les épaules de telle manière que je sens un frisson nerveux dans mon ventre. *Ça ne va pas bien se terminer...* Elle expire et ferme les yeux un instant. Quand elle les ouvre, elle fixe le plafond.

— Le truc, c'est que je veux m'assurer que Tristan et moi, on aille au même endroit.

Elle baisse le regard et je me mordille la lèvre inférieure.

— Vous avez l'intention d'aller où ? j'insiste d'une voix prudente mais forte qui m'emplit de fierté.

Miranda veut qu'une grande guerre se déclenche entre Lizzie et moi, mais ce n'est pas mon souhait. Tristan doit faire son choix, je n'essaierai pas de lui forcer la main.

— Stanford, très probablement, répond Lizzie avec un sourire, tout en secouant les mains. Écoute, je déteste ça, parce que ton amitié est importante pour moi, mais...

— Mais tu es toujours amoureuse de Tristan, je termine lentement, regrettant les mots au moment même où ils sortent de ma bouche.

— Oui, gémit Lizzie, qui enfouit son visage entre ses mains.

Elle les laisse retomber le long de son corps et me regarde fixement en expirant.

— Je... Ne le prends pas mal, mais... sortir avec cinq hommes est plutôt inhabituel, non ?

Je n'ai rien à objecter.

C'est inhabituel, en effet.

— Peut-être.

Juste ce mot. C'est le seul à ma portée pour l'instant. Je pense que je suis... en train de m'énerver.

— Pourquoi ne pas simplement laisser Tristan partir alors ? demande Lizzie, presque comme si elle m'implorait. Tu ne peux pas tous les garder. Un jour ou l'autre, tu devras choisir.

Je pince les lèvres.

— Ce que tu veux dire, c'est que j'ai assez de petits amis, donc pourquoi ne pas t'en céder un ?

Lizzie hausse les épaules, presque impuissante. Je ne parviens pas à décider si son émotion est sincère, ou si c'est juste une comédie.

— Pas exactement, mais... oui, si.

— Si Tristan veut être avec toi, c'est son choix, je réplique. Je ne peux pas et ne veux pas le forcer ou l'encourager à faire quoi que ce soit.

Le nœud d'angoisse en moi se resserre encore. C'est dans un instant comme celui-ci que je déteste ce monde et toutes ses règles stupides. Pourquoi ne puis-je pas aimer plus d'une personne ? Les parents aiment plus d'un enfant. Les petits-enfants aiment plus d'une grand-mère. Les propriétaires d'animaux aiment plus d'un animal.

— Tristan..., commence Lizzie, mais on entend le crissement de chaussures sur le carrelage fraîchement ciré.

Et Tristan en personne entre dans la pièce, tout de noir vêtu.

Avec ses cheveux noir corbeau, ses yeux gris et ses sourcils noirs, il est d'une beauté obsédante mais aussi quelque peu tragique. J'ai le cœur qui frissonne dans ma poitrine et je me surprends à serrer ma cravate dans mon poing.

— Tristan, quoi ? demande-t-il, d'une voix douce et basse, le visage impassible. Vous savez que je déteste qu'on fasse les commérages à mon sujet.

— De quoi tu parles ? réplique Lizzie avec un rire de jeune fille typique, en glissant quelques mèches derrière son oreille. Tu adores qu'on cancane sur ton compte.

Tristan ne répond pas. Au lieu de quoi, il reste à nous observer toutes les deux. En le regardant, je ne peux m'empêcher de me demander s'il nous veut, Lizzie et moi, de la même façon que je les veux, les autres garçons et lui. Et s'il aime deux filles de la même façon que moi...

— Marnye, ne fais pas ça, lance-t-il, me tirant de mes pensées. Tu vas froisser la soie. On doit avoir l'air présentable en entrant dans cette école.

Tristan s'approche et décroche ma main de ma cravate, puis il la lisse du plat de la main. Ce faisant, il effleure le renflement de mes seins et je frissonne d'un désir à peine réprimé. Il enroule ensuite une mèche de mes cheveux rose et or autour de son doigt, laissant une boucle souple rebondir sur mon front.

— Parce qu'on est des Sang-bleu, je confirme, en essayant de renforcer cette conviction, pour moi autant que pour Lizzie et Tristan.

— Parce que ça va être un bain de sang social, corrige Tristan en se tournant vers le miroir. Restez sur vos gardes, toutes les deux.

Il rajuste sa propre cravate. Il est monochrome de la tête aux pieds, à l'exception de l'écusson rouge et blanc de l'académie sur la poche de poitrine de son blazer.

Puis le roi de la Burberry Preparatory Academy pivote et sort. Comme je n'ai pas vraiment envie de poursuivre cette conversation avec Lizzie, je lui emboîte le pas, émergeant dans le soleil éclatant pour assister à une scène digne d'un dessin animé ou d'un manga.

Tous mes amis – et petits amis – se tiennent près d'une limousine blanche de l'académie, vêtus de leur uniforme noir, dans divers états de relaxation. Il y a Creed, appuyé contre le flanc de la voiture, les paupières closes, pendant que Miranda arrange les boutons de sa chemise. Zayd est assis sur le coffre de la voiture tandis que Zack se tient à proximité, les mains dans les poches de son pantalon. Windsor a... réussi à s'installer sur le toit de la limousine sans se faire réprimander par le chauffeur. Il a l'habitude de faire ça, de s'en sortir en adoptant des comportements qui vaudraient aux autres de se faire secouer les puces.

Andrew me salue alors que je trottine pour rattraper les longues foulées de Tristan. Il y a aussi quelques autres élèves, comme Briana Chow, Jessie Maker et Gary Jacobs, tous recrutés par Tristan pour compléter le Cercle fermé.

Comme lors de ma première année à Burberry, il y a trois Idoles garçons : Tristan, Creed et Zayd ; trois Idoles filles : Miranda, Lizzie et moi ; et douze membres du Cercle fermé, dont Windsor, Zack, Andrew, Gary, Jessie et Briana, plus quelques nouveaux visages que je ne connais pas encore très bien.

Les nouveaux Sang-bleu de Burberry Prep.

Creed s'écarte à mon approche et m'ouvre la porte. Ses yeux bleus me suivent quand je me glisse sur les somptueux sièges en cuir. Il entre après moi, mais Zayd n'est pas loin derrière, avançant au ralenti pour prendre position sur ma gauche.

On a couché ensemble, j'ai vraiment couché avec lui. Mes joues s'empourprent et je suçote ma lèvre inférieure. Je sens son odeur de sauge et de géranium mélangée à de légers effluves de tabac lorsqu'il se presse contre moi, un immense sourire aux lèvres.

— Salut, ronronne-t-il en se penchant. Tu es en train de rêver à toutes les vilaines choses qu'on a faites ?

— Va te faire foutre, Kaiser, je m'étrangle, mais ma

bouche se crispe légèrement au moment où Creed se renfrogne.

On n'a pas seulement couché ensemble, on a été carrément coquins. Mon corps me picote quand je me rappelle les mains tatouées de Zayd sur mes hanches, son bassin me broyant contre le haut-parleur...

Si la Marnye Reed d'il y a trois ans me voyait maintenant, eh bien, elle serait carrément choquée par la transformation. Le truc, c'est que ce qu'on a fait était amusant. Consensuel. On se sentait bien. Il n'y a rien de mal à ça.

— Je suis surpris qu'elle ne t'ait pas largué immédiatement après avoir vu ta petite queue, lance Creed après un autre bâillement. Elle est si petite qu'au début je t'ai pris pour une fille avec un clito bizarre qui se serait faufilée dans le vestiaire des garçons.

— Mouaiiiis, ronronne Zayd en posant une main sur son torse, cette blague aurait pu fonctionner avant qu'on couche ensemble, mais maintenant que Marnye sait à quel point je suis doué, un puceau va avoir de sérieux problèmes pour me rattraper.

— Vaut mieux être un puceau qu'un queutard malade, rétorque Creed. Sérieusement, mec, va te faire foutre.

Zayd rejette la tête en arrière et hurle de rire. Il s'arrête juste le temps de reprendre son souffle, s'adossant à la vitre qui nous sépare du conducteur. Il pose ses doigts tatoués sur ma joue et sourit d'un air suffisant et satisfait, typiquement masculin, qui serait exaspérant s'il n'était pas aussi sexy.

— Ne sois pas fâché qu'on connaisse tous ton secret. Tu l'as bien gardé. J'étais persuadé que tu étais un chaud lapin encore pire que Tristan.

— S'il te plaît, et je te le demande gentiment, ferme ta gueule, intervient Tristan en tapotant ses doigts sur sa cuisse.

Lizzie est assise à sa droite, mais je n'arrive pas à savoir si c'est elle qui l'a voulu, si c'est lui, ou si c'est un pur hasard. Je me souviens d'avoir été assise à côté de lui dans la limousine l'année dernière et mon cœur se serre douloureusement.

— Sa Majesté essaie de réfléchir, lance Windsor qui prend la parole en se tapotant la tempe d'un doigt. Ce n'est pas facile pour lui, alors s'il vous plaît, silence pendant qu'il se concentre.

Le nouveau jeu favori de Windsor, c'est d'appeler Tristan « Sa Majesté » de la voix la plus sèche et la plus sarcastique qui soit, ce qui a vraiment renforcé la tension entre eux. Je me demande une fois de plus combien de temps je vais parvenir à garder notre petit groupe hétéroclite soudé.

— Sois gentil, Winds, je le supplie.

Je sens une vague d'anxiété m'envahir quand la voiture s'arrête devant les marches de la cour. Les tours se dressent au-dessus de nous avec leurs murs de pierre blanche, et les drapeaux sur le flanc de la tour 1 battent au vent. Il y a un drapeau américain, un drapeau de l'État de Californie et un autre sur lequel figure le blason de l'académie. Au centre de la cour se dresse fièrement la statue d'un cerf de bronze. De l'eau se déverse dans le cercle serein d'une fontaine.

— On s'en occupe, murmure Zack en remarquant mon expression.

Il se débarrasse de son blouson et me le passe, ce qui me fait sourire. Dès que je l'ai récupéré, je me glisse dedans. Son odeur de pamplemousse et de muscade m'enveloppe comme une étreinte familière. Tous les garçons regardent et aucun d'entre eux ne semble particulièrement heureux. Même Miranda a les sourcils légèrement froncés. Quant à Lizzie, elle a l'air... plutôt ravie, en fait.

— Ne montrez pas de faiblesse dans les couloirs. Réglez vos querelles derrière des portes closes, nous enjoint Tristan lorsque la limousine s'arrête et que Lizzie en sort devant lui.

Il est juste derrière elle, suivi de Miranda, Windsor et Zack.

— Ne stresse pas, me conseille Creed, les yeux mi-clos. Essaie juste de passer encore une fois devant Tristan dans le classement.

Il enroule ses doigts autour des miens et se passe la langue le long de sa lèvre inférieure.

Je hoche la tête, soupire et laisse Creed me tirer de la voiture tandis que Zayd nous suit.

Je dois reconnaître qu'on fait une entrée assez impressionnante, tous alignés, en noir, sacs à dos sur le côté ou à l'épaule. On traverse la cour et les autres élèves se séparent comme une vague.

Enfin, jusqu'à ce qu'on entre dans le hall et qu'on tombe sur ma sœur.

Demi-sœur, ou autre, je ne sais pas, parce que papa refuse d'en parler, mais elle est là, debout avec un groupe d'autres première année... et Harper du Pont.

— On n'a même pas fait dix pas après cette putain de porte qu'on doit s'occuper de cette merde, grogne Zayd en prenant de l'avance sur nous.

Il n'a rien de poli quand il fonce sur eux et s'insère dans leur petit demi-cercle.

— Bonjour, Zayd, crache Becky en lui lançant ce regard venimeux qui me met hors de moi. (Elle n'a pas le droit de le regarder comme ça, surtout pas après que ses amies et elle ont essayé de me noyer, puis de me marquer comme un objet.) Qu'est-ce que tu veux ?

— Quand les Idoles arrivent, on se casse de leur chemin.

Il fixe Isabella, qui lui répond d'un regard de pierre de son cru.

— Allez-y, dégagez-nous, rétorque-t-elle, en rejetant ses cheveux châtain brillant sur une épaule.

Harper sourit, mais Zayd est déjà en train de serrer les dents et de hocher le menton à l'intention de notre nouvelle troupe.

— Les filles s'occupent des filles, c'est la règle, m'explique Tristan en mettant sa main en avant pour m'empêcher d'avancer.

Briana Chow et l'une des nouvelles filles, Daisy Sandberg, je crois, s'avancent pour empoigner ma sœur de chaque côté. Une partie de moi veut la défendre, mais le reste connaît la vérité.

Elle a du sang de brute en elle.

Et je ne permettrai pas le harcèlement dans mon école, plus jamais.

— Enlevez vos putains de mains de moi ! grogne Isabella alors qu'Ileana et Becky font mine de venir la défendre.

Les autres filles de notre côté s'avancent jusqu'à ce qu'il y ait une sorte de match nul.

Pour tous les Sang-bleu que nous avons détruits l'année dernière, comme Anna, Ebony, Sai, Greg et John, Harper a recruté de nouveaux étudiants à leur place. Ça risque de tourner au combat, surtout quand ce qui reste de la Compagnie se montre. Jalen semble prêt à tuer quelqu'un, pour être tout à fait honnête. Peut-être parce qu'on a fait virer sa copine de l'école ?

— C'est quoi le problème, ici ? demande Myron Talbot, qui semble surgir de nulle part. Quand les Idoles arrivent, on bouge.

Ses yeux sont sombres et son visage aussi fermé que celui de Tristan.

— On n'est pas d'accord sur leur statut d'Idoles, réplique Harper.

Mais même elle semble nerveuse avec Myron qui la regarde comme il le fait. Il avance d'un pas et toutes les filles, sauf Isabella et Harper, reculent.

— La question n'est pas en débat, du Pont. Vire ton cul et celui de ton nouvel animal de compagnie.

Sa menace ne fait pas bouger Harper d'un iota. Au contraire, ce geste l'incite à aller de l'avant.

— Je ne vais pas m'écarter pour qu'une salope à la chatte magique, élevée dans un parc à caravanes, puisse balader tranquillou son harem de trous du cul dans le couloir. (Elle lève une main pour désigner Tristan et siffle entre ses dents.) Une du Pont ne s'incline jamais devant une œuvre de charité, et ils s'en trimballent deux.

Levant les yeux, je vois Tristan serrer la mâchoire en signe de frustration.

— Libérez le chemin, c'est un avertissement.

Myron croise les bras et je sens la violence arriver comme une tempête, alors j'avance d'un pas… et tout le monde se retourne pour me regarder.

— C'est bon. Je n'ai pas besoin que les gens s'écartent de mon chemin. Ce n'est plus un avantage lié au statut d'Idole. (Harper baisse les yeux sur moi comme si je lui jouais un tour : je fixe son regard bleu sans broncher avant de me tourner vers Isabella.) Elle a essayé de me tuer, tu sais. Elle et ses amies. Alors quelle que soit la raison pour laquelle tu me détestes autant, demande-toi jusqu'où tu es prête à aller.

Je commence à marcher et tout le monde me suit. Enfin, tout le monde sauf Myron. Il ne bouge pas jusqu'à ce que Tristan s'arrête à côté de lui et qu'ils échangent quelques mots à voix basse.

On se dirige directement vers la galerie et, cette fois, on y arrive les premiers. Il n'y a pas de porte verrouillée, pas de Gary assis à la fenêtre fumant une cigarette et me regardant avec mépris. Pour la première fois en quatre ans, je parcours ces couloirs de pierre, je monte les vieilles marches et je me dirige vers l'avant du balcon.

Le sentiment de me tenir là-haut, si près du mur de vitraux, et de regarder la mer des élèves dans leurs uniformes noirs, blancs et rouges rend humble de la meilleure façon qui soit.

Un sourire se dessine sur mon visage quand Zack se place à côté de moi.

— Tu vas bien ? demande-t-il. (Je hoche la tête.) Même avec ta sœur qui essaie de faire équipe avec les Harpies ?

Je jette un coup d'œil vers lui et rencontre les fentes sombres et étroites de ses yeux. Il a l'air dur en permanence, avec ses larges épaules et son regard féroce, mais en dessous, c'est un ours en peluche. Un ours en peluche joueur de ligne défensive. Oui.

— Elle souffre, je lui réponds. Une fois qu'elle aura dépassé ce stade, elle verra les Harpies pour ce qu'elles sont.

Je me retourne et regarde en bas, observant la vague de visages qui se tournent lorsque Harper entre dans la chapelle avec ses potes derrière elle et vient se placer au premier rang.

— C'est une année qui entrera dans l'histoire de Burberry Prep, lâche Zayd qui s'arrête à côté de moi et s'assoit sur la balustrade d'une manière incroyablement flippante.

Il adresse un doigt d'honneur à Harper quand celle-ci jette un coup d'œil dans notre direction, mais elle l'ignore, les narines dilatées.

— C'est une année qui entrera dans l'histoire du Club Infinity, renchérit Zack.

Et les deux garçons échangent un regard qui me rend nerveuse. Il se passe plus de choses dans les coulisses de cette académie qu'il n'y paraît, et je suis déterminée à découvrir de quoi il s'agit.

CHAPITRE DIX

LE NOUVEL UNIFORME des pom-pom girls de Burberry Prep est une brassière qui montre tout mon ventre. Dans ma chambre, je prends un moment pour déambuler, paniquée. Pourtant, quand je sors dans le couloir, je rejette presque ma queue-de-cheval avec élégance, tant je dégage de la confiance.

Il n'y a pas de préservatifs sur mon seuil, pas de mots peints à la bombe sur ma porte.

Bien sûr, j'ai toujours une escorte. Ce serait trop dangereux de s'en passer.

Quand je sors, je trouve Zack dans son maillot noir, le numéro 60 imprimé sur le devant. Il n'a même pas besoin d'épaulettes pour avoir l'air grand et large. Il enroule un bras musclé autour de ma taille et m'attire à lui.

— Regarde-toi, grogne-t-il. Je ne t'ai jamais vue aussi sexy.

— Mouais. Donc tu as un faible pour les pom-pom girls ? C'est bon à savoir. Je vais devoir te garder à l'œil.

Je plaque mes paumes sur sa poitrine et le repousse juste assez pour le regarder. Il est vraiment beau, avec ses cheveux comme du chocolat noir et ses yeux tout aussi décadents. Son corps est dur et tonique à la perfection. Il a fait du chemin depuis la brute du collège de Lower Banks, non ?

Zack me regarde, obnubilé par les « V » noirs et rouges entrelacés sur le haut de mon uniforme, le fond blanc, l'écusson de Burberry Prep au centre de ma poitrine. Les bras sont longs, avec des motifs noirs et rouges, et la jupe est blanche, super mini – sans plis cette fois, juste une petite découpe en « V » sur un côté, et d'autres rayures noires et rouges le long de l'ourlet. En dessous, j'ai une culotte bouffante : bloomers – c'est-à-dire une culotte à fessées, mais je ne vais pas l'appeler comme ça –, des socquettes et des baskets toutes neuves.

L'uniforme entier coûte environ six cents dollars, mais les activités extrascolaires sont couvertes par la bourse Cabot, donc je n'ai rien à débourser. Bien sûr... je pourrais probablement demander à n'importe lequel de mes petits amis de m'aider à payer les frais, mais cette simple idée me rend malade.

Je ne sors pas avec eux pour leur argent et je refuse d'en profiter. Le rachat de la maison de papa par Windsor me met déjà bien assez mal à l'aise. Charlie n'est même pas au courant et je ne sais pas comment le lui annoncer. Tout ce qu'il sait, c'est que la maison a été vendue et que notre propriétaire actuel a provisoirement suspendu le paiement du loyer...

Zack tient mon visage dans une de ses grandes mains et me regarde, les paupières lourdes.

— Il n'y a qu'une seule pom-pom girl sur laquelle j'ai des vues, réplique-t-il, la bouche retroussée sur un sourire carnassier. Dison que je ne surveille qu'une seule pom-pom girl, devrais-je dire. Et il y en a quelques autres que je regarde d'une manière différente.

Il fait une pause et je sais que nous pensons tous les deux aux Harpies. La plupart d'entre elles sont dans l'équipe avec moi : Mayleen, Abigail, Kiara et Ileana. Elles essaient de lancer une tendance sur le campus, en se désignant sous le terme de Reigning Royals, les Personnalités royales en titre. J'ai entendu cette appellation murmurée ici ou là, mais j'entends tout aussi souvent celle de Harpies.

— Ne t'inquiète pas pour elles, je réplique en lui prenant la main pour qu'il m'accompagne en classe.

Le match n'a lieu que ce soir, mais l'académie essaie de réveiller l'esprit d'équipe de l'école en nous faisant porter nos uniformes pendant la journée. Cela ne me dérange pas, surtout vu la façon dont tout le monde me regarde quand je déambule dans les couloirs. Je ne suis plus la michetonneuse, pas pour la majorité des élèves. Ils me regardent avec respect... et peut-être un peu de crainte.

Zack me dépose à mon cours de maths où Tristan m'attend, et tout semble bien se passer jusqu'à ce qu'on sorte dans le couloir après et qu'on trouve Harper et ses amis qui nous attendent. Je suis triste de voir qu'Isabella est elle aussi à leurs côtés et qu'elle porte un uniforme de pom-pom girl. Elle est dans l'équipe remplaçante cependant, donc le sien n'est pas une brassière. Il est similaire à celui que je portais en deuxième année.

— Regarde, c'est les œuvres de charité, lance Harper en inclinant la tête sur le côté. Tu as besoin d'argent pour le déjeuner ?

Ses yeux bleus étincellent. Tout le monde, sauf Becky et elle, porte un uniforme de pom-pom girl, et elles me regardent toutes très, très attentivement. Les nouveaux cheveux rouges de Harper glissent sur ses épaules comme un serpent et je la fusille du regard.

— Le harcèlement est interdit dans mon école, je crache, avant même que Tristan ne puisse ouvrir la bouche. (Inutile de préciser à quel point c'est inhabituel, vu qu'il a l'habitude d'être roi.) Ni envers moi, ni envers Tristan ou qui que ce soit d'autre. Allons-y, j'ajoute. Je ne veux plus alimenter son feu.

Je fais un pas en avant, comblant l'espace qui nous sépare, puis je me retourne pour prendre la main de Tristan.

— Tu ne trouves pas étrange que ta propre sœur s'oppose à toi ? lance Harper alors que j'essaie d'éloigner Tristan.

Il reste cependant figé sur place, déterminé à tenir bon. C'est un homme habitué à passer à l'offensive dans la plupart des situations. La clef ici, cependant, est de la jouer neutre.

— Qu'est-ce que ça dit de toi si même ta propre famille est dégoûtée ? Ou tu penses que ça s'explique parce que ta sœur a trop honte que son père ne soit pas réellement Adam Carmichael, PDG et héritier d'une fortune de plusieurs millions de dollars... Mais qu'il soit au contraire un ivrogne, juste comme le tien ?

Harper est venue se placer en face de moi, les mains sur les hanches. Elle ressemble un peu à une sorcière avec ses cheveux rouges et son uniforme noir. Quoique... C'est peut-être un peu insultant pour les sorcières ?

— Je ne sais pas de quoi tu parles, je réplique, d'une voix calme et froide.

Parce que si même moi j'ignore la vérité, il est impossible que Harper la connaisse. Je reporte le regard sur les iris marron d'Isabella, devenus deux fentes sur son joli visage. Elle se détourne soudain, comme si Harper avait touché un point sensible.

Putain !

C'est avec ça que Harper tient ma sœur ? Ou bien Isabella le lui a dit de son plein gré ?

— Tu sais ce que je veux dire ? Isabella Carmichael est Isabella Reed, en fait. Enfin, elle devrait l'être, vu que votre pute de mère s'est jetée sur un homme riche tout en réchauffant le lit d'un pauvre.

Je serre les mains sur ma jupe, et il me faut toute ma force de volonté pour m'empêcher de gifler à nouveau cette saleté. Elle a vraiment besoin d'être remise à sa place, c'est-à-dire de retourner sur terre avec nous tous.

— Ne t'avise pas de traiter ma mère de pute à nouveau, je la préviens.

Il y a de la glace dans ma voix, des éclats qui pourraient couper.

— J'appelle un chat un chat, persifle Harper qui sourit en haussant ses épaules minces. Tu as de la chance que ton prince de luxe soit arrivé sur son cheval blanc pour vous sauver, ton père qui va bientôt mourir et toi, sans quoi j'aurais acheté cette maison et je l'aurais démolie sous tes yeux.

Elle sourit et continue de parler, feignant d'ignorer la colère qui brûle en moi. Tristan nous observe attentivement, presque comme s'il se retenait, curieux de voir ma réaction.

— Je t'ai dit que je possède déjà le parc à caravanes où se trouve ton wagon de train débile ? Ben, c'est le cas. (Elle s'avance vers moi, qui écarquille les yeux, et tend la main pour enlever une peluche imaginaire de mon uniforme.) Tes nouveaux petits amis ne t'ont rien dit ? Mon père connaissait l'homme qui possédait le parc, si bien qu'il l'a acheté sans qu'il ait jamais été mis sur le marché. Tes gigolos ont essayé de le récupérer pour toi à la réunion du Club, mais ils ont perdu. Comme ils ont perdu beaucoup d'autres choses cette semaine-là. Ils t'en ont parlé ? De tout ça ?

— Je me fiche de ce qui s'est passé à la réunion du Club Infinity, je réplique en baissant une main tremblante pour retirer le bandage géant de ma hanche.

Qui révèle le symbole de l'infini traversé d'une entaille. Plusieurs filles poussent un cri. Et je réalise alors une chose.

Peut-être qu'Isabella... essaie d'entrer dans le Club Infinity ? Je reporte mon attention sur Harper, mais ma petite sœur ne me rend pas mon regard. La petite sœur que j'ai toujours voulue, dont j'ai rêvé, que j'ai réclamée pendant des années... et elle ne me regarde même pas.

— J'emmerde le Club Infinity, je répète à Harper, en élevant la voix, pour que tous les élèves dans le couloir puissent m'entendre. Mes amis me disent tout ce que j'ai besoin de savoir.

Non que cela importe désormais : il n'y a pas une seule personne à l'académie qui ne connaisse le Club, personnel inclus. Je le sais maintenant.

— Évidemment, ironise Harper, en jetant un regard en arrière à Tristan. Je suis sûre que M. Vanderbilt, ici présent, a été une mine d'informations.

— Tu ferais mieux de garder ta boîte à camembert siliconée fermée, avant que je ne te la ferme définitivement, grogne Tristan.

Il y a une noirceur dans sa voix qui me fait frissonner. Il a l'air horriblement menaçant, un véritable puits d'hostilité et de rage soigneusement réprimée. Comme si toute cette colère et cette haine sauvages en lui avaient été aiguisées pour devenir la pointe d'un diamant. Tranchant, incassable.

— Est-ce qu'il t'a dit…, commence Harper, qui

recule pour se fondre dans la mer de filles quand Tristan fait un pas en avant.

On dirait vraiment qu'il se ferait un plaisir de la frapper. Au lieu de quoi, il ajuste à ses poignets les boutons de manchette argentés, frappés de l'écusson Burberry Prep. Harper, qui jette un coup d'œil dans ma direction, s'amuse visiblement.

— Est-ce qu'il t'a dit, répète-t-elle, que Lizzie a fait en réalité un pari avec ses parents ? Elle n'a plus la moindre obligation de fiançailles maintenant. Tristan... Lizzie, un mariage parfait. Elle peut lui offrir le genre de vie qu'il a l'habitude de mener. Tu en serais capable, la michetonneuse ? demande-t-elle. Si Tristan et toi partez ensemble vers le soleil couchant, tu pourras lui offrir le niveau de vie auquel il est habitué ?

Elle me regarde droit dans les yeux, les lèvres retroussées en un sourire diabolique. Pas étonnant que Miranda ait appelé les Idoles des diables et le Cercle fermé des démons. Ça correspond.

— Harper, intervient Tristan. Arrête d'être aussi jalouse.

Il s'avance. Becky et Ileana font comme si elles le pensaient sur le point de frapper Harper. Les autres filles s'avancent à leur tour, prêtes à nous cogner tous les deux, ici et maintenant. Je ne doute pas de leur capacité, j'en ai été victime un jour. Tristan enroule des mèches rouges de Harper autour de ses doigts, ce qu'elle observe, les yeux plissés. Clairement, elle s'attend à des ciseaux. Et elle a raison.

— Voilà le truc, reprend Tristan. Tu m'as bien

poussé à bout. Je t'avais déjà vu faire avant, mais là, chapeau. (Il tire sur ses cheveux pour la faire avancer, et elle le repousse d'une claque et d'un regard noir.) Tu m'as vraiment bien cherché, là, constate-t-il en braquant sur elle son regard gris comme une lame. Je préfère être une œuvre de charité... Je préfère être un putain de sans-abri bourré plutôt que marié à une pute accro au speed, défigurée par trop de chirurgie esthétique.

— Qui se ressemble s'assemble, crache Harper en feignant de ne pas avoir été atteinte par les paroles de Tristan. Avec combien de filles tu as couché pendant la première année ? Une vingtaine ? Une trentaine ? Plus ?

Les regarder s'échanger des coups est douloureux, comme deux jeux de couteaux qu'ils se lanceraient à travers le hall. Je n'en peux plus. Tristan serre les dents et ouvre la bouche, mais je m'interpose entre eux.

— Pas d'intimidation, je le mets en garde, en le regardant dans les yeux. Pas même envers elle.

— Ne sois pas ridicule, grogne-t-il.

Pourtant, je suis sérieuse. J'ai l'intention d'être la reine ici, même au-dessus du roi. J'ai pris ma décision. Les garçons sont peut-être le moteur de mon ascension sociale à Burberry Prep, mais ils sont trop cruels pour régner seuls.

— Même pas envers elle. Allons-y. (Je m'éloigne dans le couloir, où je ne m'arrête qu'une seule fois, pour regarder Isabella.) Et si tu dois faire ce truc du Club Infinity, il y a d'autres parrains, tu sais.

Sur quoi, je me détourne et m'éloigne. Étonnamment... Tristan me suit.

— Vous allez regretter de m'avoir rencontrée… l'un comme l'autre, lance Harper dans notre dos, mais j'en ai fini avec elle. Tu vas le payer de ton sang, putain !

Tristan et moi continuons d'avancer dans le couloir mais, quand je veux lui prendre la main, il s'écarte. Son visage est fermé et sombre, comme si des nuages d'orage s'y étaient amoncelés. Il ne veut pas me regarder.

— Tu es en colère parce que je t'ai empêché de riposter ? je demande.

Il se contente de jeter un bref regard dans ma direction. Vêtu de son uniforme de quatrième année, il est intimidant à souhait, je le reconnais. Il l'est doublement lorsqu'on sort et qu'il me plaque contre le mur.

— Qu'est-ce que tu penses de ce qu'elle a dit, à propos de Lizzie ?

Je tique, inhalant son odeur de cannelle et de menthe poivrée. Mon cœur rebondit dans ma poitrine comme un enfant dans un château gonflable.

Je regarde, sur le côté, les voitures qui nous amèneront jusqu'au terrain de football.

— Je pense… que ce que Lizzie a fait pour se libérer de fiançailles non désirées et prendre le contrôle de son propre destin est admirable.

— OK, fait Tristan qui referme la bouche d'un claquement sec. Donc tu penses que c'est admirable que Lizzie Walton se batte autant pour être avec moi ?

Il s'écarte du mur, les bras croisés et me dominant d'une manière qui me donne envie de me tortiller. *C'est vrai,* je pense, mais je sais que je me raconte des conneries. Ce dont j'ai envie, là, c'est de trouver une excuse pour me réfugier dans ma chambre, pour pouvoir taper dans quelque chose de doux et de moelleux, de préférence mon nouvel oreiller rose en plumes avec de la fourrure et orné du mot « Princesse » que Windsor m'a offert pour mon anniversaire (je le déteste d'ailleurs et je suis sûre qu'il l'avait prévu).

— Il faut du courage pour se battre pour celui qu'on aime, surtout face à un adversaire, je continue.

Tristan émet ce grognement étouffé qui parvient tout de même à paraître aristocratique et élégant. Qu'est-ce que j'en sais ? Peut-être que le fait d'être issu d'une lignée aussi longue et distinguée lui a vraiment donné un sang bleu ? Si je produisais un tel bruit, j'aurais l'air d'un âne qui tousse.

— Se battre pour son amour... ?

Il laisse sa phrase en suspens, se renfrogne, puis il se détourne et marmonne un juron. Je fais un pas en avant, tends la main avant de la laisser retomber sur mon flanc. Je veux lui dire... que je suis jalouse au plus haut point, que je n'aime pas savoir que Lizzie s'est battue si fort pour passer outre les objections de ses parents, parce que cela signifie que maintenant, elle a le champ libre.

— Le style de vie auquel il est habitué..., je commence.

Tristan s'arrête à côté d'une des limousines qui attendent et se retourne pour me regarder. Il croise les bras et hausse des sourcils noirs pleins d'interrogation. Je commence à avancer mais lentement, car une pensée me vient à l'esprit.

Même si Tristan et moi, on entre tous les deux à Bornstead (et ce sera le cas, étant donné que l'un d'entre nous sera major de notre promotion et l'autre deuxième – j'espère être la première), qu'on travaille comme des fous, qu'on obtient de bons diplômes et des emplois encore meilleurs, il est probable qu'il ne connaîtra plus jamais le style de vie des Vanderbilt. Le mieux qu'il puisse espérer, c'est la classe moyenne supérieure.

Et si c'était une cause de rupture ? Et si je le retenais ?

Eeeet, nous y voilà. Tu laisses Harper gagner, tu la laisses t'atteindre. C'est exactement le genre de fléchette empoisonnée qu'elle cherchait à lancer.

Soupirant et carrant les épaules, je me dirige vers la limousine et monte dedans.

Quand Tristan se place derrière moi, je grimpe sur ses genoux pour prendre son visage entre mes mains et l'embrasser.

La sensation de nos bouches l'une contre l'autre est vive, presque douloureuse, comme s'il me coupait avec un couteau et me faisait saigner, mais qu'il me guérissait juste après. Douleur, plaisir. Tranchant, baume. Une dichotomie. La bouche de Tristan

Vanderbilt, tout comme les tatouages de Zayd Kaiser, est un avertissement.

Je suis chaud et sauvage, je brûle de te toucher... mais reste loin de moi ou tu goûteras mon venin.

Avec un gémissement, je m'éloigne de lui et il me regarde comme si j'étais la chose la plus déroutante qu'il ait jamais rencontrée.

— Je déteste les matchs de football, me confie-t-il, mais il me laisse quand même le tirer hors de la voiture, pour ne me quitter que lorsque je suis en sécurité à côté du coach Hannah.

CHAPITRE ONZE

LE RÉFECTOIRE EST ASSEZ calme et on n'a pas besoin d'en passer par l'épreuve de force pour occuper la table en hauteur comme l'année dernière. Il s'avère que Harper s'est fait une nouvelle niche dans la cour arrière. Ça me va. Je préfère ne pas me battre pour un « cordon bleu de poulet avec purée de pommes de terre à l'ail et courgettes rôties », merci bien.

Je prends mon assiette en me demandant si Isabella est vraiment ma sœur, et pas seulement ma demi-sœur, comme Harper le prétend, et si elle est déjà mêlée aux conneries du Club Infinity. J'ai demandé aux garçons, mais ils jurent tous qu'ils ne sont pas au courant, que si elle est sponsorisée par l'une des Harpies, ils ne le savent pas.

— Je n'ai rien entendu là-dessus, déclare Lizzie, en tendant son assiette au serveur quand il passe.

Je lui passe la mienne aussi, même si je n'ai pas beaucoup mangé. Je suis trop préoccupée et tous les garçons (plus Miranda) sont occupés en ce moment, autrement dit... il n'y a qu'elle et moi.

Dire que c'est très gênant serait un euphémisme. On est de retour à l'école depuis plusieurs semaines maintenant, et Lizzie et moi ne parlons en fait qu'en groupe.

Je suppose que c'est difficile d'être amies quand on court après le même gars. Ça me rend triste, comme si le pouvoir des filles devait aller au-delà. *Le code d'honneur des filles voudrait que Lizzie n'ait pas la moindre vue sur Tristan, non ? Pas après que lui et toi ayez commencé à sortir ensemble.* Mais je ne peux pas lui en vouloir de ses sentiments, alors je lève les yeux et j'essaie de sourire.

— Si je pouvais juste faire en sorte qu'Isabella soit seule... (Je m'interromps et me mordille la lèvre inférieure.) Le problème, c'est qu'elle est toujours entourée de Harpies ou d'emmerdeurs de la Compagnie.

Le gène caché de la grande sœur se réveille en moi et je veux désespérément éloigner Isabella de ces gens. Aucun d'entre eux n'est bon pour elle. *Mais bon, tu sors avec cinq des plus gros connards de l'école, alors qu'est-ce qui t'autorise à dire ça ?*

Je sors avec cinq gars.

Je suis... un modèle intéressant, c'est sûr.

Enfin, ce n'est pas qu'il y ait quelque chose de mal à ça, puisqu'on est tous des adultes consentants, mais je ne peux pas ignorer la possibilité que les garçons sortent aussi avec plusieurs filles. Je détesterais ça. Je ne serais pas d'accord. Je... Je suis une grosse hypocrite.

Les mains autour de mon visage, j'appuie mes coudes sur la table et je soupire.

— Tu es en colère contre moi ? demande Lizzie au bout de quelques secondes. À propos de Tristan et de tout le reste ?

Je lève les yeux et rencontre ses iris ambrés. Elle a été là pour moi au pavillon, quand j'ai eu besoin d'elle ; elle m'a aidée à me défendre contre le Club Infinity pendant tout ce temps. Comment puis-je vraiment être en colère ?

Bien sûr, elle a mentionné Tristan. Quand elle prononce son nom, je...

— On ne peut pas décider qui on aime, je réplique en glissant mes mains entre mes genoux.

Lizzie acquiesce, mais elle n'a pas l'air convaincue.

— En effet…

Sa voix est devenue douce et elle ferme les paupières, comme si elle luttait contre une sorte de douleur intérieure. Je l'observe un moment, jusqu'à ce qu'elle ouvre à nouveau les yeux et me regarde.

— Tu sais pourquoi le père de Tristan me déteste autant ?

Je reprends du poil de la bête.

— En fait, non.

Je saisis mon thé glacé entre mes paumes, attendant qu'elle développe.

— L'un des plus gros débiteurs des Vanderbilt... c'est ma famille. Ils nous doivent près d'un milliard de dollars. (Lizzie hausse les épaules devant ma mine interloquée.) Mes parents ne veulent pas que je sois avec lui parce qu'ils ne veulent pas que sa famille profite de notre argent. Et je suppose qu'ils se sentiraient par ailleurs mal à l'aise de s'en prendre à un membre de la famille pour une dette impayée. Ce n'est que ça : tout se résume à l'argent. Mais enfin – enfin ! – j'ai réussi à leur faire prendre un pari que je pourrais gagner.

Elle sourit, mais je devine qu'elle ne va pas me révéler la teneur du pari. D'après ce que j'ai appris sur le Club Infinity, il s'agit de rendre le macro micro, de comprimer le grand monde de l'argent, de la politique, de la religion et de l'économie, et de le faire fonctionner à plus petite échelle.

Des fortunes se gagnent et se perdent au Club Infinity.

Des vies sont ruinées.

Des alliances se forgent.

C'est une arme à double tranchant.

Et franchement, ça me fout la trouille.

Je suis un pion dans un jeu qui me dépasse. Un jeu beaucoup, beaucoup plus grand.

— Comme mes parents ont perdu, ils ont dû m'écouter plaider la cause de Tristan. Ils ont dû le prendre en considération. Il a une bonne lignée, donc... (Elle hausse les épaules, mais j'ai déjà tout compris d'après ce que Harper m'a dit : je n'ai pas besoin d'en savoir plus.) En gros, on ferait de beaux bébés. (Elle rougit et glisse quelques cheveux derrière son oreille avant de me regarder sous de longs cils.) Je déteste être indiscrète, mais est-ce que Tristan et toi... ?

À mon tour de rougir, ma bouche s'ouvre mais aucun son n'en sort. Je pince les lèvres et secoue la tête.

— Pas encore.

On dirait que j'ai mis l'accent sur le mot « encore », même si telle n'était pas mon intention.

— Je vois, fait Lizzie qui se lève en lissant sa jupe noire plissée sous ses cuisses. On devrait peut-être aller chercher Tristan alors ? Je suis presque sûre qu'il est dans le laboratoire de physique en train de travailler sur un projet.

J'acquiesce et je la suis, même si ça ne semble pas être la meilleure façon de passer l'après-midi.

Tristan est effectivement dans le laboratoire de physique, mais il nous adresse à peine la parole. En fait, il a l'air plutôt énervé de nous voir arriver ensemble.

— Vous n'en avez pas assez de vous tenir la main, de sauter à la corde et de faire des guirlandes ? demande-t-il, sarcastique.

Je remarque qu'il fait une erreur de taille dans la formule sur le papier à côté de lui. Je me mords la lèvre et me dresse sur la pointe des pieds, décollant du sol les talons de mes chaussures noires vernies.

— Juste à l'intérieur des parenthèses, c'est en fait : « $1 + 2 \text{ x } h \text{ x } v^3$ ».

Tristan s'arrête et lève les yeux vers moi. Ses iris émettent presque un rayonnement argenté.

— Tu te fous de moi ? grogne-t-il alors que je serre les dents.

— Non... (Je désigne son papier alors que le regard de Lizzie, qui repousse ses cheveux noirs derrière son oreille, passe de lui à moi, et elle se force à rire.) Tu as écrit : « v^4 » et...

— Dégage de ma classe, grogne-t-il.

Sauf que, pardon, je ne vais pas m'en aller et le laisser foutre en l'air une équation comme ça.

— Tu vois, *v* est la fréquence observée et...

— Je sais que *v* est la fréquence, me lance Tristan, les doigts serrés si fort autour du crayon qu'ils en tremblent. Et je sais qu'elle est élevée au cube. C'est une faute de frappe.

— Comment ça peut être une faute de frappe quand tu écris au crayon ? je demande.

Il me regarde vraiment comme s'il voulait me tuer.

— Je n'ai littéralement aucune idée de ce dont vous parlez, intervient Lizzie avec un autre rire.

Elle passe les doigts sur l'avant-bras nu de Tristan. Il a enlevé son blazer et, fait rare, déboutonné sa chemise jusqu'à mi-torse. Il a même un peu retroussé ses manches.

Il lui jette un coup d'œil, mais sans lui intimer d'arrêter, et se retourne pour me regarder avec un air de défi.

— Petite maligne. Tu te crois bien informée avec ton éducation d'école publique.

— En effet, je rétorque en levant moi aussi le menton pour le défier. Parce que je vois la page de notes griffonnées frénétiquement sous ton rapport. Tu t'es planté dans la formule depuis le début. Comment tu espères me battre pour le titre de major de promotion alors que tu n'arrives même pas à trouver l'équation de la température de rayonnement du soleil...

Tristan balaie ses papiers du bras et les fait tomber par terre. Il a le souffle court, tant il est furieux, et, les dents serrées, il m'adresse un grognement.

— Tristan, elle essaie juste de t'aider, lance Lizzie qui cherche à s'interposer entre nous.

Le regard qu'il lui lance est d'une froideur extrême.

— Dégage, rétorque-t-il.

Bouche bée, elle m'adresse un regard plein de compassion, avant de se précipiter dehors et de refermer la porte derrière elle. Je me retourne pour dévisager Tristan, mais je n'ai plus peur de lui, plus maintenant. C'est juste un garçon abîmé avec un côté cruel. Je... ne devrais pas avoir envie de le serrer contre moi et de chasser ses ténèbres, pourtant c'est bel et bien le cas.

Putain, oui, c'est bel et bien le cas.

Je suis tombée dans le stéréotype de la fille bien qui fait une fixation sur le mauvais garçon.

Je dois prendre plus de cours d'études féminines à Bornstead. *Parce que je serai acceptée. J'y arriverai. Il le faut.*

— Pour qui tu te prends ? murmure Tristan. Tu viens ici et tu ouvres ta grande gueule avec moi.

Sa voix est comme un brouillard glacé sur la baie. Ses yeux sont de la même couleur, comme un ciel orageux au-dessus de l'océan. Il s'avance vers moi, si bien qu'on est assez près pour que la pointe de nos chaussures se touche.

— Qui a dit que le roi de l'école était un cerveau ? Va falloir revoir tes stéréotypes. Mais encore une fois, tu t'es trompé dans l'équation, donc...

Tristan m'attrape par la taille et me pousse contre le comptoir, si vite que j'en ai la tête qui tourne. Il se place derrière moi pour pouvoir plaquer son érection contre la courbe de mes fesses. Comme je porte la jupe la plus courte qui existe, je ne peux que gémir lorsqu'il passe le bras autour de moi et attrape mon sein gauche. De son autre main, il fait glisser horizontalement son crayon entre mes lèvres, pour que je le morde.

— Ça étouffera tes cris, murmure-t-il. Tu es trop intelligente pour ton propre bien. Ça me rend dingue.

Et sa main droite plonge sous ma jupe, pour me titiller et me faire gémir. Le crayon m'aide vraiment quand je serre les dents dessus.

Puis je recrache le crayon, qui rebondit sur les paillasses de pierre et heurte un robinet de propane argenté.

— Clairement, ça te rend plus que dingue, je parviens à murmurer alors que Tristan relâche son souffle contre mon oreille. Tu aimes quand je fais ma maligne.

Il se frotte contre moi. Il est proche de la rupture, tellement proche. Je brûle de l'avoir en moi. Je déteste qu'il ait été avec d'autres filles et pas avec moi. Je déteste qu'il ait été avec Lizzie. Cette pensée me rend malade.

— Tu es tellement exaspérante, murmure-t-il en se blottissant contre moi. Je ne te comprends pas du tout, ni toi ni ta mentalité. Tu n'aimes pas l'argent et tu ne te soucies pas du statut. Tu mémorises des formules ridicules et tu défends des monstres comme Harper du Pont. Qui es-tu et d'où viens-tu ?

— Je suis Marnye Elizabeth Reed, du mauvais côté de la voie ferrée, je réponds. À ton service.

Tristan me tire encore plus fort contre lui. Il va être difficile à gérer, j'imagine. Il pourrait être sombre au lit. Je m'en fiche. Je m'en fiche complètement.

— C'est ça, ricane Tristan en s'écartant de moi juste avant que la porte ne s'ouvre et qu'un des professeurs de chimie n'entre.

Je ne me souviens plus de son nom, mais elle me salue et me sourit. De toute évidence, elle ne voit pas à quel point je suis excitée en ce moment, à quel point mes tétons sont durs sous ma brassière noire, à quel point ma culotte est mouillée. *Dieu merci, la gaule des femmes est invisible, non ?*

— À mon service, ajoute Tristan. Tu n'as qu'une seule laisse autour du cou, Marnye, et c'est la tienne. Fous le camp d'ici et laisse-moi finir mon travail.

Tristan me contourne pour attraper le crayon, le fait tourner entre ses doigts et efface soigneusement le « 4 » erroné sur sa feuille. Je souris en lissant ma jupe, puis je pivote sur mes talons et je marche à reculons pendant quelques secondes, comme une vraie dure à cuire.

— Amuse-toi bien à rédiger ton devoir de physique

avec la grosse trique que tu te tiens, j'ironise, juste avant de percuter la prof de chimie.

Ah oui, elle s'appelle Mlle Terrenova et elle pousse un grognement.

— Une grosse trique ? répète-t-elle. (Je pique un fard.) Mademoiselle Reed, cette conversation est-elle vraiment appropriée dans un endroit où l'on est censé étudier ?

— En fait, mademoiselle Terrenova, je me sens mal à l'aise avec elle ici : on dirait qu'elle cherche à me baiser avec ses yeux.

— Monsieur Vanderbilt ! s'insurge Mlle Terrenova.

Mais elle me pousse quand même vers la sortie, le visage en feu. Lizzie est toujours là, qui attend de me raccompagner à ma chambre, mais elle a l'air confuse, comme si elle s'était attendue à ce qu'une chose se produise entre Tristan et moi... et qu'elle en avait obtenu une autre.

— Allons-y, je m'étrangle.

Je suis pressée de rentrer, avant de me couvrir davantage de honte. Je ne peux pas supporter autant d'humiliation en une seule journée.

D'une certaine façon, je pensais qu'à mes dix-huit ans, je deviendrais comme par magie une adulte et que j'aurais l'air cool.

Loin de là : je me sens plus mal à l'aise que jamais, comme une reine coiffée d'une couronne en plastique.

Maintenant, si quelqu'un voulait bien m'aider à la réparer...

CHAPITRE DOUZE

QUAND PAPA se pointe à l'occasion de la semaine des parents, je dois aller me réfugier aux toilettes tellement j'hyperventile.

Il a si mauvaise mine... vraiment, vraiment mauvaise mine.

— Il va mourir, je murmure lorsque Zack entre et enroule ses bras autour de moi. Zack, il va mourir.

Il m'enlace par-derrière dans les toilettes pour dames tandis que de grosses larmes coulent sur mon visage. Je tremble sous l'effet d'une soudaine poussée d'adrénaline. *Trouve un remède, sauve-le,* crie-t-elle, mais comment faire ? Qu'est-ce que je peux faire ?

— Rien n'est sûr, Marnye, réplique-t-il.

Sa voix puissante me rebooste juste assez pour que je réussisse à me retourner dans ses bras. Il a de nouveau son maillot et je suis de nouveau en uniforme, pour l'un des matchs les plus importants de l'année.

Ce soir, il y aura des dénicheurs de talents dans le public.

Et l'un d'eux sera de Bornstead.

Pour autant que je sache, il est possible que chacun de ces cinq trous du cul envisage d'aller dans la même université que moi. Dans un certain sens, cela rend les choses encore plus difficiles. S'ils ont tous postulé dans mon université et que je ne choisis pas l'un d'eux... est-ce une trahison en quelque sorte ?

Je passe le bras sur mon visage, mais je me sens fatiguée. Un peu comme Windsor aujourd'hui. Je suis toujours inquiète pour lui.

— Tu l'as vu, Zack, tu le connais. Il ressemble à un squelette. Il ne devrait même pas être ici, il devrait se reposer, il...

Il plisse les yeux et pince ses lèvres charnues. Même son odeur de pamplemousse, avec ses vibrations sportives, ne peut pas me tirer des profondeurs sombres où je nage.

— Il veut voir sa fille danser, Marnye, réplique Zack en me relevant le menton pour me regarder dans les yeux. Ton père est ici, malgré sa santé, parce que tu es la chose la plus importante de sa vie.

— Zack, il est...

— Marnye, me coupe-t-il de sa voix dure et ferme qui force ma panique à reculer. (Pour la première fois depuis près d'une demi-heure, j'arrive à me contrôler.) Ton père est là pour te voir danser, pas pleurer. Allons-y ensemble, avec un visage courageux, OK ?

Zack sourit pour adoucir ses paroles et prend ma

joue dans son énorme paume. Il a sur les pommettes ces lignes noires que les joueurs de foot dessinent toujours et je souris. Je le reluquerais bien si je n'étais pas toujours en train de m'empêcher de pleurer.

— Merci, je lui dis, sincère.

Il voit ma vulnérabilité et ça ne l'effraie pas. On se prend par la main pour se diriger vers le hall et rejoindre Charlie devant la rangée de voitures à l'extérieur.

Curieusement, Isabella est là avec Jennifer et le bébé.

— On t'attendait, lance Jennifer en souriant.

Je n'arrive pas à savoir si elle se fout de moi ou si elle est simplement désolée pour moi parce que Charlie est clairement en train de mourir. Elle m'a abandonnée avec lui et il est devenu mon univers entier, mon cœur... et il ne va pas être là aussi longtemps que j'en aurai besoin.

Je ne vais pas mentir : il m'en coûte de m'asseoir dans cette voiture avec elle.

— J'ai hâte de te voir danser ce soir, me glisse papa en souriant.

La peau de son visage se plisse de façon inhabituelle. Comme si elle était trop grande pour lui : il a juste l'air décharné. *Je devrais abandonner le lycée et m'occuper de lui.* Mais je sais que Windsor ne lésine pas sur les soins. Il m'a récemment envoyé une série de profils d'aides-soignantes à domicile, afin que je puisse en choisir une qui viendra aider Charlie dans ses tâches quotidiennes.

Mais... le temps passé à la maison avec lui vaudrait plus que le temps passé au lycée, non ? Dans le grand schéma de la vie, les moments de qualité qu'on partage avec les êtres qui nous sont chers dépassent de loin les efforts académiques.

— Tu sais que j'ai toujours été très maladroite, je réplique en m'obligeant à sourire lorsque Zack exerce une pression sur ma main. Il m'a fallu beaucoup de temps pour en arriver là. Donc ne te moque pas de moi quand tu verras que je suis la plus mauvaise de l'équipe.

Charlie éclate de rire et me serre contre lui, puis me sourit... et laisse son regard s'attarder sur Jennifer et le bébé dans ses bras, sur Isabella...

— Je parie que tu es la meilleure, Marnye. Tu as toujours été douée dans tout ce que tu fais.

La limousine descend la colline, mais Isabella ne m'adresse pas le moindre regard. Jennifer fait la conversation, à laquelle seul Zack prend la peine de participer.

C'est un énorme soulagement lorsque, arrivés devant le terrain, nous pouvons sortir du véhicule et aller vaquer à nos activités respectives : Charlie, Jennifer, le bébé – dont le prénom est en fait Marley, soit un mélange trop étroit de Marnye et de Charlie pour ne pas me gêner – et Isabella se dirigent vers les gradins pour regarder Zack entrer en petites foulées sur le terrain. Je rejoins pour ma part l'équipe des pom-pom girls.

Les dénicheurs de talents ne sont pas difficiles à repérer dans le public. Quand la mi-temps arrive, je sais exactement qui ils sont. Ils sourient rarement, mais s'agitent quand Zack réussit une passe. Jalen aussi, d'ailleurs, ce qui craint. Jalen ne mérite pas d'être quarterback, ni d'être repéré. Miranda m'a appris lors d'une de nos soirées pyjama qu'il avait coutume de mentir à Ebony en lui disant qu'il portait un préservatif quand ce n'était pas le cas.

À mes yeux, ce n'est rien d'autre qu'une agression sexuelle.

Maintenant, je me sens moins mal d'avoir révélé qu'elle avait prévu de le tromper.

Juste avant le début de notre spectacle pendant la mi-temps, je remarque que Zack glisse de l'argent dans la main d'un joueur de l'autre équipe. C'est vraiment bizarre de remarquer cette subtile poignée de main. Mais je ne rate pas la liasse de billets verts qui passe entre lui et Corb Lambert, le joueur vedette des Grenadine Heights.

Ouh là...

Est-ce que Zack cherche à truquer le match ou quelque chose comme ça ? Non, il ne ferait pas ça. Je ne pense pas qu'il s'y risquerait et je ne crois pas que Corb mettrait en péril ses chances d'être repéré contre un peu d'argent de poche.

Je n'ai pas le temps de m'en préoccuper avant le spectacle : il faut que je me mette en formation avec le groupe et que j'exécute notre danse. Nous utilisons ces matchs pour nous entraîner à nos propres compétitions, plutôt que de nous contenter d'être un intermède. Les danses des pom-pom girls ne sont plus ce qu'elles étaient, à savoir une activité sportive de seconde zone destinée à servir de faire-valoir aux garçons. C'est un effort athlétique à part entière, désormais.

On passe de la partie danse à la partie cascade de notre chorégraphie – le moment où on envoie des filles en l'air – et je me retrouve face à Kiara, qui soulève le petit gabarit d'Ileana dans les airs. Tout se passe comme prévu jusqu'à ce qu'il soit temps de la reposer au sol. Normalement, Kiara et moi, on devrait plier les genoux, puis nous relever, bras et jambes dépliés en même temps, lancer Ileana en l'air, puis la rattraper avec nos bras joints. Notre observatrice est une troisième année que je reconnais à peine. Elle est censée soutenir les chevilles d'Ileana et la rattraper sous les aisselles quand elle descend.

Mais les choses ne se passent pas ainsi pendant cette session : Kiara et la fille de troisième année lâchent Ileana, qui se retourne dans les airs et me donne littéralement un coup de pied en plein visage.

La douleur fuse, alors que je titube et finis sur le cul dans l'herbe. Du sang me dégouline sur le visage et dans la bouche. Kiara et l'autre fille réussissent quand même à rattraper Ileana, je suis la seule à souffrir.

Le coach Hannah accourt pour m'aider à me relever, mais je suis trop étourdie pour rester debout.

Je viens de me laisser surprendre, et pas dans le bon sens de l'expression.

La musique continue de retentir dans le stade. Les autres filles terminent leur danse sous les acclamations et les applaudissements des deux camps. Je suis sûre que tout le monde croit à un accident. Sauf moi. Et Zack.

Il se précipite, haletant et trempé de sueur, ses cheveux noirs collés sur son front. J'arrive enfin à me remettre sur pieds et à passer devant le coach Hannah pour l'intercepter quand il regagne le terrain.

— Ne fais pas ça, je murmure à travers les coulées sanguinolentes. Non, Zack.

Je commence à me demander si mon nez n'est pas cassé. Ça faisait un mal de chien et maintenant, ça ne fait plus mal du tout... Ce n'est pas bon signe. Mon corps essaie de me protéger de la souffrance.

— Je me fiche que ce soient des filles, je vais leur casser la figure.

— Pas question. Les recruteurs sont là. Je sais que tu aimes le foot ; je sais que tu veux jouer pour la NFL, même si tu refuses de l'admettre.

Je plaque mes paumes sur son torse : il est là, énorme, musclé et haletant, s'efforçant de venir à mon secours de la seule façon qu'il connaisse. Comme avec Tristan, je tente d'entrer en contact avec la part d'ombre qui est en lui pour détourner son attention de ces filles et la rediriger vers moi.

— Je peux demander à mon grand-père d'acheter une équipe qui me recrutera, murmure Zack.

Il semble presque malade en prononçant ces mots. Bien sûr, il pourrait procéder ainsi. Mais il est comme moi : il veut mériter sa place. Il ne veut pas seulement jouer, il veut mériter de jouer.

— Elles le paieront, fais-moi confiance. Je te le promets.

Parce que pendant ce premier mois à Burberry Prep, je ne suis pas restée sans rien faire. J'ai mon carnet. J'ai mes règles. Et l'année dernière, j'ai laissé les gars se charger d'une grande partie de la vengeance à ma place.

Cette année, il en sera autrement.

Je vais être diplômée de Burberry Prep et partir avec éclat.

— Vous êtes des putains de trolls, grogne Zack. Vous feriez mieux de surveiller vos fesses.

Mais les filles derrière moi se contentent de rire et, cette fois, c'est mon tour de prendre son visage entre mes mains beaucoup plus petites que les siennes. Il tourne vers moi ses yeux chocolat aigres-doux. Ils forment deux fentes sombres et je sais qu'il détruirait ces filles si je le lui demandais, même si cela signifiait perdre sa place dans cette équipe et sa future carrière universitaire.

— On est terrifiées, ronronne Ileana en éclatant de rire.

Zack me regarde à nouveau, tremblant de rage. Je cherche Charlie du regard et je le vois disparaître derrière un pan de mur, probablement vers l'escalier qui mène ici. Il ne sait pas encore que je sors avec Zack, donc... je ne dispose que d'une seconde.

— Ne fais pas attention à elles : embrasse ta petite amie et va-t'en. C'est tout.

Zack prend mon menton et me gratifie d'un baiser

profond, devant les deux lycées, ce qui déclenche des huées et des sifflets chez plusieurs de ses coéquipiers. Je me moque de la douleur que je ressens quand il presse sa bouche contre la mienne. Même si je suis sûre que je dois avoir le goût du sang, je passe ma langue sur sa lèvre inférieure.

Il a vraiment la plus jolie des bouches.

Ce baiser est un moyen pour Zack de me revendiquer. Il pousse un grognement de satisfaction virile tandis que sa langue passe sur la mienne et que ses grandes mains se resserrent sur mes épaules. Quand il me relâche enfin, j'ai l'impression d'avoir été marquée d'une manière ou d'une autre, d'avoir été identifiée par tout le stade comme étant sa compagne.

— J'ai quelques minutes devant moi. Viens, on va te nettoyer, grogne-t-il.

Sur quoi il me soulève et me porte jusqu'au banc. L'infirmier du terrain de foot m'examine et conclut qu'il serait préférable que j'aille à l'hôpital, par sécurité. Papa est là, qui essaie de veiller sur moi, et Jennifer aussi. Je leur fais signe de s'en aller et je réussis à convaincre tous les adultes concernés de me laisser assise ici, avec de la glace sur le visage, pour que je puisse regarder la fin du match.

Les autres garçons viennent se planter à côté de moi. Sans surprise, Windsor prend l'avantage en me tirant sur ses genoux. Il ne dit rien, aucun d'entre eux ne pipe mot, mais leur silence à tous est plein de rage.

Alors que la fin du match approche, je vois Zack couler un regard à Corb.

Jalen se prépare à lancer une passe en avant. Le soleil brille sur la surface noire de son casque.

Il positionne son bras en arrière et Corb fonce droit sur lui. Comme il est le joueur de ligne défensive de Grenadine Heights, c'est logique. C'est son travail. Il tacle durement Jalen et tout ce que j'entends, quand il tombe près de moi, c'est un horrible craquement.

L'arbitre demande un temps mort alors que Jalen hurle, et je vois des flots de sang. Beaucoup, beaucoup trop de sang. Je me penche à côté de lui, puisque je suis la plus proche, et je découvre un éclat de verre dans sa jambe.

— Qu'est-ce que...

On m'écarte pour laisser passer l'infirmier du terrain, mais j'ai le temps de récupérer l'éclat et de l'emporter en trébuchant pour le glisser dans un verre d'eau. Je fais semblant de boire pour calmer mes nerfs, puis je le jette à la poubelle.

Zack me regarde depuis l'autre côté du terrain et nos yeux se rencontrent.

Jalen est emmené avec une artère sectionnée et un fémur cassé. Ses chances de jouer pour une équipe universitaire l'année prochaine sont... pratiquement nulles. Or son père est un joueur de NFL super célèbre, lui aussi. Il n'a que ce sujet à la bouche.

Quand je regagnerai ma chambre, je rayerai son nom de ma liste.

Le match se termine peu après, sur la victoire de Burberry Prep. C'est un agréable changement par rapport à la deuxième année, où j'ai foutu en l'air les chances de gloire de Zack.

Je n'ai pas l'occasion de lui parler car on file directement à l'hôpital, pour apprendre que j'ai peut-être une commotion cérébrale (mais mon nez n'est pas cassé, heureusement). Charlie reste debout toute la nuit à jouer avec moi à des jeux de société dans l'une des chambres réservées aux visiteurs. Je profite de chaque instant que je passe avec lui.

Une fois qu'il sera parti, je pourrai affronter Zack.

Il a enfreint une de mes règles et ça ne me plaît pas.

JE ME PRÉCIPITE vers Zack dans le réfectoire et je saisis l'un de ses gros bras musclés, pour l'entraîner dans le couloir, loin des autres garçons.

On est lundi et Charlie vient de partir. Il reste environ deux semaines avant Halloween et on n'a aucune idée des costumes qu'on va choisir. Aucune idée non plus de ce qu'on va faire pour fêter ça. En tant que Sang-bleu de Burberry Prep, on doit organiser une fête pour tenir notre rang. Point final. C'est comme ça que ça marche. Mais où ? La mère de Windsor – qui, si on y réfléchit bien, est une foutue princesse – loge dans la maison qu'on a utilisée l'an dernier. Tristan a été désavoué par son père, les Cabot et les Kaiser n'ont pas d'endroit assez proche et la mère de Zack fait rénover sa maison de vacances. On va devoir trouver quelque chose de créatif.

— Tu as ignoré mes textos tout le week-end, je murmure.

Mais Zack secoue la tête en levant les mains.

— Jamais, Marnye. Jamais. Tu ne comprends pas : mon grand-père et mon père étaient ici ce week-end. Ça ne s'est pas bien passé.

Je hausse les sourcils ; je n'ai jamais rencontré le père de Zack, mais j'ai entendu dire que c'était un con. Il se renfrogne et détourne brièvement le regard.

— Ils sont furieux pour le match ? je demande.

Zack secoue la tête, me regardant à nouveau, les lèvres pincées. Il soupire, ferme les yeux et passe la main dans ses courts cheveux noirs.

— Pas exactement.

J'attends qu'il développe, mais non. Alors je décide d'aborder mon problème en premier.

— J'avais dit pas de violence, Zack, je chuchote. Parce que je ne veux pas gagner ce truc en ayant recours à leurs tactiques.

Il se retourne vers moi et je constate au moins que son visage est empli de honte.

— Je n'étais pas au courant pour le morceau de verre, dit-il en secouant la tête. Mais personne dans l'encadrement ne sait que Corb l'a poignardé en fait. Tout le monde pense que le tesson se trouvait dans l'herbe.

— Je t'ai vu payer Corb pour qu'il s'en prenne à Jalen, je réplique en croisant les bras.

Zack étudie mon visage et soupire, comme s'il

n'avait aucune excuse à me fournir. Il fixe le sol entre nous puis ferme les paupières un instant.

— Je ferais tout pour te protéger, admet-il en relevant la tête, les yeux de nouveau ouverts. Jalen était dangereux, Marnye. Tu n'entends pas les discussions dans les vestiaires. (Il me regarde droit dans les yeux.) Oui, j'ai payé Corb pour faire tomber Jalen plus fort que nécessaire, mais je n'étais pas au courant pour le verre. Si ça peut te faire moins culpabiliser, Jalen a cassé une bouteille sur le visage du frère de Corb, lors d'une fête dans les Hamptons, cet été. Un morceau de verre lui a sectionné la carotide : il a failli mourir.

On reste plantés là, face à face, mais je ne sais pas quoi dire.

Je suis en plein conflit intérieur.

— Parfois, on ne peut pas combattre l'obscurité avec des mots, Marnye, lâche Zack, qui enfonce ses grandes mains dans les poches de son blouson. Beaucoup de choses se passent dont tu n'es pas au courant.

— Alors dis-les-moi, je supplie, parce que je viens littéralement de lire un manga avec une intrigue comme celle-ci. Les gars ont caché une information à l'héroïne jusqu'à ce qu'il soit trop tard et ensuite...

— Ce sont les règles du Club Infinity, grogne Zack, visiblement au supplice. Si on te le dit, on perd un sérieux avantage. Et c'est hors de question, Marnye.

Il sort les mains de ses poches pour m'enlacer les épaules.

— Zack..., je commence, alors qu'il fait glisser ses paumes le long des manches de mon blazer noir.

— Mon grand-père ne veut pas que je sorte avec toi, murmure-t-il.

Mon cœur se serre à mort, se brise et frémit dans ma poitrine. Je lève les yeux vers Zack, bouche bée.

— Pourquoi ?

— Ma mère t'aime, Marnye. Elle t'aime énormément. Ma sœur aussi. C'est juste que... mon père et mon grand-père.... (Il s'interrompt, un désespoir douloureux gravé sur le visage.) C'est le seul sujet sur lequel ils ont jamais été d'accord.

— Pourquoi ? j'insiste.

Zack recule d'un pas, me relâchant soudain.

— Je n'aurais pas dû enfreindre tes règles sans t'en parler d'abord, murmure-t-il, d'une voix que l'émotion rend étonnamment rauque. J'ai merdé. Sache que je le referais s'il le fallait. Je ferais tout pour te protéger, même enfreindre tes règles. Mais je comprends que tu sois en colère contre moi.

Il lève les yeux vers moi et j'inspire un grand coup. Il est trop beau pour être décrit. Trop beau, putain !

— Je ne suis pas en colère, mais vous ne pouvez pas continuer à faire des choses derrière mon dos, les gars. Qu'est-ce qui est pire que les Harpies essayant de me pousser au suicide ? De me noyer dans la piscine ? Zack... Qu'est-ce qui est bien pire ?

Je fais un pas en avant et pose ma main sur son torse. Il la couvre des deux siennes. Il est incroyablement chaud et, quand je me penche contre lui, son parfum apaise un peu mes nerfs. Il m'enlace, me glisse à l'intérieur de sa veste et me serre contre lui.

Ça ressemble étrangement à un câlin d'adieu et je n'aime pas ça. Pas du tout.

— Marnye... On va juste décrocher notre diplôme et s'enfuir à Bornstead, OK ? Tu seras la fille intelligente parmi les pom-pom girls, je jouerai au foot et je me glisserai dans ton dortoir la nuit...

— Et ta famille ? je demande.

Zack ne répond rien quand je me penche en arrière et lève les yeux vers lui.

— Je me fiche de ce qu'ils pensent, ou de ce qu'ils veulent. C'est ma vie, pas la leur.

Il s'interrompt parce que Creed sort du réfectoire, en s'appuyant sur la porte pour la maintenir ouverte.

— Miranda a trouvé, lance-t-il.

Je hausse les deux sourcils. L'émotion me donne un peu la nausée, en cet instant, mais je l'évacue en secouant les mains, puis je prends une profonde inspiration avant de m'obliger à sourire.

— Elle a trouvé quoi ? je demande.

Creed sourit, lentement, avec une séduction qui me réchauffe de l'intérieur et chasse certaines de mes ombres noires.

— Nos costumes d'Halloween, répond-il alors que Miranda s'approche, haletante, pour prendre mes deux mains dans les siennes.

— La royauté, annonce-t-elle avec un grand sourire qui fait étinceler ses yeux bleus. On y va en tant que personnalités de la famille royale : princes, princesses... rois et reines. Qu'est-ce que tu en penses ? Tu pourras porter la couronne qu'on t'a offerte pour ton anniversaire. Ce sera le parfait « Va te faire f… » pour Harper, vu que ses potes et elle essaient de s'approprier l'appellation de « Personnalités royales en titre ». Quelle idiotie ! Les Idoles et leur Cercle fermé dirigent cette école depuis...

Elle se tait et grimace légèrement, en attendant que je confirme.

— Depuis qu'elle a été créée par William Vanderbilt Ier, en 1919 ? je suggère.

Miranda pousse un cri, passe ses bras autour de mon cou et me donne un baiser parfumé sur la joue.

Je ne rate pas le regard noir de Zack qui m'étudie.

Il dit qu'il se fiche de ce que pense sa famille, mais peut-être que non.

Et je suis sûre qu'il n'est pas le seul.

CHAPITRE TREIZE

– ÇA TE DÉRANGE si je te pose une question personnelle ? je demande à Windsor alors que nous nous trouvons à l'intérieur d'une boutique de mariage à Lujo.

Je regarde le dixième prétendant au trône d'Angleterre se faire tailler une robe de demoiselle d'honneur rose, adaptée à son corps musclé et souple. Il me jette un coup d'œil par-dessus son épaule. Ses cheveux roux sont hérissés, ses yeux noisette pétillent.

— Vas-y, ma belle, répond-il.

L'employée se lève et s'excuse pour aller chercher d'autres épingles. Elle nous a regardés comme si on était fous quand on est entrés pour trouver une robe adaptée à un jeune homme en guise de costume d'Halloween. Et plus encore quand elle a reconnu Windsor et commencé à envoyer des SMS à son amie derrière le comptoir.

La nouvelle sera partout sur Internet à l'heure du

dîner. Wind prétend qu'il s'en moque, mais peut-être que non, sauf que ce ne serait pas de la manière dont les autres peuvent le penser. Il n'a peut-être pas honte, mais il ne s'en moque pas : il veut que tout le monde sache à quel point il est irrévérencieux.

— Pourquoi ta mère n'est pas venue à la semaine des parents ? je demande alors que Windsor examine sa robe dans le miroir.

Il lisse le corsage à paillettes. Il a décrété que le thème des personnalités royales était vraiment trop banal, sauf s'il pouvait se déguiser en princesse. « *J'ai été un prince toute ma vie. En quoi c'est amusant ?* » Donc maintenant, Andrew et lui vont se travestir. Ce dernier est justement dans la cabine d'essayage, qui passe une robe bleu pâle.

— Ma mère ? répète Windsor, sourcils froncés, avant de hausser les épaules comme si cela n'avait pas beaucoup d'importance. Trop occupée à être une princesse adorée, je suppose. La presse la vénère, tu sais. Ils commentent ses tenues à chaque événement, avec qui elle sort, même comment elle sourit, putain ! (Wind affiche un sourire furieux, à mi-chemin entre l'hilarité et le grincement de dents.) Elle peut à peine chier sans que les médias la prennent en photo et lui demandent quel papier toilette elle utilise. Quelle existence horrible ! Tu imagines ?

Windsor se retourne vers le miroir et pose les mains sur ses hanches, en faisant la moue sur un insolent balancement du bassin.

— Ça te dérange, n'est-ce pas ? j'insiste, en montant

sur l'estrade à côté de lui pour faire bouffer sa jupe. De devoir partager ta mère avec le monde entier ?

Les yeux de Wind glissent vers moi et il hausse les sourcils.

— Tu penses que c'est ce qui me dérange ? demande-t-il, en souriant vivement. Oh, putain, mon amour. Non. Une vie comme celle-là me terrifie, où chaque geste est amplifié jusqu'à ce qu'il signifie cent fois plus qu'il ne devrait. Je ne veux pas que les gens me regardent comme une sorte de pilier de la communauté.

Il se tourne à nouveau vers le miroir, s'arrêtant quand Andrew sort et pose les mains sur ses hanches.

La robe... lui va vraiment bien, enfin vraiment, vraiment bien. On dirait une drag-queen à l'air très folle (« folle » au sens de... féminine ; je n'ai aucune idée d'où vient le terme, mais il dit ce qu'il veut dire).

— Tu devrais postuler pour *RuPaul's Drag Race,* je couine en plaquant mes mains sur ma bouche.

La perruque, le rembourrage et la robe suffisent à donner à Andrew Payson des allures de vraie princesse.

— J'ai toujours l'impression d'être en drag-queen de toute façon, marmonne-t-il en s'étudiant dans le miroir en pied. OK, on la prend.

Il adresse un signe de tête à la couturière qui sort de l'arrière-boutique avec une nouvelle pelote à épingles. Elle s'arrête pour aider Andrew à défaire le dos de sa robe et j'étudie l'expression stoïque et tendue de Wind.

Je n'ai fait qu'effleurer la surface de Windsor York,

mais je sens que je dois en savoir plus. Il faut que j'en sache plus.

Je m'écarte du chemin, pour qu'il puisse finir l'essayage de sa robe, puis je prends mon tour.

Lorsqu'on en a terminé, on a définitivement dépassé le budget que j'avais prévu, mais ni Andrew ni Windsor n'ont l'air de vouloir sortir leur carte et payer. Lorsque je passe à la caisse, en attendant de connaître le prix de la robe pour savoir si je peux me l'offrir avec le prix des retouches en sus, Windsor m'attrape par le bras et m'attire dans les siens.

— Une dame de la cour ne paie jamais ses propres robes, susurre-t-il avec un petit sourire malicieux. C'est pour moi, Votre Majesté.

— Arrête de m'appeler comme ça, je m'esclaffe en m'écartant de lui.

On sort tous les trois au soleil et on fait halte dans une librairie au bout de la rue avant de rejoindre les autres au café.

J'essaie de me faire discrète en me faufilant dans la section manga, à la recherche de nouveaux *yaoi*. Il y en a un emballé sous film plastique, avec au dos la mention : « Explicite : 18 ans et plus ! ». Un coin est déchiré et on dirait que quelqu'un a déjà jeté un coup d'œil à l'intérieur. Puisque le mal est déjà fait... je jette un coup d'œil moi-même et je rougis devant le caractère explicite des dessins.

Waouh !

Je vais définitivement prendre celui-là.

— Qu'est-ce que c'est ? Encore un de tes mangas

nunuches ? demande Creed, qui me prend au dépourvu en m'arrachant le manga pour le faire passer par-dessus ma tête.

Je me retourne pour le trouver debout derrière moi, vêtu d'une chemise bleue ample et légèrement froissée sur un jean. Il n'essaie même pas de se cacher des employés de la librairie lorsqu'il retire le film plastique pour passer directement à une scène cochonne. Il hausse ses sourcils blond pâle.

— Mon Dieu, mon Dieu, Marnye ! Qu'est-ce qu'on a là ?

— Rends-moi ça, je chuchote en essayant de le lui arracher.

Sauf qu'il est rapide et le met hors de ma portée pour pouvoir regarder les deux gars, hmm… eh bien, pour le dire gentiment... en train de baiser ? Oui, ça résume bien la situation.

— Waouh !! s'écrie Zayd en affalant son corps tatoué sur les épaules de Creed pour jeter un coup d'œil aux pages tandis que Creed fronce les sourcils et se renfrogne. C'est quoi ce bordel ? *Le Pornographe sensible* ? C'est vraiment son titre, Charity ? La reine de l'élite est une vraie perverse. (Zayd attrape le manga et le glisse sous son bras, tout en portant son autre main dans ses cheveux verts pour les tortiller en petites pointes.) Je vais te l'acheter, ça te donnera peut-être des idées pour notre prochaine partie de jambes en l'air.

Creed ricane et s'appuie contre l'une des bibliothèques, comme s'il n'avait pas la force de se tenir droit. Comme tous les super-riches, il semble se moquer de se trouver dans un espace public. Non, le monde entier lui appartient, c'est dans l'ordre des choses. Vraiment, ils sont tous comme ça parfois.

— Merci, je dis, mais je rougis quand même.

Entre mon travail scolaire, les pom-pom girls, la harpe et mes sorties avec tout le monde... je n'ai pas beaucoup de temps pour le sexe. Ou peut-être que je ne sais pas comment instaurer un équilibre avec tous ces garçons ? En réalité, je suis passée de zéro à cent assez rapidement. De vierge à... maîtresse de trois mecs différents.

Je soupire alors que Creed braque ses yeux bleus sur Zayd.

— D'après ce que j'ai entendu, tu es un éjaculateur précoce. Ça pourrait être le titre de ton prochain album ? *Comment jouir vite fait et ne laisser que de la déception dans mon sillage.* C'est aussi long et stupide que ton surnom.

— Ha ha, fait Zayd en levant les yeux au ciel.

Puis il passe par-dessus ma tête pour attraper un autre manga sur l'étagère : l'histoire d'un hôtel de cures thermales hanté par un fantôme sexy. Je vois beaucoup de nichons lorsque Zayd feuillette le roman. Ce livre aussi, il le glisse sous son bras, puis il claque des doigts à l'intention de Creed.

— Tu es hilarant, frérot. Vraiment, bravo.

Il feint d'applaudir de ses mains tatouées, puis m'adresse un sourire malicieux. Les deux piercings argentés de sa lèvre pointent comme des flèches. J'ai déjà essayé de passer ma langue dessus et tout ce qu'ils font, c'est la chatouiller. Je pensais qu'ils seraient douloureux, mais ce n'est pas le cas. Je les aime beaucoup, en fait.

— Que faites-vous tous les deux ici, de toute façon ? Je pensais que vous attendiez au café.

— Ben, Lizzie et Tristan ont eu une conversation super profonde, répond Zayd en haussant les épaules. Tu parles d'un endroit ennuyeux à mourir. On s'est vite barrés.

Creed l'observe avec une acuité qui dément l'affaissement nonchalant de son beau corps. Avec précaution, il enfonce ses doigts pâles dans ses poches.

— Tu es un sacré idiot, lui lance-t-il en me regardant. Désolé, Marnye. Il ne veut pas être grossier, impoli et inconscient, mais il ne peut pas s'en empêcher. Il n'a pas de mère, son père est une rock star accro au crack et obsédé par les groupies. Quant à sa grand-mère, elle est tellement absorbée par l'entreprise familiale qu'elle l'a oublié une fois dans un camp d'été : la police a dû le ramener chez lui. Tu t'en souviens, Zayd ?

— Pourquoi tu n'irais pas te faire foutre ? suggère Zayd.

Mais il s'éloigne, la mine sombre : Creed a touché un point sensible.

— Tu es une brute, je lui lance en croisant les bras, avec mon regard le plus sévère.

Il se retourne vers moi et hausse les épaules de façon si désinvolte et si paresseuse que ça ressemble presque à un accident.

— Et alors ? Soit c'est toi la brute, soit c'est toi qui te fais brutaliser. Tu as sûrement appris ça depuis le temps ?

Il s'écarte de l'étagère et se redresse, me toisant avec la gaieté paresseuse des super-riches. Il est amusé, mais il s'attend à ce que le monde l'amuse.

— Je n'autorise pas l'intimidation à Burberry Prep, tu le sais. (Je le fusille du regard.) Il est hors de question de se venger par l'intimidation.

— D'accoooord, lâche Creed qui se retourne et fait courir ses doigts sur le bord de l'étagère. (Il va jusqu'au bout, avant de me jeter un coup d'œil par-dessus son épaule.) Soit on est le prédateur, soit on est la proie, Marnye. C'est une réalité de la vie.

— Ce n'est pas une fatalité, je réplique en tournant à sa suite au coin d'un rayonnage.

D'ici, j'aperçois Miranda, Zack et Andrew assis à l'une des tables de la zone surélevée qui entoure le petit café de la librairie, bien modeste comparé à celui d'en face, avec une cheminée et de gros fauteuils confortables, mais quand même mignon.

— J'ai été brutalisé au collège parce que j'étais riche. Les enfants pauvres peuvent aussi être cruels, tu sais.

Il s'arrête devant une étagère pleine de romans policiers avec des chats dessinés dessus et des titres qui sont tous des jeux de mots autour des animaux. Des trucs comme *Le tueur se prend une chat-teigne.* Pigé ? Creed fait tourner l'étagère pivotante, parcourant les livres avec nonchalance.

— Primo, les gamins avec lesquels tu es allé à l'école

à Grenadine Heights appartenaient plutôt à la classe moyenne supérieure. Pour les élèves de Lower Banks, ils seraient même considérés comme plutôt riches. Mais tu as raison. Oui, toute personne a la capacité de se montrer cruelle. Car on est tous humains. Donc on a aussi l'intelligence et l'empathie nécessaires pour tempérer cette cruauté. (Je saisis l'une des mains pâles de Creed, qui s'immobilise pour baisser les yeux sur moi.) J'ai vu le pire côté de chacun de vous, je veux voir le meilleur.

Il expire et me laisse entremêler mes doigts aux siens, tout en m'attirant vers lui. Lorsque Lizzie et Tristan arrivent ensemble, quelques secondes plus tard, je fais de mon mieux pour ne pas me comporter en folle jalouse.

C'est bon : Creed le fait pour moi.

— Tu es vraiment un imbécile, tu traînes avec une autre fille alors que tu as une magnifique petite amie juste là.

— Tais-toi, feignasse, rétorque Tristan en croisant le regard noir de Creed. Pourquoi tu ne vas pas faire une sieste quelque part et t'occuper de tes affaires ?

Il a beau être une « œuvre de charité », le sale gosse de riche qui sommeille en lui est toujours là, attendant de relever sa tête de plein aux as.

Creed me relâche, mais je crains qu'une confrontation entre Tristan et lui ne se prépare. Je m'interpose donc entre eux, tout en croisant le regard ambré de Lizzie. Son expression ne laisse rien transparaître.

— Tu as trouvé ce qu'il te fallait pour ton stupide costume du prince ? demande Tristan, complètement impassible.

Il est comme ça depuis le manoir Vanderbilt : une belle poupée brisée. C'est perturbant pour moi. Je veux juste... Je veux le secouer. Je veux rejouer au Twister, je...

— Oui, je réponds au moment où Windsor apparaît au-dessus de la balustrade et se penche pour me chatouiller les cheveux.

— Je t'ai commandé une tasse de thé, déclare-t-il en jetant un coup d'œil au comptoir. Et j'ai prévenu le barman des conséquences en cas d'échec. Tu te joins à moi ?

Il se redresse et je hoche la tête, attrapant la main de Creed... puis celle de Tristan. Je l'éloigne de Lizzie, mais j'ai eu le temps de la voir bouche bée sous l'effet de la surprise.

La façon dont elle fronce les sourcils lorsqu'elle nous rejoint à notre table, quelques instants plus tard, m'indique qu'elle a trouvé ce petit geste effronté.

J'imagine que les choses risquent de monter d'un cran à partir de maintenant.

CHAPITRE QUATORZE

HALLOWEEN EST TOUJOURS une grande affaire pour nous, surtout cette année. Non seulement c'est notre dernière fête d'Halloween au lycée, mais c'est aussi notre meilleure chance de faire front en faveur de l'école et d'écraser complètement le petit soulèvement de Harper.

Seuls les Sang-bleu de Burberry Prep peuvent organiser la fête d'Halloween.

Après une sérieuse délibération, nous décidons d'utiliser le casino.

Techniquement, c'est la propriété du Club Infinity, ce qui fait donc de notre fête une fête du Club Infinity. Autrement dit, on n'a pas le droit d'en virer les Harpies ou la Compagnie. Mais ce n'est pas grave. On n'a pas besoin de les virer pour gagner. S'ils viennent à notre fête, on a déjà gagné.

Je suis vêtue d'une robe blanche qui ressemble un peu trop à une robe de mariée à mon goût, semblable à celle que je portais à San Francisco mais avec encore plus de froufrous et de paillettes. Quand les gars m'ont découverte, Creed, Zayd et Tristan ont eu l'air terrifiés... tandis que Wind et Zack paraissaient bien trop excités. Honnêtement, je ne sais même pas laquelle de leurs expressions a été la pire.

Le truc, c'est que je suis censée être la reine de l'école, la remplaçante de Harper. Je dois être à la hauteur. Vu que Miranda et Lizzie sont habillées en princesses – tout comme Andrew et Windsor, bien sûr – et que les filles du Cercle fermé sont parées comme des aristocrates à la cour royale, je me devais de rehausser ma tenue. Je me suis donc attifée de ma couronne, très chère et très décadente.

Windsor regarde par la fenêtre, dans l'obscurité, tandis qu'on avance à travers les arbres vers le bâtiment abandonné. On est venus ici la semaine dernière pour décorer et transporter des citrouilles. Ce n'est pas tout à fait le parfait paradis effrayant qu'on a connu à Samhain, l'année dernière, mais ce n'est pas le genre d'endroit où l'on fait venir des traiteurs et des décorateurs. C'est plus comme... une sorte d'installation réservée aux étudiants.

— Pourquoi tu ne conduis plus ? je demande. La première chose qui apparaît en ligne quand on te cherche sur Google, c'est la liste des voitures de luxe que tu as détruites.

Windsor me regarde, le visage aussi maquillé que le mien. Ça me fait sourire, parce qu'il est en fait plutôt... joli ? Je lui ai fait mettre un châle rose par-dessus sa robe parce que ses bras sont trop robustes et musclés pour le côté « jolie princesse » qu'il vise mais, en mon for intérieur, je le trouve super sexy.

— Ah, vous les Américains et votre Google, maugrée-t-il, ce qui me fait rire. (Certaines de ses blagues sur les Américains sont assez bien senties, mais celle-là était stupide. Ce qui ne m'a pas empêchée de l'apprécier.) Tu sais que j'ai écrasé un yacht dans un port, n'est-ce pas ?

Je hoche la tête. J'ai aussi lu des articles sur le sujet en ligne. Des gens ont été blessés, voire hospitalisés. Une fille n'est ressortie que récemment de la clinique. D'après ce que j'ai lu, elle est encore en train de réapprendre à marcher.

Je dois admettre que c'est un truc assez glauque.

— Tu... n'es pas obligé d'en parler, tu sais, je réplique à voix basse.

Une musique d'Halloween sinistre sort des haut-parleurs, mais si basse que je l'entends à peine. Il n'y a que nous deux dans la voiture. C'est moi qui ai suggéré ce trajet, parce que je voulais parler en privé avec le prince.

— Autant que tu saches la vérité, déclare-t-il en s'adossant à la fenêtre et en triturant le tissu de sa robe rose. Je t'ai dit que j'étais drogué, ivre et en colère, non ? (Je hoche la tête et il soupire, fermant un instant les yeux.) Est-ce que je t'ai dit pourquoi j'étais en colère ?

— Non.

Ma voix est faible et étouffée alors que je débouche

dans le parking du casino que je trouve rempli de voitures de luxe. Rien qu'avec les véhicules sur ce parking, il y a assez d'argent pour payer les études de milliers d'étudiants. Bon sang, pour leur permettre à tous d'atteindre le doctorat.

Le casino a l'air très effrayant vu d'ici, tout éclairé de lumières orange. Un fantôme flottant est installé près du chemin menant à la porte arrière. Il y a même des bébés zombies suspendus à l'un des arbres, éclairés par un projecteur vert qu'on a volé au département Théâtre.

Je coupe le moteur, puis je me tourne pour affronter Windsor. Ma robe blanche se plisse ; toute sa dentelle et son satin duveteux se répandent sur le siège.

Il me dévisage dans l'obscurité de l'habitacle. Windsor soupire et lisse les cheveux sur son front. Sauf qu'il porte une perruque aujourd'hui, donc tout ce qu'il fait, c'est ébouriffer sa frange rouge orangé.

— Ma petite amie était sur le quai, en train de faire la fête. Elle venait de me tromper avec un garçon du collège d'Eton. On a eu une grosse dispute et j'ai perdu la tête. J'étais trop défoncé, trop saoul, et j'ai fait exprès de heurter ce quai. (Sidérée, je hausse les sourcils quand la voix de Windsor se teinte de vitriol et de colère rance.) Je l'ai fait exprès, et puis je l'ai vue, écrasée et en sang sous des décombres. Je...

Il détourne le regard, vers un groupe de filles qui gloussent, habillées comme… enfin, vous savez ce que je pense de ce mot, mais oui, des vampires salopes.

Enfin, je dis ça parce qu'elles portent des strings et des bas résille en plus de leurs capes et de leurs dents.

— Windsor…, je commence.

Je lui prends la main. Je m'attends presque à ce qu'il me la retire, mais non. Étonnamment, il me laisse faire et même la lui serrer un peu.

— Je n'ai pas été capable de conduire depuis. Je me sens juste malade quand mes mains touchent un volant. Peu importe si c'est une voiture, un bateau ou une putain d'auto-tamponneuse. (Il retire enfin sa main.) Donc quand je t'ai dit que j'étais une espèce de connard, je ne mentais pas. J'ai été horrible, Marnye. J'ai fait des choses terribles, affreuses. Si tu me regardais avec une loupe, tu trouverais probablement le sieur Vanderbilt irréprochable par comparaison.

Windsor s'arrache à moi et sort de la voiture avant que j'aie le temps de répliquer.

Mais c'est son regard hanté qui me colle à la peau pour le reste de la nuit.

ON DOIT AVOIR l'air sacrément cool quand on entre ensemble dans cette fête, habillés comme une procession royale avec couronnes, robes de bal, cravates et queues-de-pie colorées à longues basques pour les garçons. La foule s'écarte avec aisance, nous dégageant un passage devant les machines à sous, tandis qu'un brouillard de neige carbonique s'enroule autour de nos chevilles.

Harper et ses nouveaux amis sont déjà là, Isabella toujours fidèlement cramponnée à eux. Ils portent tous divers costumes d'animaux. Encore une fois, je ne veux pas utiliser le mot « salope », mais...

Ils nous regardent passer, pendant qu'on se dirige vers le stand de ravitaillement en boissons dans une pièce qui semble avoir été un restaurant ou quelque chose d'approchant. Maintenant, des vignes vierges s'enroulent dans les fissures des murs et les bougies disséminées dans la pièce la rendent encore plus sinistre.

Miranda part à la recherche de Jessie, Andrew fait de même pour Gary et je reste avec les gars... et Lizzie.

Putain de Lizzie !

Est-il affreux de ma part de vouloir qu'elle s'en aille ?

Les garçons vont se chercher des boissons, soit des canettes, soit des bouteilles, soit des gobelets en plastique avec des cocktails fantaisistes comme ceux qu'apprécie Windsor. Je les laisse s'amuser et, même si j'ai vraiment aimé ce que j'ai goûté à la fête de Zayd, je refuse le joint qu'il me tend.

J'ai d'autres choses à faire ici ce soir.

Il y a des élèves de toutes les années, presque exclusivement de Burberry Prep. Les première et deuxième années ne se souviennent pas de l'époque où Harper et les garçons régnaient sur l'école avec une cruauté de fer, mais ils me regardent malgré tout comme un membre de l'élite. Je parie que la plupart d'entre eux ont fréquenté les campus de l'école primaire et du collège de Burberry, qui ne sont pas très éloignés du nôtre. Ils sont sans doute au courant de tout ce qui se passe au lycée grâce à leurs frères et sœurs plus âgés et aux potins en ligne.

Les gars ne demandent pas où je vais, mais ils me suivent en procession. Je ne leur avoue pas à quel point j'aime ça.

Au lieu de quoi, j'attends que les Harpies et les voyous de leur Compagnie (Jalen était le dernier Sang-bleu mâle d'origine et, maintenant qu'il est parti aussi, ce sont tous de nouveaux gars) s'installent dans un coin du salon avec leurs boissons, quelques cartes et ces horribles osselets.

— Distribue-moi des cartes, du Pont, je lui ordonne en ramenant ma robe sous mes cuisses avant de m'asseoir à sa table. Parce que je vais te faire mordre la poussière.

Assise sur les genoux d'un quatrième année, vêtue de collants roses et de pattes de chat en fourrure, Harper m'examine en plissant les paupières, puis elle éclate de rire et se redresse, toujours perchée sur les genoux du connard de la compagnie.

— Vraiment, la michetonneuse ? Tu veux parier avec moi ?

— Si je gagne, tu ne t'associes plus à Isabella Carmichael et tu ne parles à personne de son père.

— Lequel : le vrai ou le faux ? s'esclaffe Harper.

Becky glousse, de cet horrible rire de hyène que je déteste depuis le début. Je l'ignore. J'ai commencé avec une longue liste. Elle est beaucoup, beaucoup plus courte maintenant. C'est juste une question de temps avant que chaque nom n'en soit rayé.

— Tu crois que tu m'aides ? se moque Isabella, déguisée en... pardon, c'est reparti : en souris salope.

Même Miranda utilise le mot « salope » à Halloween, et c'est la plus grande militante contre les insultes à base de « salope » que je connaisse. En l'occurrence, je ne le conçois même pas comme une insulte, juste comme un terme descriptif.

— Laisse-moi tranquille, Marnye. Je ne veux rien avoir à faire avec toi.

Ses mots me blessent, mais je les écarte.

— Qu'est-ce que j'obtiens si c'est moi qui gagne ? demande Harper, en souriant joliment. Tout ce que tu as, la michetonneuse, je peux me le procurer moi-même.

Elle a une belle bouche. Si elle l'utilisait pour autre chose que ricaner, se moquer ou grimacer, peut-être que plus de gens la remarqueraient ?

— Tu veux dire à part de vrais amis, un père qui m'aime inconditionnellement et ton ex-fiancé ? j'ironise.

Harper se lève, en abattant ses paumes sur la table. Becky arrête de rire et Ileana s'immobilise pour rajuster ses nichons dans son corset trop serré.

— Si je gagne, tu arrêtes toutes ces absurdités de Sang-bleu. Tu renonces publiquement à ton rôle d'Idole, tu en fais état sur les réseaux sociaux et tu retournes dans ton trou, là où est ta place.

Elle me jette un prospectus orange froissé et je le

déplie pour trouver les informations sur notre fête d'Halloween imprimées au recto. « Dénoncez les pseudo-personnalités royales, venez danser avec les Sang-bleu », peut-on y lire. Miranda et moi les avons conçus sur Photoshop et Zack nous en a fait des copies en crochetant la serrure de la salle de reprographie du personnel.

— Ça marche.

— Marnye, veut me prévenir Zack.

Trop tard. Je tends le bras et attrape la main de Harper.

Isabella ricane, mais elle ne va nulle part pendant qu'on met une partie en place.

On recrute six élèves au hasard dans la foule et on organise une partie de poker, dans sa version « Texas Hold'Em ». La première personne à accumuler cent mille dollars gagne. J'ignore si on joue avec de la vraie ou de la fausse monnaie, mais connaissant le Club... ça doit être de la vraie monnaie, non ?

— On a ton prix d'entrée, me murmure Creed à l'oreille. Vide-lui les poches, Marnye.

Je frissonne et lève les yeux vers lui. Il est vêtu d'une veste bleu roi avec des boutons dorés, d'une cravate blanche à froufrous et d'un pantalon blanc moulant, rentré dans des bottes noires. Une couronne trône sur ses cheveux blond-blanc et il arbore l'air paresseux d'un aristocrate du XIXe siècle. Sur un petit signe de sa tête, les jetons sont distribués. Le prix d'entrée est de vingt mille dollars. Rien de surprenant, puisque le Club Infinity n'aime pas faire les choses en petit.

Harper est beaucoup plus difficile à déchiffrer que je ne le pensais, surtout parce qu'elle passe toute la partie à sourire et à grimacer. Au bout de quelques tours, les autres élèves réalisent qu'ils sont dépassés, se couchent et récupèrent ce qui reste de leur argent avant de se carapater.

Il y a toujours quelqu'un d'autre pour prendre leur place.

— Même si tu gagnes, ça ne servira à rien, lâche Isabella, qui se retire après quelques tours. Me séparer de mes amis ne fera pas de toi ma sœur. Tu n'es rien. Tu es tellement insignifiante que maman t'a larguée et abandonnée dans des toilettes publiques.

Les garçons sont debout en éventail derrière moi, telle une unité protectrice. Lizzie est plantée à proximité. Ils se sont crispés quand Isabella s'est approchée de moi. En levant les yeux, je croise ses prunelles dures comme du silex, son sourire aussi tranchant qu'un couteau. Elle a vraiment l'air d'une mini-Harper, mélange de privilèges et d'ancienne fortune.

— Enfin, techniquement, c'était une aire de repos, poursuit-elle, mais... (Je soupire et je la fixe, impassible, comme si ses mots ne m'atteignaient pas, alors même qu'ils me blessent.) Elle me l'a dit, il y a des années. Elle m'a même demandé si je voulais te rencontrer, et tu sais ce que j'ai répondu ? (Son sourire s'aigrit encore.) Je lui ai répondu « non ». Pourquoi voudrais-je rencontrer une fille que maman a larguée il y a si longtemps ? Si elle s'était souciée de toi ou si elle avait pensé que tu en valais la peine, elle t'aurait gardée, non ?

Isabella hausse les épaules, rejette ses cheveux en arrière, puis se tourne pour attraper un masque dans l'un des bacs près de la porte de l'immense salle de danse.

Des fantômes et des goules tournoient en une mascarade étincelante, sur une playlist de musique classique que j'ai constituée la semaine dernière. Un truc sombre et effrayant. Mon morceau préféré est la valse de *Mascarade.* J'aimerais danser dessus ce soir, si je peux.

— Putain, je chuchote, mais Creed me pose une main sur une épaule tandis que Zack serre l'autre.

Je me retourne : Tristan, Windsor et Zayd sont tous là pour me soutenir. Ils me regardent comme si j'en valais la peine. Car dans le cas contraire... alors pourquoi seraient-ils tous encore là ? Tous les cinq. Ce serait beaucoup plus facile de me larguer et de sortir avec une autre fille, non ? Et vu qui ils sont, ils pourraient avoir n'importe laquelle.

Je me retourne vers Harper, qui m'observe comme une lionne guettant une gazelle.

Elle se pourlèche les babines.

D'accord, on joue.

On fait encore plusieurs tours, mais lorsque la dernière main est visible et que je rafle les jetons, c'est moi qui sors victorieuse.

— C'est quoi ce bordel ? grogne-t-elle, en frappant

de la main sa propre pile de jetons qui s'envolent. Tu as triché !

— On a tous vu que non, rétorque Tristan quand je me lève et que je fusille du regard la tronche grimaçante de Harper.

— Je viens de Lower Banks. Tu ne sais pas que les enfants pauvres jouent toujours mieux au poker que les gosses de riches ? Alors maintenant, laisse ma sœur tranquille.

Je me détourne pour me diriger vers la salle de danse. J'ai apporté un cadeau spécial ce soir.

— Je ne peux pas vraiment la laisser, tu sais, me lance Harper. Je suis sa marraine ! Et tu sais quel pari elle a fait pour entrer dans le Club : elle a refusé de reconnaître qui était son vrai père, ne serait-ce qu'une fois, avant qu'il meure. Quel chouette cadeau d'adieu ce sera pour lui, hein, Marnye ? De savoir qu'il avait une deuxième fille qui, même après avoir appris la vérité, l'a évité malgré tout.

Je m'arrête juste assez longtemps pour prendre un masque d'un blanc étincelant. Il y a des citrouilles blanches sculptées et disposées tout autour de la salle de bal, qui scintillent et ajoutent à l'ambiance. Mon cœur a manqué quelques battements et je sens mes yeux devenir chauds et humides.

— Marnye...

Creed tend la main pour me prendre par l'épaule, mais je le dépasse, traversant la piste de danse jusqu'à la harpe à pédales de l'autre côté. J'ai demandé à d'autres membres de l'orchestre de m'aider à la transporter et ils se sont exécutés, sans pot-de-vin ni rien d'autre d'ailleurs. Parfois, ça fait du bien d'être reine.

D'autres fois, ça craint grave.

Ça ne peut pas être vrai, je me dis en m'asseyant à la harpe. Je fais signe aux garçons de mettre la musique en pause. Sur la piste de danse, on arrête de se déhancher. Enfin, près de la moitié des élèves fait une pause en attendant que la musique redémarre. L'autre moitié, trop ivre ou défoncée pour s'en soucier, continue à danser et à rire. *Isabella... c'est vraiment ma sœur à part entière ?*

C'est une question que je vais devoir aborder avec papa, que ça me plaise ou non.

Ravalant mes larmes, je pose les doigts sur les cordes et commence à pincer les notes sinistres mais fantasques du *Carnaval des animaux : VII. Aquarium.* Au début, les autres élèves ne semblent pas savoir quoi faire, puis ils se rendent compte qu'ils ne sont pas vraiment censés danser.

Ils sont censés regarder.

En première année, ils ont gâché mon solo de harpe.

Maintenant, ils vont s'asseoir et m'écouter jouer. Fermant les yeux, j'exprime mes émotions grâce à la musique, taquinant les cordes du bout de mes doigts et laissant le son retentir dans le vieux casino. Quand je rouvre les paupières, je vois Isabella qui me regarde depuis un coin de la salle. Même derrière son masque, je sais qui elle est.

Je ne l'abandonnerai pas.

Même si elle a fait ce pari... elle peut parler à Charlie. Ce n'est pas briser un pari : c'est en perdre un. Je veux qu'elle ait envie de perdre. Elle n'a pas besoin de faire partie du Club Infinity.

Lorsque j'ai terminé mon morceau, je me lève et vois tout un éventail de masques scintillants qui m'observent avec intérêt.

— Bienvenue à Burberry Prep, je lance aux autres élèves, le souffle court. Mon nom est Marnye Reed et je suis une putain d'Idole. Il n'y aura plus d'intimidation dans ce lycée. Point final. Si j'entends parler d'un comportement de ce genre, ne pensez pas que je vous laisserai échapper à votre punition.

Je défroisse ma robe et me dirige vers les garçons qui attendent à côté de mon estrade improvisée.

Même avec leur masque, je peux les distinguer. Et ce n'est pas seulement une question de costumes. Non, c'est à cause de leurs yeux.

— Et maintenant, une valse, j'ordonne.

Miranda remet la musique en marche. Je me suis entraînée toute la semaine avec elle après l'école. Parce que, eh bien, même si je suis une assez mauvaise danseuse et que je le serai probablement toujours, avec tous mes entraînements de pom-pom girl, je me suis améliorée. Je peux danser sur un morceau ou deux.

— Milady, commence Windsor, qui me prend par la main pour m'emmener sur la piste de danse.

Des citrouilles brillent tout autour de nous, des guirlandes lumineuses ornent le plafond. Il me fait tournoyer comme, eh bien, comme un prince le ferait.

Même dans sa robe rose, il sait ce qu'il fait et, quand je ferme les yeux, il mène aussi facilement qu'il respire.

Après un tour de la salle, il me confie aux bons soins de Zack. Celui-ci est loin d'être un danseur aussi adroit, mais quand il me serre entre ses bras forts et musculeux, je me sens en sécurité. Il porte un masque noir au bec crochu, ce qui donne une expression très sévère à son beau visage.

On ne se parle pas.

Je ne parle avec aucun des garçons.

Non, je continue à changer de partenaire.

Creed est le suivant, et il est évident qu'il sait ce qu'il fait, lui aussi. Il danse comme il se déplace, comme s'il était simplement en train de se prélasser avec moi dans ses bras, tout en nous faisant tourner et virevolter sous le lustre cassé tendu de fausses toiles d'araignée.

Le temps que j'arrive à Zayd, tout le monde nous regarde.

Même s'il s'agit d'une valse, il la rend aussi sensuelle que notre danse cochonne à la fête de Becky Platter, il y a trois ans.

Une fois que je suis surexcitée et inquiète, je l'échange contre Tristan. La valse va crescendo et il m'emmène au centre de la salle, me serrant contre lui sans rien dire. Nos yeux se croisent, nos doigts s'entremêlent et nos pieds glissent sur le vieux plancher usé. Ma robe blanche s'enroule autour du pantalon noir moulant et des bottes qu'il porte. Il a une couronne, lui aussi, une couronne de roi.

La musique monte brusquement, annonçant les

accords finaux. Tristan me renverse si près du sol que mes cheveux pourtant courts le touchent presque. Puis il approche ses lèvres des miennes et m'embrasse comme dans un conte de fées, avec seulement un soupçon d'obscurité à la lisière de cette douceur.

Après quoi la chanson de Billie Eilish, *You Should See Me in a Crown*, retentit dans les haut-parleurs. C'est tellement approprié que je m'immobilise, le temps que Tristan me remette d'aplomb. On reste là, histoire que tout le monde dans cette salle puisse nous observer longuement.

On n'a plus aucun problème avec la plèbe après ça.

CHAPITRE QUINZE

J'ENTRE DANS le gymnase où je trouve Creed et Windsor en train de faire de l'escrime.

Ils sont tous deux trempés de sueur, vêtus de l'équipement blanc rembourré, mais sans casque. Mon côté pratique se heurte brièvement à ma fascination et je finis par m'asseoir sans rien dire sur un banc à l'arrière, pour me contenter de les admirer pendant qu'ils s'affrontent.

Croisant la pointe de leurs épées – de leurs rapières ? (Je ne sais pas, désolée, je ne suis pas une experte en escrime) –, les garçons se toisent de part et d'autre du tapis. Les yeux bleus de Creed percent les iris noisette de Windsor. Le prince a l'air aussi préparé et à l'aise que d'habitude, mais Creed s'est débarrassé de son personnage de paresseux sexy pour adopter son style de combattant féroce que je n'ai pu observer qu'en de rares occasions.

Les yeux de Windsor passent brièvement par-dessus l'épaule de Creed pour se poser sur les miens avant de revenir à ceux de son adversaire.

— Tu es sacrément bon, reconnaît Windsor, une perle de sueur coulant sur le côté de son visage. Honnêtement, tu es en meilleure forme que moi, mais quand tu es en colère, tu deviens impulsif.

— Trêve de conneries. Je suis ici pour te botter le cul, pas pour prendre des leçons.

Windsor hausse les épaules.

— Pas de problème. Tu viens de signer ton arrêt de mort.

Les deux garçons se mettent en position, sautillant légèrement avant le début du round. Le moment venu, Creed se jette sur Windsor. Son arme se déplace si vite que je peux à peine la voir. Windsor s'écarte agilement de son chemin et Creed trébuche, se rétablit aussi vite et pivote sur lui-même.

Leurs épées se heurtent dans un bruit de métal, et je réalise que ce n'est pas vraiment de l'escrime.

L'escrime, c'est... eh bien, tout d'abord, leurs épées sont bien trop grandes pour un véritable combat d'escrime. De plus, ils sont tous les deux un peu trop agressifs et sauvages dans leur approche. L'acier vole et s'entrechoque, les deux garçons poussent de toutes leurs forces.

Creed serre les dents de frustration, il réplique avec un grognement, faisant tournoyer son arme et visant le tronc de Windsor. Le prince esquive le mouvement avec facilité, puis frappe Creed en plein dans le bas du dos avec son épée.

— Mon ami, tu viens de te voir infliger une fracture de la colonne vertébrale, annonce-t-il.

Mais Creed est tellement énervé et frustré qu'il se retourne et s'élance à nouveau sur Windsor. Les lames dansent en tourbillonnant avant que Windsor n'écarte celle de Creed et ne lui mette sa pointe sur la gorge.

— Et maintenant, tu as perdu tes cordes vocales. Ça y est, tu as fini ? Je te l'ai dit : ta forme est meilleure que la mienne, mais tu es trop téméraire. Calme-toi un peu et tu ferais un adversaire de taille.

Creed Cabot émet un râle frustré, puis jette son arme au sol en signe d'irritation avant de me remarquer, assise là. Ses joues virent à l'écarlate.

— Marnye, lâche-t-il prudemment, en revenant à l'intonation paresseuse et traînante qui le caractérise. Je n'avais pas réalisé que tu étais là...

— Tu te serais battu différemment, dans ce cas ? je demande.

Je me lève. Mon regard est attiré par les doigts de Windsor qui descendent la fermeture Éclair de sa tenue et dévoilent un peu de son torse nu, puis il revient sur Creed, dans l'attente d'une réponse.

— Oui, peut-être, répond-il en écartant de son front ses cheveux blonds dégoulinants de sueur.

— Pourquoi ? je demande, en me plaçant entre eux.

— Parce que... je me battrais pour quelqu'un d'autre que moi ? suggère Creed, presque comme si c'était une question qu'il se posait.

Windsor nous sourit à tous les deux.

— Retrouvez-moi dans ma chambre. Je vais vous préparer une bonne tasse de thé anglais. C'est le remède à tout : dépression, fatigue, colère, tristesse, guerre...

— Le fameux flegme anglais, c'est ça ? je demande.

— Précisément, répond Windsor avec un sourire.

Il nous ouvre la voie jusqu'au vestiaire et j'attends dehors que les garçons remettent leurs uniformes. On se rend à la tour 3, on prend l'ascenseur – ou la « cabine », comme l'appelle Wind –, puis Creed et moi, on se fait un petit câlin pendant que Windsor nous prépare une tasse de thé et garnit même ses plateaux d'argent à trois étages avec de petits sandwichs et des macarons colorés.

— Ce n'est pas toi qui as préparé tous ces trucs, n'est-ce pas ? je demande.

Windsor me regarde bizarrement.

— Pourquoi pas ? Qu'est-ce que j'ai d'autre à faire ? Je suis un prince, bordel de merde.

Bon, OK.

Je suppose que c'est logique.

Je baisse les yeux sur mon thé et porte la délicate soucoupe à mes lèvres pour en boire une gorgée. Il n'est jamais trop chaud quand c'est Wind qui le prépare, il est toujours juste à la bonne température.

— Quels sont vos projets pour les vacances d'automne, les gars ? je demande.

Une émotion ténue se déchire en moi comme du papier de soie. Je suis tellement inquiète pour Charlie que je me sens mal. Si je ne travaille pas activement pour ne pas penser à lui, il est la seule chose à laquelle je pense la plupart du temps.

— Je veux être avec mon père, je reprends, mais... j'ai en quelque sorte... (*Putain, c'est dur.*) J'aimerais avoir de la compagnie.

J'ai presque eu peur de finir cette phrase, mais je me force à lever le regard vers Creed et Windsor et à me demander depuis combien de temps ils s'exercent ensemble au combat à l'épée.

— C'est dur de voir souffrir quelqu'un qu'on aime, hein ? demande Windsor.

Je me souviens que son père est décédé il y a longtemps. Je ne lui ai jamais demandé de quoi. Cela me semblait une question trop personnelle. Peut-être... que je pourrais lui poser la question en privé un jour ?

— Venez dans la propriété de ma famille à Napa, continue-t-il. On fêtera... Quelle est cette fête américaine sinistre qui célèbre le génocide et le racisme ? Thanksgiving, c'est ça ? Oui, on fêtera Thanksgiving là-bas. Mère sera présente, si les princesses guindées sont ton genre.

Je hausse les sourcils, cillant plusieurs fois pour dissiper ma surprise.

— Tu es d'accord si je viens avec Charlie ?

— D'accord ? J'adorerais vous avoir. C'est dans un vignoble tout à fait charmant. Mais on n'aura pas de vin sur place, je te le promets.

Windsor repose sa tasse de thé. Ses cheveux roux, humides de sueur, pointent dans toutes les directions. Creed s'appuie sur un coude, pose sa tête dans sa paume et nous observe, Wind et moi, tout en se fourrant un sandwich dans la bouche de sa main libre.

J'écarte ma propre tasse de thé sur le côté pour que les garçons ne voient pas à quel point mes mains tremblent.

— Je pense..., je commence, avant de relâcher brusquement mon souffle. L'alcool n'est plus un problème aussi important qu'avant. Un vignoble, ce serait bien, je trouve. Je vais voir avec papa.

— On a notre propre terrain de polo, ajoute Windsor en jetant un coup d'œil à Creed. On pourrait organiser un spectacle. Ce serait amusant, non ?

— Tu es accro à la victoire, tu sais, chuchote Creed en engloutissant un autre sandwich. Mais bien sûr, pourquoi pas ?

Ce garçon peut avaler de la nourriture comme personne d'autre à part Zack. Ils pourraient probablement faire une compétition de nourriture, et les départager ne serait pas chose facile. Le truc, c'est que Zack pèse sans doute cinquante pour cent plus lourd que Creed. Au moins. Il est gigantesque, mon gros nounours footballeur sexy à moi... Creed se redresse et baisse les yeux sur son thé.

— Une putain d'eau de plante bouillie avec du lait et du sucre dedans, marmonne-t-il. Pardonne-moi si je ne suis pas très impressionné.

Les narines de Windsor se dilatent et son regard noisette se fait menaçant.

— Tu veux que j'annule mon invitation ? murmure-t-il. (Sa voix se fait dangereuse.) Insulte encore la boisson de la reine et je serai obligé de défendre le symbole de mon pays.

Creed lève les yeux vers lui, puis incline la tête sur le côté.

— Une petite question : est-ce que Lizzie Walton est invitée ? demande-t-il.

Les deux garçons se tournent vers moi. Je fais semblant d'être trop occupée à siroter mon thé pour répondre à cette question. Je veux connaître leur opinion sur la question...

— Oh, allez, Marnye, insiste Creed. Ne va pas me dire que ses assauts constants sur Tristan ne t'énervent pas.

— Je, eh bien... (Je suis en compagnie de gens polis, alors autant que je le sois...) OK, oui, ça me frustre. Je ne peux pas être seule une seconde avec lui. Elle est littéralement toujours là.

— On fera en sorte que son invitation se perde dans le courrier, alors, suggère Windsor en se levant avec un sourire. Prenez votre temps pour finir le thé. J'ai désespérément besoin d'une douche.

Il disparaît dans sa chambre, laissant la porte entrouverte. J'entends l'eau quand il la met en marche, mais je ne vois rien.

— Accompagne-moi dans ma chambre, murmure Creed.

Son timbre me fait frissonner de partout. D'autant plus lorsqu'il fait courir son index le long de ma nuque. C'est à cet instant que Windsor s'arrête à un endroit où je peux le voir se déshabiller. Il laisse tomber ses vêtements sur le sol, révélant une silhouette musclée et élancée qui enflamme tout mon corps.

Croisant mon regard, il sourit et va fermer la porte.

— OK, je concède. (J'ai eu du mal à parler devant ce spectacle.) Absolument. Oui.

Un sourire lent et sensuel se dessine sur ses lèvres. Il se lève et me prend la main. Avant de partir, je me saisis de sa tasse de thé pour la boire. Il ne s'agirait pas de contrarier le prince, hein ?

Creed et moi, on retourne dans sa chambre et on finit par arriver en retard au cours du lendemain matin.

Mais ça en vaut la peine, oh oui, vraiment.

CHAPITRE SEIZE

IL N'Y a que deux heures de route de Cruz Bay à Napa Valley où se trouve le Royal Vineyard and Princess Winery. Ils produisent près de trente mille bouteilles par an et disposent de leur propre boutique avec spécialités fromagères et viandes fumées.

La route elle-même est magnifique, bordée d'arbres et de collines de vignobles, le tout baigné de soleil. La Maserati roule comme dans un rêve et papa chante Police pendant près d'une heure avant que sa voix ne s'épuise et qu'il ne fixe les collines dans une contemplation silencieuse.

Lorsque nous arrivons au portail, je tape le code que Windsor m'a donné et je prends le chemin de terre sinueux qui mène au magnifique château situé au sommet de la colline. Wind m'a dit en plaisantant par texto que « Oh, je ne vis pas dans la maison principale, mais dans le jardin », message suivi de plusieurs émojis hilares. Dans mon esprit, j'imaginais une vieille cabane en briques avec une cheminée. Petite, mais confortable. Juste quelques chambres d'amis où on devrait tous s'entasser... Ensuite, on passe derrière la maison principale et on en trouve une autre, à peine plus petite, mais tout aussi agréable, qui attend au soleil, avec un petit bosquet d'oliviers près de la porte d'entrée.

Windsor attend sous le porche, tenant une caisse du cidre pétillant que mon père aime tant.

D'abord, bien sûr, on est fouillés par la sécurité et nos bagages sont emmenés pour être examinés.

— Bonjour, monsieur Reed, salue Wind en serrant Charlie dans ses bras. Je suis heureux que votre magnifique fille et vous ayez pu venir.

— Tu es un gentil garçon, Windsor, dit papa. (Je hausse les sourcils. *Si seulement il savait...*) Ta mère est là ? J'aimerais non seulement la remercier, mais j'ai promis à Jennifer de lui faire signer cette photo.

Papa fouille dans sa poche et je déteste voir à quel point sa main tremble lorsqu'il sort une photo de la princesse Alexandra, l'une des petites-filles de la reine.

— Elle est dans la maison. Je peux vous présenter, si vous voulez.

— Où sont les autres ? je demande alors qu'on se dirige vers la porte arrière du château.

Elle est légèrement entrouverte, et il y a un chat blanc assis là, qui se lèche la patte et me fusille du regard. Windsor l'ignore, l'enjambe et le laisse prendre le soleil sur la petite terrasse de briques.

— Je leur ai dit d'arriver avec quelques jours de retard, pour qu'on puisse passer du temps ensemble.

Il me lance un clin d'œil par-dessus son épaule, puis fait demi-tour pour nous conduire à travers une petite pièce ressemblant à un vestiaire, avec des bottes et des manteaux, et des poutres à l'aspect rustique qui, je le devine, ont une bonne centaine d'années. On ne peut pas truquer cette patine.

Windsor nous amène dans une cuisine beaucoup plus moderne (il est impossible de dire à quel point j'aurais perdu la tête si l'endroit avait eu des placards d'origine) avec un mur entier de fenêtres sur le côté opposé. Notre vue est happée par une terrasse, un jardin soigneusement entretenu et des collines couvertes de vignes.

C'est à couper le souffle.

— *Haha-ue*, crie Windsor, attirant l'attention de la femme qui se prélasse.

Il l'appelle *haha-ue* (ça se prononce *hah-hah-ouaye*), une version très formelle de « mère » en japonais. Une manière qu'ont les nobles ou... eh bien, les personnes de sang royal d'appeler leur mère. *Il ne prend peut-être pas de cours de japonais avancé avec moi, mais il est très attentif à ce que je lui dis.*

Je sens ma bouche se retrousser sur un sourire lorsque la mère de Windsor se lève, vêtue d'une robe grise ample à motifs de tournesols. Elle soulève ses lunettes de soleil, ses cheveux roux orangé forment des boucles soigneuses sur ses épaules. Juste à côté de la terrasse, un homme en chemise rouge et en jean se tient de manière décontractée mais discrète.

La sécurité, sans aucun doute.

Je repense au garde du corps que Kathleen Cabot a voulu engager pour moi en deuxième année. Quel était son nom ? Kyle quelque chose ? J'aurais dû accepter son aide et peut-être que je n'aurais pas failli être noyée.

— Ne m'appelle pas comme ça, on dirait que tu te moques de moi.

La mère de Windsor s'interrompt pour nous sourire et je vois la peau autour de ses yeux se plisser légèrement.

— Pardonnez-lui. Elle parle dix langues, mais pas le japonais, soupire Wind qui tend une main pour désigner sa mère. Princesse Alexandra Mary Elizabeth Windsor, ex-duchesse Alexandra de Westminster. Et oui, elle s'est très certainement payé ma tronche en me baptisant.

— Pardonnez mon fils, corrige Alexandra en tendant la main pour serrer d'abord celle de Charlie, puis la mienne. Il oublie son rang.

— Tu ne me laisses jamais l'oublier, réplique Windsor alors que papa fronce les sourcils.

— « Payé ta tronche » ? demande-t-il.

Windsor et moi éclatons de rire. J'ai entendu cette phrase assez souvent maintenant pour savoir ce qu'elle signifie.

— C'est... se moquer de lui, j'explique, et papa acquiesce.

— Comme je l'ai dit, pardonnez à mon fils et appelez-moi Alex.

— Charlie, répond papa.

Nous nous retrouvons tous les quatre dans la cuisine devant un éventail de magnifiques hors-d'œuvre, comprenant des crackers, des fromages à pâte molle, des olives et beaucoup de fruits. Il y a aussi du vin, mais papa ne le regarde même pas.

La princesse semble assez gentille, quoiqu'un peu distante. Elle vérifie constamment son téléphone, et je vois bien qu'elle n'est guère intéressée par notre conversation. Quand papa part s'allonger, la gouvernante l'accompagne à sa chambre, et la princesse Alex sort pour parler au téléphone.

De l'autre côté du comptoir de granite, Windsor me fixe de ses yeux noisette et hausse les épaules.

— Qu'est-ce que tu en penses ? demande-t-il en se versant un verre de vin et en faisant tourner le liquide à l'intérieur pour pouvoir le sentir.

Je cherche le mot juste et, quand Wind me passe un autre verre, je refuse. Je pense que je vais rester sobre. L'herbe, ça va, même si elle ne paraît pas guérir Charlie... La nourriture végane ne guérit pas Charlie. La chimio ne guérit pas Charlie. Mes mains commencent à trembler et je les mets sur mes genoux.

— Elle semble... sympa, mais distante.

Wind acquiesce et boit une gorgée de son vin. Il se lève complètement et regarde, au-delà de moi, par la baie vitrée, le coucher de soleil jaune orangé.

— Oui, c'est comme ça que je la décrirais aussi. Sauf

que j'utiliserais aussi les mots « insipide » et « égocentrique ». (Il hausse les épaules et soupire.) De toute façon, j'ai dix-huit ans maintenant, donc je suppose que je ne dois pas m'inquiéter à son sujet. Je suis bien plus riche qu'elle et il est plus que probable qu'elle aura dépensé la majeure partie de son argent avant d'atteindre ses cinquante ans. (Il marque une pause et serre les doigts autour du pied de son verre à vin avant de me regarder.) Tu t'en rends compte, n'est-ce pas ?

— Que ta mère va se mettre en faillite ? je demande.

Il sourit. La façon dont ses boucles rouges lui tombent sur le front est mise en valeur par la lumière diffuse et son visage semble presque rayonner. Sa chemise étant partiellement déboutonnée, j'entrevois un infime soupçon de torse.

— Non, que nous avons tous dix-huit ans maintenant. Pas seulement toi et moi, mais tes autres amants aussi.

— Mes amants…, je répète en sentant mon visage s'échauffer.

Je suppose en effet que Zayd, Creed et Zack sont mes amants. Depuis qu'on couche ensemble... *Bien que je n'aie pas encore affronté la fellation.* Je pince les lèvres et j'enfonce une olive dans ma bouche pour éviter de sortir que les moulures autour de l'arche qui mène au vestiaire ont encore des clous d'origine, plantés à la main, ce qui est vraiment inhabituel d'un point de vue historique, car on faisait de petites encoches au bout des poutres et on assemblait en quelque sorte ces encoches, comme dans les jeux de construction pour enfants ou quelque chose comme ça...

— Ils sont tous libres de faire leurs propres choix maintenant, poursuit Windsor en vidant son verre qu'il repose pour le remplir à nouveau. Ils peuvent ne pas aimer les options qu'on leur donne, mais ils les ont.

— De qui tu parles précisément ? De toi-même ? je demande.

Wind secoue la tête, repoussant ses cheveux roux de la main, pour qu'ils se dressent droit.

— Certainement pas. Je te l'ai déjà dit, je veux t'épouser et partir dans le soleil couchant.

Je plaisante, mais l'expression de Windsor m'amène à me demander s'il n'est pas au moins un peu sérieux.

— À qui tu fais allusion alors ?

Je tire un bol de raisin vers moi, admirant son étincelante peau violette avant d'arracher un grain et de le glisser entre mes lèvres. Windsor regarde, captivé, et je sens mes doigts s'attarder un peu trop longtemps sur la courbe de ma lèvre inférieure. Je détourne le regard, jetant un coup d'œil aux splendeurs du paysage par-dessus mon épaule. C'est vraiment l'automne ici, avec tout cet orange et ce jaune, mais l'herbe est encore verte et il fait agréablement chaud dehors.

— À tous. Zayd, Creed, Tristan, Zack. (Il s'arrête de parler et je me retourne pour le regarder.) Je dois te dire quelque chose, mais tu ne dois pas le répéter.

— À propos du Club Infinity ? je demande.

Windsor acquiesce, tout en scrutant mon visage. Il a tant manœuvré en coulisses pour que je sois en sécurité et heureuse, pour que Charlie soit en sécurité et heureux. Je lui dois énormément, à cette brute des brutes qui a débarqué et coupé la queue-de-cheval de Harper du Pont en gage d'amitié.

Je vais faire tellement, tellement plus. Et pas seulement à elle, mais à eux tous. Ils voulaient que je quitte la Burberry Prep Academy, à n'importe quel prix. Eh bien, ce sera le karma au triple, bande d'enfoirés. Je mords dans un autre raisin, la douceur violette explose dans ma bouche.

Et ça ne me semble pas sale du tout.

— William, le père de Tristan, est maintenant marié à la meilleure amie de la mère de Lizzie. (Il prend une autre gorgée de son vin alors que je le regarde, sidérée.) C'est la riche héritière d'une grande chaîne hôtelière. La raison pour laquelle les Walton ne voulaient pas que leur fille soit avec un Vanderbilt, à savoir leur dette insondable, n'est plus si importante maintenant. La dette va être remboursée.

— Lizzie m'a dit qu'elle avait gagné un pari contre ses parents, pour qu'ils considèrent Tristan...

— En effet. Le mariage n'a eu lieu que la semaine dernière. Je suis probablement l'un des premiers à être au courant. (Il vide son verre et le repose.) Donc... Tristan pourrait choisir Lizzie, s'il le voulait. Et peut-être qu'alors, son père le reprendrait ?

Faute de savoir quoi dire, je reste là à laisser mon esprit soupeser la nouvelle.

— La famille de Zack veut qu'il soit avec quelqu'un de présentable, de bonne lignée. Probablement l'une des filles que tu as déjà évincées de l'école – ou que tu évinceras, plus que probablement.

— Pourquoi tu me dis tout ça ? je demande, en le regardant à nouveau.

C'est un véritable dieu drapé de soleil et de cruauté tranquille. S'il me raconte ça, c'est parce qu'il veut que je sache à quel point leur choix sera difficile, s'ils doivent vraiment et réellement me choisir.

— Creed, eh bien, tu pourrais probablement avoir Creed si tu le voulais. Et sans difficulté. Kathleen est essentiellement une plèb elle-même, une femme qui s'est faite toute seule. Elle t'aime bien, beaucoup même. Ils ont l'air de former une chouette famille, aussi.

— Sérieusement, Windsor ? je rétorque en me levant.

J'ai le souffle court. Pourquoi suis-je si en colère ? Peut-être parce que la petite bulle de Burberry est en train d'éclater et que j'ai l'impression de voir le monde se ruer sur moi pour me noyer ?

— Et Zayd, eh bien, sa grand-mère ne t'aimera pas, mais elle n'aime pas beaucoup son fils non plus. Zayd pourrait être avec toi, s'il le voulait vraiment, mais tu ferais confiance à quelqu'un comme lui ? Une rock star ?

Wind contourne le comptoir lorsque j'essaie de partir et me bloque la porte.

— Tu es en train de jouer au con, je murmure.

Pourtant, il s'avance, et je n'ai pas d'autre choix que de reculer ou de le laisser me percuter. Je choisis la seconde option et il me chatouille la nuque du bout des doigts, me faisant frissonner.

— Et puis, il y a moi. Je possède ma propre fortune qui m'a été transmise par mon père. C'est plus qu'assez pour vivre et s'amuser. On pourrait faire toutes sortes de choses ensemble, Marnye, si tu voulais.

— On n'a que dix-huit ans, je murmure, en détournant le regard. Qui a dit que je devais choisir un partenaire pour la vie dès maintenant ?

Mon cœur me trahit : il bat trop fort, trop vite. Je me sens étourdie, au bord du vertige.

— Personne. Mais on sait tous les deux que lorsque l'école se terminera, tout le monde se dispersera, et ce sera fini. Tu n'as peut-être pas à choisir un partenaire de vie, mais tu dois choisir une voie à suivre.

— C'est un ultimatum ?

Je me retourne pour le regarder : il fixe mes lèvres de ses yeux noisette. Lentement, presque comme un homme sortant d'un rêve de drogué, il lève son regard vers le mien.

— Non. Je ne donne pas d'ultimatums à mes amis. Milady, je me fiche de ce que tu fais avec les autres garçons. Si tu veux que je reste dans les parages, je suis là. Je te donnerai tout ce que tu veux. Et si ce que tu veux, c'est entortiller ces fils autour de tes doigts et les traîner à Bornstead, très bien. J'essaie de te dire que je ne suis pas le problème.

— Tu veux dire que ça ne te dérange pas que je continue à sortir avec eux, même à l'université ?

Ma voix est un murmure rauque, à la fois

étrangement plein d'espoir, mais aussi brisé et mélancolique. Parce que l'université semble très loin et je sais que, même si, bizarrement, Windsor m'offre une chance inouïe, je n'obtiendrai pas cela de tout le monde.

D'une manière ou d'une autre, je vais devoir choisir.

D'une manière ou d'une autre, je ne pense pas que toute cette histoire va finir emballée d'un joli nœud et livrée en main propre sur le pas de ma porte.

Parfois, les fins heureuses ont un goût doux-amer.

— C'est en effet ce que je veux te faire comprendre. J'ai eu plus de filles qu'il ne m'en faut. La seule que j'ai vraiment appréciée avant toi, elle m'a fait subir ce que j'avais infligé à des dizaines d'autres. Je sais que je dois me repentir de mes péchés, et te donner ce que tu veux n'en fait pas partie. Allons à Bornstead ensemble et je te tiendrai la main, même si quelqu'un d'autre se tient de l'autre côté.

— Tu n'es pas vraiment sincère, je m'étouffe en essayant de le contourner.

Mais il me pousse doucement contre le mur, de ses mains sur mes épaules, laissant tomber sa bouche sur la mienne.

Windsor York a le goût d'un vin sucré. Sa langue suit le bord de mes lèvres, me goûtant comme si j'étais un bon chardonnay avant même qu'il n'en prenne vraiment une gorgée. Sa langue se déplace aussi lentement sur la mienne que s'il essayait d'en extraire toute la saveur. Sans que je le veuille, mes mains écartent les boutons de sa chemise, mes paumes se plaquent sur les plaines de son torse.

— Penses-y, murmure-t-il. Mais pense aussi aux motivations de chacun. Personne n'est totalement désintéressé à un moment donné. Réfléchis aussi à mon offre et à la raison pour laquelle je l'ai faite

Il faufile une main sur ma taille et monte saisir mes seins à travers mon chemisier. Il en pétrit la chair, encourage ma poitrine à se soulever à la rencontre de sa main, à s'offrir à lui.

Puis il me libère et s'écarte du mur, pour sortir d'un pas raide. Pendant un instant, je dois me rappeler comment respirer. Et je lui emboîte le pas : il s'éloigne de la maison du jardin pour s'approcher d'une vaste grange, sauter une clôture basse et se diriger vers un cheval noir.

Il lui caresse l'encolure quelques secondes, puis l'attrape par la crinière et se hisse sur son dos, avant de s'en aller littéralement vers le soleil couchant.

La parfaite incarnation du prince charmant, non ?

Seulement... son cheval est noir, pas blanc.

Peut-être que c'est justement un signe révélateur, ça ?

LE LENDEMAIN MATIN, Windsor et moi prenons le petit déjeuner sur la terrasse avec Alex et Charlie, avant que la princesse ne prenne congé de nous pour aller en ville. Papa et moi jouons quelques parties d'échecs, puis il est à nouveau fatigué et décide de s'installer avec un livre.

Je remarque qu'il l'ouvre par la fin et lit les dernières pages en premier. Des frissons me parcourent de la tête aux pieds. Puis il sourit avant de revenir à la première page.

— Il lit d'abord la dernière page, pour savoir comment ça se termine au cas où il...

Je laisse ma phrase en suspens, m'arrêtant derrière Windsor alors qu'il me conduit aux écuries pour choisir un cheval. On va faire de l'équitation aujourd'hui, ce qui me rend un peu nerveuse. Je crois que j'ai monté un poney à l'anniversaire de quelqu'un, lorsque j'avais sept ans, mais mon expérience s'arrête là.

Il me regarde, puis se retourne complètement. De la poussière se dépose autour de ses bottes de cheval.

— Parfois, on prend plaisir à tout ce qu'on peut. Personne ne sait combien de temps il lui reste, Marnye. N'importe lequel d'entre nous pourrait tomber d'un de ces chevaux et mourir aujourd'hui. Qui a dit que Charlie avait moins de temps à vivre que quiconque ? Laisse-le lire la fin avant le début et ne succombe pas à la pitié. Il ne veut pas ça de toi.

— Comment tu sais ça ? je réplique en passant les doigts dans mes cheveux rose et or.

Ils sont un peu plus longs maintenant et ils commencent à friser comme ceux de Windsor, sur le dessus.

— Parce qu'il t'aime. La pitié n'apporte rien à celui

qu'on plaint. C'est une souffrance empathique de celui qui a pitié. Maintenant, viens voir ce que j'ai pour toi.

Wind se retourne et je rougis, avant de relâcher mon souffle quand je découvre un magnifique cheval... rose et or dans l'écurie.

— C'est un cheval pour compléter ma Maserati, Windsor ? Parce que si c'est le cas, je décline le cadeau.

Il se moque de moi et caresse le museau du bel animal qui passe la tête par-dessus la porte de la stalle pour nous regarder de ses grands yeux bruns pleins de confiance.

— Non, je crains que ce ne soit pas le cas. C'est la jument de ma mère. Sa robe s'appelle « champagne ambré », mais je me suis dit que tu pourrais l'aimer.

Il caresse la monture, puis la conduit hors du box, où l'attend son propre cheval au pelage noir brillant.

Je suis obligée d'utiliser un petit escabeau pour monter sur le dos de la jument. L'odeur du cuir de la selle sous les rayons du soleil me rappelle le parfum de cirage et de jonquille caractéristique de Windsor. Il me promène dans le paddock pendant un moment et nous débutons nos leçons. Une fois que j'ai compris comment monter cette fichue chose sans tomber, on part au petit trot faire le tour de la propriété. Le soleil se déverse à flots dans notre dos.

On rentre à la maison pour le déjeuner et je constate que mes cuisses sont incroyablement douloureuses.

— Ça arrive à tous ceux qui font de l'équitation

pour la première fois, commente gaiement Wind (avec peut-être aussi une pointe de perversité).

— Merci de m'en informer maintenant, je grommelle.

Il laisse mon père gagner aux dames. J'en prends note car je sais pertinemment qu'il déteste perdre. Il méprise la défaite, qui fait ressortir cette terrible obscurité en lui.

Il est difficile de rester en colère quand j'ai un domaine viticole entier pour moi, avec une piscine et un jacuzzi à l'arrière. C'est une piscine « naturelle », ce qui signifie qu'il y a du feuillage sur les bords, des formations rocheuses et même des chutes d'eau. On dirait presque qu'elle fait partie du paysage.

Papa, Wind et moi passons la majeure partie de l'après-midi dans l'eau et le reste de la soirée à regarder des films dans la maison du jardin.

C'est seulement le lendemain matin que tous les autres arrivent.

Zack se présente le premier, il gare sa voiture de sport orange dans la petite cour en terre battue entre les deux maisons et lève ses lunettes de soleil pour examiner la maison d'hôtes.

— Tu m'as fait croire que c'était une cabane, ronchonne-t-il lorsque Windsor s'arrête à côté de la voiture et croise les bras.

Zack se fait fouiller comme tout le monde par l'un des vigiles, avant que sa voiture ne soit emmenée par un voiturier vers une place en haut de la colline, hors de sa vue et de son esprit.

— N'est-ce pas l'endroit le plus génial qui soit ? demande Windsor en haussant les épaules. (Il marque une pause au son de la voix d'Alexandra, puis soupire.) Excusez-moi un instant.

En passant devant moi, Wind promène ses doigts sur mon bras nu et je frissonne.

Zack le remarque, me scrute de ses yeux sombres. J'ai mis une robe jaune avec un décolleté en cœur. Grâce à la douceur de son jersey, elle est très confortable. Mon seul problème, c'est qu'elle est un peu courte quand le vent souffle.

— Salut, fait-il. Tu m'as manqué.

Le timbre rauque de sa voix fait grimper la température extérieure de dix degrés.

— Ah bon ? j'ironise.

Ses lèvres charnues se retroussent sur un sourire. Je lui ai pardonné l'incident avec Jalen. On commet tous des erreurs, c'est sûr. Mais... je n'arrête pas de penser à ce qu'il a dit, à son père et à son grand-père. Ils veulent le voir avec quelqu'un doté d'une meilleure ascendance, de plus d'argent. Autrement dit, pas avec moi. Et Zack et moi, on a une histoire tumultueuse. Pourtant, quand je lève les yeux vers lui et ses iris marron, je me sens comme une femme qui, au prix d'une lutte acharnée, a remporté un ours. Il a des dents, mais pas pour me mordre.

— Je te l'ai dit, Marnye, je t'aime.

Il le lâche si simplement que je ne peux m'empêcher de rougir. C'est juste là, entre nous, cette grande déclaration. Il est le seul à me l'avoir dit franchement.

Le seul. Zayd a failli, mais il a enchaîné avec « oui, plutôt », ce qui a gâché l'instant.

On n'a pas l'occasion de poursuivre la conversation car une autre voiture arrive dans l'allée, une Jaguar bleue décapotable, capote ouverte, et le bras tatoué de Zayd qui nous fait signe de l'intérieur. Il se gare et subit ce que je considère comme une triple fouille avant que la sécurité ne soit satisfaite.

— Ils viennent de refaire mon portrait, grommelle-t-il.

Mais en tant qu'homme blanc et hétéro, il a de la chance, car c'est la première fois que ça lui arrive. Zayd regarde autour de lui en souriant. Ses cheveux arborent toujours ce magnifique vert d'eau que je lui ai demandé – ou peut-être pas – de conserver pour le moment.

— Ça ressemble à une sacrée carte postale, commente-t-il avec un petit sifflement, avant de marquer une pause et de me regarder. Eh, est-ce que Wind et toi, vous avez déjà baisé ?

La façon impudique dont il me fixe de ses yeux vert émeraude me coupe le souffle.

— Sérieusement, Kaiser ? ronchonne Zack.

Les mains sur les hanches, Zayd l'ignore.

— Je dis juste que ce sera difficile de choisir entre nous à moins que tu aies baisé avec chacun de nous. L'alchimie entre pour une large part dans l'amour et toutes ces conneries romantiques.

Il allume une cigarette pendant que Zack se renfrogne. J'essaie de me rappeler comment articuler de vrais mots avec ma bouche.

— Vous voulez que je baise avec Windsor et Tristan ? je demande.

Les deux garçons échangent un regard avant de reporter leurs yeux vers moi.

— Tu n'as pas encore baisé avec Tristan ? cherche à préciser Zayd.

Je le fusille du regard.

— J'ai été honnête avec vous à chaque étape, qu'il s'agisse d'un simple baiser ou... de quelque chose de plus. Vous ne pensez pas que je vous l'aurais dit si ça s'était produit ?

— Purée ! murmure Zayd en tirant une bouffée de sa cigarette.

Elle sent le clou de girofle et je fronce les sourcils. Bien sûr, ça sent bon, comparé à une cigarette normale, mais ces choses sont deux fois plus mauvaises. Je veux qu'il arrête. Peut-être que si je le choisissais, ce serait la première chose que je lui demanderais... Mais je me souviens que j'ai choisi Zayd une fois auparavant et je n'ai pas aimé ce que j'ai ressenti. Non pas que j'aie eu le sentiment de mal choisir, mais devoir écarter Creed et Tristan m'a mise au supplice.

— Les trois seules filles avec qui Tristan a passé du temps sans les baiser sont... (Zayd lève une main tatouée et dresse ses doigts l'un après l'autre.) Miranda, Harper et Lizzie. La première parce que, comme tu le sais, il y a toute la question de son homosexualité. La deuxième, parce qu'il la déteste depuis, genre, le jardin d'enfants, et la troisième...

— Attends, quoi ? je m'écrie.

— Quoi ? répète-t-il en tournant ses yeux verts vers moi, sourcils noirs haussés.

— Lizzie et Tristan n'ont jamais...

— Non, jamais, ricane-t-il en secouant la tête. Peut-être... qu'il l'appréciait trop ?

Une vague de jalousie froide me submerge et je dois compter mes respirations pour reprendre le contrôle de mes émotions. Je me comporte de façon irrationnelle, je sais. Ne devrais-je pas être heureuse qu'ils n'aient jamais couché ensemble ? Pourtant... Zayd a raison.

Mon cœur bat la chamade tandis que je repasse dans mon esprit les mots de Tristan. « *Parce que j'utilise le sexe comme une arme. Je ne la manierai pas contre toi.* » Je ne sais pas si je suis soulagée qu'il n'ait pas couché avec Lizzie... ou terrifiée. Zayd éteint sa cigarette et la jette dans un seau métallique vide près de la porte. Il me prend dans ses bras, m'enveloppant de son odeur de sauge et de tabac.

— Allez, Charity, ne stresse pas. Si Tristan est trop stupide pour te prendre au sérieux, alors largue-le. (Il indique son flanc du menton.) J'ai quelque chose pour toi dans ma poche.

Je me penche et lui touche les fesses par mégarde en cherchant l'ouverture de sa poche, ce qui me vaut un petit sifflement de la part de Zayd.

— C'était un accident, je bafouille.

Mais il me jette un regard qui me fait fondre, avec ses yeux à moitié fermés et son sourire en coin.

— Bien sûr. Mais bon, le consentement, c'est sexy, et je consens sans réserve à ce que tu me touches le cul.

Je lève les yeux au ciel et je sors un papier de sa poche, que je déplie et parcours rapidement. Ce sont les résultats de ses tests, identiques à ceux de Zack. Je me rappelle l'avoir entendu dire : « Zayd et Tristan m'ont entendu parler de faire des tests, et ils m'ont copié, putain » et je souris.

Heureusement, Zayd Kaiser est en très bonne santé.

— Merci, Zayd, dis-je, sincère.

Puis je ris quand il me porte dans la maison et m'embrasse sur les lèvres. Bien sûr, il se trouve que papa est là pile à ce moment-là, à côté de Windsor.

— Marnye Elizabeth, lâche-t-il, la mine horrifiée.

À cause de Jennifer, je sais ce qu'il ressent face aux infidélités. Je m'écarte donc de Zayd et je l'oblige à me reposer au sol pour pouvoir m'expliquer. Je lève les deux paumes, comme pour me défendre.

— Ce n'est pas ce que tu crois, je souffle alors que Zack se plante derrière moi. Papa, jamais je ne… Tu sais ce que je pense de ceux qui trompent les autres.

— Vous avez rompu, Windsor et toi ? demande-t-il en coulant un regard au prince.

Wind hausse un sourcil et rend son regard à Charlie avant de se retourner vers moi avec un léger sourire. Il est impatient de m'entendre me dépêtrer de cette situation.

OK, Marnye, tu peux le faire. Papa est malade, mais il n'est pas stupide. Tu peux lui faire confiance.

— N'aie pas peur, dit Andrew qui apparaît à côté de

moi, cheveux châtains coupés court, polo blanc sur jean clair.

Il me sourit et je me sens soudain beaucoup mieux d'avoir un ami à côté de moi avec qui je n'ai pas de relation amoureuse. Il se penche vers moi et me chuchote à l'oreille :

— Si j'ai été capable de dire à mes parents que je suis gay, tu peux le faire. C'est facile, vas-y.

Andrew entre dans la cuisine et prend le vin avant de se rappeler qu'il n'a pas encore vingt et un ans.

— C'est bon, fiston, je sais que vous buvez tous, lui lance papa avec un petit sourire. Un verre de chardonnay ne va pas te tuer. En revanche, tâche de ne pas devenir un alcoolique comme moi.

— Papa ! je m'étrangle alors que Zack vient se poster à mes côtés.

— Votre fille ne boit pas, pas du tout, précise-t-il.

Le sourire de Charlie devient un peu plus triste.

— Elle a toujours été du genre à faire des choix prudents. OK, Marnye, dis-moi ce qui se passe.

— Je… Je sors avec cinq garçons, je lâche.

Papa hausse ce qui lui reste de sourcils. *Papa...* Il jette un coup d'œil à Andrew, lequel lève les mains en signe de défense.

— Oh non, pas moi ! Définitivement pas moi. Je suis plus du genre à sortir avec cinq gars qu'avec votre fille… Non qu'elle ne soit pas fabuleuse, mais...

Il hausse les épaules et boit une gorgée de son vin. J'ai besoin de connaître toute l'histoire de son *coming out,* s'il veut bien me la raconter. Je vais au moins demander. Connaissant Miranda, elle le harcèlera probablement sans relâche.

— Donc, reprend Charlie en regardant Windsor puis Zack puis Zayd. Ces gars-là et... le fils Cabot et...

— Et moi, intervient Tristan en entrant dans la pièce en short noir, chemise noire ample et sandales.

Il ne prend pas la peine d'ôter ses lunettes de soleil, mais il esquisse au moins un semblant de sourire.

— Les garçons..., réplique papa, qui semble balancer entre l'évanouissement et le désir de me remercier pour mon honnêteté. Je n'ai pas élevé ma fille pour qu'elle sorte avec des brutes.

Tristan repousse ses lunettes de soleil sur ses cheveux noir corbeau. Il arbore un œil au beurre noir qu'il n'avait assurément pas lorsqu'on a quitté le campus de l'académie, vendredi.

— Non, c'est une certitude, monsieur Reed. Mais si vous me pardonnez ma franchise, j'aimerais vous rassurer en vous disant que votre fille ne s'est pas seulement comportée comme une dame, mais qu'elle nous a aussi botté les fesses avant de nous pardonner.

Il remise ses lunettes de soleil dans sa poche.

— Marnye a un grand cœur, elle pardonne trop facilement, marmonne Charlie en étudiant le groupe des garçons. Je vous jure, si vous lui jouez une espèce de sale tour dans la durée…

— Un sale tour dans la durée ? répète Zack, ce qui attire l'attention de papa sur lui.

Une décharge d'adrénaline me traverse et je me passe la langue sur les lèvres. Si je disais que je n'en avais pas au moins envisagé la possibilité, je mentirais. Mais... non. Pas avec Windsor dans les parages. Ni avec Zack non plus, d'ailleurs.

— Si ces trois-là font quelque chose pendant la remise des diplômes comme ils l'ont fait à la fin de la première année, je jure devant Dieu que je les tue tous et que je les enterre. Qu'est-ce que j'ai à perdre ? Je suis en train de mourir de toute façon.

— Papa ! je m'étrangle.

Un sombre nuage d'orage s'installe au-dessus de moi. Je sais qu'il essaie d'utiliser l'humour noir pour faire face, mais merde, ça fait mal. Ça fait tellement mal que je ne peux même pas me permettre d'y penser, pas maintenant, pas quand il est encore là pour me sourire.

— Sérieusement, qu'est-ce qui pourrait m'arriver de pire : la prison à vie ? glousse Charlie. Je ne plaisante pas, vous feriez mieux de ne pas déconner avec mon bébé.

Mais je ne suis pas capable de rire de ce genre de choses, pas maintenant.

— Monsieur, intervient Zayd en secouant les épaules. Je comprends votre inquiétude mais, sachez-le, je... je suis amoureux de votre fille. (Il serre les dents, comme si c'était l'une des choses les plus difficiles qu'il ait jamais faites.) Je l'aime depuis la fête d'Halloween de première année, mais... on est tous mêlés à un tas de conneries.

Putain de merde, est-ce que Zayd Kaiser vient d'annoncer qu'il est amoureux de moi ? Et devant mon père, en plus ? Je ne sais pas si je dois me pâmer ou juste me recroqueviller et mourir d'embarras.

— Mais on essaie de s'en sortir, déclare Zack en regardant Charlie. Je ne laisserai pas se reproduire ce qui s'est passé en première année. Je suis amoureux de votre fille, moi aussi, et... je ne dirai jamais assez à quel point je suis désolé de ce qui s'est passé au collège. Je suis prêt à passer le reste de ma vie à essayer de me rattraper.

Et une autre vague d'émotions dont je ne sais que faire. C'est comme s'il y avait un arc-en-ciel à l'intérieur de moi, une émotion pour chaque couleur, qui toutes se mélangent. Je ne suis pas sûre de ce qui m'attend à la fin de tout ça.

— J'aimerais aussi profiter de ce moment pour déclarer mon amour, intervient Windsor, la main sur le cœur, le menton levé. C'est une proclamation royale.

Je ris, mais c'est un rire nerveux que je laisse échapper, une main plaquée sur la bouche.

Un bruit de bousculade nous parvient de l'extérieur. Je jette un coup d'œil par-dessus mon épaule pour voir Creed pousser Miranda hors de son chemin. Il entre en haletant, deux gardes de sécurité cramponnés à ses épaules.

— Laissez-le, il est inoffensif, leur lance Windsor.

Le beau Cabot aux cheveux blonds et aux yeux bleus souffle comme un bœuf. Son regard passe plusieurs fois de papa à moi avant qu'il ne s'avance et n'écarte Zayd. Celui-ci lui lance un regard narquois, mais ne dit rien.

— J'aime aussi votre fille, annonce Creed.

Je le jure, s'il y avait un seul endroit sur mon corps qui ne soit pas rouge, il le serait maintenant.

— Les gars…, je commence, alors que Tristan se détourne brusquement, les yeux fermés. (*Il est le seul à ne pas avoir l'intention de faire cet aveu ?*) Vous n'êtes pas obligés de dire ça.

— C'est la vérité, réplique Creed en repoussant ses cheveux blonds de son front. C'est... Je suis amoureux de toi depuis un moment.

Miranda, qui vient me flanquer de l'autre côté, me regarde d'un air compatissant. Au moins, Lizzie n'est pas là pour assister à tout ça.

— Tu es heureuse, Marnye ? demande papa.

Je hoche la tête une fois, rapidement mais avec détermination.

Oui, je le suis, mais non. J'ai besoin de toi ici pour me conduire un jour à l'autel, Charlie. S'il te plaît, s'il te plaît, reste dans les parages.

— Oui, je le suis.

— Alors OK. D'accord. Ma fille a... cinq petits amis. (Il marmonne un juron et secoue la tête.) Je vais être damné.

Il sort sur la terrasse, débouche l'un de ses cidres fantaisie et contemple le vignoble.

— Ce n'était pas du tout embarrassant, je murmure quand Miranda me serre très fort dans ses bras.

— Viens m'aider à déballer mes affaires et Andrew te racontera touuuute son histoire de *coming out*...

Andrew embarque le vin, deux verres et un soda qu'il me lance.

Les garçons nous regardent sortir, mais ils savent qu'ils ne doivent pas nous suivre.

J'ai besoin d'une minute.

Comment je suis censée choisir maintenant ?

Va te faire foutre, l'amour. Mais vraiment, sérieux, va te faire foutre.

CHAPITRE DIX-SEPT

— ELLE T'A ACHETÉ un slip de sport arc-en-ciel ?! hurle Zayd, qui roule sur le côté tellement il rit tandis qu'Andrew l'examine. C'est très mignon, mais hyper malavisé. Je suis au bout de ma vie, là. Non, je suis mort. Je suis hashtag-putain-de-mort.

— Au moins, elle essaie, marmonne Andrew, les pieds dans la piscine. Mon père m'a demandé de ne pas draguer ses partenaires commerciaux. Vous imaginez ? J'ai failli lui demander perfidement s'il draguait toutes les femmes qu'il voyait, juste parce qu'il était hétéro, mais... c'est en effet le cas. Vous parlez d'un numéro.

Andrew boit une gorgée et je réalise qu'il a parcouru un long, long chemin depuis le garçon qui niait sa sexualité, y compris à lui-même, qui avait accepté des fiançailles dont il ne voulait pas... et qui est maintenant l'heureux propriétaire d'un slip de sport arc-en-ciel.

— Tu sais ce qu'a dit ma mère quand je lui ai appris

que j'étais lesbienne ? demande Miranda. (Creed lève les yeux au ciel comme s'il avait entendu cette histoire des milliers de fois.) Elle a dit : « Dieu merci. Les garçons sont si dégoûtants. »

— Ce n'est pas un peu sexiste de dire ça ? rétorque Creed.

Miranda se retourne vers lui, mouillée et dégoulinante, alors qu'elle tente de prendre un bain de soleil.

— Primo, fous le camp de mon soleil. Secundo, non. Tu ne comprends pas que quand les femmes disent que tous les hommes sont des ordures, ce n'est pas un discours de haine, c'est juste un mouvement anti-patriarcal qui a plus à voir avec le système de merde qu'avec chaque mec à un niveau individuel ?

— Euh, quoi ? fait Creed.

Mais Miranda l'attrape par la cheville et glisse dans la piscine, entraînant son jumeau avec elle. Ils m'éclaboussent et je ris quand l'eau rafraîchit ma peau surchauffée.

— Je suis vraiment contente que tu sois venu, je glisse à Andrew, en agrippant le rebord de la piscine.

Il me sourit et hausse les épaules, comme si ce n'était pas grand-chose.

— Si tu n'avais pas été là, je n'y serais peut-être jamais arrivé.

Il se détourne et regarde vers les collines derrière la maison. Elles sont elles aussi couvertes de vignes, mais l'herbe y est marron-jaune, desséchée, plutôt que du vert vif de celle qu'on voit à l'avant de la propriété.

— Non, le mérite ne m'en revient pas, je proteste.

— Tu te bats pour ce que tu veux, même si les chances sont minces, réplique-t-il en secouant la tête. C'est quelque chose.

Je détourne le regard, mais je ne me sens pas à l'aise avec les éloges. Mon attention se porte sur Zack, assis tout près en short de bain et rien d'autre. Il tient un exemplaire de *Groupie,* qu'il a, j'en suis presque sûre, volé sur l'étagère de mon dortoir. Ça ne me dérange pas, ça non plus. Je suis contente que quelqu'un d'autre le lise aussi. Le père du personnage principal... a le cancer et meurt.

Je déteste le cancer.

Je déteste ça, putain.

Je me lève brusquement, et tout le monde se tait autour de moi.

Quand je m'en vais toute seule, personne ne m'en empêche.

NOTRE REPAS DE THANKSGIVING EST... cuisiné par Zack et Windsor. C'est un peu bizarre de les voir travailler ensemble, surtout à autre chose qu'à intimider des filles riches. Deux salopards de fils de bonne famille s'adonnant à des tâches ménagères. C'est plutôt... mignon.

Zayd a enfilé un tablier, lui aussi, mais la plupart du temps il s'assoit sur le bord du comptoir et goûte des bouchées de plats soit à moitié cuits, soit trop chauds.

Une belle table en bois brut trône dehors, décorée de courges, de citrouilles et de grappes de raisin fraîchement cueillies. On s'assoit tous ensemble et on mange. Les garçons parviennent à limiter au maximum leurs habituelles remarques et railleries. Charlie rit, la casquette de baseball qu'il porte projette des ombres étranges sur son visage.

Je porte le bracelet à breloques qu'il m'a offert en deuxième année et je lui tiens la main pendant presque tout le repas.

Ensuite, Windsor défie les autres garçons dans un match de polo.

— Je vais regarder, mais c'est le mieux que je puisse faire, dis-je, désireuse de rester aux côtés de Charlie.

Wind acquiesce, tapotant son menton d'un doigt.

— Il nous faut deux équipes de quatre. (Il désigne Tristan avec un petit sourire en coin.) Ça te dirait de jouer en face de moi en tant que capitaine d'équipe ?

— Ça me va, répond Tristan, avant d'échanger un long regard noir avec lui. Tu veux qu'on parie ?

— Non, non, juste une petite compétition amicale.

Windsor sourit d'un petit air suffisant alors que Tristan plisse ses yeux gris.

— Bien. Dans ce cas, faites votre choix, capitaine.

— Zack, lance Wind, puisque c'est vraiment le choix le plus évident pour tout ce qui concerne le sport. Tu sais y jouer, n'est-ce pas ?

— Explique-moi les règles et je trouverai, répond Zack en fixant Tristan d'un regard de défi.

— Zayd, réplique celui-ci.

— Putain oui ! On va tout déchirer, aboie le rocker en agitant le poing.

Ils se tapent dans la main pendant que Windsor se tourne vers Andrew.

— Tu sais jouer au polo, non ?

Andrew acquiesce et Windsor lui fait signe de se placer à ses côtés.

— Eh ben, allez vous faire foutre, lance Creed, qui vient se placer aux côtés de Tristan et Zayd.

Il n'a même pas besoin d'une invitation verbale. Les Idoles masculines ne s'aiment peut-être pas, mais ils sont solidaires. Ils étaient même unis dans la cruauté. Il y a là une sorte de loyauté perverse, non ?

— Miranda, ma chère, si tu veux bien, ajoute Wind.

Elle pousse un cri en jetant les bras autour de son cou. L'équipe de Tristan est complétée par un des agents de sécurité et les équipes se dispersent pour se préparer.

Moi, je finis par être traînée dans ma chambre par Miranda, qui me montre toutes sortes d'articles sur la mode : « Comment s'habiller pour un match de polo ? ». Vraiment ?

— Tu te souviens de cette scène dans *Pretty Woman* ? Quand Julia Roberts va au match de polo ? (J'ai beau me creuser la cervelle, je n'arrive pas à me souvenir si j'ai déjà vu ce film. Agacée, elle me colle mon téléphone dans la main et pointe l'article à l'écran) Porte des chaussures avec lesquelles tu peux marcher dans l'herbe, et quelque chose de joli, mais pas trop. Tu vois ce que je veux dire ?

— Pas vraiment..., je commence, mais Miranda est déjà en train de sortir de la chambre pour se débarrasser de sa jolie robe dorée sur le thème de l'automne.

Je la regarde partir, soupire, puis m'assieds sur le lit pour lire l'article.

UNE HEURE PLUS TARD, lorsque nous nous retrouvons sur le terrain, je me dis que, pour une fois peut-être, je me suis habillée conformément à l'occasion. Les regards des garçons s'attardent sur moi alors que j'avance vers eux dans une courte robe de dentelle blanche passée sur une combinaison crème. Elle ne m'arrive qu'à mi-cuisse, mais je porte aussi un short, au cas où il y aurait un souffle de brise. Le haut a des manches longues pour compenser sa faible longueur. Je lui trouve une note *seventies,* mais dans le bon sens du terme. Avec, pour parachever l'ensemble, un grand chapeau de paille et des chaussures à petits talons, je trouve que je suis plutôt mignonne.

— Baisable, comme d'habitude, ronronne Zayd.

Je rougis et, sur un regard noir, lui adresse un doigt d'honneur. Il se contente de rire et me soulève pour me faire tournoyer, avant de grogner dans mon oreille, si bas que je sais être la seule à pouvoir l'entendre :

— J'ai envie de répéter ce qu'on a fait pendant le concert. Ne me laisse pas en plan, Charity.

Je le frappe à la poitrine et il me relâche, presque triomphant.

— Vous allez vraiment faire une partie sans enjeu ? je demande à Zack.

Windsor arrive au trot sur le dos de son magnifique cheval noir. Apparemment, son nom est Bergamote. Comme l'huile de bergamote dans le thé Earl Grey. Pas surprenant, non ?

— Je suis sûr que tout ce jeu consiste à montrer qui a la plus grosse, réplique Zack, qui pose un regard peu aimable sur le prince.

— Elle n'a pas vu la mienne, mais qu'est-ce qu'il en est de celle des autres ? demande Wind en balançant son, euh, bâton de polo par-dessus son épaule.

Je n'ai aucune idée du nom de cette foutue chose. Ça ressemble à un maillet de croquet long et mince. J'ai toutefois du mal à me préoccuper de la terminologie du polo, car je ne peux m'empêcher de reluquer les garçons dans leurs tenues.

Ils ont tous un pantalon moulant, des bottes d'équitation et une veste boutonnée avec un polo en dessous. *Au moins, cette fois, ils portent un casque,* je pense. Qui est le plus sexy dans son uniforme ? Impossible à dire.

— Hmm, cette fille ne cafte pas, je lance avant de faire une pause, sourcils froncés. Bon, d'accord, je vous le dirai une fois que j'aurai couché avec ce nouveau garçon, les gars, mais...

Windsor s'esclaffe et tapote doucement le bord de

mon chapeau avec son bâton de polo. Ça avait des intonations cochonnes ? C'est bien ce que je pensais.

— J'adore ce chapeau, Milady. Tu es une superbe vision.

Il sourit et mes yeux sont attirés vers lui, perché sur les ondulations des muscles d'ébène de son cheval. Son pantalon blanc est plus que moulant, avec une bande de cuir sur le côté de chaque jambe et à l'entrejambe. Ses bottes me rappellent celles qu'il porte presque tous les jours à Burberry, noires et brillantes, à hauteur de genoux. Apparemment, la seule différence entre les deux équipes, c'est que le groupe de Windsor porte des vestes noires à boutons dorés, alors que celle des autres est rouge.

Je dois dire qu'avec ses iris bleus et ses cheveux clairs, cette couleur vive va vraiment bien à Creed. Et Zayd ? Tous ces tatouages qui transparaissent sous une tenue si correcte… le contraste me fait baver. Mentalement, s'entend. J'arrive à garder toute ma salive renfermée derrière mes lèvres closes.

— Tu es vraiment belle, Marnye, commente Zack.

Sa tenue est si bien ajustée à son imposante silhouette que je me demande si ce match n'a pas été planifié. En coulant un regard furtif à Windsor, j'en viens à conclure que c'est probablement le cas. Rien de ce que fait le prince n'est fortuit.

— Merci, dis-je, sentant mes joues s'échauffer.

Zack s'approche et pose ses grandes mains sur mes épaules, se penchant vers moi pour me donner un vrai baiser. C'est beaucoup plus poli que son baiser sanglant sur le terrain, quand sa langue a volé dans ma bouche, animée d'un feu ardent et possessif. Sur ce terrain, devant tous ces gens, il me revendiquait.

Si Charlie n'avait pas été dans la cage d'escalier à ce moment précis, il aurait découvert ma… poly… relation beaucoup plus tôt. Car c'est une relation polyamoureuse, non ? En quelque sorte, du moins.

— Je vais leur botter le cul pour toi, déclare Zack en se redressant de toute sa hauteur.

Il est intimidant à souhait. Je ne voudrais pas jouer contre lui.

— C'est ce qu'on va voir, réplique Creed qui traverse le terrain et s'arrête dans sa tenue rouge. (Il jette un coup d'œil à Windsor et hausse un sourcil blond parfaitement lisse.) Je suis surpris que tu ne portes pas un uniforme rouge, vu ta lignée et tout ça.

— Par pitié, vos blagues sur les Britanniques, les Américains, elles sont affligeantes. Franchement pathétiques. Si tu voulais vraiment t'en prendre à moi, tu saurais que je n'ai pas baisé depuis des années, tu me traiterais de branleur inutile, fin de l'histoire. Maintenant, va te faire foutre, commençons ce match.

Il fait galoper son cheval sur le terrain alors que Creed m'adresse un sourire qui n'a rien de lascif.

— Tu es effrayant, quand tu souris comme ça, je fais.

Mais il semble le prendre comme un compliment et s'avance pour se planter devant moi et écarter une mèche de cheveux égarée sur mon visage.

— Tant mieux. Je veux que le monde entier sache

que je n'ai pas peur de les emmerder s'ils s'en prennent à mon *uke.*

Je le fusille du regard, mais il est tellement imbu de sa personne qu'il se contente de se détourner et de rajuster sa tenue rouge. « *Uke* » est un mot dérivé du verbe japonais « *ukeru* » qui signifie « recevoir ». Et si vous pensez à quelque chose de cochon, vous avez raison. L'*uke est* celui qui, hmm, « reçoit » le sexe anal dans une relation homme/homme.

— Je ne suis pas une *uke,* je grommelle, Et comment sais-tu ce que c'est, si tu détestes autant mes mangas « balourds » ?

Creed m'ignore et s'arrête lorsque Tristan sort enfin de l'écurie sur le dos d'un cheval blanc étincelant. J'ai l'impression que Windsor et lui devraient échanger leurs montures, cela correspondrait mieux à leurs personnalités. Mais je vois ensuite la façon dont il chevauche, le dos droit, la tête haute, en véritable aristocrate, et je frissonne de partout. Dans cette veste rouge, il a l'air d'un roi. D'un dieu.

— Merde, si j'étais toi, je voudrais baiser avec lui aussi, murmure Zayd, en mâchant un chewing-gum.

Il passe ses mains tatouées sur le devant de son manteau pendant que Miranda et Andrew s'approchent, tous deux également vêtus de noir.

— Ce n'est pas bien de faire s'affronter des jumeaux, marmonne Creed, mais Miranda l'ignore.

— Très bien, Votre Altesse, où est mon cheval ? Commençons cette bataille et faisons couler un peu de sang !

— C'est troublant de te voir aussi excitée par la pensée de la violence, constate Creed, les paupières lourdes. Et maman qui pense que je suis la brute de la famille.

Elle l'attrape par le bras et l'entraîne vers les écuries pendant que je rejoins Charlie et Alex dans la partie ombragée des tribunes. Quelques vigiles sont assis en cercle autour d'eux.

Il y a plein de vin et de fruits, un reste de tarte au potiron. Papa en mange une part et fume un joint. J'ai du mal à digérer de le voir fumer de l'herbe. Le truc, c'est que ça l'aide à manger et que ça lui permet de gérer sa douleur. Un jour où Mme Fleming avait apporté quelques-uns de ses joints spéciaux roulés par elle et que papa en avait fumé un sur notre perron, le voisin d'en face avait déboulé pour nous crier qu'au niveau fédéral, la marijuana était toujours un stupéfiant de niveau 1.

Je lui avais expliqué que la plante était médicinale, beaucoup plus sûre que les opiacés et que, franchement, ce n'étaient pas ses foutues affaires. Il n'est plus venu. Avec moi pour veiller sur lui, personne ne retirera à Charlie son traitement contre la douleur.

— Ça devrait être amusant, lâche-t-il en s'adossant au siège rembourré et en souriant lorsque je m'assois à côté de lui, ma robe soigneusement coincée sous mes cuisses.

Apparemment, le match est divisé en segments appelés « *chukkas* »... ou peut-être « *chukkers* » ? C'est parfois difficile à dire avec l'accent de Windsor.

La princesse Alexandra ne cesse de parler pendant le match, désignant les meilleurs joueurs – Windsor et, sans surprise, Tristan – et nous racontant comment elle a rencontré l'homme de ses rêves en piétinant des mottes de gazon lors du tournoi de Portsea Polo, en Australie. Apparemment, le père de Wind était un sacré athlète.

Je ne suis pas très portée sur le sport, mais regarder mes petits amis se balader en tenue sexy sur le dos de magnifiques chevaux est un vrai régal, d'autant que Charlie semble s'amuser. Ses yeux marron pétillent pendant qu'il regarde le match.

Les deux équipes sont assez homogènes, avec des joueurs expérimentés et inexpérimentés (Zayd est mignon, mais il est plutôt inutile, tout comme le vigile qui s'est joint à l'équipe), et le score est serré. Je pourrais le comprendre sans qu'Alex me l'explique.

Non, tout est là, dans la position des épaules de son fils, le froncement de ses sourcils et la façon dont ses yeux se fixent sur ceux de Tristan depuis l'autre côté du terrain.

Il pourrait y avoir d'autres personnes ici, n'empêche qu'ils jouent un match très personnel et très privé pour autant que je puisse en juger.

Tristan sourit et cette expression ne fait qu'exaspérer encore le prince, le poussant à se montrer négligent et désespéré dans ses mouvements – le comportement exact contre lequel il a mis en garde Creed à l'escrime. Quand son équipe perd et qu'il descend de cheval, en colère, je me lève en courant.

— Je reviens tout de suite, je lance à Charlie et Alex.

Je dévale les marches et quitte l'auvent couvert en direction de la grange. Quand Windsor York perd, il se met en colère. Et aujourd'hui, il est furieux.

Je réussis à entrer dans le bâtiment par une porte latérale, quelques secondes avant le prince.

Windsor déboule en trombe dans la grange, en sueur et fou de rage. Il jette son bâton de polo sur le côté. Dans son pantalon moulant et ces bottes, ce chapeau et cette veste noire, il est une putain de vision. Il a vraiment l'air d'un prince en ce moment ; il serait impossible de le considérer autrement.

Le souffle court, il tremble. Il serre ses mains gantées et me regarde.

— C'est un sale gosse insupportable, ton ami, crache-t-il, en luttant pour se contrôler. (Il déteste perdre. Vraiment. Et il vient de perdre sur son propre terrain face à Tristan Vanderbilt.) C'était peut-être une erreur de ma part de le faire revenir à Burberry ?

— C'est vraiment ce que tu penses ? je demande.

Windsor se place devant moi et je recule, jusqu'à m'adosser au portillon de l'un des boxes. Le doux raclement des sabots et les hennissements des chevaux me parviennent.

— Je pense..., commence Windsor qui déboutonne sa veste en s'attaquant soigneusement à chaque bouton doré avec une précision parfaite, qu'il est important pour toi, et je veux simplement te donner ce que tu veux.

Sa veste déboutonnée révèle un polo blanc trempé

de sueur en dessous. Wind la jette sur le sol de terre battue recouvert de paille.

— Tu te donnes trop de mal, lui dis-je, car c'est ce que je pense depuis longtemps. Tu n'as pas besoin d'être partout tout le temps.

Windsor York a toujours une longueur d'avance et se bat comme un diable pour qu'il en soit ainsi. Il a besoin d'une pause. Même moi, je le sais.

— Si, réplique-t-il en écartant son casque noir qui rebondit sur le sol de l'écurie. Je ne laisserai pas des Américains pourris gâtés me battre.

Je pince les lèvres, mais je sens que le fil tendu en Windsor s'est rompu. Voici la brute des brutes qui m'inquiétait tant auparavant. J'ai toujours pensé que s'il se déchaînait, il pourrait causer de vrais dégâts. Bien sûr, il en a toujours provoqué en coulisses, mais... il semble très en colère contre Tristan en cet instant.

Je m'éloigne du portillon pour le contourner. La petite robe de dentelle que j'ai enfilée pour l'événement caresse mes cuisses. Une petite brise s'engouffre dans le couloir et je lève le bras pour empêcher mon chapeau de paille de s'envoler.

— Windsor…, je commence.

Mais il a déjà ôté son polo et se tourne vers moi, torse nu, en sueur et somptueux. Il me regarde de ses magnifiques yeux noisette, véritables mosaïques de mouchetures grises, vertes, dorées et marron, qui se marient parfaitement avec ses cheveux roux et les lignes hautes et aiguisées de ses pommettes.

— Qu'est-ce que tu fais ?

— Je ne sais pas, répond-il en fermant les yeux un instant avant de les rouvrir. Quand il s'agit de toi, Marnye Elizabeth Reed, je n'ai pas la moindre idée. Je pensais que tu serais un moyen rapide et amusant de passer le temps... Au lieu de quoi, tu es devenue une obsession à combustion lente.

Il s'avance, son odeur de jonquille et de cirage me chatouille les narines, mélangée à ces effluves de sueur qui me font penser à toutes sortes de choses coquines qu'on pourrait faire dans le noir.

— Une obsession ? je murmure. Tu es sûr que ce n'est pas simplement que tu ne veux pas perdre ?

J'ai du mal à respirer dans la chaleur crépusculaire de la grange. Windsor s'approche de moi et utilise un de ses gants pour repousser les cheveux de mon front. Je lève les yeux vers son visage, à la recherche de la vérité. Windsor est un mélange d'émotions en ce moment, où la colère est toujours présente.

— Au début, je pense que tu as raison, admet-il. (Son accent anglais s'adoucit un peu.) Tu as foutrement raison. Je ne voulais pas perdre, ni contre les autres garçons, ni contre les salauds du Club Infinity. Mais... ce n'est plus comme ça maintenant.

Je lui rends son regard scrutateur, tandis qu'il effleure une de mes joues.

— Pourquoi ?

— J'ai postulé à Bornstead, tu sais. Je suis aussi désespéré que le reste de ces trous du cul. (Il retire le chapeau de ma tête et le laisse tomber.) Ma mère veut que j'aille étudier en Angleterre, mais ça ne m'a jamais intéressé.

— À Bornstead ? j'insiste, envahie par une bouffée de joie. Qu'est-ce que tu vas étudier là-bas ?

La bouche de Windsor se tord en un sourire.

— Tu veux m'embrasser maintenant, Marnye Reed ? demande-t-il, éludant complètement la question. Parce que je meurs d'envie de t'embrasser.

Windsor s'avance et glisse doucement les doigts dans ma nuque, effleurant mes lèvres des siennes avant de finalement combler la distance et de m'embrasser correctement.

Son baiser est tout aussi possessif que celui de Zack, mais d'une manière complètement différente. Zack embrasse comme un alpha à la recherche d'une compagne, tandis que Wind... comme un roi qui promulgue un décret. Il me commande avec sa bouche, me goûte et m'offre une exquise brûlure de plaisir qui me fait haleter et reculer.

Il enroule une main gantée autour de mon poignet et me tire contre son torse nu et moite. Son érection à l'étroit dans son pantalon d'équitation presse contre mon ventre. La façon dont il me regarde, je la vois. Il ne croit pas possible de perdre, pas dans ce domaine. Ses sentiments pour moi sont peut-être sincères, mais je n'aime pas son attitude arrogante.

— Tu ferais mieux d'effacer ce sourire narquois de ton visage, je proteste.

Pourtant, son sourire s'étire encore en un rictus sensuel. Je dirais qu'il est féroce s'il n'était pas si poli, mais il y a cette limite, là, qui me rappelle qu'en dépit de sa gentillesse à mon égard, de sa loyauté en tant qu'ami, il est dangereux comme l'enfer, aussi.

— Vas-y, efface-le.

Windsor me fait reculer jusqu'à la porte ouverte d'une stalle et me pousse à l'intérieur, si bien que j'atterris sur les fesses, dans un tas de foin chaud et sec. Il s'agenouille entre mes jambes alors que mon cœur bat à tout rompre. Mon pouls m'échauffe le sang et le propulse dans tous les endroits de mon corps que j'aimerais le voir toucher.

— Vas-y, charge-t'en, Marnye. Apprivoise le mauvais garçon. C'est ce que tu aimes, non ? La chasse, le défi.

— Ce n'est pas ça, je réplique.

Pourtant, il a peut-être raison. Peut-être que j'ai un faible pour les personnes cassées ? J'aime réparer les choses, les remettre en état, étudier le monde et apprendre comment il fonctionne. Est-ce que ça change quelque chose ?

— Bien sûr que non, confirme Windsor en posant ses mains sur mes jambes. Je déteste ton ami, mais je t'aime trop pour m'en soucier.

Je rougis et il s'empare de mes genoux pour m'écarter doucement les jambes, sans cesser de me regarder. Il fait glisser ses mains à l'intérieur de mes cuisses et je gémis. À part le hennissement d'un cheval deux stalles plus loin, notre respiration haletante est le seul son dans la grange.

Windsor se penche et dépose un baiser sur

l'intérieur de mon genou, puis remonte vers ma culotte jusqu'à ce que je sois pantelante et tremblante, brûlant de le sentir toucher autre chose que ma jambe. Usant de deux doigts comme d'une pince, il sort un préservatif de sa botte.

De sa botte.

Il en gardait un dans sa putain de botte.

— Tu es un monstre, je murmure, mais de la manière la plus affectueuse possible.

Car il se penche enfin et mordille ma culotte, touchant mon clitoris juste assez pour que mes hanches se soulèvent involontairement.

— Peut-être, mais je suis ton monstre. Tu devrais voir ce que j'ai prévu pour cette salope d'Ileana Taittinger. Quand on retournera à l'école, je te rapporterai sa tête sur un plateau comme cadeau de Noël.

Windsor se redresse et ouvre sa braguette d'un mouvement habile de ses doigts gantés. Les yeux toujours rivés sur moi, il libère sa queue. Ma respiration s'accélère encore.

Mais je ne peux pas détourner le regard de ses prunelles. Je l'examinerai plus tard.

Le préservatif est mis en place en quelques secondes, puis Wind se hisse sur moi, les yeux toujours au fond des miens. Il écarte ma culotte, se place devant mon intimité et me pénètre d'une poussée profonde et rude. Je vois des étoiles, des larmes se forment au coin de mes paupières alors qu'il gémit. Une partie de son impeccable vernis princier s'écaille dans les sons extatiques de son plaisir de mâle.

— Oh, putain ! gémit-il.

Il enfouit le visage dans mon cou, juste le temps de reprendre son souffle, puis il me regarde à nouveau de ses yeux noisette. Leurs paillettes d'or semblent briller encore plus vivement que d'habitude. Je le sens à l'intérieur de moi, occupant tout l'espace disponible. Windsor prend ma main dans l'un de ses poings gantés et la place entre nous, m'encourageant à me caresser de mes doigts.

— Oh oui, Marnye, murmure-t-il, ça valait vraiment la peine d'attendre.

Le prince me baise sur le tas de foin à coup de mouvements profonds et rapides. Ses hanches poussent contre les miennes tandis qu'une de ses mains gantées se referme sur mon sein et qu'il mord le téton à travers la dentelle. Je suis perdue pour lui, complètement et totalement détruite.

Il est rapide et désordonné, notre accouplement frénétique dans la grange, mais Wind a raison : l'attente en valait vraiment la peine. Mon orgasme ressemble à une ondulation sur un étang, commençant petit dans mon sexe avant de submerger mon corps par vagues, jusqu'à ce que ce soit un tsunami qui me détruise de l'intérieur. Wind jouit sur une dernière poussée, si profonde que je le sens à un endroit qui me semble à la fois étrange et délicieux.

Mes mains s'accrochent à son dos nu et transpirant alors qu'il frissonne et finit par s'immobiliser, en appui au-dessus de moi sur les coudes. Un autre cheval hennit à proximité.

— Bon sang, murmure-t-il, en s'immobilisant, toujours fiché en moi. (On a tous les deux du mal à respirer, je pense.) Putain de bordel de merde.

Wind tourne enfin la tête vers moi et nos yeux se rencontrent. C'est trop, de le regarder alors qu'il est encore en moi, alors j'essaie de détourner le regard. Il me touche la joue de ses doigts gantés et m'oblige à rester où je suis.

— Toi, milady, tu restes dans ma chambre ce soir.

— Je ne sais pas ce que les autres garçons vont en penser, je parviens à lâcher.

Mais Wind se contente de sourire tout en se redressant pour me serrer contre lui, de sorte que ma tête repose sur son torse moite. Son cœur tambourine contre mon oreille. J'aime ça, entendre son cœur.

— Viens me retrouver au lit plus tard et demande-moi ce que j'en ai à foutre, rétorque-t-il.

On reste plusieurs minutes assis ensemble en silence.

Lorsqu'on sort de la grange, quelques minutes plus tard, tout habillés, mais peinant encore à nous remettre de notre étreinte, j'ai l'impression que Zayd, qui nous fixe de ses yeux verts, est le seul à le remarquer. Creed et Miranda sont trop occupés à se battre, Zack s'occupe de distraire Charlie, et Tristan a disparu.

C'est probablement une bonne chose.

Car je pense que Windsor était prêt à le tuer, tout à l'heure.

— Vous avez bien discuté ? demande Zayd, qui s'appuie sur le banc et étend ses bras tatoués derrière lui.

Il porte toujours le polo, mais il s'est débarrassé de la veste.

— Tu n'as pas idée, susurre Wind avec son accent anglais.

Je frissonne. Il a toujours été un ami loyal pour moi. Maintenant, quand je jette un coup d'œil dans sa direction, quelque chose a changé.

Plus profond, plus sombre... impossible à ignorer.

— Oui, lâche Zayd, d'une voix étranglée par la jalousie.

La jalousie.

Comment vais-je gérer un harem entier de brutes pendant le reste de l'année ?

Je suppose que seul le temps nous le dira.

CHAPITRE DIX-HUIT

À BURBERRY PREP, le mois de décembre est toujours amusant. Il y a un arbre de Noël géant dans le foyer des élèves, mais je n'ai jamais vraiment eu l'occasion de l'apprécier, compte tenu de ma situation antérieure. C'est calme et isolé ici, et le conseil des élèves – dont je n'ai jamais rencontré la plupart des membres – gère en fait un petit café où les lycéens peuvent acheter du café ou des croissants.

C'est comme... à mi-chemin entre le réfectoire et la bibliothèque, mais sans la supervision du personnel.

En fait, c'est l'endroit idéal pour se faire attaquer.

Depuis la deuxième année, je prépare mon affaire contre Harper.

Elle ne m'inquiète pas. En revanche, j'ai du mal avec certains autres. Ils méritent tous de recevoir la monnaie de leur pièce, mais je ne suis pas prête à enfreindre mes règles, peu importe ce que dit Zack.

— J'aime bien être ici, je constate en m'asseyant à

côté de Tristan sur l'un des canapés en cuir du foyer des élèves. La dernière fois que je suis venue, je faisais visiter l'école à Wind.

Mon visage brûle et je fais de mon mieux pour ne pas penser à la quantité de foin que j'avais coincée dans la raie des fesses. Ou à la façon dont j'ai cédé et suis entrée sur la pointe des pieds dans la chambre de Wind, plus tard dans la nuit. Il a passé presque deux heures avec sa bouche entre mes cuisses.

— Moi aussi. Dommage qu'on ait perdu quatre ans à ne pas l'utiliser.

Tristan Vanderbilt tapote l'accoudoir du canapé, puis s'arrête pour regarder Lizzie Walton qui apparaît avec une tasse de café sur une soucoupe et un sac blanc rempli de pâtisseries dans son autre main.

— Excuse-moi.

Tristan se lève et pose quelque chose sur la pile de papiers devant moi, dont la plupart sont des brochures de bourses que j'ai ramassées pendant le salon universitaire de la semaine dernière.

Tristan... a besoin de postuler à autant de bourses que possible.

— J'ai apporté de la nourriture pour tout le monde, mais...

Elle s'interrompt et le regarde partir avant de s'asseoir sur le fauteuil le plus proche de moi. Je jette un coup d'œil à ce que Tristan a laissé, puis je passe par dix nuances de cramoisi quand je vois que ce sont les résultats de ses tests, comme ceux de Zack, Zayd et même Windsor. Lui m'a envoyé les siens par e-mail et il se trouve que Charlie se tenait près de moi quand j'ai ouvert le message...

Inutile de préciser qu'on a eu une petite discussion sur le sexe, les abeilles et les petits oiseaux, à laquelle il a mis un terme en me donnant un livre qui semble dater de 1982 et qui raconte comment les gens amoureux peuvent se rendre heureux avec leur corps... Beurk.

— Tu vas bien ? me demande Lizzie, en agitant une main devant mon visage.

Je lève les yeux et m'oblige à sourire, tout en repliant la page en deux, pour qu'elle ne puisse pas la voir. Si Tristan m'a donné ça, alors... mais je remarque qu'elle a aussi un morceau de papier plié en deux dans la main.

Non, je suis paranoïaque. J'imagine des choses. Je suis...

— Pourquoi tu m'as choisie ? je demande soudain à Lizzie qui est en train de poser sa nourriture.

Elle rejette son étincelante chevelure noire sur une épaule et se fige, comme un cerf pris dans des phares. Bon, j'ai entendu cette histoire de Zack, mais je veux l'entendre de sa bouche à elle aussi.

— Pour...

— Le pari, je précise, comme s'il y avait autre chose.

Inconsciemment, ma main va se poser sur la balafre cachée sous mon tatouage du signe de l'infini. Je sais que c'est dans ma tête, mais j'ai l'impression qu'il me brûle parfois. Je déteste tout simplement la façon dont le monde fonctionne, le fait que les super-riches contrôlent tout et gouvernent sans compassion.

Le Club est... exactement ça, quoique sur une plus petite échelle.

Rien n'est différent, rien n'a changé.

— OK, soupire Lizzie qui ferme les yeux. Ça semble stupide maintenant, mais... à l'époque, j'étais folle de rage. Le nouveau mari de ta mère, Adam Carmichael, couchait avec ma sœur.

Son uniforme noir est parfaitement repassé et luisant, tout comme celui de Tristan, sans jamais un pli, un froissement ou une maille tirée. Lorsqu'elle rouvre ses yeux ambrés et me regarde à nouveau, je m'efforce de garder le visage neutre. J'attends, pour voir si elle peut développer un peu. Heureusement, le silence, seulement ponctué du tintement des tasses et du murmure lointain d'un moulin à café, semble l'inciter à poursuivre :

— Et puis, il y avait toi, une... cible facile. Tu allais à l'école avec Zack et... pour être honnête avec toi, je m'en fichais. Je détestais Adam, je détestais les Carmichael et je... (Elle s'interrompt à nouveau et regarde ailleurs, vers le comptoir où l'on peut acheter des snacks.) Je ne te voyais pas comme une vraie personne à l'époque, juste comme un objet distant. Je les voyais tous comme ça, les plèbs.

Je pince les lèvres quand Lizzie m'observe à nouveau.

— C'est tout ? J'étais un dommage collatéral ? Rien de plus ?

D'une certaine manière, ça rend les choses encore plus merdiques.

— Eh bien, oui, et quand Zack a parlé de toi en passant, je... peut-être que j'étais jalouse. Il a dit qu'il te trouvait belle. Je ne l'avais jamais entendu parler d'une fille comme ça avant. (Lizzie et moi, on se dévisage, elle rougit et j'espère qu'elle se rend compte de l'étendue de son ridicule.) Je suis désolée. Je ne te le répèterai jamais assez. Je le répéterai éternellement s'il le faut : je suis désolée.

— Tu es désolée maintenant…

Je suppose que sa gêne est trop grande, ou que j'ai trop insisté, ou quelque chose comme ça, parce qu'elle devient alors vraiment super grognon. Elle se lève et fait tomber son sac de pâtisseries par terre, répandant des miettes partout. Sa jupe plissée noire tourbillonne autour de ses cuisses.

— Écoute, tu as eu ta revanche sur moi. Tu as Tristan, maintenant, et moi, qu'est-ce que j'ai ? Je n'ai rien. Personne. Personne ne m'aime dans cette école. Je suis venue ici pour t'aider, je...

Elle s'interrompt, puis s'arrête quand elle réalise que je n'ai pas l'intention de la lancer sur le sujet.

Je me lève et rassemble mes affaires, la poignée de mon cartable serrée dans mon poing, tandis que je croise les yeux de Lizzie.

— Je t'avais sur ma liste, tu sais, pour me venger. Mais tu avais le cœur tellement brisé quand tu as appris les fiançailles de Tristan et Harper que je n'en ai plus été capable. Point. J'ai pensé que tu avais assez souffert. Mais si j'avais voulu, j'aurais pu aller beaucoup plus loin. Écoute, je te donne une chance avec lui parce que je veux que ce soit lui qui prenne la décision, mais ce que tu m'as fait, c'était mal. J'espère que tu le réalises vraiment.

Je m'éloigne, puis m'arrête quand j'entends un bruit de verre brisé. Un coup d'œil par-dessus mon épaule m'indique que Lizzie a fait tomber sa tasse à café et sa soucoupe sur le sol. Elle suffoque littéralement de frustration, mais je n'ai pas le temps de m'occuper d'elle.

Il lui arrive quelque chose d'autre et ça n'a rien à voir avec moi.

PLUS TARD, le même jour, je suis en train de sortir du réfectoire, flanquée de Miranda, quand Harper déboule dans le couloir, en proie à une violente rage. Elle s'arrête à côté de moi, les dents serrées, et me plante un doigt dans la poitrine.

— J'attends mon heure, mais quand je t'aurai enfin réglé ton compte, Reed, tu seras morte, putain. Tu m'entends ?

Elle me repousse, et Miranda veut lui foncer dessus, mais je la retiens. J'attends que Harper ait tourné dans le couloir avant de la relâcher. Je suis sur le point de partir à la recherche de Wind quand il me trouve, comme toujours.

Il me jette quelque chose, que j'attrape, réalisant assez vite que je n'ai pas la moindre envie de tenir ce truc. C'est un soutien-gorge humide et détrempé. Pas le mien, sans aucun doute. Celui de quelqu'un d'autre.

— Beurk !

Je le laisse tomber et Wind a le réflexe de le rattraper pour le jeter dans la poubelle voisine avant que Mme Felton et Mme Collins n'arrivent au bout du couloir, encadrant une Ileana en larmes. Elle sanglote, une main plaquée sur sa poitrine.

— Je t'avais promis de m'occuper d'elle.

— Windsor, je commence, une note d'avertissement dans la voix. Qu'est-ce que tu as fait ?

Il me regarde avec une expression sombre qui se mue rapidement en une faim à laquelle mon corps répond, même si mon cerveau se rebelle.

— J'ai posté les messages privés qu'Ileana a envoyés à Harper sur la page Facebook de Becky. Becky... (Il marque une pause quand Becky Platter passe en trombe devant nous, jetant à peine un coup d'œil dans notre direction.) Comme je te le disais, Becky l'a poussée dans les escaliers et la pauvre Ileana a atterri la poitrine la première. Je pense... On ne dirait pas que ça a fait « pop »… (Wind claque des doigts et me sourit tandis que Miranda le regarde bouche bée.) Je crois qu'on parlerait d'« éclatement ». Son implant mammaire a éclaté. Je sais que tu détestes la violence mais, pour être honnête, même moi, je n'aurais pas pu prédire ce résultat.

— Ses nichons ont... éclaté ? je demande. Sur quoi j'ai mis les mains, moi, alors ?

Je m'empresse de les essuyer sur le devant de mon uniforme.

— Oh, ça ? Quand elles se sont battues en bas des marches, Becky a agrippé le soutien-gorge d'Ileana et le lui a arraché. Je me suis contenté de le ramasser. S'il est trempé, c'est juste que Becky lui a jeté de l'eau en bouteille dessus. Comme tu l'as dit, laissons-les se pendre à leur propre corde, non ? (Il hausse les épaules.) Je n'aurais pas pu obtenir un meilleur résultat moi-même.

Je me sens presque désolée pour Ileana. Jusqu'à ce que je me rappelle qu'elle a essayé de me noyer, puis de me marquer. Ça, et ce qu'elle a dit à propos de Becky, ça a dû être affreux pour que la situation dégénère à ce point. N'empêche, c'est une façon horrible de partir.

— Pourquoi les méchantes ont toujours des implants mammaires dans les livres et les films ? murmure Miranda en se tapotant la tempe. Comme si, d'une certaine manière, diaboliser les femmes qui osent se conformer aux idéaux patriarcaux de beauté et de féminité était satisfaisant pour les masses ?

— Ou bien... elle a atterri sur la poitrine en tombant dans les escaliers, après que Becky a lu qu'Ileana avait délibérément fouiné dans le bureau des Platter et divulgué des documents confidentiels concernant l'entreprise familiale. Il y a ça aussi. (Windsor marque une pause, soupire, puis ouvre les mains.) Je ne suis pas du genre à porter un jugement sur la chance, mais j'ai aussi l'impression que je te suis encore redevable,

Marnye. Attends un peu. J'ai d'autres idées en réserve pour toi.

Il m'embrasse rapidement sur la joue, puis lentement et langoureusement sur les lèvres, avant de se redresser pour rajuster sa cravate noire et son blazer.

Quand il s'en va à ce moment-là, je sais qu'il ne prépare rien de bon.

Et que son rien-de-bon… semble en fait très bon.

LA SEMAINE PRÉCÉDANT les vacances d'hiver, j'essaie désespérément de jongler entre le travail scolaire, mon inquiétude pour Charlie et mes dernières manigances pour me venger avant la fin des cours. J'essaie également de ne pas faire de crise cardiaque, parce que j'ai une demi-douzaine d'e-mails dans ma boîte de réception qui n'attendent que d'être ouverts.

L'un d'entre eux vient de l'université de Bornstead, située dans le nord du Colorado, l'établissement de mes rêves.

Tout ce que j'ai souffert, tout ce pour quoi j'ai travaillé... tout se résume à ce moment, non ? Ce seul et unique moment. J'enfouis mon visage dans mes mains, tremblant de la tête aux pieds.

— Je ne peux pas le faire, je déclare en repoussant ma tablette. Je ne peux pas lire ce message. Quelqu'un d'autre doit l'ouvrir.

— Non, bébé, réplique Zayd. Tu as travaillé comme une folle. On ne va pas t'enlever cette gloire.

Il me tire sur ses genoux pour loger son visage entre mon cou et mon épaule.

— Si tu ne peux pas, moi si, lance Creed qui s'empare de ma tablette pour ouvrir le premier e-mail.

— Tu parles de gloire, mais... ce sera peut-être qu'un cœur brisé.

Et mon cœur se serre en imaginant une succession de lettres de refus. Je suis restée à Burberry Prep, malgré toutes les horreurs, parce que je voulais la meilleure éducation secondaire possible. Un bon lycée signifie une bonne université, qui signifie un bon travail, qui signifie... que je pourrai prendre soin de Charlie pour le reste de sa vie, lui offrir une bonne retraite. J'ai toujours promis de lui acheter un hors-bord pour ses soixante ans.

Je ne suis qu'à moitié sérieuse en envisageant un échec de toutes mes candidatures car, même si je m'inquiète pour Bornstead – l'établissement le plus prestigieux de cette partie des États-Unis –, je sais que je serai acceptée quelque part. Si tout se passe comme prévu, je serai major de ma promotion (désolée, Tristan, mais tu peux être second avec mes félicitations) et je suis pratiquement assurée d'avoir une place dans la plupart des écoles proposant un cycle de quatre ans.

— Le premier, de Brown... (Creed s'arrête, la gorge nouée.) C'est un refus.

Zayd resserre ses bras autour de moi et je sens mon déjeuner qui menace de remonter dans ma gorge.

Non.

Pas question, putain.

Brown, ça aurait dû... ça aurait dû être dans la poche. Je me retourne : Creed tremble en fixant l'écran, les yeux mi-clos, mais le visage si tendu qu'on le dirait à deux doigts de mordre et que ça ferait mal.

— Ce n'est pas possible, murmure-t-il, en ouvrant l'e-mail suivant. Putain ! Non, comment…

Je n'ai pas besoin d'être experte dans le langage des mauvais garçons paresseux pour savoir que le mot « putain » signifie en gros « refus ».

— Les lettres d'admission anticipée sont arrivées, susurre Harper en s'approchant de nous d'un pas nonchalant.

Elle chatouille la nuque blonde de Creed. Il repousse sa main si fort que le claquement réduit tout le salon des élèves au silence. On n'entend plus dans la pièce que le cliquetis du petit train sur ses rails autour du sapin de Noël.

— J'espère que tu es contente de tes résultats, la michetonneuse. J'ai sollicité quelques faveurs, tout comme ton petit ami ici présent. Mais la différence entre un Cabot et une du Pont, c'est que l'argent n'a pas toujours autant d'attrait qu'une bonne partie de golf avec de vieux amis.

— Sale vipère, grogne Creed, qui se lève si vite que l'iPad tombe par terre. Putain, j'aurais dû le savoir.

Il attrape Harper par sa cravate et la tire vers lui. Le

geste n'efface pas le sourire du visage de la Harpie, mais les murmures dans le salon reprennent de plus belle.

Harper repousse la main de Creed et recule, pour planter ses yeux dans les miens.

— J'ai entendu dire qu'ils avaient une super université communautaire à Cruz Bay. Je suis sûre que tu t'adapteras bien au reste de la racaille paysanne.

Creed s'apprête à bousculer Harper, mais je m'avance et j'enroule mes doigts autour de son bras pour le retenir. Zayd assure nos arrières. Je connais ces garçons. Ils vont tabasser Harper du Pont si on leur en donne l'occasion, peu importe son sexe.

— Elle n'en vaut pas la peine, je leur glisse en essayant de retenir le flot destructeur qui menace de m'envahir. Laissez-la partir. J'ai d'autres projets pour elle.

Je suis restée dans cette école, j'ai tout souffert et pour quoi ? Bien sûr, je sais que j'ai gagné plus qu'une bonne scolarité au cours de mes trois ans et demi ici. Miranda et Andrew, c'est le genre d'amis qu'on garde toute sa vie. Et les garçons... les garçons...

— Ah bon ? ironise Harper en se dirigeant vers la porte. Parce que j'aimerais bien voir ça. Je commençais à me demander si le chaton avait perdu ses griffes.

Elle agite ses doigts vers moi, puis fait le geste de se trancher la gorge, avant de filer dans un tourbillon de cheveux écarlates et de jupe noire.

Lentement, je me penche et ramasse l'iPad, puis je m'assois sur le canapé avec l'appareil sur mes genoux. Zayd et Creed se placent de chaque côté de moi. Grâce à l'incroyable efficacité des ragots à Burberry Prep, les autres Idoles savent qu'il y a eu un problème et, en quelques minutes, tout le monde est rassemblé autour de moi.

— Tu n'as eu que des refus ? demande Windsor, la mâchoire serrée. C'est sûr ? Je croyais qu'on y avait veillé ?

— En effet, souffle Creed, et je réalise tous les efforts que déploient les garçons simplement pour que ma vie reste normale. Ma mère, elle... Je lui ai dit à quel point c'était important.

— Je suis prise à Bornstead, murmure Miranda en tenant sa tablette, pour que je puisse la voir. Je venais ici pour te le montrer. Si je suis prise, alors je suis prête à parier que toi aussi. Tu ne penses pas que Harper m'en empêcherait si elle le pouvait ?

— Vous êtes tous pris ? je demande.

Creed et Zayd échangent un regard par-dessus ma tête.

— Ouvre l'e-mail, m'encourage Zack tandis que Tristan croise les bras et observe la scène avec stoïcisme.

J'humecte ma lèvre inférieure puis, juste parce que je veux me punir davantage, je regarde les trois autres e-mails. Ils commencent tous par : « *Nous vous remercions pour votre candidature, mais...* » Tous.

Bornstead est le dernier, tout en haut de la liste, ligne moqueuse sur l'écran de ma tablette. J'hésite un instant, puis je décide que si je dois souffrir, autant que ce soit ici, entourée de mes amis.

Je clique sur l'e-mail et manque de m'étouffer.

Les larmes me montent aux yeux et je me recroqueville autour de la tablette, que je serre contre ma poitrine.

— Quoi ? Alors ? demande Creed. Putain, qu'est-ce que ça dit ?

Ses yeux sont grands ouverts à présent. Ils ressemblent à des soucoupes sur la peau pâle de son beau visage.

Je ferme les paupières un instant pour reprendre ma respiration, puis je me redresse, le souffle court, le cœur battant la chamade. Je me tourne d'abord vers Creed, qui hausse les sourcils.

— J'ai réussi. J'y suis. J'ai été acceptée. Je suis prise !!

Il en reste comme deux ronds de flan tandis que Miranda se met à couiner. Je me retrouve bientôt sur les genoux de Creed. Il est paresseux, certes, mais quand il veut, il est rapide comme l'éclair. Sa bouche est sur la mienne, il m'embrasse avec une perfection lente et paresseuse jusqu'à ce que Zayd s'éclaircisse la gorge et nous tire tous les deux de notre transe.

— Donc, les jumeaux ont été pris, moi aussi...

Il jette un coup d'œil au reste du groupe.

— Je te l'ai déjà dit, milady, je te suivrais jusqu'au bout du monde. Bien sûr que je viens. Si tu veux de moi, évidemment.

Windsor hausse les épaules. Les étranges épaulettes dorées qu'il a attachées à son uniforme brillent au rythme de ses haussements d'épaules. Naturellement, il a fallu qu'il brise la nature sévère de l'uniforme de quatrième année avec des passements dorés qui pendent sur ses épaules. Il ne serait pas Windsor York sinon.

— Je joue au football pour Bornstead, c'est officiel, déclare Zack.

Andrew, lui, secoue la tête.

— Vous allez me manquer, bande de connards, mais je vais à Stanford. Désolé. (Il grimace légèrement, tout en joignant ses mains en geste de prière.) Et ce n'est pas parce que Gary y va, donc n'allez pas croire la rumeur. J'ai toujours su que notre relation était temporaire. En fait, je corresponds par mail avec un gars qui fréquente l'académie Adamson pour garçons... ça pourrait marcher.

— Continue à parler à ces cinglés d'Internet et un jour tu seras transformé en abat-jour, l'avertit Miranda.

Pourtant, je suis si heureuse que je pleure. Des larmes, que je suis incapable d'arrêter, ruissellent littéralement sur mon visage.

Brusquement, je me lève et tout le monde se tait. Je dévisage Tristan, mais il ne moufte pas. Il n'a pas besoin d'ouvrir la bouche. Je sais qu'il a été pris. La question est de savoir s'il va aller à Bornstead avec moi... ou ailleurs ? Quelque part avec Lizzie, peut-être ?

Mon esprit s'accroche à l'information que j'ai eue sur son père, à la possibilité de rentrer dans ses bonnes grâces et de récupérer une fortune consolidée par la nouvelle épouse de son père... Mes yeux s'égarent brièvement vers Zack, et il croise mon regard sans détour. Il y a des problèmes familiaux, là aussi, que je veux régler.

Mais d'abord...

— Pop-corn et film dans ma chambre. On peut arriver à partager mon lit.

— Avec une tasse de thé, ajoute Windsor en levant un doigt. Ne l'oublie pas, s'il te plaît.

Chacun se lève et se dirige vers la porte en riant, en parlant... C'est trop beau pour être vrai.

J'ai remarqué qu'en général, lorsqu'un bonheur vous paraît excessif, ce n'est pas sans raison.

— Tu ne vas pas aller à Bornstead, n'est-ce pas ? je demande à Tristan.

Il se borne à me fixer comme s'il attendait quelque chose.

— C'est ce que tu aimerais, Charity ? Ça te rendrait heureuse ?

C'est trop personnel pour que j'y réponde de toute façon et on n'a probablement que trente secondes avant que Miranda ne revienne pour me crier dessus parce que je lambine trop.

— Où as-tu eu cet œil au beurre noir ? je demande, esquivant sa question. Pendant les vacances d'automne, ou...

— Je suis au courant que j'ai un œil au beurre noir, je n'ai pas besoin que tu me fasses un sermon dessus. Et toi, mieux que quiconque, tu sais parfaitement qui me l'a flanqué.

Il lève la main et se touche la tempe en souvenir. Je

fronce les sourcils, mais je sais que se comporter en tête de nœud est sa façon à lui de se défendre.

— Ton père ?

Tristan hausse les épaules et se détourne. Je fais un pas vers lui, une question sur les lèvres que je ne devrais pas poser mais que je ne peux pas éviter et puis...

Cette fois, c'est Zayd qui déboule pour nous embêter.

— Allez, Charity, c'est l'heure de la fête.

Il me prend dans ses bras et m'entraîne dans l'escalier.

On se dirige vers ma chambre. Le thé y est servi et le film commence.

Il faut attendre près de dix minutes avant qu'on frappe à la porte. Zack va ouvrir. Sans un mot, Tristan entre et nous rejoint.

Bon, intimidation et manipulation en coulisses de la part de Harper, c'était attendu.

Voir le roi de l'école manger du pop-corn dans ma chambre ?

Ça, c'est le choc d'une vie.

CHAPITRE DIX-NEUF

POUR FÊTER mon admission à Bornstead, papa et moi allons d'abord manger des gaufres. Avant de partir, il doit prendre un aliment très chargé en THC car il a du mal à manger. Ou plutôt, il prétend n'avoir pas très faim.

Il m'a énormément manqué et, assise en face de lui à la Station, je ressens une peur inéluctable qui s'empare de chaque partie de mon être et ne me lâche plus. Mes rêves de devenir riche et d'installer papa dans un manoir pour qu'il puisse profiter de sa retraite m'apparaissent comme un ramassis de conneries maintenant, le caprice naïf d'une fille protégée.

Charlie... il est en train de mourir.

C'est presque trop pour moi, cet afflux de sentiments, mais pour papa, je les refoule et le cache. Plus tard, ils pointeront à nouveau leur tête hideuse et me mordront les fesses, je le sais.

— On peut parler ? je lui demande à la fin de la soirée.

Assis sur le canapé, il sirote un chocolat chaud avec de la crème fouettée et des paillettes rouges et vertes saupoudrées sur le dessus. J'accroche des décorations, mais mes mains tremblent. Je cache mon émotion à Charlie et me tourne vers le doux parfum des branches de pin couvertes de sève. Tous les garçons sont en ville et je ne pense pas que ce soit par accident. Non, c'est certainement à dessein.

Soit ils veulent être proches de moi... soit ils ont de la peine pour moi. Je ne parviens pas à trancher. Mais honnêtement, je suis contente qu'ils soient à Cruz Bay pour les vacances d'hiver. Savoir que j'y ai des amis au cas où j'aurais besoin de soutien, ça n'a pas de prix. Les textos, c'est bien, le tchat vidéo, c'est mieux, mais il n'y a rien de tel que de tenir la main de quelqu'un qu'on aime.

C'est irremplaçable.

Les larmes me piquent les yeux, pourtant je continue à accrocher les décorations, que je sors les unes après les autres de la boîte. Il y a un cercle en céramique émaillée avec une photo de moi bébé, au creux des bras de papa. Il a l'air de quelqu'un d'autre, la peau lisse, les joues pleines, les lèvres retroussées en un sourire franc et sincère. Je perds presque la tête quand je vois ce souvenir.

— Bien sûr, bébé. De quoi ?

Je jette un coup d'œil par-dessus mon épaule et je me demande si le sujet en vaut la peine. Mais je dois savoir. Et j'imagine que Charlie Reed est la seule personne qui pourrait être prête à me dire la vérité.

— Est-ce qu'Isabella... (Papa s'immobilise, son mug de cacao chaud à mi-chemin de ses lèvres.) C'est ta fille ?

Il y a un long moment de silence tendu, à tel point que je me demande s'il va même me répondre.

— Qu'est-ce qui te fait penser ça, chérie ?

J'accroche la décoration spéciale près de la cime de l'arbre avant de pivoter, vêtue d'un pyjama en flanelle duveteux qui, j'en suis sûre, m'aurait valu de me faire charrier par les garçons. S'ils ont apprécié le pyjama canard, cette grenouillère en forme de renne, avec des bois géants sur la capuche, pourrait sérieusement les faire chavirer.

— Elle nous ressemble vraiment, à toi et à moi. Et quand je suis rentrée après la fin des cours, l'année dernière, tu pleurais. Tu as dit que tu étais juste heureux de me voir enfin rencontrer ma sœur, je sais, mais c'était plus que ça, non ?

Papa détourne le regard, comme s'il ne pouvait pas supporter d'avoir cette conversation. Je n'aurais jamais dû aborder le sujet alors qu'il est dans cet état. Il me regarde à nouveau, les sourcils froncés par la détermination.

— Je l'ignorais, murmure-t-il, la gorge si serrée, si crispée que je me fais soudain l'effet de me comporter en connasse. Je ne savais pas qu'elle était de moi, sinon je n'aurais pas... je n'aurais pas laissé Jennifer nous séparer.

— Je le sais, je souffle, en me déplaçant pour m'asseoir à côté de lui. (Je me penche vers lui et il passe un bras autour de moi.) Tu aimes tes enfants plus que tout. Crois-moi, je suis bien placée pour le savoir.

Charlie s'esclaffe, mais son rire se termine par une quinte de toux qui laisse son mouchoir constellé de taches rouges. Par coïncidence, c'est le mouchoir que Tristan m'a donné le premier jour de la troisième année.

— Ça va ? je murmure, mais Charlie secoue la tête et me fait signe de partir.

— Marnye, je veux que tu aies une relation avec ta mère. Avec ta sœur, aussi. Comme ça, quand je serai parti...

— Non, s'il te plaît, je le coupe, en me redressant brusquement pour me frotter le visage. S'il te plaît, ne parle pas comme ça.

— Marnye, il y a une différence entre rester positive et faire l'autruche. Tu sais que je t'aime, ma chérie, et si je le pouvais, je resterais à tes côtés jusqu'à ce que je sois vieux et grisonnant. Mais la vie ne nous donne pas toujours ce que nous voulons.

— Le bébé, Marley, il est aussi de toi ?

Je regarde Charlie, mais il se borne à secouer la tête.

— Je ne sais pas. Jennifer semble penser que oui, mais on n'en est pas sûrs. À ce stade, ça n'a pas d'importance. C'est mieux de ne pas savoir, vraiment.

— Comment peux-tu dire ça ? je murmure, sentant que je commence à craquer. (J'essaie de rester forte, mais parfois, même les plus robustes d'entre nous ont leur point de rupture.) Si c'est ton enfant, tu as le droit de savoir. Marley a le droit de savoir. Tu es un meilleur père que des milliers d'Adam Carmichael. Son argent ne fait pas de lui une bonne personne ou un bon père, et tu le sais.

— Mieux vaut pour elle un père jeune et en bonne santé, même s'il est absent, que pas de père du tout. Marnye, je déteste ça, moi aussi. Vraiment. Mais quel bien cela fera-t-il de briser leur famille ? Isabella aime l'homme qu'elle a toujours considéré comme son père et il s'occupe bien d'elle. De Jennifer, aussi, et de Marley. Tu as une place là-bas maintenant et...

Je ne peux pas en supporter autant à la fois sans craquer.

— Je t'aime, mais je suis fatiguée, je lâche en interrompant la conversation et en me levant pour embrasser Charlie sur le front. Tu veux que je t'aide à te mettre au lit ?

Il rit, mais c'est un son où mélancolie et gaieté se mêlent à parts égales.

— Je peux encore me mettre au lit tout seul, bébé, ne t'inquiète pas. (Je l'aide à se lever du canapé, et il me fait un dernier câlin avant d'aller se coucher.) Réfléchis à ce que j'ai dit, d'accord ? Parfois, les choses ne sont pas parfaites, mais nous faisons de notre mieux avec ce que nous avons.

Il se dirige vers le couloir et ferme sa porte derrière lui.

Je m'affale sur le sol devant le sapin de Noël et je regarde ma décoration. Les larmes ruissellent sur mon visage. Au bout d'un moment, incapable d'en supporter davantage, je prends mon téléphone pour envoyer un texto à Zack et je me glisse par la porte d'entrée pour aller à sa rencontre quand il se gare dans sa McLaren orange.

— Je ne veux aller nulle part, je ne veux pas le laisser seul, mais je n'en peux plus. Zack, je n'y arrive pas. Je ne peux pas rester assise ici à le regarder mourir.

Zack me prend dans ses bras et me serre contre lui, si fort que, pendant un bref instant, je me sens protégée de la laideur du monde. C'est bizarre, non ? Le garçon qui était autrefois la source de mes angoisses est maintenant la lumière qui les chasse.

— Tu vas y arriver, Marnye, tu es assez forte pour ça. Et si, pour une raison quelconque, tu te sens faiblir, je serai la force qu'il te faut.

J'enfouis mon visage dans la veste de Zack, cachant le bout de mon nez gelé par le froid hivernal. Il sent le pamplemousse, les vêtements fraîchement lavés et, peut-être, un peu le cidre et la cannelle.

— Tu as une odeur de Noël, je murmure en fermant les yeux.

Zack me caresse le crâne, passant ses doigts dans mes cheveux.

— Ma mère et ma sœur ont entendu dire que j'avais cuisiné pour Thanksgiving et elles ont exigé que je recommence. On a préparé des cookies à la mélasse et on a bu du cidre.

Il marque une pause et soupire alors que je recule pour le dévisager. Il demeure sérieux jusqu'à ce qu'il remarque les bois de rennes sur ma capuche. Il la relève sur ma tête, puis se penche pour me regarder de ses yeux sombres et menaçants.

— Tu es... déguisée en Rudolph ?

— Si c'était le cas, j'aurais un nez rouge, je grommelle en frottant le mien. Il est déjà rouge à ce point ? Parce que je pensais juste être habillée en Éclair ... ou quelque chose du genre.

Zack ricane, et ce son bas, doux et suave détonne tellement avec ses grandes et larges épaules et son regard impressionnant que je souris. En dépit de tout, je souris vraiment.

— Viens, rentrons avant que ton nez ne se mette à briller. Aussi mignon que ce soit, je préfère traîner avec toi plutôt que regarder le père Noël t'accrocher à son traîneau.

— Tu crois toujours au père Noël, c'est ça ? je demande alors que Zack ouvre la porte d'entrée à ma place et me fait entrer.

Le murmure délicat des chants de Noël s'échappe de la cuisine, et les ronflements sonores de Charlie se propagent dans le hall. Autrefois, ses ronflements me dérangeaient tellement que je dormais parfois avec des bouchons d'oreille ou que je plaquais un oreiller sur mon visage. Mais maintenant... j'aimerais pouvoir m'endormir éternellement au son de ce grognement d'ours.

— Oui. Tout le monde y croit, non ? Tu veux inviter le Krampus à faire des ravages ?

Je veux gagner ma chambre, mais Zack m'attire dans la cuisine.

— Tu permets ? fait-il en désignant le réfrigérateur.

Je hoche la tête, remarquant cette petite mais importante différence entre Windsor et lui. Le prince se promène comme si le monde lui appartenait. Il ouvre les placards et les frigos sans même penser à demander. J'aime ça chez lui, mais j'aime aussi que Zack, au moins, ait appris l'humilité. Les limites d'autrui signifient quelque chose pour lui maintenant.

Je regarde Zack rassembler des ingrédients dans la cuisine et les disposer sur le comptoir.

— Donc tu crois aussi au Krampus ? Flippant, non ?

— Hyper flippant. Mais pas autant que les bagarres épiques entre mon père et mon grand-père.

Zack sort son téléphone, cherche une recette, puis il le met de côté avant de se diriger vers l'évier pour laver ses grandes mains. Mmm. Joueur de football, garçon de bonne famille, confectionnant des biscuits de Noël dans ma maison à minuit pour le réveillon du réveillon de Noël, c'est-à-dire la veille du réveillon de Noël. Peut-être suis-je la seule personne au monde qui appelle ça le réveillon du réveillon ?

— Pourquoi se sont-ils battus cette fois-ci ? je demande.

Zack me tire vers lui et me fourre un œuf dans la main. Vu qu'il y a une bouteille de mélasse sur le plan de travail, je suppose qu'on prépare les cookies dont il a régalé sa famille. Aucune lampe n'est allumée dans la maison, juste les guirlandes colorées sur le sapin et une unique guirlande blanche au-dessus de l'évier.

Ma maison, mon évier, je me rappelle. Je souris discrètement pour moi-même. La dernière chose dont papa aurait eu besoin, c'était du stress d'un déménagement ou d'un propriétaire autoritaire. *Harper du Pont va tomber bas, très, très bas.* Quand je m'en prendrai à elle, le monde entier le saura.

— Pour toutes sortes de raisons. Je veux dire, il y avait les trucs habituels : politique, religion, tout ce que tu veux. Ils se sont lancés dans une violente joute verbale pour savoir si le plat de patates douces que j'avais préparé devait contenir de la guimauve ou non. À ce moment-là, j'ai compris que les choses allaient mal tourner.

La voix grave et grondante de Zack semble tout à fait à sa place dans ce petit espace. Bien qu'il ressemble un peu à un géant dans la cuisine d'un nain, il occupe admirablement l'espace, comme s'il y avait sa place malgré tout.

Je casse mon œuf dans le bol et jette la coquille à la poubelle. Je ne vais pas parler à papa de la maison, pas tout de suite. Sinon, il faudra que j'explique pourquoi Windsor m'a acheté une maison, sans avoir l'air de vivre une version adolescente de *Cinquante nuances de Grey,* du genre : « Oh, monsieur Sexy, j'aime que l'endroit où je vis t'appartienne. Contrôle-moi, domine-moi. » Beurk ! Je frissonne en repensant au prince qui me baise dans l'écurie. Oups. Oui, non, mieux vaut ne pas le dire à papa jusqu'à ce qu'il... jusqu'à ce qu'il soit de nouveau en bonne santé.

— Ils se sont aussi disputés à propos de toi et moi ? je demande.

Zack ne répond pas tout de suite, se contentant de mélanger les ingrédients secs. Après quoi, il se passe une main sur le front, et le voilà couvert d'une traînée de farine.

— Ils me considèrent tous deux comme leur héritier, leur pion, une pièce à déplacer sur un échiquier. Ils veulent que j'épouse Kiara Xiao.

Zack et moi combinons nos bols et on obtient bientôt une pâte collante et odorante que Zack met au congélateur pour la raffermir un peu. Lorsque je me dirige vers l'évier pour me laver les mains, il se place derrière moi et enroule ses bras autour de moi, avant de m'aider à nettoyer la pâte sous mes ongles.

— La fille que Tristan..., je commence, mais ce souvenir est trop prégnant pour que je puisse le supporter.

— Non, souffle Zack en coupant le robinet. Elle n'est pas faite pour moi.

Et il m'attire contre lui.

— En effet, parce que, pourrie gâtée comme elle est, elle s'intègre tellement bien aux Harpies que je n'arrive pas à distinguer ses griffes de celles des autres.

Je me retourne, si proche de Zack que le renflement de mes seins lui frôle le torse. Je parie que j'ai l'air bien ridicule dans ma tenue, mais pas lui. Il n'a pas l'air ridicule du tout, juste... magnifique, digne de la couverture d'un magazine sportif. C'est sa lèvre inférieure qui me fait craquer, si pleine et si charnue. Mon pouce se lève de lui-même pour en suivre le pourtour. Zack frissonne et soupire à mon contact, comme si j'avais réussi à l'envoûter.

— Eh bien, il y a tous ces obstacles et aussi... le fait qu'elle n'est pas toi.

Il hausse les épaules et s'éloigne de moi, comme s'il essayait de se soustraire à la tension entre nous. Je ne sais pas trop pourquoi. Ne sait-il pas que je vais lui demander de passer la nuit ici ?

— Tu pourrais laisser la pâte au frigo toute la nuit et la faire cuire le matin pour manger les cookies encore chauds, ajoute-t-il.

— Oui, j'opine, en croisant la fourrure brune de mes bras sur la fourrure tout aussi brune de ma poitrine. Et toi, tu pourrais essayer de te faufiler en douce demain matin, avant que papa ne sache que tu as passé la nuit ici ?

Levant les yeux vers Zack, je vois son expression crispée se détendre un peu.

— Tu es sûre que tu veux toujours de moi, après Zayd et Windsor ?

Il s'arrête, les sourcils légèrement froncés. Je n'ai pas eu besoin de le dire aux garçons, pour Windsor et moi parce que, eh bien, Wind s'en est chargé avant que j'en aie l'occasion. Et puis j'ai sauté dans la piscine et je suis restée sous l'eau juste assez longtemps pour qu'ils s'inquiètent tous. Mais juste un peu. Un peu d'angoisse, c'est amusant. Trop, ça me donne mal au ventre.

— Pourquoi tu es allé t'imaginer le contraire ? je demande.

Zack secoue la tête, tout en fourrageant dans sa chevelure.

— Je ne sais pas. Tu as l'intention de nous supporter tous pendant combien de temps ?

Il me regarde comme s'il était certain que je n'allais pas le choisir, comme si notre temps ensemble était compté.

— Aussi longtemps que j'en suis capable, je réponds.

Après quoi je lui prends la main, pour l'entraîner vers ma chambre et refermer la porte derrière nous.

Je dois nettoyer la cuisine, mais ça attendra jusqu'au matin.

Ce soir, je vais d'abord laisser Zack descendre la fermeture Éclair de mon costume de renne et le faire glisser sur moi.

Quand je me réveille, le lendemain, Charlie est toujours endormi, Zack parti et la cuisine impeccable.

CHAPITRE VINGT

— JE NE VOIS PAS POURQUOI je dois continuer de faire des efforts, fait Creed en me désignant d'un geste nonchalant, alors qu'il s'affale dans l'un des fauteuils en cuir de la bibliothèque. J'ai déjà été accepté à l'université. Donc qu'est-ce que j'en ai à faire des notes maintenant ?

Je croise les bras et lui lance mon regard le plus sévère.

— Primo, tu n'as aucune fierté pour tes résultats académiques ? Et deuxio, ça compte. L'université examinera tes notes du dernier semestre et ton classement. Miranda m'a déjà promis que tu irais à Bornstead. Alors ne me déçois pas maintenant, Cabot.

— Oh, mais c'est qu'on fait son autoritaire !

Il jette une jambe sur le bras de son fauteuil et me regarde de derrière ses paupières à moitié closes. Son regard balaie mon uniforme noir, scrutant chacune de mes courbes. Lorsque je m'assieds sur l'autre bras du fauteuil, ma jupe remonte et Creed a un petit aperçu de mes jarretelles.

— Et tout aussi sexy qu'autoritaire.

Ses doigts dansent sur le haut de ma cuisse, faisant claquer l'une des lanières contre ma peau pâle. Je frissonne, mais je parviens à rester ferme.

— Tu dois étudier pour ce test de maths.

— Je préfère t'étudier, toi, susurre Creed en m'attirant sur ses genoux.

Son odeur de savon et de linge propre est enivrante. Je retrouve mes mains en train de jouer avec les boutons de sa chemise, même si je sais que je devrais l'encourager à regarder la grille d'évaluation que Mlle Danebo nous a distribuée.

— Pourquoi ? Qu'est-ce que tu veux savoir ?

— Pourquoi aimes-tu tant ces mangas M/M ? Tu as des fantasmes dont tu ne m'as pas parlé ?

— Oui, j'adorerais te voir pris par Tristan Vanderbilt, mais ça n'arrivera pas. En revanche, ce qui se passera si tu n'étudies pas, c'est que j'irai à l'université avec ta sœur et que tu rentreras chez toi pour une année sabbatique dans les Hamptons.

— Tu irais là-bas sans moi ? demande-t-il en soupirant.

Il glisse ses doigts le long de la rangée de boutons de mon haut, et en fait sauter quelques-uns. La dentelle de mon soutien-gorge bleu marine apparaît et je prends une grande inspiration en sentant l'ongle de Creed glisser sur les bords festonnés. Ses yeux bleu de glace se tournent vers les miens, animés d'une sorte de cruauté exquise. Il sait à quel point il m'affecte et il adore ça. Je me tortille sur ses genoux sans le vouloir et Creed me regarde en fronçant les sourcils.

— Et tu sais d'expérience ce que ce genre de mouvement fait à ma queue.

— Ce que tu es grossier, je murmure, me forçant à me lever pour mettre un peu d'espace entre nous.

Sinon, je vais finir par faire des choses dans la bibliothèque qui se retrouveront certainement sur mon casier judiciaire si je me fais prendre.

— N'empêche que j'aime ça, je lance par-dessus mon épaule.

Et je m'éloigne, savourant le gémissement de frustration de Creed qui se lève pour me suivre.

— Tu vas où ? me demande-t-il alors que je franchis les portes de la bibliothèque et m'engage dans le couloir dallé.

— Si tu ne veux pas étudier, j'ai d'autres choses à faire aujourd'hui.

Je fouille dans ma poche et je sors ma liste modifiée. Ileana ne semble pas vouloir revenir à Burberry, et pas à cause de cette histoire de, hmm, de nibard éclaté. Je suis presque sûre que le fossé entre Becky et elle ne sera jamais comblé.

Vengeance sur les Sang-bleu de Burberry Prep
Une liste de Marnye Reed

Les Harpies : Harper du Pont, Becky Platter et ~~Ileana Taittinger~~

La Compagnie : Abigail Fanning, Valentina Pitt, Mayleen Zhang, ~~Jalen Donner~~ et Kiara Xiao.

Le groupe des quatre salopes – Harper, Becky, Abigail et Valentina – s'avère le plus difficile. Il suffit de repenser à Abigail par exemple : Tristan l'a détruite au casino, j'ai donné à son petit ami la preuve de son infidélité et elle a découvert que Harper baisait avec Greg dans son dos depuis le début. Et pourtant, elle est toujours là. Ce n'est pas assez, bien au contraire.

Bien sûr, priver les filles de leur statut de Sang-bleu a été impressionnant, mais ça ne suffit pas.

Pour l'instant, je suis passée à des cibles plus faciles : Mayleen Zhang en particulier.

Elle a toujours été fière de son travail scolaire, tout comme Tristan et moi. En fait, elle se classe souvent parmi les cinq premiers de toute l'académie. Et pourtant, j'ai maintenant la preuve qu'elle a utilisé ce qu'on appelle une « mosaïque de plagiats » pour écrire la plupart de ses dissertations, y compris un essai pour lequel elle a reçu un prix l'an dernier.

On parle de « mosaïque de plagiats » lorsqu'une personne utilise une idée ou une structure globale et se contente d'employer des synonymes ou des expressions alternatives à l'œuvre originale tout en conservant le sens et la structure de l'œuvre pillée.

C'est plus difficile à détecter que le plagiat de base, c'est-à-dire le copié-collé pur et simple. Mais c'est possible, et je vais le faire. Désolée, mais c'est une chose d'utiliser des thèmes ou des stéréotypes dans un travail et c'en est une autre de calquer littéralement un nouveau texte sur un texte existant.

Cette putain de Mayleen va tomber.

— Tu mijotes quelque chose, n'est-ce pas ? Je peux pratiquement le sentir. Je peux savoir sur qui, exactement, tu focalises ta vengeance aujourd'hui ?

Creed croise les bras derrière sa tête, me regardant avec curiosité et une bonne dose de jubilation. Il aime tuer, comme tous les autres.

— Mayleen, je réponds.

Je sais que ses parents sont là pour visiter le campus avec la petite sœur de Mayleen. À cause des problèmes d'intimidation à l'académie, ils envisagent fortement d'envoyer leur plus jeune fille à Coventry Prep. La directrice Collins sera aussi avec eux. Ça devrait fonctionner au poil.

— Super. Un autre laquais anonyme mord la poussière. Mais quand est-ce qu'on va s'en prendre aux grands noms ? C'est ce moment-là que j'attends avec impatience.

— J'ai Harper sous contrôle, je réponds, tout en réalisant le ridicule de mon affirmation compte tenu de sa récente attaque contre mes candidatures à l'université. Pour Becky... je ne suis pas sûre.

— Je pense que Zayd travaille sur Becky. Tu sais, il trouve que Windsor a laissé Ileana s'en sortir trop facilement. Et puis je pense qu'il est jaloux du prince.

— Zayd ? je m'étonne, en jetant un coup d'œil à Creed. Zayd, le dieu du rock, est jaloux ? (Creed hausse les épaules sous mon regard scrutateur.) Juste Zayd ? Personne d'autre ?

— Non, personne, répond-il en haussant les sourcils, avant de sourire gentiment quand on passe devant Mme Collins. Bonjour, madame la directrice.

— Monsieur Cabot, réplique-t-elle, en nous regardant d'un air soupçonneux.

Je ne peux pas dire que je la blâme, vu les antécédents de Creed.

Les Zhang poussent lentement une poussette dans l'allée, tout en discutant des mérites de Burberry Prep avec la directrice. Je fais semblant de faire tomber un stylo, je me baisse et glisse le paquet de feuilles dans la zone de stockage sous la poussette, juste à côté du sac à langer. Le résultat semble un peu décevant, maintenant que je suis là, mais j'ai dû faire des heures de recherche pour trouver les similitudes entre les essais de Mayleen et tous ceux qu'elle a pillés.

Si elle n'avait pas plagié l'un des miens, je ne m'en serais peut-être jamais aperçue.

J'ai déjà glissé une enveloppe en papier kraft contenant les mêmes preuves dans le casier de Mme Collins.

Il n'y a rien que Burberry Prep déteste plus qu'un scandale académique. Rappelez-vous ce qui a failli m'arriver. Je suis sûre qu'ils s'en occuperont discrètement.

— C'était discret, ça ne te ressemble pas du tout, commente Creed quand je me retourne vers lui.

— Je garde les gros sabots pour l'ancienne reine des Idoles, je réplique en soupirant.

Je passe les doigts dans mes cheveux. Ils ont beaucoup poussé. J'essaie de décider si je veux les couper à nouveau ou si c'est vraiment le moment de les laisser pousser. Je jette un coup d'œil à Creed, dont je remarque que les yeux pétillent.

— Et puis j'espère juste que je survivrai assez longtemps pour décrocher mon diplôme.

Creed et moi, on s'arrête pour tourner le regard vers Harper, qui a réuni sa triste cour dans l'un des kiosques à musique. Elle nous observe, assise sur les genoux d'un grand type que je ne reconnais pas. Je pense que c'est un deuxième année. Elle m'adresse un doigt d'honneur et on continue nos déambulations, en faisant demi-tour pour se diriger vers les portes de la chapelle.

— On est tout proches, Marnye, murmure Creed.

Pourtant, même si je suis excitée à l'idée de partir enfin d'ici, d'échapper à ces garces, de commencer une nouvelle vie à l'université de Bornstead, je redoute aussi cette perspective. Parce qu'à chaque jour qui passe, la maladie de Charlie empire. À chaque jour qui passe, je me rapproche d'une décision que je ne veux pas prendre.

Choisir entre ces fils de bonne famille.

Je préfère combattre les Harpies pour l'éternité.

— Si tu insistes pour m'apprendre les maths, j'accepte… à condition, bien sûr, que tu t'assoies sur mes genoux pendant que j'étudie. J'apprends mieux comme ça, avec une trique géante coincée dans mon pantalon.

J'affiche une mine consternée en secouant la tête mais, d'une certaine manière, sa grossièreté est rafraîchissante. C'est mieux qu'un bouquet de mensonges, non ?

— Viens, pervers, je vais t'enseigner quelques formules.

Et je lui prends la main pour le ramener dans le bâtiment avant que les premiers flocons de neige ne commencent à tomber.

ÇA FAIT du bien d'être à l'école, d'étudier comme une folle et de travailler pour avoir de bonnes notes, afin d'obtenir le plus de bourses possible. Ça, et puis damer le pion à Tristan et être première de la classe.

En parlant de Tristan, on est censés travailler ensemble sur un projet d'économie, mais il est tellement grincheux ces dernières semaines que je peux à peine placer un mot sans qu'il déguerpisse. C'est très frustrant d'essayer de travailler avec quelqu'un qui ne veut pas m'adresser la parole.

Encore plus frustrant quand j'essaie de sortir avec cette même personne.

Je suis au réfectoire avec Zayd, observant subrepticement les paroles qu'il écrit au stylo rouge vif sur une serviette, quand Isabella Carmichael entre, vêtue de la jupe rouge et du blazer noir des première année. Elle s'approche de la table haute et s'arrête à côté de moi.

— Est-ce que je pourrais lui parler quelques minutes ? demande-t-elle à Zayd, avec quelques jolis battements de cils.

Elle glisse une mèche de cheveux bruns derrière une oreille pendant que Zayd me regarde pour confirmation, un sourcil percé haussé en signe d'interrogation.

— Oui, bien sûr, je réponds en repensant aux paroles que papa m'a chuchotées.

« *Je ne savais pas qu'elle était de moi, sinon je n'aurais pas... je n'aurais pas laissé Jennifer nous séparer.* » Ce souvenir et le pari que Harper m'a lancé à la figure me serrent le ventre.

— Peut-être que tu pourrais t'asseoir à une autre table ? je demande à Zayd.

— Ah, je vois, fait-il en se levant.

Mais il s'immobilise pour se retourner et attraper mon visage, afin de me gratifier d'un baiser punitif qui me fait voir des étoiles. Isabella nous regarde d'un air renfrogné, mais replie sa jupe sous ses cuisses pour s'asseoir. Elle attend que Zayd se soit éloigné de plusieurs tables avant de se tourner vers moi et de me sourire.

Ce n'est pas un très joli sourire, je peux l'affirmer.

— Au fait, comment va ton petit ami ? Ou devrais-je dire... tes petits amis ? Les Personnalités royales m'ont dit que ce n'était pas pour rien qu'on t'appelait la michetonneuse, mais je suppose que je ne voulais pas accepter l'idée d'avoir partagé le même utérus qu'une pute.

— Primo, tes « Personnalités royales » ne sont rien de plus que des despotes déplacés. Deuxio, traiter une fille de pute n'a jamais eu d'effet positif sur qui que ce soit. Ne le fais pas. Ça te donne l'air d'une conne hypocrite. (Je me penche en m'accoudant sur le bord de la table.) Tertio... oublie le Club Infinity, Isabella. Ça ne te vaudra que des problèmes.

— Comme si tu en savais quelque chose. Ce n'est pas comme si tu en étais membre ou pouvais l'être.

— Windsor York m'a demandée en mariage. Et plus d'une fois. Tu ne penses pas que si je devenais la femme d'un prince, à nager dans les milliards, j'y serais accueillie à bras ouverts ?

Isabella abat sa paume sur la table, ce qui fait trembler nos verres d'eau. La bouche déformée par une moue, elle me fixe de ses yeux marron si familiers.

— Alors pourquoi tu n'acceptes pas ? demande-t-elle. Pourquoi tu t'obstines à trimer alors que tu pourrais avoir bien plus que ça ?

— Épouser un prince, ça élèverait mon statut à tes yeux, mais travailler comme une folle pour entrer dans l'université de mon choix, non ? je demande.

Isabella me lance un regard noir.

— On partage peut-être le même sang, mais tu n'es pas ma sœur et tu ne le seras jamais. N'essaie pas cette merde de : « tue-les par ta gentillesse » avec moi. Ça ne marche pas. (Elle lève le menton.) Je ne suis pas du tout comme toi. Je... suis une Carmichael.

— Un simple test ADN suffirait à prouver le contraire, je réplique.

Elle se lève, les narines dilatées.

— Tu sais, je suis venue ici parce que j'avais pitié de toi. (Elle rejette en arrière la vague brillante de ses cheveux.) Mes amis et moi, on s'est réunis pour étudier hier. Et en passant devant les toilettes de la chapelle des filles, Sharon a annoncé qu'elle avait envie de faire pipi. On a toutes fait un détour, et… ça ne se présente pas bien pour toi.

— Crache le morceau, je murmure en m'appuyant au dossier de ma chaise.

Je me frictionne les tempes. Parler à Isabella me donne la nausée, comme si je regardais une illusion brisée, désormais déformée dans le miroir d'une baraque de foire.

— Tristan était là-dedans, tu sais. Lui et cette fille, Lizzie. On est entrées et on l'a trouvé en train de baiser ta copine. Ça ne te dérange pas ?

Je me remémore le moment où j'ai trouvé Tristan et Kiara dans ces mêmes toilettes et une vague de nausée me submerge.

— Dégage. (Je me lève et la regarde droit dans les yeux.) C'est mon école, mon réfectoire. Fous le camp.

— Désolée d'être porteuse de mauvaises nouvelles, mais...

— Dégage. Tout de suite.

Isabella sourit, et même si je sais qu'elle fait ça pour me tourmenter... ça marche. Elle se lève, se tourne et sort du réfectoire en laissant conneries et mensonges dans son sillage. *Bon sang, sœurette, qu'est-ce que je vais faire de toi ?*

Ses mots me transpercent comme un couteau et je sens que mes émotions se répandent sur le sol.

— Ça va ? demande Zayd, en remontant sur l'estrade.

Il se penche pour mieux me dévisager. Il me faut plusieurs respirations pour reprendre le contrôle.. C'est juste, mais j'y parviens, en levant les yeux et en regardant les beaux iris de Zayd. Même si Tristan a choisi Lizzie, tout ira bien, n'est-ce pas ? J'ai Zack, Creed, Windsor et Zayd. Ça rendra mon choix vingt pour cent plus facile, après tout.

Alors pourquoi ça fait si mal, putain ?

— Ça va, je lui réponds en serrant ses doigts tatoués.

Ce sont juste des rumeurs et des ragots, rien de plus. Ce sont des secrets comme ça qui ont causé tant de dégâts avec les anciens Sang-bleu. Les mensonges et les conneries.

Je ne dois pas les prendre au sérieux avant d'en avoir parlé à Tristan.

— Tu es sûre ? insiste Zayd qui s'agenouille pour me regarder dans les yeux. Parce que si je dois botter le cul de cette fillette pour que tu sois heureuse, je le ferai.

— Je le sais bien, je m'esclaffe, en repoussant d'un coup de pied la chaise qu'Isabella a utilisée. Maintenant, assieds-toi et parlons un peu de Becky Platter.

CHAPITRE VINGT-ET-UN

TRISTAN EST en train de remettre des classeurs sur les étagères de la bibliothèque, furieux. Il est clairement contrarié par quelque chose, mais je n'arrive pas à savoir quoi.

— Tu es en colère contre moi ? je lui demande.

Je m'efforce, sans y parvenir, de ne pas penser à cet instant dans la bibliothèque pendant ma première année, quand j'ai levé le bras pour attraper ce livre sans culotte sous ma jupe...

— Qu'est-ce qui a bien pu te donner cette idée ? réplique-t-il d'un ton impassible.

Il range le dernier livre et retourne à son bureau pour écrire une note sur sa tablette. Il enfonce le stylet dans l'écran d'une manière qui me fait grimacer.

— Tu m'as à peine parlé depuis des semaines. Tu t'assieds à côté de Lizzie au réfectoire chaque fois qu'on mange ensemble et...

Je m'interromps, des larmes plein les yeux même si

je ne le veux pas. Je me suis promis de laisser Tristan faire son propre choix. S'il l'a fait, alors...

Il s'arrête et se retourne. Ses iris argentés flamboient. Il y a de la fureur dans leurs profondeurs, qui atteint à peine la surface. Je peux la sentir, cette colère qui bout à l'intérieur. Il est vraiment en colère contre moi, j'en suis sûre maintenant.

— Tu veux vraiment savoir, Charity ? demande-t-il, avec cette intonation vicieuse qu'il a si souvent utilisée pour m'agresser en première année. Parce que devoir te le dire est ce qui m'énerve le plus.

Tristan s'avance et pose ses paumes sur l'étagère de chaque côté de moi, le souffle court. Le bouton de son blazer est ouvert, les deux pans de sa veste pendent, et il me regarde fixement sous une frange étincelante de cheveux noir corbeau.

— Je..., je commence, en repensant aux paroles d'Isabella, à ces choses affreuses et lancinantes qui essaient de se glisser sous ma peau.

« *On est entrées et on l'a trouvé en train de baiser ta copine. Ça ne te dérange pas ?* » Je ne vais pas tomber aussi bas. Je ne vais même pas mettre ça sur le tapis à moins que Tristan s'en charge le premier. Il ne me tromperait pas avec Lizzie. S'il devait choisir, il dirait quelque chose... *Si ça se trouve, il est sur le point de dire quelque chose, là ?*

— Je suis désolée, mais je ne sais pas de quoi tu parles.

Tristan ferme les yeux mais, cramponné aux étagères derrière moi, il a le souffle court. Je plaque une main sur son torse, paupières closes, pendant que je sens les battements frénétiques de son cœur.

Un petit couinement m'échappe lorsque la main de Tristan s'abat sur mon poignet, presque trop serrée.

Nos yeux se rouvrent en même temps et je me retrouve perdue dans l'éclat de son regard gris acier. C'est une arme à double tranchant, c'est sûr. Il peut me défendre avec... mais il peut aussi me couper s'il veut, me faire saigner. *Et, meuf, je suis prête à saigner pour cet homme.*

— Que penses-tu de Lizzie et moi ? demande prudemment Tristan de sa voix de velours.

Il embaume la cannelle et sa chaleur transcende la distance qui nous sépare. Je frissonne.

— Qu'est-ce que..., je bredouille. Qu'est-ce que tu veux dire ?

Je repense à la façon dont il la regardait avant, comme si elle était son amour perdu depuis longtemps, qui aurait galopé sur le cheval d'un autre chevalier. Mais... c'est bien ainsi qu'il la regardait, non ? J'essaie de me souvenir de la dernière fois où j'ai vu son regard s'adoucir à son endroit. Ça fait longtemps, c'est sûr.

— Tu veux que je sois avec elle ? Est-ce que tu nous vois bien ensemble, Lizzie et moi ? Parce que je le jure devant Dieu, j'ai l'impression que c'est le cas parfois.

Il me fixe avec une telle intensité que j'ai l'impression de sentir toutes mes inhibitions tomber comme une peau de banane, qui s'éplucherait en laissant ma chair jaune pâle toute frémissante. Waouh ! En voilà une métaphore bizarroïde.

Oublions ça ! Faisons comme si je n'avais rien dit du tout.

— Qu'est-ce qui te fait penser ça ? je murmure alors que Tristan inspire et expire, à coups de grandes respirations furieuses.

Il se rapproche encore de moi et je sens que je vais m'effondrer.

— Écoute, je déteste Zack autant que le premier connard venu, mais ce que tu lui as dit, sur le fait que tu voulais le voir se battre pour toi... est-ce que tu ne suis jamais tes propres conseils, Marnye ?

— Je...

J'ai la gorge trop serrée pour parler, comme s'il m'était impossible de respirer sans partager un souffle avec Tristan, sans prendre deux bouffées de son magnifique parfum. Il est séduisant, un peu dangereux, exactement le genre d'homme dont je devrais me tenir éloignée. Et en même temps... quand je pense à la perspective de fréquenter la même université que lui, d'étudier avec lui, de construire une nouvelle vie avec lui... j'ai des frissons de la meilleure façon possible.

— On pourrait vraiment avoir quelque chose, toi et moi.

Tristan me répond par un grognement. Je ne plaisante pas. Il grogne vraiment et serre les dents.

— Bien. Alors pourquoi tu es aussi pro-Lizzie ? demande-t-il. (Je cille, perplexe.) Et pourquoi est-ce que tu sens si bon ? ajoute-t-il, presque dans un souffle.

Pendant quelques secondes, il détourne le regard, avant de ramener les yeux sur moi.

— Je ne suis pas pro-Lizzie, je réplique. (C'est dit. Tous mes sentiments remontent à la surface et je n'arrive plus à les contenir.) J'ai... Je voulais être amie avec elle. Et je me sentais égoïste. Elle t'aime énormément, moi, je sors avec cinq gars et...

— Et alors, putain ? me coupe Tristan qui abat sa paume sur l'étagère, son autre main toujours cramponnée à mon poignet. Tu sors avec cinq types parce qu'on refuse tous de te laisser partir. Qu'est-ce que ça a à voir avec Lizzie ? Tu veux m'échanger comme une carte de baseball, pour qu'elle ne se sente pas exclue ?

J'en reste bouche bée et Tristan en profite pour s'approcher et m'embrasser. Fort. Sa bouche charnue se plaque sur mes lèvres entrouvertes. Sa langue plonge, prend le contrôle total de ma bouche, m'encourage à basculer la tête en arrière et à m'abandonner à lui. C'est le garçon le plus cruel que je connaisse. Vraiment. Il ne sera jamais parfait. Il ne sera même pas bon. Mais peut-être... qu'il est fait pour moi ?

Je déplace ma main libre vers sa joue et il rattrape mon poignet, pour me clouer au rayonnage. Un de ces jours, je vais faire des bêtises dans cette bibliothèque et je vais me faire prendre. Mes joues s'enflamment tant je suis gênée, mais cette chaleur ne tarde pas à prendre rapidement une nuance plus sombre pour devenir celle du désir lorsque Tristan me mord la lèvre inférieure.

Il se recule un peu et me regarde droit dans les yeux, toujours haletant. Il est si fort que je suis complètement coincée là, les bras écartés, la poitrine soulevée par des halètements rapides.

— Je voulais juste que tu me choisisses, je murmure. (Son regard argenté passe de ma bouche à mes yeux.) C'est tout. J'attendais juste... de voir si tu me choisirais.

— Peut-être que j'attendais la même chose ? murmure-t-il. Putain de merde, Marnye !

Je ferme les yeux. Tristan émet un grognement de frustration et je les rouvre. Il me relâche brusquement et recule, repoussant ses cheveux du revers de la main.

Je rapproche les bras de ma poitrine, pour tenter de faire disparaître la sensation d'engourdissement dans mes doigts. Tristan m'observe, le visage plein d'ombres.

— Tu m'attendais..., je commence alors qu'il lève les yeux vers les dalles de plafond en étain au-dessus de nos têtes.

— J'attendais que tu te battes pour moi, précise-t-il en se retournant pour me regarder. (Son regard est traversé d'une chaleur violente qui semble onduler dans l'air entre nous.) Quel est ce vieux dicton, déjà ? « Ne sois pas suave au point que les gens te dévorent et pas amer au point qu'ils te recrachent » ? (Il marque une pause et soupire.) Parfois, je pense que tu es trop suave. Mais ensuite, je me demande si ce n'est pas mon travail d'être ton amertume.

Le voyant se détourner, comme sur le point de s'éloigner, je m'élance derrière lui, m'accrochant à son bras pour le retenir.

— C'est une de tes habitudes, je chuchote, en posant le visage contre la manche de son blazer, qui crisse. De débiter des conneries épiques et puis de t'en aller. Tu ne peux plus me faire ça.

Tristan se retourne et nous sommes soudain si proches que je ne peux plus respirer.

— Je ne suis pas bon pour toi, proteste-t-il, mais sa voix contient bien moins de vitriol qu'avant, comme s'il était incapable de conserver plus longtemps cette façade. Tu ferais vraiment mieux d'aller à l'université et de nous laisser tous derrière toi.

— Mais… ? je demande.

Je scrute ses beaux yeux. Ils semblent bien plus clairs maintenant. Comme si, au lieu d'un ciel orageux, ses iris avaient pris la couleur d'une théière en argent fraîchement polie.

— Je suis peut-être cruel, mais je suis aussi égoïste. Je te veux trop pour te laisser partir, marmonne Tristan en posant les mains sur mes hanches. (Mon corps commence à frémir, la tension entre nous me rend malade.) Ça me tue de savoir qu'ils t'ont tous touchée, qu'ils ont tous été en toi... (Sa voix s'adoucit, mais semble devenir plus sombre en même temps, comme des ombres de velours qui m'envelopperaient dans un cocon.) Tous tes *crush*, sauf moi...

Je déglutis lorsque Tristan me guide vers l'étagère derrière nous, se penche et dépose un baiser sur le pouls qui bat dans ma gorge. Je ferme les yeux, mes doigts s'enroulent sur les pans de son blazer. Il passe sa langue dans mon cou, laissant une traînée incandescente dans son sillage.

— On pourrait retourner dans ta chambre ? je

murmure, en proie à une folle montée d'adrénaline, si puissante que je ne suis pas sûre de pouvoir tenir plus longtemps.

— Je n'y arriverai pas, souffle-t-il en posant la bouche près de mon oreille.

Je lève les yeux, au-delà des imposantes bibliothèques, jusqu'au lustre antique qui scintille dans les chevrons. Je sais tout sur ce lustre, où il a été fabriqué, quand et avec quels matériaux, parce que je suis une passionnée d'histoire et d'architecture, mais... en cet instant ?

J'en ai rien à foutre.

La main droite de Tristan descend puis se glisse sous les plis noirs de ma jupe. Il fait courir sa paume le long de ma cuisse, mais il est beaucoup moins poli que Creed. Ses doigts taquinent l'élastique de ma culotte avant de descendre encore plus bas et d'envelopper mon sexe.

Je suis incapable d'étouffer un cri aigu. Tristan rit tout bas, un son chaud et velouté qui pénètre jusque dans mes profondeurs les plus sombres.

— Chut, ou quelqu'un va nous entendre, murmure-t-il, en se penchant vers moi pour brûler mes lèvres avec les siennes.

Nos langues s'emmêlent ; je ne parviens pas à respirer sans attirer son essence en moi.

— Entendre quoi ? je murmure en retour, toujours tremblante. Qu'est-ce qu'on fait exactement ici ?

— Tu sais exactement ce qu'on va faire, répond Tristan.

Sa main se faufile dans ma culotte, ses doigts dansent sur mon sexe détrempé. J'en ai les genoux qui se dérobent sous moi. Il réussit à me rattraper d'un bras rapide autour de ma taille, léchant et mordillant ma lèvre inférieure pendant que ses doigts s'activent à exciter mon corps déjà endolori.

Il sait clairement ce qu'il fait. La jalousie s'enflamme en moi, je jette les bras autour de son cou et l'embrasse en retour assez fort pour le faire légèrement grimacer.

— Oh non, je t'ai mordu ? je demande.

Tristan recule juste assez pour me lancer un affreux petit sourire impudent.

— C'est de ça que je parle, Marnye. Montre-moi tes dents.

Tristan retire la main de sous ma jupe, et je n'arrive pas à décider : j'ai envie de le tuer ou je lui suis reconnaissante de ce sursis ? J'étais sur le point de...

— Allons-y.

Il attrape mon poignet, laissant nos affaires étalées sur la table. En traversant l'immense étendue de la bibliothèque, on tombe sur Creed, qui traîne paresseusement dans la pièce, les mains dans les poches, ses yeux de glace mi-clos sur un ennui sans nom.

Quand il nous voit, il les ouvre en grand, stupéfait.

— Surveille nos affaires, Cabot. Ne laisse pas la Harpie planter ses griffes dedans.

— Vous êtes sérieux ?! s'écrie Creed quand on le dépasse.

Je l'entends marmonner un juron alors qu'il nous

regarde nous glisser dans les magnifiques toilettes à l'ancienne, carrelage vintage, mélange de carreaux hexagonaux et de carreaux de métro.

Tristan referme la porte derrière lui et la verrouille pendant que je reste là à me demander si je n'ai pas perdu la tête.

— Qu'est-ce qu'on fait ici, Tristan ? je lui demande alors qu'il m'attrape et m'installe sur le bord du lavabo, en se penchant pour passer la langue sur ma lèvre inférieure.

— On satisfait ta curiosité, murmure-t-il.

— Ma curiosité ? je répète, haussant un sourcil.

Il glisse une main sur la courbe de ma taille, sur ma hanche et sous ma jupe. Sa deuxième main rejoint la première et je réalise que je suis sur le point de perdre mes sous-vêtements.

Il me sourit en posant les mains sur les jarretières qui maintiennent mes bas. Les attaches ne lui résistent pas longtemps. Je gémis tandis qu'il frotte ses pouces contre l'intérieur de mes cuisses. Chaque contact m'enflamme, chaque contact me brûle.

— Arrête de me torturer.

— Et pourquoi donc ? C'est mon mode opératoire, non ? Je suis le grand méchant loup. Je vais te torturer sans pitié et en savourer chaque seconde. Sache-le.

Tristan baisse ma culotte, la fait passer sur mes bas et mes chaussures pour la ranger dans la poche de son blazer. Il me caresse les cuisses puis les fesses, ce qui me fait gémir.

Après quoi, il me tire vers l'avant. Je suis plus ou

moins enroulée autour de lui, puis il laisse tomber sa main entre nous, frottant ses doigts contre mon corps douloureux. Nos regards se croisent. Je lis dans ses yeux son assurance, son besoin de contrôle, et puis il glisse un doigt en moi. Je sursaute de surprise.

— Oh merde, Marnye, gémit-il en se léchant les lèvres. Tu es encore meilleure que je ne le pensais.

— Tu y as pensé ? je murmure.

À la façon dont il me sourit... je vois qu'il y a beaucoup pensé. Nos bouches se rencontrent. Cette fois, notre baiser est beaucoup plus tendre qu'avant, tenant moins de la revendication violente et plus du désir prudent. Un besoin timide. Un désir inassouvi.

Tristan me manipule de façon si experte que je peux à peine bouger. J'ai les mains qui tremblent lorsque j'essaie de défaire le bouton de son pantalon. Il repousse ma tentative maladroite et défait sa braguette d'une seule main, autoritaire, guidant mes doigts pour qu'ils s'enroulent autour de lui.

On est juste en train de s'observer, ça devrait être embarrassant, pourtant... ça ne l'est pas. C'est tout ce que je voulais et même plus.

Quelqu'un frappe à la porte, on l'ignore tous les deux.

— Ils peuvent aller pisser ailleurs, grogne-t-il en m'embrassant à nouveau.

La chaleur entre nous s'intensifie et je me sens finalement céder, perdre tout ce que je suis et tout ce que j'ai pour Tristan Vanderbilt.

Je le savais. J'ai su dès la première seconde qu'il

allait me transformer. Comment, pourquoi, je ne sais pas trop. Il y a juste quelque chose entre nous, une étincelle indéfinissable qui scintille si fort qu'elle brûle, échauffe et laisse une cicatrice.

— Je n'ai pas de préservatif, murmure Tristan.

Il y a comme un déclic en moi. Il ne se promène pas avec des préservatifs sur lui, parce qu'il ne couche pas avec d'autres filles. Et il n'en a pas sur lui parce qu'il n'a rien manigancé ou comploté pour essayer de m'avoir. Pour la première fois de sa vie, il ne prévoit rien du tout.

— Je..., je commence, en haletant, la main serrée sur sa queue. J'ai vu tes résultats et j'ai commencé à prendre une contraception cet été, donc...

S'ensuit un long moment de silence avant que je ramène les yeux sur lui. Sa bouche se fend du plus sardonique des sourires.

— Génial.

Tristan m'encourage à le caresser et à le taquiner, faisant monter cette tension sauvage entre nous jusqu'à la frénésie. Il écarte ses doigts de mon corps et me déshabille avec une précision experte, dénudant mes seins et laissant ma veste et mon blazer noirs pendre de mes épaules. La soie noire de sa cravate tombe entre nous.

— Lève-toi et tourne-toi, ordonne-t-il. (Devant mon regard stupéfait, il hausse un impeccable sourcil noir.) Eh bien, ma petite écolière coquine, qu'est-ce que tu attends ?

Tristan me fait descendre du comptoir et pivoter

sur moi-même, avant de me pousser de telle sorte que mes paumes se retrouvent sur la surface carrelée et que nos visages se reflètent dans le miroir.

— Je ne devrais pas faire ça, murmure-t-il, presque pour lui-même. Mais je ne peux pas m'en empêcher. J'ai besoin d'être en toi, Marnye.

Il attrape ma hanche avec sa main droite, se positionne avec sa main gauche, puis lève les yeux vers le miroir pour plonger droit dans mon regard.

En une poussée profonde et dure, Tristan se retrouve à l'intérieur de moi. J'arque le dos sous l'effet du plaisir, mes doigts se cramponnent au lavabo. Il me projette d'avant en arrière et mes seins se balancent doucement en suivant le mouvement. Je lis sur son visage le plaisir que mon corps lui procure.

Il est si chaud à l'intérieur de moi, je pense. J'aime qu'il soit sans capote dans mon sexe surchauffé. Ses doigts maintiennent ma jupe retroussée, de sorte qu'elle ne nous gêne pas, et ses plis noirs se rassemblent. La cravate se balance aussi, au rythme de nos mouvements, mon blazer pend librement sur mon dos. L'écusson rouge et noir de Burberry Prep est à peine visible dans le reflet.

Tristan me baise contre le lavabo, puis jouit en moi, en un bouillonnement chaud qui dégouline ensuite le long de mes jambes. J'y suis si peu habituée que je reste là après qu'il s'est retiré, ce qui le fait glousser.

— Marnye, petite chose toute suave.

Il me fait asseoir sur les toilettes jusqu'à ce que la plupart du… euh, liquide ait été évacué et essuyé, puis il s'agenouille devant moi pour caresser le renflement lourd de mon sein nu.

— Je suis loin d'en avoir fini avec toi, murmure-t-il, en me tirant vers le sol pour grimper sur moi.

Ses doigts se frayent un chemin à l'intérieur de mon intimité incandescente, son pouce passe doucement sur mon clitoris. Il m'embrasse et me suce dans le cou, laissant des suçons qui sont trop bons pour que je m'inquiète de ce à quoi ils ressembleront plus tard.

— Je t'aime, Marnye, murmure-t-il à mon oreille, à la seconde où mon orgasme déferle comme une vague et me réduit en miettes, corps, cœur et âme.

CHAPITRE VINGT-DEUX

TRISTAN OUVRE la porte des toilettes et sort, la laissant se refermer derrière lui pendant qu'il scrute les alentours pour s'assurer que la voie est libre. Bien sûr, elle n'est absolument pas libre.

Lizzie Walton est en train d'attendre.

Dès que j'entends sa voix, je m'immobilise, en collant mon oreille contre la porte.

— Tu es là-dedans depuis un bon moment, Tristan, lâche-t-elle, la voix chargée de douleur et de frustration.

— Et alors ? Tu surveilles combien de temps je passe aux toilettes ? Est-ce qu'il y a une durée limitée pour le temps qu'on doit mettre ?

— Arrête. Ne te mets pas en colère contre moi parce que tu ne sais pas comment agir autrement. On se connaît trop bien pour jouer à ce genre de jeu. (Lizzie marque une pause.) Marnye, tu peux sortir…

Merde. Merde, merde, merde.

Je suis en sueur, je tremble et, honnêtement, je suis prête à retourner dans ma chambre et à hurler dans un oreiller. Je suis traversée de tellement d'émotions que j'ai besoin de temps pour les assimiler toutes.

La dernière chose dont j'aie envie, c'est de faire face à Lizzie Walton.

Mais elle sait que je suis là, alors je sors dans le silence de la bibliothèque, le doux murmure des voix et le crissement des vieilles pages que l'on tourne.

Lizzie plonge ses yeux d'ambre dans les miens, les lèvres serrées, l'expression indéchiffrable.

Je ne sais pas quoi lui dire. Y a-t-il vraiment une parole appropriée ? Une parole qui pourrait arranger les choses ?

— Vous deux..., commence Lizzie.

Mais Tristan vient se placer partiellement devant moi et l'interrompt.

— Ce qu'on a fait là-dedans ne te regarde pas, Lizzie, lâche-t-il.

À la façon dont il la regarde, je vois qu'il est désolé, lui aussi. Il se soucie d'elle, tout comme il se soucie de Creed. En tant qu'ami. Et c'est tout. Quand il me regarde à nouveau, il y a un éclat dans ses prunelles qui me coupe le souffle.

Il se tourne à nouveau vers Lizzie, et je me souviens de ses paroles. « *J'attendais que tu te battes pour moi.* »

Je m'avance et enroule mon bras autour de celui de Tristan.

— Je suis désolée, Lizzie, dis-je, sentant mon estomac se dénouer un peu... avant de se renouer. Je voulais tellement que Tristan choisisse entre nous que je n'ai pas pensé à m'affirmer autant que j'aurais dû le faire. Je…

— Je l'aime, réplique-t-elle, les yeux gonflés de grosses larmes qui roulent sur ses joues et atterrissent sur le plastron noir de son uniforme. Je l'aime assez pour le choisir, lui et seulement lui. Mais toi, Marnye ? C'est Tristan que tu as choisi, alors ?

Un éclair de peur me traverse, me foudroie de l'intérieur. Est-ce que je choisis Tristan ? Est-ce que je l'ai choisi ? Je ne peux pas choisir. Pas encore. Cette seule idée me rend malade. On n'est qu'en janvier, il me reste encore des mois pour prendre cette décision.

— Ne lui mets pas la pression, lance Creed en surgissant de la mer de livres, mon sac et celui de Tristan jetés sur son épaule. Elle n'a pas à prendre cette décision maintenant.

Il avance d'un pas nonchalant et s'arrête à côté de nous. Si je ne le connaissais pas aussi bien, je ne remarquerais peut-être pas la façon dont son poing se serre autour de la bandoulière du sac ou ses yeux bleu de glace assombris par la jalousie.

— Sérieusement ? demande Lizzie, dont les yeux passent de Creed à Tristan. Ça ne vous dérange pas qu'elle refuse de choisir ? Pas du tout ? Parce que tout ce que j'ai toujours voulu, moi, c'est que Tristan me choisisse.

L'intéressé fouille dans sa poche et sort son mouchoir, mais Lizzie le refuse. Au contraire, elle recule encore.

— Les gens ne trouvent pas tous leur bonheur de la même façon, objecte Creed qui vient se placer à côté de Tristan. J'ai tout ce que j'ai toujours voulu, exactement comme je le voulais. Pour une fois, il y a un « et si ». Ça me suffit.

— C'est des conneries, murmure Lizzie en passant les doigts dans ses cheveux. C'est... Je n'y crois pas.

— Ne fais pas ça, intervient Tristan.

Mais quand il avance, elle recule encore.

— Je suis venue à Burberry Prep pour toi, j'ai laissé tous mes amis. Je...

Elle s'interrompt, tourne les talons et s'enfuit à travers la bibliothèque. L'un des bibliothécaires lui crie d'arrêter de courir, mais Lizzie l'ignore et disparaît.

Merde.

J'agrippe le bras de Tristan, qui me regarde.

— Je ne regrette pas mon choix, fait-il en soupirant, tout en fusillant brièvement Creed du regard. Prends ton temps, je ne veux pas que tu regrettes le tien.

— Qu'est-ce que c'est censé vouloir dire ? s'exclame Creed.

Tristan l'ignore et me tire par la main. Malgré ses soupirs, Creed nous laisse partir.

Curieusement, Tristan me ramène dans sa chambre, me donne des serviettes moelleuses et me laisse prendre une douche. Le temps que je sorte, il a rapporté un pyjama et des vêtements de ma chambre.

— J'espère que tu n'as pas installé de caméra dans ma chambre, je chuchote en me séchant les cheveux à la serviette.

J'ai passé un peignoir noir. Je suis presque sûre que c'est celui de Tristan. Le simple fait de le porter me donne un petit frisson.

Il est assis sur son canapé. Sa silhouette se découpe sur une longue fenêtre qui ne montre que la lune, les étoiles et des collines au loin. Un verre d'alcool dans une main, il a l'air bien plus vieux que ses dix-huit ans. Mais dans le bon sens du terme. Comme si je pouvais voir le genre d'homme qu'il deviendra dans dix ou vingt ans. Je m'assois à l'autre bout du canapé, en me perchant sur l'accoudoir.

— Aucun risque, répond-il en sirotant son verre. Et juste pour que tu saches : je ne savais pas qu'on était filmés dans la bibliothèque. Ce n'était pas un jeu, c'était un moment de faiblesse.

Je m'immobilise pendant un moment, en posant la serviette sur mes genoux.

— Je le savais. Dès que j'ai vu ton visage, je l'ai su.

Je baisse les yeux, alors que je me remémore brièvement ce qui a été ma plus grande humiliation. « *Ils pourraient viser le long terme, tu sais.* » Les paroles de Harper s'insinuent dans mon esprit, mais je refuse de les laisser entrer. Je m'interdis d'y croire. Le doute est vraiment un ennemi coriace.

Tristan ne dit rien et on reste assis en silence pendant quelques secondes. Je jette un regard timide vers lui, des mèches de cheveux mouillés me barrent le visage. *On vient de faire l'amour !* me souffle une petite voix au fond de mon esprit. Je dois résister à l'envie de me trémousser d'excitation, voire de pousser quelques petits cris de joie.

Plus tard.

Je le ferai plus tard.

Pour l'instant règne une paix tranquille entre Tristan et moi, et je l'apprécie trop pour la perturber.

— Je ne pensais pas que je serais là cette année, poursuit-il en tapotant ses doigts contre le bord de son verre. C'est pour ça que j'ai fait de gros efforts l'année dernière, afin d'être premier de notre classe. Je voulais être sûr de pouvoir entrer dans une bonne université le moment venu, vu que j'étais destiné à passer mon année dans une quelconque académie militaire, voire dans un établissement public.

— Dieu nous en préserve, mais je suis contente que tu sois là, je plaisante.

Pourtant, je vois qu'il est sérieux. Il a tout prévu et s'est assuré qu'on allait s'occuper de moi, tout en cherchant à assurer son propre avenir.

— Windsor doit vraiment tenir à toi pour me supporter, réplique-t-il en me regardant.

Ses yeux argentés virent à l'anthracite dans la pénombre. La seule lumière allumée en ce moment est la petite lampe de la cuisine. À peine suffisant pour distinguer quoi que ce soit.

— En effet, je murmure en enroulant une main sur le devant de la robe.

Wind savait que s'il ne payait pas les frais de scolarité de Tristan, il serait parti et sorti de ma vie. Pourtant il l'a fait quand même. Pourquoi ? Mon rythme cardiaque s'accélère et je me sens soudain submergée par l'émotion.

— Que se serait-il passé s'il n'avait pas payé ta cotisation au Club Infinity ? je demande, en jetant à nouveau un coup d'œil à Tristan.

Son visage s'assombrit et il reprend une gorgée.

— Vu tout ce que je sais ? demande-t-il en se tournant vers moi. Ils auraient probablement essayé de me noyer, moi aussi.

Tristan se lève et pose son verre sur le bord de l'îlot de cuisine, puis il se tourne vers moi en s'y appuyant. J'envisage de lui demander avec combien de filles il a couché, comme je l'ai fait avec Zack. Mais je n'ai peut-être pas envie de le savoir, au fond. Je devine qu'il n'y en aura pas que cinq.

— Tu veux dormir ici ? Ou tu préfères que je te raccompagne à ta chambre ?

Je n'ai pas besoin de plus d'une fraction de seconde de réflexion.

— J'aimerais passer la nuit ici, si tu es d'accord.

Tristan me sourit. Un vrai sourire. Pas l'un de ses rictus impudents, ni une grimace méchante, ni rien de ce genre. Non, il est bel et bien authentique.

— Si je suis d'accord... Mince, Marnye. Tu es bien trop suave. Tu vas me donner une putain de carie.

Il s'approche et me tend la main pour m'aider à me relever et m'entraîner dans sa chambre où il m'observe pendant que je me glisse dans ses somptueux draps de soie. Ils sont si agréables sur mes jambes que je finis par m'étirer et m'y rouler comme une cinglée.

Tristan se glisse à côté de moi et m'attire contre lui, collant nos corps l'un à l'autre. Il respire doucement, son corps est souple et détendu. Je ne l'ai jamais vu aussi normal.

— Tu avais quel âge quand tu as perdu ta virginité ? je chuchote dans l'obscurité, en proie à ce désir de partager des secrets qui semble ne se produire que pendant les nuits à deux.

— Treize ans, répond-il. Ce n'était pas si agréable que ça. Ne sois pas jalouse. Je l'ai juste fait pour me venger de mon père.

Je suis sidérée. Merde alors ! Et moi qui pensais que Jennifer était jeune à quatorze ans. C'est dingue.

— Est-ce qu'il t'a toujours fait du mal ?

Je ne suis pas tout à fait sûre de vouloir connaître la réponse, mais je sens qu'il le faut.

— Toujours, murmure Tristan en m'attirant encore, si près que j'ai du mal à savoir où je finis et où il commence. Je n'ai jamais connu ma mère. Je ne sais toujours pas qui elle est. Tout ce que je sais, c'est qu'elle m'a vendu à mon père pour un certain prix et qu'elle est partie. L'argent, c'est tout ce que je connais. Même moi, j'ai un prix, Marnye. La seule personne qui semble ne pas en avoir... c'est toi.

Je ferme les yeux et j'enroule ma main autour de la sienne, me pressant contre lui aussi fort que possible jusqu'à ce que j'entende sa respiration s'apaiser. C'est alors seulement que je m'autorise le luxe de dormir.

CHAPITRE VINGT-TROIS

— IL Y A TELLEMENT DE ragots qui circulent ! chuchote Miranda en m'attrapant par le bras pour me traîner vers notre troisième cours de la matinée, éducation civique et économique. Briana a dit à Jessie, qui l'a dit à Andrew, qui me l'a dit, que Tristan et toi avez été vus ensemble dans les toilettes de la bibliothèque...

— Creed ne t'a rien raconté ? je demande.

Miranda me lance le regard le plus bizarre qui soit.

— Pourquoi Creed me raconterait quelque chose ? Il flipperait s'il savait que tu te tapes Tristan.

— Ah bon ? demande Creed, qui nous surprend en débouchant d'un tournant, au point de nous faire crier, Miranda et moi. (Son sourire n'est que paresse et arrogance cavalière.) Tu es une jumelle de merde. D'abord, tu craques pour mon *crush*. Ensuite, tu racontes à toute l'école que je suis puceau. Et pour finir, tu te trompes complètement sur ma réaction face à un événement inévitable.

— Excuse-moi, mais j'ai vu Marnye en premier, réplique Miranda en levant un doigt verni d'orange vif. Tu l'as littéralement snobée, je te le rappelle. Ensuite, j'ai seulement dit à Marnye que tu étais puceau. Je ne sais pas comment tes stupides amis l'ont découvert. Et troisièmement, tu étais au courant et tu ne m'en as rien dit ?!

Miranda frappe son frère à l'épaule, assez fort pour qu'il se renfrogne, et je souris.

— En quoi ça te regarde ? lui répond Creed en grognant.

Elle le frappe à nouveau. Il la laisse faire, sa seule riposte étant de lever ses yeux bleu cristal au ciel. Elle se retourne pour me regarder et un silence gênant s'installe entre nous trois. Des élèves passent devant nous, mais on pourrait tout aussi bien se trouver dans notre propre petite bulle.

— Je suis sa meilleure amie. Et la supportrice n° 1 de #TeamCreed. J'ai le droit de savoir ces choses. Alors ? insiste Miranda.

Je cligne des yeux, embarrassée, les joues en feu. *Pitié, que les choses n'aillent pas là où je pense qu'elles vont...*

— Alors, c'était comment ? demandent les jumeaux à l'unisson.

Mes joues roses virent à l'écarlate.

— Je...

— C'était époustouflant, achève Tristan en apparaissant à mes côtés, d'une voix absolument impassible. (Il darde un regard suffisant sur Creed, lequel se renfrogne.) Tellement bien qu'elle a dormi chez moi.

— C'est vrai ? fait Creed.

Mais je suis déjà en train de donner un coup de coude dans l'estomac de Tristan. Il m'attrape le bras et m'attire à lui, ce qui donne aux papillons que j'ai dans le ventre une raison bien réelle et justifiée de s'agiter.

J'avise alors Lizzie au bout du couloir, qui ouvre son casier en feignant de ne pas nous remarquer.

J'essaie de m'imaginer à sa place et je m'arrache des bras de Tristan pour me diriger vers elle. J'entends Miranda demander à Creed ce qui se passe tandis que je vais me planter à sa droite.

— On peut parler ?

— Il n'y a rien à dire, rétorque Lizzie en refermant brusquement son casier. (Elle se retourne pour me regarder : ses yeux ambrés sont assombris par la douleur.) Juste pour que tu saches : pendant la réunion du Club Infinity, plusieurs des membres seniors ont exprimé le désir de t'infliger une leçon.

— Quoi ?! je m'écrie.

Tristan vient d'interpeller Lizzie d'un ton vif et furieux. Il se dirige vers moi, mais le mal est déjà fait.

— Ils ne veulent pas voir un représentant des 99 % les démolir comme ça. La ligne de démarcation entre les classes existe, même si elle est ténue, et ils veulent que tu sois remise dans ton monde ou... (Lizzie marque une pause quand Tristan vient se planter à ma droite, Creed à ma gauche et Miranda juste derrière lui.) Elle a le droit de savoir, non ? fait-elle en levant vers Tristan un regard peiné, la respiration haletante. Ils ne se contenteront pas de te pousser au suicide, Marnye. Ils vont te tuer.

— Quoi ? je m'étrangle, en clignant des yeux ébahis. Qu'est-ce que tu veux dire ?

— Je veux dire que les membres seniors du Club Infinity souhaitent ta mort. Point final. Ils ne se soucient ni du comment ni du pourquoi. Ils veulent ta mort. Tout ce qu'on a fait lors de la dernière réunion, c'est s'arranger pour que les seules personnes qui puissent te toucher soient les élèves de cette école.

Lizzie referme son casier et Tristan serre les dents. Ils se dévisagent pendant un long, très long moment.

— Tu viens de rompre un accord, grogne Tristan alors que Lizzie s'éloigne dans le couloir, dans le balancement de sa queue-de-cheval brune.

Lèvres pincées, elle se retourne, malgré son ordinateur portable et l'énorme manuel scolaire qu'elle a dans les bras.

— Oui, eh ben, toi aussi.

Sur quoi elle pivote et disparaît dans le couloir.

Je ne l'aperçois plus pendant des semaines.

« *ILS SOUHAITENT TA MORT.* »

Les mots de Lizzie retentissent dans ma tête, mais je n'arrive pas à coincer un des gars pour qu'il me dise pourquoi. Pourquoi moi ? Qu'est-ce que j'ai fait de si mal ?

— Zayd Kaiser, je l'interpelle, mains sur les hanches, en m'arrêtant devant lui.

Assis sur le bord de la fontaine, dans la cour, il lève ses lunettes de soleil pour me regarder. Il reste une semaine avant la Saint-Valentin et je ne sais pas comment m'y prendre avec les cinq garçons. L'année dernière, Zack et moi... Eh bien, vous savez ce qu'on a fait, Zack et moi. Cette année, je veux passer la journée avec tout le monde.

— Marnye Reed, ça fait longtemps qu'on ne s'est pas vus, lâche-t-il, comme s'il n'avait pas passé la nuit dernière dans ma chambre.

Je ne l'ai pas dit aux garçons, mais j'ai mis leurs noms dans un chapeau et je leur ai attribué à chacun un jour de la semaine. Les deux jours restants sont une journée de groupe et une journée personnelle. Je ne laisse les gars dormir chez moi – ou je ne dors dans leur chambre – que les jours prévus.

Ce n'est pas un système parfait, mais il fonctionne. Et il parvient à aborder la complexité de la vie réelle d'une relation alternative et à la faire tenir sur le papier, ce que j'apprécie.

Zayd tapote ses genoux comme si c'était le siège le plus logique du monde. Je l'ignore et m'assois à côté de lui pour le dévisager, les doigts glissant sur l'eau. Hier soir, quand j'ai essayé de lui poser des questions sur le Club Infinity, il a commencé à m'embrasser dans le cou et j'ai oublié jusqu'à mon propre nom. Aujourd'hui, il ne sera pas aussi chanceux.

Pour l'instant, il soulève son téléphone et l'agite dans tous les sens. Ah oui, on est samedi, autrement dit la technologie fait son retour sur le campus. C'est tellement calme le week-end. Enfin, quand les élèves ne font pas la fête comme des fous.

— Tu sais, les gars et moi, on vient juste de discuter des détails de la tournée de cet été. On l'a plus ou moins calée de façon à pouvoir faire des allers-retours entre ici et le Colorado. Que ce soit court, doux, simple, et que ça se termine par moi qui me glisse dans ton lit à Bornstead.

Je le regarde alors, habillé d'un jean noir moulant et de bottes, sa chemise à manches courtes et couverte de badges, et j'essaie d'imaginer le type de vie qu'on pourrait avoir ensemble si je le choisissais. Je suis tellement guindée, et il… ne l'est tellement pas. Mais je me demande parfois si Tristan et moi, on ne se sauterait pas à la gorge au bout d'un moment, tellement on est semblables.

Peut-être que Zayd pourrait faire des tournées avec son groupe pendant que je donnerais des séminaires autour du monde ou quelque chose comme ça... Je passerais toute la journée à travailler dans un cadre académique strict, et ensuite il reviendrait tout en sueur, couvert de tatouages et chargé à bloc par son spectacle et on...

— Marnye ? demande-t-il en agitant une main

tatouée devant mon visage. Ohé, ma belle, t'étais où à l'instant ?

Je secoue la tête et je lève les mains pour écarter quelques mèches de cheveux sur mon visage.

— Je veux savoir comment Lizzie a brisé un pari, pourquoi elle n'est pas, genre, morte ou autre, et pourquoi elle a dit que Tristan a fait la même chose. Je pense que je mérite aussi de savoir si des gens essaient de me tuer, putain.

— C'est... putain, OK.

Zayd ébouriffe ses cheveux vert émeraude, puis jette un coup d'œil sur la route comme s'il attendait quelqu'un. Les clochers sonnent au-dessus de nos têtes et les oiseaux se dispersent dans le vent comme des feuilles.

— On a essayé, on a vraiment essayé. On... C'est tout ce qu'on a fait cette semaine-là, essayer d'arranger les choses, pour que Harper et les membres seniors du Club Infinity te laissent tranquille. On a échoué, Marnye. (Je me souviens du visage de Windsor quand il est arrivé chez papa ce jour-là, les traits tirés, fatigué.) On a essayé. Mais on est des membres juniors, alors...

Il s'interrompt et regarde le ciel en inclinant la tête en arrière. Les colliers s'entrechoquent autour de son cou. D'un air absent, il lève sa main gauche et joue avec eux. Je remarque que certains sont des badges de concerts passés. L'un d'entre eux comporte une trace de rouge à lèvres, qui me fait tiquer.

— Le deal, reprend Zayd, c'est que personne ne peut te toucher à moins d'avoir été à l'académie avec toi.

Point. Pas de tueurs à gages ou de forces de police spéciales...

— Tu te fous de moi ?! Des tueurs à gages ?

Zayd tourne légèrement la tête sur le côté pour me regarder, comme s'il n'arrivait pas à comprendre pourquoi je suis surprise à ce point.

— Euh, oui. Ça te surprend vraiment ? La plupart des gens ont un prix et, pour la somme adéquate, ils pourraient faire en sorte qu'un ancien cinglé des Services spéciaux te tire dessus. Ce n'est même pas improbable.

« Même moi, j'ai un prix, Marnye. La seule personne qui semble ne pas en avoir... c'est toi. »

J'entends les mots de Tristan qui résonnent dans ma tête comme un avertissement et je ferme les yeux.

— Le Club prend la merde du monde réel, comme les économies, les guerres ou les courses aux élections, et la transforme en quelque chose de petit et de gérable. Comme des aristocrates dans une cour royale qui joueraient à la politique. Le monde entier fonctionne grâce à des manœuvres minutieuses concoctées en coulisses. (Zayd se tourne vers moi et replie ses jambes sur la margelle de la fontaine, les mains sur ses genoux.) Tu es un pion de la classe ouvrière, Marnye, qui s'élève et passe en force. Tu élimines des étudiants dont les familles fréquentent Burberry depuis des générations. (Zayd désigne la chapelle d'un geste du menton.) Si leurs enfants ne sont pas capables d'éliminer une boursière isolée, quel espoir ont-ils de pouvoir marchander avec des milliardaires chinois ou de conclure des accords commerciaux avec l'Inde ?

— Alors ils vont me tuer ? je demande, parce que c'est juste trop surréaliste pour que j'y croie.

— Ils n'ont pas encore bougé, ce qui me fait peur, réplique Zayd en regardant la route. Mais ils le feront. Ils passeront à l'action un peu avant la fin de l'année, je le sais. (Il se tourne à nouveau vers moi.) Le deal, c'est qu'ils ont jusqu'à minuit le jour de la remise des diplômes pour te tuer. Et c'est tout. Après ça, on prend la couronne. Si on gagne, le Club Infinity ne pourra plus jamais interférer dans ta vie ou celle de tes proches.

— Donc vous seriez tous en sécurité, aussi ? je demande.

Zayd sourit, presque tristement. Ses anneaux labiaux accrochent la lumière du soleil.

— En tout cas, celui que tu choisiras, le chanceux. (Il fait tourner l'un de ses piercings avec sa langue.) Je ne veux pas passer pour un con, mais... s'il te plaît, choisis-moi.

— Quoi ?

Je rougis sous le regard de Zayd : d'innombrables couleurs nagent dans ses yeux verts, comme dans les pierres de jade tachetées de vert citron et d'émeraude. Il y a tellement de nuances dans cette seule couleur que si j'étais peintre, je voudrais recréer ses iris sur une toile. *Ça y est, je recommence. Je suis de nouveau poétique.*

— Ou alors tu as déjà décidé ? C'est Tristan, c'est

ça ? Merde, je l'ai su dès que je vous ai entendus baiser dans la bibliothèque. Bon sang !

Zayd ricane légèrement et je décèle la méchanceté de la brute en lui. Il enroule ses doigts dans ses cheveux, et je lui attrape la main pour la retirer.

— Je n'ai pas encore décidé. Je... je sais que vous voulez désespérément que je me décide, les garçons, mais accordez-moi jusqu'à la remise des diplômes. Si je ne suis pas morte avant minuit, alors je... ferai un choix.

C'est censé être de l'humour noir mais, tout comme la tentative de Charlie, ça tombe à plat.

— Tu m'as choisi une fois, murmure Zayd. (Le désir ardent dans sa voix me fait mal au cœur.) Fais-le pour moi une fois de plus. Je ne te ferai plus jamais de mal, ajoute-t-il en désignant le tatouage « *Never Again* » dans son cou. Tu seras ma petite princesse du rock. (Il fait une pause, se mordille la lèvre inférieure.) Non, tu seras ma déesse du rock. On parcourra le monde ensemble et on baisera dans chaque pays au moins une fois. On a une alchimie comme personne. Reste amie avec les autres gars, je m'en fiche, mais personne ne peut baiser comme toi et moi.

J'esquisse un sourire et je sens des larmes perler au coin de mes yeux sans que je sache trop pourquoi. Elles sont là et je ne peux pas les arrêter.

— Tu marques un point, je murmure alors que Zayd soupire et relâche son souffle, comme s'il repoussait ses émotions pour l'instant. Quel pari Lizzie a-t-elle brisé ? j'ajoute après qu'on s'est tus pour écouter le vent siffler entre les tours.

— Elle n'était pas censée te parler de l'accord. Aucun de nous ne l'était. Mais c'est... tant qu'on est les seuls à savoir qu'elle l'a rompu et que je le romps à nouveau maintenant, tout ira bien.

— Quelle serait la conséquence ? je demande.

Zayd ramasse une poignée de centimes dans la fontaine, les trie et regarde les années indiquées dessus avant de les remettre dans l'eau, puis il se saisit de son portefeuille. Bien sûr, le riche connard n'a pas de centimes sur lui, alors il nous donne vingt-cinq cents chacun à jeter.

— La conséquence serait la suppression de la clause d'interdiction des armes à longue portée. Par exemple, Creed a pris le volant d'une voiture et fait une course sur une piste pour ça. Il a failli verser et mourir. Les Harpies et la Compagnie ne peuvent pas utiliser de fusils ou d'arbalètes ou quoi que ce soit de ce genre sur toi. C'est exclu. Crois-moi, s'ils le pouvaient, tu serais probablement déjà morte. Lizzie aurait pu nous baiser en te racontant ça.

Zayd me regarde, puis serre sa pièce et la jette dans l'eau sur un plouf. Je me demande si son souhait a quelque chose à voir avec moi.

Merde.

Donc elle était vraiment méchante avec moi, alors ?

Dans un autre ordre d'idées... des fusils et des arbalètes ?! C'est quoi ce bordel ?

— Et Tristan ? je demande en essayant de rester calme.

Zayd sourit doucement.

— Il n'était pas censé coucher avec toi, pas avant qu'on soit diplômés. Je crois que Lizzie essayait de se donner une chance qu'elle n'a jamais eue. Tristan est amoureux de toi depuis qu'il a posé les yeux sur toi, le tout premier jour de cette putain de première année.

— N'importe quoi, je grogne.

Zayd lève la tête pour me regarder, sceptique.

— Tu crois ? Parce qu'il m'a dit que quand il t'a vue, il a eu l'impression que toute sa vie s'était réarrangée dans sa poitrine. C'est pour ça qu'il t'a tant détestée, pour combattre les autres émotions.

Je ne dis rien, mais ma gorge est à nouveau serrée, je lutte contre d'étranges larmes au coin de mes yeux.

— Et la conséquence pour lui ?

Zayd désigne la pièce que je tiens d'un signe de la tête.

— Fais un vœu, me conseille-t-il.

Je serre la pièce dans ma paume et la jette dans l'eau. Je dirais bien mon vœu, mais il risquerait alors de ne pas se réaliser, or il est tellement irréaliste que je n'ose prendre le moindre risque.

— La punition de Tristan, c'est qu'il doit... coucher avec Lizzie.

Quand Zayd s'arrête, sa voix est distante et quasi inaudible, je sais ce qui va se passer.

— Non.

— Marnye, je sais que ça le tue, mais il doit le faire. Il est obligé. S'il ne tient pas son pari, Lizzie pourrait alors dire à Harper qu'elle a rompu le sien. Imagine, Harper du Pont avec un pistolet ou une arbalète. Marnye, c'est une question de vie ou de mort.

— Non.

Je me lève, la brise joue avec la robe rose que j'ai enfilée ce matin. C'est le jour de Zayd, d'après mon calendrier, mais je dois trouver Tristan.

— La seule personne avec qui il a couché et dont il se soucie, c'est toi. C'est juste du sexe, et je ferais la même chose s'il le fallait pour te sauver.

Lizzie a fait semblant d'être de notre côté, elle a participé aux paris du Club Infinity, puis elle a délibérément rompu un engagement et me l'a jeté au visage. Non. Elle ne peut pas avoir Tristan. Je vais... Je préfère courir le risque de me prendre un coup de fusil.

Je me retourne et commence à courir, Zayd dans mon sillage. Il m'enlace la taille de ses bras tatoués et me soulève du sol.

— Marnye, arrête. Il faut que ça arrive. Il le faut.

Je lui donne un coup de coude dans l'estomac et il grogne. Même si le coup n'est pas si fort, il me relâche parce que je me débats trop et qu'il ne veut pas me faire de mal, je le sais. Je frappe à la porte de la tour 3, puis je tape du poing sur le bouton de l'ascenseur, les yeux ruisselant de larmes.

Ça pourrait se passer en ce moment même. Il pourrait être en elle. Il pourrait...

Il est à moi.

Cette idée transperce le reste de mes pensées comme une flèche. Je reste là à hyperventiler pendant que l'ascenseur prend son temps pour bouger son gros cul.

— Tu vas bien ? demande Miranda en apparaissant à mes côtés.

À mon visage, elle voit certainement que je ne vais pas bien du tout.

— Non.

Je halète maintenant, incapable de forcer ma bouche à former des mots. Zayd se tourne vers Miranda pour expliquer à la place :

— Des trucs du Club Infinity... (Il s'interrompt quand Miranda pose ses mains sur ses hanches. Il soupire de frustration, mais on sait tous les deux à quel point Miranda peut être persuasive.) Tristan doit baiser Lizzie à cause d'un pari.

— Quoi ?! hurle Miranda qui se précipite avec nous dans l'ascenseur dès que les portes s'ouvrent. Comment ça, « Tristan doit baiser Lizzie » ?

— C'est ça ou Marnye meurt, putain, hurle Zayd. (Sa frustration est nettement perceptible.) C'est juste... du sexe.

— Comment peux-tu dire ça après avoir été avec Marnye ? Tu pourrais baiser une autre fille, là ? Tu pourrais ? crie Miranda en le frappant. (Zayd lève les mains en bouclier et la laisse faire.) Je savais que j'aurais dû faire d'elle ma petite amie et vous envoyer tous dans les profondeurs de l'enfer. Je le savais. Vous êtes des monstres, vous êtes tous des monstres.

— Je veux juste la voir vivre jusqu'à la fin de ses études, murmure Zayd alors que la porte s'ouvre.

Je me précipite vers l'appartement de Tristan, tambourinant des poings contre la porte.

Je suis pleinement consciente que des semaines se sont écoulées depuis ce jour dans le couloir, que l'acte est peut-être déjà accompli.

Mais... la chose semble imminente, désormais.

Après plusieurs minutes de martèlement, la porte s'ouvre enfin. Il est là, debout dans son uniforme noir, à me fixer de ses iris gris. Je veux entrer, mais il m'en empêche en plaquant la main sur le montant de sa porte. Je comprends alors que c'est mauvais signe, qu'il a quelque chose à cacher.

— Qu'y a-t-il, la michetonneuse ? Je suis occupé. Sors d'ici. (Levant les yeux, Tristan découvre Zayd qui se tient là et siffle :) Tu étais censé la garder loin d'ici aujourd'hui. Tu es trop stupide pour une tâche aussi simple ?

Je me baisse pour regarder derrière Tristan : Lizzie qui se tient là dans un peignoir bleu.

Non. Non, c'est trop tard.

J'écarte Tristan et fonce en trombe dans l'appartement, droit sur Lizzie. Je vais gifler son stupide visage surpris. *Pas de violence, Marnye. Pas de violence.*

— J'ai dit : « Pas d'intimidation dans mon école », et ce que tu m'as fait, c'est un acte d'intimidation.

— Tu méritais d'être au courant...

— C'est des conneries ! je crie. Des conneries.

Elle grimace. Elle est vraiment faible, au bout du compte, Lizzie Walton est faible.

— Marnye, sors d'ici et couche avec Zayd ou quelque chose comme ça, lâche Tristan en s'arrêtant à côté de moi.

Je ne peux pas le regarder. Impossible. Tout simplement impossible.

— Tu m'as parlé du pari pour avoir un moyen de pression sur Tristan. Admets-le simplement. Tu ne supportes pas d'avoir perdu.

Lizzie détourne le regard et ferme ses yeux ambrés. Elle a les cheveux ébouriffés et semble nue sous son peignoir. Suis-je arrivée trop tard ? C'est déjà fini ?

— Marnye, on devrait y aller, intervient Zayd, mais je l'ignore, lui aussi.

— Vous avez... déjà couché ensemble ? demande Miranda en désignant Tristan et Lizzie. Vous venez de baiser ?

Elle a l'air presque trop contrariée. Je comprends qu'elle soit de mon côté, mais il y a plus que ça.

— C'est mieux comme ça, Marnye, dit Tristan, mais son regard est vide.

Malgré le masque cruel qu'il affiche, je le vois : il se ferme.

— Est-ce que. Tu. L'as. Baisée ? je chuchote, détestant son silence.

Pourquoi ne veut-il pas me répondre, putain ?

Windsor, Zack et Creed font irruption quelques secondes plus tard et Tristan marmonne un juron. Il se détourne, passant les doigts dans ses cheveux noirs.

— Bon sang, murmure Wind quand il me voit.

Tout mon corps se crispe. Il savait. Zayd savait. Ils

savaient tous. Ils ont été sacrément efficaces pour me le cacher, eux aussi.

— Tristan, regarde-moi, dis-je.

— J'ai baisé Lizzie, répond-il froidement, le visage crispé par la colère.

— Tu mens, dis-je, avant de répéter plus fort : tu mens.

— J'en avais envie, moi aussi. Tu crois que je pourrais être heureux avec une œuvre de charité dans ton genre ?

Waouh !

Il la joue avec conviction, cette comédie de merde. Mais il oublie que j'ai vu clair dans son jeu dans les toilettes, et plus encore quand on s'est endormis dans les bras l'un de l'autre cette nuit-là.

Je n'y crois pas.

Je m'approche de lui et pose les mains sur son torse.

— Tu penses que mentir pour me protéger va marcher ? Mais non. Je ne veux pas de tes mensonges comme bouclier contre le mal. Je ne veux que toi.

Je me hisse sur la pointe des pieds et je l'embrasse avec force, avec plus de possessivité qu'aucun autre garçon ne m'en a jamais témoigné. Lorsque Tristan se met à trembler et que ses mains viennent d'elles-mêmes se poser sur mes bras, je sais que je l'ai pris en flagrant délit de mensonge. Je m'écarte légèrement et le regarde dans les yeux.

— Tu l'as baisée ? je répète.

Tristan me regarde fixement. Les émotions se bousculent dans ses yeux gris.

— Pas encore, murmure-t-il enfin.

Je ressens un soulagement énorme en passant mes bras autour de son cou.

Je sais alors une vérité indéniable : je ne pourrai pas renoncer à Tristan Vanderbilt à la fin de l'année.

Je ne sais pas exactement ce que cela signifie, seulement que je ne peux pas ne pas l'avoir.

Impossible.

— Mais il le faut, Marnye. Je ferai tout pour que tu sois en sécurité. Même coller ma queue dans un pathétique déchet de la vie incapable de comprendre une allusion. J'en ai fini avec toi, Lizzie. Fini. Et j'en ai eu fini avec toi dès que j'ai posé les yeux sur Marnye.

— Arrête, je murmure, en mettant ma main sur ses lèvres – des lèvres qui m'appartiennent, indéniablement.

Je me retourne pour regarder par-dessus mon épaule. Lizzie sanglote à présent, s'effondre sur le sol dans son peignoir, puis reste assise là, toute seule, sous le regard des autres.

J'ai de la peine pour elle en cet instant. Vraiment.

Miranda s'agenouille à côté d'elle et lui pose une main sur l'épaule. Son visage est toujours crispé et en colère mais peut-être que, comme moi, elle perçoit l'immense faiblesse intérieure de Lizzie Walton. *Règle n° 6 : Savoir quand ça suffit.*

— Putain, pourquoi tu la réconfortes ? demande Creed, en se plaçant à côté de sa sœur. (Ses yeux bleus sont froids, cruels et à moitié fermés.) Elle est contre nous depuis le début. J'emmerde cette salope.

— Creed, ça suffit, réplique Miranda. Oui, elle a eu tort, mais... elle est aussi perdue, stupide et... amoureuse de quelqu'un qu'elle ne pourra jamais avoir. Cette merde rend les gens fous.

Une fraction de seconde plus tard, Myron Talbot déboule en trombe, un masque de fureur sauvage sur le visage.

— Tu as couché avec elle ? demande-t-il en regardant son meilleur ami comme s'il allait le démembrer en cas de réponse affirmative. Tu l'as fait ?!

— Non, lâche Tristan sur une seule note pleine de douceur.

Puis il s'effondre sur le sol de la cuisine. Je m'assois à côté de lui et j'enroule mes bras autour de son cou, très possessive.

— Dieu merci, grommelle Myron en se déplaçant pour s'agenouiller devant Lizzie. Ne me cache rien. Et ne me mens pas.

— Myron, je l'aime.

Je me rends compte que si mes garçons présentent des traits cruels, cet homme-ci est littéralement pétri de cruauté.

— Et alors ? siffle-t-il. Il est amoureux de Marnye. Et je suis amoureux de toi.

Il lui prend le visage entre ses mains, mais elle détourne vivement les yeux et refuse de croiser son regard. Myron se lève et entraîne Lizzie avec lui, en la portant dans ses bras.

— Vous faites un couple parfait, aussi con l'un que l'autre, grogne Creed en croisant les bras.

— Fais gaffe, rétorque Myron. Je ne t'aime pas. Je n'aime pas non plus votre petite amie. Les seules personnes dont je me soucie dans cette pièce, c'est Tristan et cette fille que j'ai dans les bras. (Il la soulève, mais Lizzie se contente d'enfouir le visage dans son cou.) Considère ta dette comme remboursée, ajoute-t-il à l'intention de Tristan. Une vieille faveur de la part d'un ami.

— Qu'est-ce que tu veux en retour, Myron ? demande Tristan, l'air exténué. Tu veux toujours quelque chose en retour.

Myron sourit, montrant ses dents.

— Du sang, répond-il. (Je frissonne.) Je veux du sang.

JE N'ARRIVE PAS à me lever des genoux de Tristan. Je tremble trop fort en pensant au fait qu'il a failli coucher avec Lizzie pour tenter maladroitement de me sauver.

— Tu m'as fait tellement peur, je chuchote, me blottissant contre lui tandis que Windsor nous prépare du thé et que Zayd s'assoit sur une chaise, la tête entre les mains.

— Je suis désolé qu'on ne te l'ait pas dit plus tôt, Marnye. Pardon. Je suis vraiment désolé, putain.

Je ne peux même pas décrire à quel point je suis soulagée d'être arrivée ici à temps. Et le truc Myron/Lizzie ? Totalement hallucinant. Mais merde, j'espère qu'elle tombera amoureuse de lui et laissera Tristan tranquille.

— Vous essayez tous de faire de votre mieux pour me protéger, je réponds en relâchant brusquement mon souffle. Mais vous devez commencer à me dire les choses, règles du Club Infinity ou pas.

— Parfois, briser les règles du Club est une question de vie ou de mort, réplique Zack qui se passe la main dans les cheveux.

La mine sombre, il me regarde m'accrocher à Tristan, comme s'il pensait que oui, j'avais pris ma décision.

Je décide de le réconforter en retirant mes bras du cou de Tristan et en me levant. Miranda me regarde, puis prend congé de nous, après m'avoir claqué une petite bise sur la joue. Elle me demande silencieusement de lui téléphoner, avant de fermer la porte.

— Pour être honnête, moi aussi, je... je vous promets de prendre ma décision le jour de la remise des diplômes.

— Ta décision ? répète Creed, comme s'il n'était pas sûr de comprendre où je voulais en venir.

— Concernant... celui d'entre vous que j'aurai choisi, je murmure, d'une voix rauque et brisée. Je sais que je vous dois au moins ça. Ce n'est pas juste de ma part de continuer ainsi, surtout au moment où on prend tous des décisions sur les universités. Je ne veux pas que vous me suiviez tous à Bornstead en vous attendant à quelque chose...

— Personne ici ne te pousse à faire un choix, déclare Creed en détournant le regard. (Même s'il dit détester le thé, il prend la tasse que Windsor lui présente.) Marnye, tu fais ce que tu veux. On est tous là pour toi. On se fout complètement de ce qui se passe avec chacun de nous.

Je souris et je secoue la tête.

Je ne sais pas s'ils l'ont déjà réalisé, et je ne voudrais surtout pas leur annoncer la nouvelle, mais... ils sont amis, tous les cinq. Ils le sont vraiment. C'est choquant, je sais. Tellement scandaleux.

En me retournant pour regarder Tristan, je le vois fixer la fenêtre, l'air fragile, perdu dans le vague, comme s'il pouvait se briser à tout moment. Il a l'habitude de malmener son corps pour obtenir ce qu'il veut. Il vient de comprendre qu'il ne peut plus le faire, je pense, et qu'il n'aurait pas dû le faire depuis le début.

En parlant de ça... Je vais choper Kiara Xiao demain.

Je suis fatiguée d'attendre.

Harper... J'ai des projets spéciaux pour elle. Mais le reste de Harper et Cie, il est temps qu'ils dégagent.

— Je vous aime, les garçons, je murmure.

Mes mots sont doux, chuchotés dans l'obscurité tendue de l'appartement. C'est la première fois que je le dis, et c'est peut-être une dérobade de le leur avouer à tous en même temps, mais... ils sont comme une famille maintenant.

— On t'aime aussi, répond Creed en se retournant pour me regarder. Et... on est tous désolés, conclut-il avec un soupir.

Je souris. J'aime son emploi des mots « on est tous », plus que je ne peux l'admettre.

— Excuses acceptées. Simplement... arrêtez de prendre des décisions sans m'en parler d'abord. Je n'ai pas peur du Club Infinity. (Je pose une main sur mon tatouage.) Il ne nous reste que quelques mois. Tirons-en le meilleur parti, d'accord ?

Je me rassieds sur le canapé et ferme les yeux.

Ces types pensent tous que j'ai besoin d'être protégée... mais ils ont aussi besoin de ma protection.

— Je suis désolé, Charity, murmure encore Zayd, même si, en réalité, c'est lui qui a le moins de raisons de s'excuser.

S'il avait gardé le silence... et que j'avais surpris Tristan et Lizzie ? J'aurais pu la tuer.

— On arrête avec les excuses. On ne pourrait pas plutôt juste mettre une comédie romantique et passer du temps ensemble… sans Lizzie ?

— Plus de Lizzie, approuve Tristan, qui se lève et va dans sa chambre. (Il revient avec un paquet de vêtements, distribuant des sweats, des tee-shirts amples et des débardeurs aux autres garçons.) Tenez. Empruntez des pyjamas et mettez-vous à l'aise. J'ai l'impression que notre petite amie ne laissera aucun de nous franchir cette porte, ce soir.

— Tout à fait, je confirme, un sourire aux lèvres.

Je dors mieux cette nuit-là que je ne l'ai fait de toute l'année.

CHAPITRE VINGT-QUATRE

FINI DE JOUER.

Le lendemain matin, j'emmène Miranda et Andrew avec moi et je récupère quelques-uns de mes nouveaux amis de première année au réfectoire. Je n'ai pas besoin de beaucoup les pousser pour qu'ils s'installent dans le kiosque à musique de Harper, la petite niche qu'elle s'est choisie, pour ses copains et elle.

Kiara aime venir ici avant les cours et faire du yoga.

Je sais que voir ces première année à sa place va l'énerver au plus haut point.

Et brute un jour, brute toujours.

— Je suis d'accord, dis-je à la directrice Collins alors qu'on emprunte l'allée ensemble, sous prétexte de discuter des universités. (Elle aussi est allée à Bornstead.) Il est important de visiter le campus avant de prendre une décision définitive. Je me suis dit qu'on devrait y aller pour les vacances de printemps.

— Voilà une utilisation productive de vos congés, approuve-t-elle en hochant la tête. (Sa peau se plisse légèrement alors qu'elle me sourit et rajuste ses lunettes.) Je dois admettre, Marnye, que j'étais inquiète quand vous avez commencé à traîner avec les Idoles. Je ne m'attendais absolument pas à ce que vous deveniez vous-même une Idole.

Je hausse les sourcils en l'entendant aborder aussi franchement la politique estudiantine, mais cette femme n'est pas stupide : la tradition des Sang-bleu est vieille de plus de cent ans à Burberry Prep. Bien sûr, le personnel est au courant, tout comme il connaît le Club Infinity. Je ne serais pas surprise d'apprendre que certains de ses membres appartiennent au Club.

— Fous-moi le camp d'ici ! grogne Kiara qui attrape une fille de première année par la cravate et la pousse hors du kiosque, si fort que celle-ci trébuche et finit le cul dans le bassin décoratif devant le kiosque. Je t'ai vue baver sur Jason, espèce de pute pathétique.

— Je n'ai jamais posé un doigt sur lui ! proteste la fille avec véhémence. C'est lui qui m'a demandé de sortir avec lui.

Je ressens une petite pointe de culpabilité. Il se peut que j'aie choisi ces première année-là en sachant que l'une d'entre elles flirtait avec Jason Marrin, le nouveau petit ami de Kiara.

— Salope ! grogne Kiara, qui se rue sur la fille et la gifle aussi fort qu'elle le peut.

— Mademoiselle Xiao ! crie la directrice Collins, les yeux écarquillés.

Elle s'éloigne de moi pour foncer vers Kiara qui se détourne et bafouille, en essayant de trouver une excuse pour son comportement.

Mais hmm…

Cette politique de tolérance zéro en matière d'intimidation est toujours en vigueur.

C'est une bonne chose que j'aie glissé certains messages que Kiara a écrits à Harper sous la porte du bureau de la directrice. Je me suis assurée qu'aucun d'entre eux n'impliquait Sa Majesté de quelque manière que ce soit. Je ne suis pas encore prête à la voir tomber, surtout pour une infraction aussi infime.

Même si... menacer de tuer quelqu'un parce qu'il a soi-disant couché avec votre petit ami est déjà assez tordu.

Je continue à marcher, afin de gagner la chapelle juste à temps pour le petit déjeuner.

Quand j'arrive au réfectoire, Lizzie m'attend.

Oh, bordel de merde !

— Je n'arrive pas à croire que tu aies essayé de faire chanter Tristan pour qu'il te baise. Tu es pathétique.

Creed tourne autour de Lizzie comme un requin. En fait, tous les garçons l'encerclent et son visage ruisselle de larmes. Pour être honnête, ce qu'elle a essayé de faire était plus que dégueulasse, mais j'ai dit pas d'intimidation, non ?

— Elle ne sert à rien, lâche Tristan, le regard mauvais. Je t'appréciais en tant qu'amie et tu as utilisé mon amour pour Marnye contre moi. Tu ne vois pas à quel point tu es pathétique ?

— Les garçons !

Mes talons claquent sur le sol de pierre et je m'arrête à côté d'eux.

— Marnye, me lance Zack en reculant, comme s'il reconnaissait que c'était à moi de parler.

Mes yeux croisent les iris ambrés de Lizzie.

— Je pense que tu devrais retourner à Coventry Prep, je dis. (Elle a l'air sidérée.) Retourne là-bas et traîne avec tes vieux amis. Tu n'as plus rien à faire ici.

— Mais je...

— Non, je la coupe en la regardant droit dans les yeux. Tu n'as plus rien à faire ici. Rentre chez toi.

La porte s'ouvre derrière nous, et Miranda entre, Myron Talbot sur les talons. Elle m'attrape par le bras et me serre dans ce que je suppose être une sorte d'étreinte d'avertissement. *Ne t'en prends pas à la fille que Myron aime ou il te détruira.* On dirait que c'est ce qu'elle essaie de dire.

Pendant ce temps, Andrew plonge le nez dans ses flocons d'avoine et reste en dehors de tout ça. Un choix intelligent. J'aimerais pouvoir l'imiter.

— Vous pouvez vous asseoir, dis-je à mon groupe de petits amis.

Même si Windsor regarde Myron d'un air interrogateur, comme s'il était prêt à s'interposer entre lui et moi si nécessaire, il obéit. Pour une fois.

Les cinq garçons s'assoient à la table haute et se mettent à l'aise. Creed a une botte sur la table, ce qui pourrait être considéré comme de mauvaises manières, évidemment, mais je trouve quand même ce comportement mignon. Je les quitte des yeux pour fixer Lizzie Walton.

— J'ai essayé de rendre les choses équitables. Même si je suis amoureuse de Tristan Vanderbilt depuis la première année, même si j'ai enduré un tas de merde de sa part. Je voulais lui accorder le privilège de faire un choix juste et impartial, mais... tu n'es pas aussi gentille que tu le prétends, n'est-ce pas ?

Elle se contente de me fixer de ses yeux ambrés, la mine abattue, plissée et aussi tranchante que du verre brisé.

— Pour te dire la vérité, je ne suis venue ici que pour Tristan. Bon, je t'aimais bien Marnye, je voulais qu'on soit amies, mais je ne pense pas que ce soit possible. Pas quand tu l'as, lui. (Elle désigne la table haute, puis soupire et se lève pour passer les paumes dans ses cheveux noirs.) Je peux partir d'ici vendredi...

— Demain, je la coupe, d'une voix au sérieux glacial.

Lizzie s'immobilise lorsque Myron s'écarte du mur pour venir se placer à côté d'elle, prenant son coude d'une manière possessive.

— Je l'accompagne. Mais pas question que je laisse mon meilleur ami exposé. D'autant que j'en ai assez d'être tenu en laisse. Je sais que tu as des petites règles spéciales à respecter pour te sentir mieux et Tristan les trouve peut-être sympas mais, pour être tout à fait franc, j'en ai rien à foutre. Tu me remercieras plus tard, je t'ai laissé la reine des abeilles et sa chienne pour que tu les écrases.

Myron entraîne Lizzie vers la porte, puis s'arrête et

nous jette un dernier regard. J'ai l'impression de savoir ce qu'il va dire avant qu'il n'ouvre la bouche.

— Ne t'en prends pas à elle. Je suis aussi sérieux qu'une crise cardiaque. Je te foutrais en l'air.

— Je ne ferai rien contre Lizzie, je promets.

Et je suis sincère : je n'ai pas besoin de m'en prendre à Lizzie.

J'ai Tristan, la seule chose qu'elle ait jamais voulue. Elle ne peut plus rien y faire. Mais franchement, je préférerais ne plus jamais la voir.

Myron la pousse vers la sortie. Va-t-il la poursuivre sans relâche comme elle l'a fait avec Tristan et la rendre folle à lier ? Je déteste dire ça, mais... je l'espère presque. Est-ce mauvais pour mon karma ?

— Je ne voulais pas que tu la frappes et que tu te fasses frapper, commence Miranda en essayant bien trop énergiquement de s'expliquer.

Je l'arrête en l'embrassant sur la joue, puis, m'emparant de sa main, je la tire vers la table haute pour le petit déjeuner.

Il me faut une minute pour réaliser pleinement ce que Myron vient de dire.

— Attendez. Où sont Abigail et Valentina ?

ABIGAIL ET VALENTINA ne reviennent plus à l'académie.

Je n'ai même pas le temps de comprendre à quelle

sauce elles ont été mangées qu'arrive la Saint-Valentin. Les garçons m'offrent une rose, comme d'habitude, mais aussi un collier, dont je suis sûre qu'il coûte horriblement cher. Je l'aurais refusé s'il n'avait été accompagné de sa propre histoire.

— On l'appelle l'Œil de l'Idole, me glisse Creed. Il a appartenu à des présidents et des princes et il a disparu pendant plus de trois cents ans.

Le cœur du collier est un bijou de la même couleur que ses yeux. Il est entouré de petits diamants translucides et suspendu à une chaîne délicate.

— N'importe quoi, je chuchote. Il ment.

Mais bon, la mordue d'histoire en moi est intriguée au plus haut point. Je lève les yeux et vois Zack secouer la tête.

— Pas cette fois. Le diamant est vraiment très vieux. La dernière fois qu'il a été exposé au public, c'était dans les années 1980. Ensuite, on n'en a plus entendu parler. Si tu regardes sur Internet, c'est présenté comme un mystère non résolu. La seule chose qui s'est vraiment passée, c'est que le Club Infinity l'a récupéré.

— Comment vous l'avez eu ? je demande alors que Windsor prend la chaîne et la décroche, pour me l'accrocher délicatement autour du cou.

Il me chatouille la peau pendant qu'il verrouille le fermoir, puis il se penche pour chuchoter à mon oreille.

— On l'a gagné lors d'un pari, évidemment.

Il se lève alors que je palpe le bijou. Mon regard

passe de Zayd à Tristan. Des semaines se sont écoulées depuis cet horrible jour dans son appartement, quand j'y ai trouvé Lizzie dans un peignoir bleu. Et je le jure, maintenant, c'est comme si on s'était tous ouverts les uns aux autres, il y a un catalyseur dans l'air.

Chaque jour qui passe, je les veux davantage.

Chaque jour qui passe, je sais que choisir un seul d'entre eux me tuera.

Je ne vais pas pouvoir choisir, hein ? je pense alors qu'on se rend à la garden-party et que nous nous installons dans l'une des alcôves derrière les haies. Zack et Zayd nous apportent des rafraîchissements, et nous restons là dans l'air chaud du soir jusqu'à ce qu'il fasse nuit et que toutes les torches soient allumées.

Une musique douce nous parvient de la cour et j'expérimente ce que ça fait d'embrasser un garçon après l'autre, d'un baiser sur les lèvres, comme cadeau de la Saint-Valentin. Et quand je dis un baiser, je veux dire avec la langue et tout.

C'est exaltant, pour être tout à fait honnête. Je me sens avide, à les vouloir tous comme ça. Et pourtant, en même temps, je n'en ai pas honte pour autant.

Pas du tout.

— IL A FAIT QUOI ?

Je suis assise à la harpe dans la salle de musique, les doigts posés sur les cordes, tandis que Tristan, Zack et

Creed se tiennent en demi-cercle autour de moi. Je me sens tellement nauséeuse que je vais devoir m'excuser pour aller aux toilettes.

— Il les a rouées de coups toutes les deux, répond Creed, le visage crispé. Et je ne parle pas de simples coups. Quand il a dit qu'il aimait le sang, il était sérieux. Elles ont toutes les deux fini avec des os cassés. Et il a mis le feu à la maison de vacances de Valentina. Elle appartenait à sa grand-mère, pleine de souvenirs heureux. Ses parents sont des tas de merde et aucun argent ne lui rendra jamais ce qu'il a détruit dans cet incendie.

— Il a aussi eu la maison d'Abigail à Cruz Bay, ajoute Tristan, me regardant comme s'il assumait une partie du blâme. Personne n'est mort, mais Abigail était chez elle pour soigner sa jambe cassée. Elle a des brûlures sur tout le mollet.

— Mince ! Myron est fou à ce point ? je m'étrangle, laissant tomber mes mains sur mes genoux.

Je voulais me venger, mais pas comme ça. Ça va beaucoup, beaucoup trop loin.

— Ils le sont tous, répond Zack en expirant. C'est pour ça qu'on a aussi peur. Tu es surprise, mais pas nous. Myron n'est pas une aberration, Marnye. Il est la norme.

— Qu'est-ce qu'on fait de lui ? je chuchote, horrifiée.

Comment laisser quelqu'un comme Myron Talbot se promener sans entraves ? Quand ils ont dit que

Tristan était chargé de le surveiller, ils étaient sérieux, non ?

— Qu'est-ce qu'on fait de lui ? répète Creed, incrédule, en haussant les épaules. Honnêtement, rien.

— Il voulait qu'on le laisse faire son truc en paiement de la dette contractée avec le pacte brisé de Lizzie, explique Tristan.

Je me sens presque aussi coupable, car si je les avais laissés faire, Lizzie et lui, rien de tout cela ne serait arrivé. Est-ce terrible que je ne veuille toujours pas effacer ça ?

— Elles vont s'en sortir toutes les deux, non ? je demande.

Pourquoi je me soucie autant de deux filles qui m'ont littéralement poussée et maintenu la tête sous l'eau, puis m'ont enfermée dans ma chambre pendant que leur maîtresse essayait de marquer ma chair comme une vache ?

— Malheureusement, murmure Creed.

Et je le fusille du regard alors que Zack soupire.

— Elles vont s'en sortir. Ce sont des blessures relativement mineures, mais ce n'est pas le problème. Ce que Myron leur a fait est probablement ce que le Club va essayer de te faire.

Je me lève de mon tabouret, sans trop savoir quoi dire ou faire.

Même si je quitte Burberry Prep, ça ne voudra pas dire que je serai en sécurité. Ça signifiera que je serai loin des gars.

— Quelqu'un veut-il faire une autre soirée pyjama ?

je demande, parce que, admettons-le, j'ai une peur bleue.

Pour le reste de l'année, je finis par dormir dans une chambre ou une autre, avec mes cinq petits amis à mes côtés.

CHAPITRE VINGT-CINQ

QUAND LES VACANCES de printemps arrivent, je fais un petit voyage avec les garçons pour visiter le campus de l'université de Bornstead. Tout est littéralement tel que je l'imaginais et mieux encore. Se tenir là dans l'air frais de la montagne et regarder l'université s'animer le matin a rendu tous ces rêves plus réels, d'une certaine manière.

Ça va être ma vie.

Un jour, je serai étudiante là-bas.

Ma joie ne dure que le temps qu'il nous faut pour regagner Cruz Bay, où papa nous attend.

Depuis la dernière fois que je l'ai vu, tout a foutu le camp.

Je m'arrête sur le seuil et je regarde l'homme maigre en fauteuil roulant qui a été mon père. Il me faut toute ma force pour sourire et entrer, m'agenouiller à ses côtés et déposer un baiser sur sa joue.

Plus tard, quand il est allé se coucher et que j'ai un

moment pour parler avec son infirmière, j'apprends la vérité.

Charlie Reed est en soins palliatifs maintenant.

Ce qui veut dire... qu'il attend la mort.

Je passe les heures suivantes dans la salle de bains, à essayer de rester silencieuse alors que j'alterne entre vomissements et sanglots. Le lendemain matin, je suis épuisée, mais je prépare le café de papa et je regarde des films d'action avec lui jusqu'à ce qu'il décide qu'il est temps de faire une sieste.

Alors j'appelle Isabella.

Contre toute attente, elle se présente à la maison dans une luxueuse voiture de sport rouge dont aucun adolescent de quinze ans n'a besoin.

— Il est vraiment en train de mourir ? demande-t-elle, en me jetant un regard suspicieux.

Je m'assois dans l'herbe sur une couverture à carreaux et j'envisage d'appeler les garçons ou peut-être Miranda. Ils sont tous là et, désormais, je sais pourquoi. Il y a deux raisons en fait. Primo, ils ne veulent pas que je finisse comme Abigail et Valentina. Deuxio, à cause de... eh bien, exactement de ça.

— Je suppose, je réponds, parce que je n'arrive toujours pas à me forcer à le dire. Qu'est-ce qui t'a fait changer d'avis et venir ici ?

Je lève les yeux vers le visage étrangement familier d'Isabella et j'essaie de ne pas la faire paniquer en souriant trop quand elle s'assied à contrecœur à côté de moi.

Elle détourne brusquement le regard et gratte

l'herbe au ras de la couverture, avec des ongles fraîchement manucurés.

— J'ai vu ce qui est arrivé à Abigail Fanning et je... je ne veux pas que ce soit moi. Tout le monde veut être membre du Club Infinity. On dirait que tu n'es rien ni personne si tu n'en es pas membre.

Isabella se tourne pour me regarder avec cette peur aiguë au fond des prunelles qui la fait ressembler moins à Harper qu'à une enfant terrifiée qui a besoin de conseils. Elle baisse les yeux sur sa chaussure, une Louboutin à semelle rouge qu'elle racle nonchalamment dans l'herbe, même si elle coûte une fortune.

— Papa veut que j'y entre, mais... je ne sais pas si je le ferai, du moins pas encore.

Je hoche la tête et on reste assises ensemble sans rien dire pendant un moment.

— Pourquoi tu m'as dit que Tristan baisait avec Lizzie, alors que ce n'était pas le cas ?

Isabella hausse les épaules et pose le regard sur tout et n'importe quoi sauf moi.

— Tu l'aimes. Je voulais te faire du mal. Je... ne veux pas être une Reed. Je suis une Carmichael, Marnye. Une putain de Carmichael, et je le serai toujours. Je me fous de savoir qui est mon père biologique.

— Alors tu as passé ta colère sur moi ? je l'interroge.

Isabella hausse les épaules, se lève et brosse l'herbe de ses jambes nues.

— Je pense que tu es une cible facile parce que tu fais tellement d'efforts que les autres se sentent comme de la merde. Reine de l'école, première de la classe, tu sors avec les mecs les plus sexy et les plus riches. Tu es jolie...

Isabella se tait et je lutte contre l'envie de sourire. Elle m'a dit que j'étais jolie. Ma petite sœur vient de me dire que je suis jolie. Si ce n'est pas une victoire, je ne sais pas ce que c'est.

— Bref, s'il te plaît, reprend-elle, ne dis rien à mon père quand tu le rencontreras.

— Je ne ferais jamais ça, je lui promets.

Elle acquiesce en regardant la maison. Je veux par-dessus tout qu'elle entre et voie Charlie, mais j'ai peur de lui demander. J'ai peur de l'entendre refuser, parce qu'alors je pourrais la détester pour toujours et elle ne mérite pas ça. C'est une petite chipie pourrie gâtée, mais je suis douée pour injecter un peu d'humilité dans ce genre de personnes. Si j'ai réussi avec les garçons, je le peux avec elle aussi.

— Tu crois que je pourrais au moins entrer lui faire un câlin ? demande-t-elle finalement.

Je souris et on entre ensemble dans la maison où on attend sur le canapé que Charlie se lève et que son auxiliaire le conduise dans le couloir pour aller chercher de l'eau. Quand il nous voit ensemble, son visage s'illumine.

— Les filles, lance-t-il, avec un sourire si large qu'il plisse son visage.

Je jure qu'il y a un « mon Dieu » silencieux juste avant ces mots, qu'il ne veut pas se permettre de prononcer. Je nous installe tous sur la terrasse arrière avec de la citronnade. Isabella et Charlie discutent. Apparemment, ils sont tous les deux fans de *James Bond* et d'*Indiana Jones*.

— Mon p..., commence-t-elle avant de se racler la gorge. Adam a beaucoup d'objets de films originaux. Tu devrais venir les voir un jour. Il aime les montrer à tous ceux qui l'écoutent se vanter.

C'est bien parti, je pense en tenant la main de Charlie.

— J'adorerais, lui répond-il avec le plus doux des sourires.

Plus tard, quand elle se lève pour partir, elle se penche pour le serrer dans ses bras, et c'est la plus belle chose que j'aie jamais vue. Après le départ d'Isabella, je vais chercher le livre que Charlie a commencé à Napa et je l'ouvre pour qu'on puisse le lire ensemble.

— Je t'ai déjà vu lorgner sur la fin, tu sais, lui dis-je après qu'on a terminé.

Je referme l'ouvrage. Il lève les yeux vers les nuages qui se déplacent dans un ciel bleu, puis il sourit avec nostalgie.

— C'est vrai. Mais ce n'est pas toujours la fin qui est la plus importante. Parfois, le voyage pour y arriver est tout aussi bon.

QUELQUES SOIRS PLUS TARD, j'appelle Zayd.

Je ne sais pas pourquoi.

Je choisis juste un des garçons au hasard et je

compose son numéro.

Il rapplique tout de suite, gare sa Jaguar bleue décapotable au ras du trottoir, et je monte dedans. Je n'aime pas vraiment laisser papa seul, mais son aide-soignante est là et je... j'ai juste besoin d'une minute.

— Parfois, quand quelqu'un est en train de mourir, c'est plus dur pour son entourage que pour lui.

Il enroule ses doigts tatoués autour du volant et conduit lentement, de sorte que le vent de la nuit taquine nos cheveux, mais ne dérobe pas notre conversation.

— Tu parles de ta mère ? je demande doucement.

Mes mains tremblent. Je les force à rester immobiles sur mes genoux. Je suis épuisée, surmenée, et je vais finir par retourner à Burberry dans un sale état. Les vacances de printemps n'ont pas vraiment été une expérience rafraîchissante, mais pour être tout à fait honnête, j'ai peur de les voir se terminer.

J'ai peur de ne plus revoir Charlie si je pars.

Peut-être que je ne devrais pas retourner à l'école ?

— Oui. J'étais jeune, donc je n'ai pas eu à m'occuper d'elle, mais ma grand-mère, si. Pas ma grand-mère riche, l'autre. Je pense que c'est ce qui l'a tuée, de s'occuper de sa fille mourante. Ou peut-être qu'elle est morte le cœur brisé ou quelque chose comme ça. Je pourrais prétendre être un dur à cuire et dire que je ne crois pas à ces conneries, mais j'y crois.

Zayd se tait et me regarde alors qu'il arrive à un stop. Notre quartier est si calme que c'est plus une formalité qu'autre chose. Personne ne vient.

Je souris et lui prends la main droite. Il serre la mienne et la porte à ses lèvres pour y déposer un baiser.

— Comment ça se fait que tu sois arrivé aussi vite, au fait ? Je croyais que ta maison était tout au bout de la plage.

— Oui, euh... (Il lève les yeux vers les étoiles, puis hausse à nouveau les épaules.) Je suis en route pour livrer un cadeau à la maison de Becky. Un truc de vengeance, vois-tu.

— Ah bon ? (Je m'adosse à la porte.) J'ai l'impression d'avoir vraiment tout foutu en l'air cette année. J'étais tellement au top pendant la deuxième.

— Tu n'as rien foutu en l'air, tu as juste appris que tu n'as pas à tout faire toute seule tout le temps. Viens.

Zayd nous conduit tranquillement hors du petit quartier banlieusard de Grenadine Heights, puis il fait rugir son moteur, me communiquant le petit frisson sauvage des montagnes russes.

On décolle et on se dirige vers les collines, vers les quartiers super riches qui bordent certaines des plages les plus exquises de l'État.

Lorsqu'on arrive à un portail en fer forgé géant, je me rends compte que, ironiquement, la famille de Becky Platter a une œuvre de mon père sur sa clôture. Une partie de moi est fière... mais une autre partie de moi se demande si je ne pourrais pas revenir plus tard avec un chalumeau et la cramer, peut-être l'emporter avec moi comme souvenir ?

Zayd sort une boîte de son coffre, contourne la voiture et s'arrête près de moi.

— Pendant la première année, Becky sortait avec l'entraîneur de basket. J'ai toutes leurs stupides lettres d'amour là-dedans.

— Tu as trouvé ça où ? je demande alors que Zayd ouvre le couvercle de sa boîte et me montre l'énorme tas.

— Le coach a démissionné six mois après le début de leur relation, m'explique-t-il avec un sourire. Mais son fils est un grand fan de Billy Kaiser. Je l'ai peut-être soudoyé avec des passes pour les coulisses. Je sais que tu n'aimes pas faire honte aux gens ou quoi que ce soit, mais le plus important, dans ces bafouilles, ce n'est pas la romance. Elle a donné au coach des informations qui relèvent du délit d'initié. Il a gagné une tonne d'argent grâce à cette merde. Ses parents vont envoyer son cul dans une de ces académies militaires dont Tristan avait si peur.

Zayd appuie sur la sonnerie de l'interphone et un employé vient récupérer la boîte. Les deux semblent se connaître, ils discutent quelques minutes avant que le gars ne s'en empare. On repart dans un crissement de pneus.

Zayd nous emmène en haut d'une colline, se gare, puis sort un joint pré-roulé et un briquet.

— Je sais que tu veux retourner auprès de ton père, mais on dirait aussi que tu es sur le point d'avoir une crise cardiaque à cause du stress. Tiens.

Il me tend le joint et le briquet, que je fixe un

moment, pensive, puis je réalise que si je ne prends pas soin de moi aussi, je vais vraiment m'évanouir sous l'effet du stress.

On fume le joint pendant quelques instants – la plupart du temps, je ne fais que tousser –, puis Zayd glisse sa main dans ma poche et en sort la liste alors que je le regarde, bouche bée.

— Comment tu as su qu'elle était là ?

Il hausse les épaules.

— Tu l'as tout le temps sur toi et, pour être honnête, je te tripote trop souvent le cul pour ne pas l'avoir remarquée. (Il me la rend avec le briquet.) Je sais qu'il te reste encore Harper à punir mais, quand tu dis que tu as un plan, je te crois. Brûle cette foutue chose et finissons-en avec elle. C'est un mauvais grigri, ce truc.

Je déplie la liste et fixe les noms, puis je soulève le briquet… avant de contempler la feuille qui brûle.

Quand il ne reste plus qu'un petit coin intact, je le secoue jusqu'à ce qu'il ne reste plus de braises, puis je regarde les cendres de ce qui reste s'envoler au gré du vent qui souffle directement de la baie.

— Bien, dit Zayd en me tirant vers lui pour me plaquer contre lui. Maintenant, on peut baiser.

— Tu es aussi grossier que Creed Cabot, je grommelle.

Mais on s'attarde quand même un peu dans sa voiture et, quand on a fini, il me ramène à la maison, où je passe le reste des vacances de printemps à tenir la main de mon père.

CHAPITRE VINGT-SIX

REVENIR à Burberry Prep n'est pas facile.

J'aurais presque préféré rester à la maison.

Mais papa a refusé : il m'a aidée à préparer ma valise et m'a serré le poignet en me regardant de ses yeux bruns pleins d'obstination.

« *Je serai là pour la remise des diplômes, Marnye. Je te le promets.* »

— Je me sens tellement coupable, je confie à Creed alors qu'on est assis au réfectoire.

Je plante ma fourchette dans un œuf, le jaune inonde mon assiette. Je ne peux pas l'avaler, cependant, pas maintenant. À la place, j'écarte l'assiette et j'adresse un petit signe à Isabella quand elle arrive. Elle ne me le retourne pas. Au moins, j'ai droit à une ébauche de sourire.

On a un long chemin à parcourir, mais on y arrivera.

Après tout, je suis assise en face de l'aristocrate

narcoleptique énervé et il me regarde avec un petit quelque chose dans le regard qui n'était pas là avant. Il prétend que c'est de l'amour et comment pourrais-je en douter ? Voilà quatre ans qu'on se débat ensemble, dans toutes sortes de conneries.

Et en juin, tout se terminera.

La remise des diplômes, l'obligation de choisir entre les garçons, la vengeance sur les anciens Sang-bleu, mon règne en tant que reine de l'école... mais pas ma vie, espérons-le.

On doit juste tenir quelques semaines de plus, je promets à mon corps fatigué, puis je secoue mes mains.

— Tu ne peux pas te sentir coupable de vivre ta vie, Marnye.

Il m'étudie, les yeux mi-clos, avec ce regard lascif que j'ai toujours aimé. En le regardant se pencher en avant et reposer les pieds de sa chaise sur le sol, pour que ses bottes se posent sur le bois de l'estrade, je sais que je ne pourrai pas le perdre. Je ne pourrai pas le laisser partir.

Je commence à me rendre compte que c'est le cas avec tous les gars.

Je commence à réaliser que mon choix... sera plus compliqué que je ne l'avais imaginé. Je vais devoir me faire confiance et laisser les dés afficher le résultat qu'ils peuvent.

— Je sais, mais je n'arrête pas de me demander si mon temps ne serait pas mieux employé à la maison.

— Après tout ce pour quoi tu as travaillé, tu ne peux

pas renoncer. Ce n'est pas pour te permettre d'étudier ici que ton père a travaillé comme un fou toute sa vie ?

Il a raison, bien sûr, mais être réprimandée par un paresseux m'agace, alors je lui donne un coup de fourchette dans le bras. Creed sourit, avec cette expression je-m'en-foutiste qui lui donne l'air incroyablement inatteignable.

Seulement... je l'ai atteint, non ?

— Tu as raison. Je sais qu'il veut me voir diplômée plus que tout autre chose. C'est peut-être son...

Je ne peux pas le dire. Son dernier souhait. Au fond de moi, je sais que c'est vrai. Mais mes lèvres refusent de prononcer les mots.

— Viens, on va faire un tour, annonce Creed, puis il se lève et prend ma main.

On flâne un peu dans le campus, puis on va dans ma chambre. Maintenant que Harper ne peut plus s'approvisionner en sang auprès de ses sbires préférés, elle parcourt le campus avec un air déterminé dans ses yeux que les miens reflètent, je le sens.

L'une de nous va tomber avant la fin de l'année et ce ne sera pas moi.

— J'ai lu tous tes mangas, tu sais, lâche Creed en faisant glisser ses doigts paresseux sur la rangée de couvertures de mon étagère. Et les archétypes de tes personnages préférés ont une forte ressemblance avec Tristan et moi.

— Tu as cru que je plaisantais quand j'ai dit que je voulais te voir te faire monter par lui ? je demande.

— C'est exclu, réplique Creed avec une grimace. À la limite, ce sera moi qui le baiserai.

Je m'appuie sur le couvre-lit et Creed vient s'allonger à côté de moi, ange aux cheveux blond-blanc et aux yeux très pâles.

— Je serais d'accord avec ça, aussi. À condition que je puisse regarder. Est-ce que ça fait de moi une perverse ?

— Seulement dans certains cercles, répond Creed en s'allongeant sur le dos, les yeux au plafond. Je déteste Tristan, mais je me suis demandé comment il s'y prenait pour que tant de filles couchent avec lui. Ses baisers sont magiques ou quoi ?

Un coup retentit à la porte et on s'interrompt tous les deux pendant que je descends du lit pour vérifier par le judas, avant d'ouvrir prudemment. Tristan attend là, appuyé contre le mur à côté de la porte. Après quoi, il entre comme si l'endroit lui appartenait. Il observe Creed, allongé sur le lit.

— Qu'est-ce que vous fabriquez ici, tous les deux ? demande-t-il, la voix douce et sombre.

— On se demande à quoi pourrait ressembler un peu d'action entre vous deux.

Tristan s'arrête un instant, puis il se dirige vers le lit, se glisse entre les jambes de Creed et lui touche une joue.

— Putain, qu'est-ce que tu fais ?! Mais qu'est-ce que...

Creed parvient à s'extirper mais Tristan pose ses

lèvres sur les siennes. C'est un long baiser, bien plus long que ce à quoi on pourrait s'attendre de la part de deux connards qui se détestent. Creed glisse sa botte entre eux et repousse Tristan. Il se passe le bras sur les lèvres alors que Tristan sourit et se redresse, bras croisés.

— Est-ce que ça suffit ? demande-t-il.

Creed lui adresse un doigt d'honneur.

— Tu aimerais bien que ça aille plus loin, grogne-t-il.

Tristan hausse les épaules, comme s'il n'y était pas totalement opposé. J'essaie de ne pas nourrir de trop grands espoirs.

— Tu es venu ici pour une raison particulière ? je demande.

Tristan me jette un coup d'œil en inclinant légèrement la tête. Ses cheveux noir corbeau lui tombent sur le front.

— Tu as toujours l'enregistrement que vous avez fait de William ? demande-t-il.

Je hoche la tête. J'ai réussi à obtenir un enregistrement qui montre M. Vanderbilt traitant son fils comme une merde, le taxant de bâtard, le menaçant. Même sans vidéo, le son de la gifle qu'il flanque à son fils est assez accablant.

— Pourquoi ?

— Je ne veux pas qu'il se pointe à la remise des diplômes et fasse tout un pataquès. Il a cherché à venir ici et à me convaincre de partir avec lui pendant les vacances d'automne. Mais je refuse et j'en ai assez d'être frappé. Envoie-moi le fichier, d'accord ? Je vais faire suivre par mail à sa nouvelle femme.

Je hoche à nouveau la tête, et Tristan m'adresse un sourire crispé et un petit clin d'œil coquin à Creed avant de repartir comme il est venu, en refermant la porte derrière lui. Mince ! Et moi qui pensais que ces deux-là allaient faire des cochonneries. *Peut-être plus tard, à l'université de Bornstead ou ailleurs.*

Non pas que je compte dessus.

Une fois que je leur aurai fait part de mon choix, l'un d'entre eux ou tous pourraient changer d'avis sur l'université où ils vont étudier.

Je me rassieds sur le lit. Creed promène à nouveau ses doigts sur ma cuisse, comme il l'avait fait dans la bibliothèque, ce fameux jour. Mais cette fois, on est dans ma chambre et il n'y a personne pour nous voir. Je lui saisis la main et guide ses doigts jusqu'à l'attache d'une des jarretières. Je l'oblige à l'ouvrir en claquant des doigts pour que le bas tombe sur mon mollet et me dénude la jambe.

— Tu sais, je pensais... depuis qu'on a eu notre première fois ensemble...

— Comment je pourrais l'oublier ? ronronne-t-il en me prenant dans ses bras.

Il m'embrasse de cet air de paresse supérieur, comme s'il avait tout le temps du monde pour le faire. Peut-être est-ce le cas ? Qui sait ?

— Qu'est-ce qu'il y a ? Tu as besoin de réviser les bases ? reprend-il.

— En fait, je me disais qu'on pourrait s'attaquer à quelque chose de nouveau.

Je me lève, sors la robe bleue qu'il m'a envoyée en première année et me déshabille pour pouvoir la revêtir. Creed me regarde avec avidité, passant la langue sur sa lèvre inférieure alors que je me tourne vers lui et déboutonne son pantalon noir. Lorsque je glisse plus bas et que je pose la bouche sur son érection, il ne proteste absolument pas.

LES EXAMENS de fin d'année des élèves de quatrième année à Burberry Prep sont considérés comme les plus difficiles du pays, répondant aux critères académiques de la plupart des universités. Je suis sûre d'avoir tout raté quand Creed et Miranda frappent à la porte de Zack, nous réveillant d'une sieste de la plus haute importance. On est tous tellement surmenés, comme toujours à cette époque de l'année, que le sommeil est essentiel.

— Tu as réussi ! lancent en même temps les jumeaux.

Entrés ensemble dans l'appartement, ils se fusillent mutuellement du regard. Ils ne parlent pas souvent à l'unisson comme ça.

— Réussi quoi ? je demande sur un bâillement.

Je me sens un peu dans la peau de Creed en cet instant. Dommage que mon cul fatigué et désossé ne puisse pas se vautrer élégamment sur un fauteuil comme l'arrogant morveux blond en face de moi.

— Tu as battu Tristan, répond-il, avec une sorte de jubilation malicieuse dans la voix à l'idée de voir son rival rabaissé d'un cran.

— Quoi ?!

Je crie si fort que Zack arrive en courant, dans son survêtement taille basse, les yeux plissés.

— Il vaudrait mieux que ce soit une question de vie ou de mort, murmure-t-il.

Je suis déjà en train d'attraper son sweat à capuche pour l'enfiler par-dessus mon débardeur. En descendant au rez-de-chaussée, on récupère Zayd, Tristan et Windsor, puis on se dirige vers le hall de la chapelle afin de découvrir le classement de notre année pour la dernière fois.

Harper est là, mais je l'ignore. Elle ne peut pas me faire du mal dans une foule de cette taille. De plus, il ne reste que quelques jours avant la remise des diplômes et je commence à me demander si elle n'a pas finalement abandonné.

Naïve que je suis.

La foule se sépare pour laisser passer les Sang-bleu et on se rassemble afin de regarder le classement.

Je suis là.

En première place.

Je jette un coup d'œil à Tristan pour voir s'il est en colère, mais il est en fait... en train de sourire ! D'un vrai sourire, franc et authentique.

— Je n'ai jamais été aussi heureux de perdre de toute ma vie, lâche-t-il.

Je jette mes bras autour de son cou pour l'embrasser. Et pas seulement lui, mais tous les autres. Windsor, Zayd, Creed, Zack.

— J'ai l'impression que je devrais nous préparer une tournée de...

— Stop ! l'interrompt Creed, en portant deux doigts à sa tempe. Personne ne veut de ton eau de plante bouillie.

— J'allais vous proposer des cocktails, mais puisque tu viens d'insulter la boisson nationale de mon pays, je devrai te botter le cul avant de les servir. (Windsor tourne la tête pour m'adresser un sourire aveuglant.) Un mocktail pour toi, milady, puisque je ne peux plus vraiment te servir une « boisson de vierge », comme on dit de par chez nous pour les cocktails sans alcool.

— Hilarant, je réplique en levant les yeux au ciel.

Je le laisse quand même me prendre la main et m'entraîner à travers la foule. Conformément à la tradition de Burberry Prep, il y a une fête ce soir, mais ce n'est pas une des nôtres. En fait, c'est organisé par des première année très prometteurs.

On y va en groupe : mes garçons, moi, Miranda et Andrew.

Je suis tellement ravie de la fête elle-même et de l'entente générale entre les élèves que je donne à l'une des filles mon sceptre étoilé lumineux.

— Amuse-toi bien à être une Idole, je lui chuchote avant de m'éloigner.

La foule entière s'arrête dans sa rêverie pour regarder mon petit groupe qui quitte la fête. On porte nos uniformes noirs de quatrième année pour la toute dernière fois.

Je viens de transmettre la couronne et ça me fait un bien fou, comme si on avait enlevé un poids de mes épaules.

Demain, je vais voir Charlie.

Demain, je ferai mon discours, prendrai ma revanche et, quand minuit sonnera, je serai comme Cendrillon au bal. Mais au lieu de perdre mes pouvoirs magiques, je sortirai indemne des griffes du Club Infinity.

Je passe la main sur mon tatouage de l'infini barré, puis je grimpe dans la Maserati et je regagne le campus.

Les cinq gars passent la nuit dans ma chambre et on ne peut pas vraiment dire qu'on porte beaucoup de vêtements.

S'ils ne se touchent pas, ils me laissent en revanche les toucher, un par un, jusqu'à ce que je sois en sueur, épuisée, et que je m'endorme dans un enchevêtrement de corps que je ne veux pas quitter.

Jamais.

CHAPITRE VINGT-SEPT

LE DERNIER JOUR d'école arrive bien plus vite que prévu. Je me retrouve dans un tourbillon où je passe à toute allure d'une chose à une autre, qu'il s'agisse d'un projet, d'un concert ou d'une candidature de bourse. J'ai l'impression que je ne pourrai plus jamais respirer.

Jusqu'à ce que... je respire à nouveau.

Tout s'arrête, mais pas comme si la tempête était passée, plutôt comme si je me retrouvais dans l'œil du cyclone.

— Tu es bien plus sexy que moi dans ta robe de diplômée, se plaint Miranda, en arrangeant ses splendides cheveux blonds autour de son visage.

Et elle prouve ainsi que ce n'est absolument pas vrai. Elle est magnifique, comme toujours. Dans un autre temps ou un autre lieu, on serait probablement des âmes sœurs.

Ouaip.

Je l'ajouterais certainement à mon harem.

En parlant de harem... Mon cœur tambourine alors que je m'assois sur le bord de mon lit et que je réfléchis à la décision que j'ai prise la semaine dernière. Elle me hante depuis, mais je sais au fond de moi que c'est la bonne. En première année, quand j'ai reçu ces trois cartons garnis de robes scintillantes, j'en ai choisi une. Et je l'ai regretté. Pas parce que Zayd était le mauvais choix, mais parce que Creed et Tristan étaient tout aussi bons.

Mon choix demeure inchangé : soit je les choisis tous... soit je n'en choisis aucun.

C'est ce que j'ai décidé, bien que les deux voies risquent de me mener au même endroit. Ils pourraient dire adieu à tout ça et s'en aller mais, au moins, ce serait leur choix.

— Ça va ? demande Miranda alors qu'Andrew sort de la salle de bains, met sa casquette et s'examine dans le miroir.

Il est trop excité par son voyage de demain dans le Connecticut pour penser à autre chose. Il va rencontrer celui avec qui il n'a correspondu que par mail, idée dont je ne suis toujours pas convaincue du bien-fondé. J'ai fait des recherches sur le gars, un certain Ross de la Adamson All-Boys Academy. Il a l'air réglo, mais j'ai lu sur le net qu'une fille était morte sur leur campus, pendant la semaine d'intégration des étudiants. Flippant.

— Ça va, je réponds en sortant de ma torpeur. Vraiment.

J'ai offert à mes cheveux une coloration rose et or

toute fraîche, un nouveau look très court et très branché et le collier Œil de l'Idole pend entre mes seins. Le bracelet à breloques de papa est à mon poignet et j'ai glissé un petit quelque chose de chaque garçon dans les poches du jean que je porte sous la robe noire.

— On dirait que tu vas assister à un enterrement, pas à une remise de diplôme, commente Andrew, et Miranda lui lance un regard dur et acéré pour le faire taire.

Charlie ne va... pas bien. Tellement pas bien, en fait, que je ne sais toujours pas s'il va pouvoir venir aujourd'hui. Je lui ai dit que je prendrais mon chapeau, ma toge et mon diplôme à la maison et qu'on pourrait organiser notre propre cérémonie dans le jardin, mais il n'a pas voulu.

Jennifer a accepté de l'accompagner, de même que son aide-soignante. Papa m'a confié dans son dernier message que voir sa petite fille obtenir son diplôme était l'aboutissement de sa vie. Je n'ai pas aimé ça. Mais comment pouvais-je lui opposer un refus ?

— Allons-y, je déclare, en me levant pour me diriger vers la porte.

Les garçons attendent tous, se prélassant de diverses manières dans le couloir. Creed est affalé contre le mur tandis que Tristan se tient bien droit ; Zayd dodeline de la tête au rythme de la musique que diffuse l'unique écouteur qu'il a dans l'oreille et il me sourit, de même que Zack, qui garde en revanche ses grands bras croisés sur la poitrine. Windsor me tend un bouquet de fleurs.

— De notre part à tous. On a chacun choisi un type de fleur à ajouter au bouquet. On a pensé que cinq bouquets géants ne feraient pas l'affaire.

Je souris et l'embrasse, sachant qu'ils attendent tous la fin de la soirée pour qu'on puisse parler de nos projets.

Des miens, en l'occurrence.

Ils attendent que je choisisse.

— Merci, dis-je, sincèrement touchée.

Je jette un dernier coup d'œil à ma chambre : l'ancien réduit du concierge s'est transformé en mini-palace, et je pense à tous les moments incroyables qu'on a passés là-dedans, aux films qu'on a regardés, au thé qu'on a bu, au sexe... Oh, mon Dieu, au sexe !

Comment peut-il vraiment en aller ainsi ? La fin de quatre longues années. La fin de l'intimidation, des paris et de la romance.

— Au revoir, bordel ! je murmure, sentant les larmes me piquer les yeux.

Je franchis la porte et j'entraîne mes amis avec moi. Les Idoles, les Sang-bleu, les fils de bonne famille, l'élite de l'école. C'est nous maintenant, ici, ensemble, pour notre ultime journée en tant qu'élèves de la Burberry Preparatory Academy.

— Restez sur vos gardes, murmure Windsor alors qu'on se dirige vers les limousines et qu'on s'entasse dedans.

— On est dans la dernière ligne droite, mais on n'a

pas encore gagné le match, convient Zack en regardant par la fenêtre.

Je vérifie mon téléphone : il nous reste environ douze heures avant que cet horrible pari du Club Infinity ne soit caduc.

Douze heures encore à survivre aux pires brutes que j'aie rencontrées et que je rencontrerai jamais.

Douze. Putain. D'heures.

On descend de la limousine près du terrain de football où se déroule la cérémonie de remise des diplômes. Je remercie les dieux ou divinités d'avoir exaucé mon souhait qu'elle n'ait pas lieu dans l'amphithéâtre où j'ai passé la fin de ma première année à être humiliée.

Harper traverse le terrain avec ses parents, riant et souriant. Ils ont l'air très normaux, mais je ne vais pas m'autoriser à oublier qu'ils sont membres seniors du Club Infinity. Ils pourraient très bien être ceux qui poussent leur propre enfant à commettre un meurtre.

— Je n'arrive pas à croire qu'on n'ait jamais eu cette salope, grogne Zayd, et Zack lui fait chorus.

— Il ne faut jamais dire jamais, je murmure alors qu'on trouve nos chaises et qu'on attend le début de la cérémonie.

Je ne vois pas encore papa dans le public, mais il m'a prévenue qu'il risquait d'être en retard. Je lui envoie un texto rapide pour savoir où il est. Il me répond : « Heure d'arrivée prévue dans 20 min. »

Vingt minutes ?

Ça va être serré, il pourrait manquer le début de

mon discours. Mais je ne peux pas le repousser, pas avec ce que j'ai prévu. Tout est question de timing. *Harper du Pont, tu vas dégringoler ce soir.*

— Il va arriver, me rassure Zack en tendant la main pour ajuster ma casquette noire, dont le gland se balance de-ci de-là devant mon visage.

Je l'écarte pour tenter de calmer mes nerfs.

C'est un grand jour. Énorme. Je l'ai préparé toute l'année sans en parler à personne.

Je suis sacrément fière de moi.

— Je sais, dis-je en laissant Zack me prendre dans ses bras. (Il est tellement doué pour ça que je ne peux pas résister.) Je sais bien. Je suis juste inquiète pour lui.

— Je suis plus inquiet pour toi, réplique Zack en jetant un coup d'œil par-dessus son épaule.

Mme Amberton se plante à côté de nous et nous tend une écharpe rouge et blanche avec un mot noir griffonné en cursive sur toute sa longueur.

— Félicitations, Mademoiselle Reed, dit-elle alors que je prends mon écharpe de première de la promotion. (Elle s'arrête ensuite devant Tristan pour lui remettre celle de deuxième.) Et à vous aussi, monsieur Vanderbilt.

Mme Amberton recule. Elle a dompté ses boucles rouges en un semblant de coiffure. Son sourire est affectueux : elle a toujours été gentille, l'une de mes professeures préférées et de loin, mais elle était trop faible pour me protéger des brutes. Je me souviendrai toujours qu'il m'a fallu être assez forte pour me protéger moi-même. C'est une bonne leçon de vie, non ?

— Merci, je réponds.

On s'embrasse alors que le public se presse dans les gradins, rangées après rangées, fine fleur de la société et de l'élite. La princesse Alexandra est là, ainsi que Kathleen Cabot et son mari (Kathleen me fait signe, elle est très fière, c'est évident). Putain, même Billy Kaiser est là. La surprise de Zayd se lit sur son visage.

Robin Brooks est assise de l'autre côté avec sa fille, Kelsey. Je suppose donc que les deux hommes à l'air bourru qui les accompagnent sont le père et le grand-père de Zack.

Heureusement, pas de William Vanderbilt à l'horizon.

— Il n'est pas là, constate Tristan en soupirant de soulagement. Dieu merci, putain !

— Il n'y a même pas une toute petite partie de toi qui voudrait le voir ici ? je demande.

Tristan me renvoie une expression sévère, comme s'il n'avait jamais été aussi sérieux de sa vie.

— La seule personne que je tiens à voir ici, c'est toi. Point. Je n'ai besoin de rien d'autre.

Il se rue sur son siège, comme s'il était de mauvaise humeur, mais je sais que ce sont juste les nerfs. Il est inquiet pour moi. Tous les garçons le sont. Pendant une année entière, ils ont œuvré pour me protéger d'une menace bien réelle. Pendant toute une année, ça a marché.

Aujourd'hui, c'est le dernier jour, l'épreuve de force finale.

Juste douze putains d'heures...

Ma harpe est transportée sur scène et on est tous dirigés vers nos sièges, afin que Mme Felton puisse entamer son discours. Elle remercie les anciens élèves, le conseil d'administration de l'école, et ainsi de suite. Une fois qu'elle a terminé, on m'annonce et la foule m'acclame comme elle ne l'a jamais fait en première année.

Je monte sur scène et joue une composition spéciale que j'ai écrite à partir de la chanson traditionnelle de remise des diplômes, *Pomp and Circumstance.* Je pince les cordes et mes yeux se ferment alors que le reste de l'orchestre m'accompagne depuis le terrain qui se trouve juste devant l'estrade.

La musique me submerge. Quand j'ouvre les yeux, je croise ceux de Tristan. Je ressens la petite poussée de confiance qui m'envahit toujours lorsqu'il est là quand je joue. Je croise ensuite le regard de Windsor, et je pince les cordes avec assurance, car je sais que pour le moment au moins, tout va bien se passer.

Je lève les yeux et scrute la foule. Charlie est là, au premier rang, dans un fauteuil roulant, vêtu d'un gros manteau et d'un chapeau, même s'il fait beau dehors. Jennifer est à sa droite, son aide-soignante juste à sa gauche. Il agite un fanion Burberry Prep devant moi quand il voit que je le regarde et je souris.

Ne pense pas à sa maigreur, je me répète. Assister à ce moment était d'une importance si cruciale pour papa qu'il est venu jusqu'ici, malade comme il est. Je ne veux pas lui gâcher ces instants.

Mes yeux reviennent sur le reste de mes garçons. Combien de temps encore vont-ils être mes garçons, après que je leur aurai annoncé ma décision finale ?

Zayd lève un poing en l'air, puis met ses mains en porte-voix autour de sa bouche pour me crier ses encouragements. Creed se vautre sur sa chaise, mais il a le sourire d'un chat devant un bol de crème. Seulement, je suis presque sûre d'être la crème, dans ce scénario. Zack est le dernier, mais pas parce que j'aurais établi une sorte de classement entre les gars. Comment je le pourrais ? Ce serait comme comparer des pommes et des oranges. Chacun occupe une niche différente dans mon cœur. Et Zack Brooks, c'est un ours en peluche/garde du corps tout doux. Juste... ne lui dites pas que je le vois ainsi.

Je termine mon morceau et accepte les applaudissements de la foule avant de monter sur le podium pour prendre le micro. Il est temps de faire mon discours de major de promotion. Heureusement que je m'entraîne pour ce moment depuis que j'ai douze ans.

— Bienvenue, amis, famille et proches. Au nom des élèves de la Burberry Preparatory Academy, je vous souhaite la bienvenue ici aujourd'hui pour célébrer la fin d'une époque. (Je prends une profonde inspiration et je lève le menton : je ne lis pas une fiche, je me suis assez entraînée pour pouvoir m'en passer.) Pendant quatre ans, les élèves de cette école se sont battus bec et ongles pour arriver là où ils sont aujourd'hui. Et maintenant, par cette magnifique après-midi ensoleillée de Californie, nous allons tous recevoir ce que nous méritons.

Les élèves sont en délire, mais je suis sûre que seuls mes garçons, Miranda et Andrew comprennent les références cachées de mon discours.

J'occupe les dix minutes qui me sont allouées en déversant des paroles fleuries concernant l'avenir, puis je descends pour reprendre ma place dans le public. Tristan prend la parole après moi, et je ne suis pas surprise de voir qu'il est aussi doué pour parler en public que pour tout le reste. Ses paroles sont en fait édifiantes, et je me surprends à applaudir comme une folle, à l'instar de tout le monde.

Tandis que l'orchestre junior reprend *Pomp and Circumstance* pour la deuxième fois de la journée, Mme Felton et une horde de membres du personnel de l'académie, dont M. Castor, Mme Amberton et Mme Highland, montent sur scène et commencent à appeler les élèves pour leur remettre leur diplôme.

L'ordre d'appel est basé sur le classement, juste un dernier petit aiguillon pour nous pousser à faire de notre mieux. Mais j'ai arrangé les choses pour que Harper du Pont qui, de manière choquante, est entrée dans les dix premiers pour cent de notre classe, soit appelée bonne dernière.

Bonne. Dernière.

Elle cherche à refouler un froncement de sourcils lorsqu'elle reçoit son diplôme des mains de

Mme Felton, lui serre la main et traverse l'estrade en s'arrêtant brièvement devant l'énorme écusson de la Burberry Prep Academy pour se faire photographier par le photographe professionnel engagé pour l'occasion.

Dès qu'elle s'arrête là, sourire aux dents blanches, cheveux rouges étincelants contre le noir de sa robe, je sors mon téléphone de ma poche et j'appuie sur un bouton.

L'écran vidéo qui a été utilisé contre moi pendant la première année descend plus tôt que prévu sur la scène improvisée et mon chef-d'œuvre débute.

Toutes les méchancetés que Harper a pu faire et que j'ai pu filmer, enregistrer ou prendre en photo sont là. Je n'ai eu aucun mal à collecter des preuves encore plus accablantes auprès des autres élèves. Eh, je suis la reine de l'école alors que Harper du Pont est juste une brute !

— Qu'est-ce que c'est que ce bordel ? s'insurge-t-elle, en se retournant alors que les terribles images commencent à défiler.

La voilà, dans les bois, en train d'engueuler des filles à une fête, de gifler Becky, sa soi-disant meilleure amie, de crier sur John et Greg et enfin... la voilà qui essaie de me marquer au fer rouge dans ma chambre.

Que Dieu bénisse les caméras de sécurité !

— Papa, arrête ça ! crie Harper alors que le film continue de déverser ses images.

Il y avait tellement de choix que j'ai dû faire le tri. Certaines décisions ont été difficiles à prendre. La foule murmure et s'exclame, on chuchote derrière sa main.

L'ensemble du Club Infinity a pu voir la princesse du Pont sous son jour le plus noir. Je suis sûre que les associés de ses parents n'apprécient pas de voir leurs propres enfants battus et maltraités par une morveuse pourrie gâtée.

— Papa !

M. du Pont descend les marches aussi vite qu'il le peut, soufflant et haletant pendant que le personnel s'efforce de contrôler l'écran vidéo. Il faut dire que, pendant que Harper était occupée à intimider ses potes, je me faisais autant d'amis que possible parmi les élèves, y compris dans le club audiovisuel.

Elle pleure ouvertement maintenant, pendant que mon montage continue de passer.

— Purée, ce que tu es brillante ! murmure Windsor, émerveillé.

Retenus dans un filet pour célébrer la fin de la cérémonie, des ballons rouges, noirs et blancs sont lâchés. Seulement... ce ne sont plus des ballons. J'ai demandé aux élèves de l'équipe en charge de l'organisation de l'événement de remplir des préservatifs avec du fumier de cheval, offert par le club équestre. Ils éclaboussent Harper pendant qu'elle crie, couvrant de merde le plus beau tyran de l'école.

— C'est donc ça, la pendre avec sa propre corde ? murmure Creed, les yeux pétillants d'excitation.

— Eh bien, tu attires les mouches avec du miel... et le crottin de cheval en étant une connasse tyrannique. Harper du Pont a énervé presque tous les élèves de cette école. J'ai demandé de l'aide et j'en ai obtenu. Les autres élèves ne demandaient pas mieux que de me la fournir.

Je hausse les épaules parce que, bon, si j'ai franchi juste un peu mes propres limites, ça valait le coup.

— Démarrez la musique ! hurle Mme Felton.

Pomp and Circumstance démarre pour la troisième fois, noyant les enregistrements de la voix hurlante de Harper. Le personnel la tire de la mer de caca – elle a un préservatif collé à une oreille – et la traîne au pied des marches.

Ça va faire mal, mais ça en vaut la peine, je me dis en me levant. Je cours vers sa silhouette sanglotante.

— Oh, mon Dieu, tu vas bien ? je demande, les mains sur la bouche pour m'empêcher de rire devant le préservatif merdeux qui lui tient lieu de boucle d'oreille.

Prenant son élan, Harper me frappe brutalement en plein visage. Des protestations montent du public alors qu'elle reprend un comportement plus correct. Je m'interdis de lécher le sang qui coule de ma lèvre. Sa main était relativement propre mais bon, le crottin de cheval et tout.

Les garçons se précipitent vers moi. Je prends un mouchoir à Tristan pour me nettoyer le visage.

— Putain d'ordure de michetonneuse ! Sale pute ! Salope ! hurle Harper qui continue de creuser sa propre tombe pendant qu'on l'écarte.

Je regagne la scène et porte le micro à mes lèvres.

— Encore une fois, au nom des élèves de Burberry

Prep..., je commence, en essayant de ne pas laisser transparaître mon plaisir dans ma voix.

Mais je remarque alors papa qui s'affaisse dans son fauteuil roulant et tombe sur les dalles alors que Jennifer et l'assistante médicale essaient de l'aider.

Un cri s'échappe de ma gorge tandis que cette musique stupide continue de passer. Je saute de l'estrade, me blessant au poignet dans l'opération. Mes genoux s'enfoncent dans l'herbe, ma toge se couvre de terre. Je cours, accrochant une fois de plus le tissu sur le bord d'une des chaises, mais je fonce toujours vers les marches que je grimpe en effleurant la rampe.

— Papa, non, je sanglote.

Des gens se précipitent autour de nous, un médecin s'annonce avant de me pousser sur le côté. Je pleure maintenant et je tremble, j'essaie d'atteindre Charlie mais on me repousse. Les garçons sont là en un instant, ainsi que Miranda et Andrew.

— J'ai déjà appelé une ambulance, lance Zack en haletant.

Il me retient, pour que le médecin et l'aide-soignante puissent s'occuper de papa. *Il est en train de mourir, c'est ça ?* je pense alors que le choc déferle sur moi et qu'une sorte d'engourdissement inquiétant s'insinue en moi.

Si on avait dû attendre une ambulance en provenance de la ville, il aurait fallu patienter plus d'une heure. En raison de l'ampleur de l'événement, l'académie a dû réquisitionner un camion de pompiers, une ambulance et deux voitures de police. L'une d'entre elles est déjà sur le terrain, Harper installée sur la banquette arrière. Quelques minutes plus tard, les autres véhicules d'urgence arrivent et Charlie est chargé sur une civière et placé à l'arrière de l'ambulance.

— Je veux l'accompagner ! je crie.

Mais il y a déjà trop de professionnels de la santé pour que j'y trouve ma place.

— Je vais chercher la voiture, déclare Windsor en posant une main sur mon épaule. (Il regarde les autres garçons et je me rends compte confusément que Tristan n'est pas là.) Je reviens tout de suite.

Il file au moment où je commence à m'effondrer sur le sol, rattrapée par Creed d'un côté et Zayd de l'autre. Je suis des yeux l'ambulance qui s'éloigne en grondant, dans le hurlement de sa sirène.

Ma robe de diplômée – et mon cœur – est en lambeaux.

J'ai l'impression de me noyer dans le chagrin quand l'officier en uniforme le plus proche de moi m'attrape le coude. Zack lui jette un regard mauvais, mais je le remarque à peine. Tout ce que je suis capable de penser, c'est : *Non, non, non, pas mon papa, s'il vous plaît, ne m'enlevez pas mon papa.*

— Mademoiselle ?

Le policier me secoue et je lui lance un regard hébété. Les ondes froides du choc chassent le peu d'adrénaline que m'a procuré ma cascade avec Harper. *Où est Tristan ?* se demande mon cerveau confus tandis que je regarde autour de moi, un instant désorientée.

Où est Windsor ? Oh. Oh, oui. *Il… il est allé chercher la voiture.* Mes mains tremblent furieusement, mes dents claquent. Je lève quand même la main pour attraper ma toque, étalant du sang partout. Je crois que je me suis entaillé le revers de la main quand je suis passée devant la chaise de Mme Felton.

— Elle est en état de choc, explique un de mes petits amis, mais je ne sais pas trop qui.

Tout ce qui me traverse l'esprit, c'est : *est-ce que papa va vivre ?* Je suis presque sûre de connaître déjà la réponse, mais je refuse d'y croire. Impossible. Je ne peux pas, point. Des mains m'aident à me relever et j'entends des voix autour de moi.

Qu'ils aillent se faire foutre. Je les emmerde tous. Ma seule préoccupation maintenant, c'est d'arriver à l'hôpital aussi vite que possible.

— On peut monter avec elle ? demande Creed.

Du moins… je pense que c'est Creed. Ma vision s'est réduite à un tunnel, j'ai la tête qui tourne.

— C'est son père, c'est ça ? Dans ce cas, juste elle, j'en ai peur, mais nous en prendrons bien soin, déclare l'officier, puis on me guide vers une voiture de police. Avant de monter à bord, je secoue la tête pour m'éclaircir les idées et je jette un regard en arrière aux garçons, ceux qui sont toujours à mes côtés. Tristan n'est plus là. Windsor semble avoir disparu, lui aussi, mais je me répète qu'il est juste allé chercher la voiture. *Mais où est Tristan, bordel ?*

Je suis désolée, je suis sûre que ça n'a aucun sens. Je suis juste… Je suis sous le choc, là.

— Où allons-nous ? je demande quand l'officier m'ouvre la portière arrière.

— On va vous emmener à l'hôpital en mettant la sirène en marche, répond l'homme.

J'acquiesce, parce que cela a du sens, même dans l'état de panique confuse où je me trouve en ce moment.

— On sera juste derrière vous, me rassure Zayd, la poigne serrée mais ferme. Juste derrière vous.

Je venais d'assouvir ma vengeance et je n'ai même pas pu en profiter. Et puis j'avais prévu de parler avec les gars ce soir, pour leur faire part de ma décision finale. Les choses commençaient à prendre forme, et maintenant... Je n'ai jamais été aussi malheureuse. Je n'ai jamais eu aussi mal. Comment cela a-t-il pu arriver à Charlie ? C'est tellement pire que ce que j'ai subi en première année. Tellement, tellement, tellement pire.

Une blague cosmique.

Un doigt d'honneur de la part de l'univers.

— Vous serez juste derrière moi, je répète.

Puis je monte dans la voiture de police. Le rouge et le bleu des sirènes clignotent sur le visage des badauds, y compris celui des garçons que je viens de laisser derrière moi. Je donnerais tout pour qu'au moins l'un d'entre eux soit ici avec moi, mais papa doit être ma priorité. Je prendrai la route la plus rapide pour le rejoindre.

Alors qu'on sort du stade et qu'on descend la colline, je cherche mon téléphone dans ma poche et je me rends compte qu'en me précipitant vers Charlie, j'ai déchiré ma toge et je l'ai perdu.

Logique.

Putain.

L'hôpital le plus proche est... Bon sang, il est à une heure d'ici, non ? Comme j'ai l'impression d'être sur le point de vomir, je me penche et mets la tête entre mes genoux. En respirant lentement, je parviens à contrôler mon pouls frénétique. Les policiers ont certainement leurs propres téléphones. Je vais attendre un peu, puis je leur demanderai d'appeler l'hôpital pour moi.

Appuyant le front contre la vitre fraîche de la fenêtre, je ferme les yeux pour ne plus voir le vert foncé des arbres qui défilent dans un flou d'aquarelle. Le choc de voir mon père, l'homme qui m'a élevée, le plus grand amour de mon cœur, s'effondrer doit vraiment m'avoir atteinte. Soit je m'endors, soit je perds la notion du temps, je ne sais pas trop, mais quand j'ouvre les yeux et me redresse, je réalise que nous allons dans la mauvaise direction.

— L'hôpital n'est pas plutôt à l'ouest ?

Je ne suis pas vraiment une experte des environs, mais je vois, d'après les montagnes et la route, qu'on ne se dirige certainement pas vers la ville. C'est quoi ce bordel ? Les sirènes ont été coupées, ce qui est bizarre. Et inquiétant. Très, très inquiétant.

— On vous y emmène, ne vous inquiétez pas, réplique le policier assis sur le siège passager.

Mais il n'a pas l'air très rassurant. Plus nous roulons, plus je suis inquiète.

Et puis je vois le casino abandonné devant moi, et mon cœur fait un bond dans ma gorge.

Les roues de la voiture crissent sur le gravier et je sens les premières vagues de vraie panique me serrer la gorge. Il n'est pas encore minuit, loin de là. Je peux encore mourir aujourd'hui. Je peux mourir, putain.

— Qu'est-ce qu'on fait ici ? je m'écrie.

Ma voix est rauque de toute l'inquiétude que j'éprouve pour Charlie, et pour moi aussi désormais. Je ne peux pas aider mon père si je suis morte, n'est-ce pas ? Les officiers ne me répondent pas lorsqu'ils ouvrent ma portière, puis me tirent de force de la banquette arrière et me jettent sans ménagement sur le gravier. Je trébuche, mes mains se tendent pour me rattraper.

Je serre les dents quand de petits cailloux s'incrustent dans la chair de mes paumes. Me redressant sur les genoux, je jette un coup d'œil par-dessus mon épaule, juste à temps pour voir les officiers remonter dans leur voiture et partir.

Merde.

Deux officiers de police en uniforme avec des badges dans une voiture de patrouille officielle viennent de me conduire devant un casino appartenant au Club Infinity, au beau milieu d'une réserve amérindienne. Il est bordé de tous côtés par des kilomètres de forêt vierge, de vastes étendues de parcs nationaux et fédéraux à perte de vue.

Des pas sur le gravier attirent mon attention.

Et la voilà, Harper du Pont flanquée de John Hannibal et de Gregory Van Horn.

Elle a au moins eu le temps de nettoyer la merde, mais son visage est toujours aussi moche.

— Bonjour, Marnye Reed, lance-t-elle, les lèvres retroussées sur un sourire.

John tient une batte de baseball, Greg un rouleau de corde.

Ça ne sent pas bon. Pas bon du tout.

Je m'efforce de me lever, tout en reculant devant Harper qui s'avance, manifestement encore furieuse de ce qui s'est passé cette après-midi.

— Règles du Club Infinity, dit-elle en souriant. Tes amis ont fait du bon travail en s'assurant qu'on ne puisse pas déléguer ta punition. Marnye Elizabeth Reed ne peut souffrir que par les mains d'un étudiant... (Elle s'interrompt avec un soupir, pendant qu'elle rejette quelques-unes de ses extensions écarlates par-dessus une épaule.) Donc par les mains d'un étudiant elle souffrira.

Harper me désigne d'un mouvement du menton, et ses deux gars se dirigent vers moi.

Je les surprends en courant droit sur eux puis entre eux, m'enfuyant vers le casino dans ma toge noire de diplômée dont les lambeaux flottent derrière moi. Mon poignet me fait mal depuis que je suis tombée de l'estrade et du sang ruisselle de ma main.

Pas question que je laisse le Club Infinity gagner, pas quand je suis si proche du but. Si proche, bordel.

Je tourne au coin du bâtiment, monte les marches, passe par la porte de derrière...

Pour tomber sur un nid de Sang-bleu.

Et quand je dis « Sang-bleu », je veux parler des Sang-bleu d'origine, ceux de ma liste de vengeance.

— Marnye, lâche Tristan en se retournant pour me regarder.

Il sourit et mon cœur, transformé en glace, se brise dans ma poitrine.

Qu'est-ce qu'il fait ici, bordel ?

Le truc, c'est qu'il a déjà essayé de faire ça une fois, de faire semblant d'être le méchant. Je lui fais trop confiance à présent pour penser qu'il fait autre chose que d'essayer de sauver ma peau. Nos yeux se croisent, je vois la peur enfouie au fond des siens.

Il ouvre sa belle bouche et ne prononce qu'un seul mot.

— Cours.

Je n'hésite même pas une demi-seconde, apercevant brièvement Tristan qui lève la batte de baseball dans sa main et la balance en plein dans la face de John qui entre par la porte de derrière.

— Putain de traître ! hurle Greg.

La batte s'est écrasée dans un horrible craquement d'os brisés. S'ensuit une lutte au cours de laquelle Greg percute Tristan. Ils tombent tous les deux sur le sol, dans un envol de poings. J'arrête de courir et je me poste derrière un comptoir rempli d'écrans, dont les clients ont disparu depuis longtemps, remplacés par des feuilles mortes et des aiguilles de pin.

C'est juste Tristan contre une dizaine de Sang-bleu.

Je ne sais pas pourquoi ni comment il est arrivé ici, mais... je ne peux pas l'abandonner.

— Tu pensais vraiment qu'on allait laisser une paysanne ruiner nos vies sans revenir en force ? demande Kiara, le souffle court.

Elle a un couteau dans la main. Un couteau. J'imagine qu'ils n'ont pas l'intention de me laisser sortir d'ici vivante. « *Les membres seniors du Club Infinity souhaitent ta mort. Point final. Ils ne se soucient ni du comment ni du pourquoi.* » Les paroles de Lizzie résonnent dans ma tête alors que l'adrénaline déferle sur moi en une vague violente.

Ces tas de merde se dressent entre mon père et moi.

*Ne meurs pas, Charlie,*pensé-je, *ne meurs pas. Il faut que je sois là. Il faut que je me tire d'ici.*

Les filles de l'autre côté du comptoir échangent des regards, puis deux d'entre elles le contournent – Ebony et Mayleen, pour être exactes – tandis que Kiara et Anna entreprennent de l'escalader. Je me précipite sur Mayleen, la bousculant si fort qu'elle trébuche et heurte l'un des autres comptoirs. Elle se retourne et repasse de l'autre côté.

Attrapant la batte de John, je la balance sur Greg, ce qui libère Tristan. Mais juste temporairement. On dirait qu'ils sont nombreux... alors qu'on n'est que deux.

— Oh putain de merde ! grogne Harper en sortant un pistolet de son sac. Je sais que Lizzie a craché le morceau, donc j'emmerde cette connerie d'interdiction des armes à longue portée. Si je t'ai laissé ajouter cette clause là-dedans, c'est parce que je savais que l'un d'entre vous finirait forcément par lui cracher le morceau. Quand je lui aurai tiré dessus, tu pourras toujours t'en vouloir de sa mort.

Elle braque le pistolet vers moi alors que Tristan se remet sur ses pieds, m'attrape par la main et m'entraîne en avant au moment où Harper tire pour la première fois. Raté, mais ça ne veut pas dire qu'elle est la seule personne à avoir une arme. Ou qu'elle s'apprête à me rater encore une fois.

Tristan m'entraîne dans la salle de danse et regarde frénétiquement autour de lui. Son pouls bat dans sa gorge à un rythme furieux.

— Il faut qu'on sorte, je murmure.

Il me regarde, écarquillant ses yeux gris.

— Il y en a encore treize ici. Il faut qu'on soit prudents.

Il m'entraîne à nouveau et on se dirige vers une porte de service quand Harper entre et nous tire encore deux fois dessus. Pendant qu'on court, la veste de Tristan s'ouvre et je vois qu'il a une arme lui aussi.

Putain de merde !

On sort dans l'air du soir qui refroidit rapidement et je réalise avec un début de crainte qu'il va bientôt faire nuit ici. L'obscurité, les bois, un éventail de cruauté infini.

Donc ils veulent vraiment me tuer…

Je pense que je n'y avais pas vraiment cru jusqu'à maintenant.

On dérape sur le gravier en contournant le bâtiment, pour dépasser les murs de briques et l'ouverture qui mène à la piste de course. Une fois qu'on l'a dépassée, il n'y a plus qu'un épais feuillage et des épines de mûriers. Impossible de se déplacer sans faire de bruit.

On opte pour la rapidité.

Lorsqu'on sort des buissons de l'autre côté, j'aperçois une piscine pratiquement à sec, avec juste un peu d'eau marron tout au fond, probablement pleine de larves de moustiques. Je ne sais pas pourquoi je remarque un détail aussi petit et stupide en cet instant.

Sans doute le choc d'avoir vu Charlie s'effondrer.

De me demander s'il est mort.

De me retrouver piégée dans un cauchemar.

Ma première liste de vengeance est gravée dans mon cerveau : *Harper, Becky, Anna, Ebony, Greg, Abigail, John, Valentina, Sai, Mayleen et Jalen*. Kiara et Ileana ont été ajoutées plus tard, mais elles sont là, elles aussi. Les quelques personnes blessées – Abigail, Valentina et Jalen – semblent avoir ajouté certains de leurs nouveaux amis masculins au jeu. Je suis presque sûre d'avoir reconnu Jason Quelle-Tronche-Il-A-Déjà là-bas. C'est insensé.

Greg et Sai sortent en trombe des buissons les plus proches de nous, pour frapper Tristan à l'épaule et le faire tomber dans la piscine vide. Il me lâche et je crie, juste avant que Sai ne plaque sa main sur ma bouche. Je le mords de toutes mes forces et il me pousse en avant, moi aussi. Mes pieds glissent sur le bord de la piscine, mais il attrape une poignée de mes cheveux pour me tirer en arrière.

— Si tu lui fais du mal, je te descends, et je me fous que le Club me tue pour ça ! hurle Tristan en se relevant sur les genoux.

Il grimace et s'agrippe le bras droit. Visiblement, la douleur est presque insupportable.

— Donne tout ce que tu as ! répond Greg en hurlant. J'avais prévenu Harper que tu racontais des conneries, que tu ne voudrais plus jamais d'elle. Pourquoi elle t'a laissé venir avec nous ? Ça me dépasse.

Son rire résonne dans la lumière dorée de l'après-midi. Les oiseaux se dispersent, mais ils sont les seuls témoins de cette scène.

— Je savais qu'il racontait des conneries, réplique Harper qui apparaît, son arme dans la main droite. Il est obsédé par cette salope de bouseuse depuis le début.

Elle se déplace jusqu'au bord de la piscine, regardant Tristan qui a également sorti son arme. C'est tout ce qu'il peut faire, piégé au fond avec un bras blessé. Les marches qui lui permettraient de sortir du bassin se sont effondrées. Harper se penche, les mains en appui sur ses genoux.

— Le truc, c'est que ton héritage, c'est terminé, Vanderbilt. Ton père se soucie de toi comme d'une guigne. Et vu que tu as apporté une arme à feu pour un combat au couteau, eh bien, il sera assez facile pour moi d'expliquer ta mort.

Tristan appuie sur la gâchette et un tir déchire

l'épaule de Harper, ce qui la fait hurler. Il va tirer à nouveau mais en s'accrochant au rebord de la piscine, Greg se laisse tomber à côté de lui. C'est désormais une lutte entre eux deux pour la possession de l'arme. J'en profite pour me lever et frapper Sai au visage. Il grogne en recevant mon poing, mais s'en moque. Le reste du groupe émerge de l'épais feuillage.

Ils sont trop nombreux, et nous en trop petit nombre.

— Putain ! hurle Harper, la main à son épaule. (Elle fixe la couleur cramoisie de son sang avec un mélange de choc et de dégoût.) J'en ai assez de cette merde.

Elle se tourne vers moi et lève son arme tandis que je regarde avec horreur Greg bousculer Tristan et l'envoyer valdinguer. Je suis presque sûre que Tristan se bat avec un bras cassé, et du sang dégouline sur ses tempes depuis qu'il est tombé dans la piscine.

— Non ! je hurle.

Mais Ileana et Becky s'emparent de mes bras pour me tirer en arrière. Jason et Anna leur prêtent main-forte.

— Emmenez-la au hangar de maintenance près de l'étang, ordonne Harper.

Les ex-Sang-bleu me traînent sur le chemin alors que je crie et que je me débats à la perspective d'abandonner Tristan derrière moi.

Harper déverrouille une porte avec un trousseau de clefs et fait entrer le groupe. Ils m'installent sur le sol près d'une poutre verticale et Ebony m'attache, aidée de quelques gars.

— Harper, il y a des gens ici, constate l'un de ces gros gars ternes.

Elle marmonne un juron.

— Occupe-toi de ça, j'ai presque fini ici de toute façon, grogne-t-elle.

Les autres s'éloignent, abandonnant Harper, Becky et Ileana.

— Tu peux encore t'en sortir, lui dis-je. (Je respire difficilement, les épaules en feu, parce que mes bras sont attachés au poteau.) Tu n'as pas perdu toute possibilité de rédemption, Harper.

— Ferme ta putain de gueule, rétorque-t-elle en me frappant au visage avec le pistolet, si fort que je vois des étoiles. J'essaie juste de décider si je dois te coller d'abord une balle dans la tête, ou te regarder brûler vive.

— On va vraiment faire ça ? demande Becky, en me regardant, l'air vaguement hésitante. Je veux dire... tuer quelqu'un, ce n'est pas rien.

— On a la permission du Club, grogne Ileana. (Soit son soutien-gorge est rembourré, soit elle s'est déjà fait poser un nouvel implant.) Ce n'est pas comme si on allait avoir des problèmes. Qui se soucie d'une boursière quelconque, de toute façon ? Son père a bien un cancer, non ? Il ne va pas survivre assez longtemps pour faire un scandale.

— Je ne sais pas si j'en suis capable, lâche Becky.

Il n'en faut pas plus pour que Harper perde la tête.

— Tu veux être une fiotte ? hurle-t-elle.

Si Miranda était là, on aurait droit à un sermon sur

l'emploi du terme « fiotte » de façon aussi péjorative. C'est drôle ce que le cerveau invente en période de choc et de contrainte extrême. J'ai presque l'impression de flotter hors de mon corps, de regarder ce scénario se dérouler dans une autre dimension.

— Alors dégage ! Ileana et moi, on va s'en occuper.

Becky sort en courant du hangar. Des larmes ruissellent sur son visage, mais elle n'essaie pas de les arrêter.

Je vois avec horreur Harper tendre son arme à Ileana et s'emparer d'un réservoir d'essence rouge. Elle commence à en déverser le contenu en cercle autour de moi, puis laisse une traînée qui s'arrête près de la porte. Je suis surprise qu'elle ne m'éclabousse pas avec, mais je réalise alors qu'elle veut probablement me voir d'abord souffrir autant que possible.

Harper du Pont est très certainement une psychopathe.

Aucun doute là-dessus.

— Tu as les allumettes ? demande-t-elle en tendant la main à Ileana.

Je lutte contre mes liens, haletant sous l'effort.

— Harper, tu ne veux pas faire ça, lui dis-je.

Malheureusement, elle m'ignore et sourit en craquant une allumette. La puanteur du soufre emplit l'air. Elle l'éteint d'un souffle de ses jolies lèvres et s'éloigne ensuite vers la porte, suivie d'Ileana.

— Au revoir, la michetonneuse. Ça a été un plaisir de te connaître.

Harper allume une autre allumette, mais Creed

apparaît, lui saisit le poignet et la tire si fort en arrière que la flamme s'éteint.

Zack arrive juste après et s'en prend à Ileana comme si elle était le receveur de l'équipe de football adverse. Elle s'envole, malheureusement sans atterrir dans l'étang, mais elle finit par heurter Jason qui déboule. Tous les deux s'affalent l'un sur l'autre, bientôt rejoints par John, toujours en sang, mais à nouveau muni de sa batte de baseball. Il la balance sur Zack, sauf que mon petit ami footballeur parvient à saisir l'arme pour l'empêcher d'entrer en contact avec lui.

Les phares d'une voiture balaient la scène. Le véhicule s'arrête juste devant le bosquet d'arbres, Zayd et Wind en sortent. Windsor est au volant, ce qui, si on y pense, est assez surprenant, car jusqu'à... eh bien, jusqu'à aujourd'hui, il était terrifié à l'idée de conduire.

Ça signifie, je suppose... qu'il était prêt à surmonter sa peur pour me sauver ?

— Lâche ma copine, lance Zayd.

Sa robe de diplômé est élimée depuis longtemps, ses bras tatoués brillent dans la lumière des phares.

— Va te faire foutre, ricane Harper en donnant un coup de coude en plein dans le visage de Creed.

Elle court vers le hangar mais, lancé à ses trousses, il la frappe et la fait tomber dans la flaque d'essence pendant qu'ils luttent l'un et l'autre pour s'emparer des allumettes.

Windsor et Zayd aident Zack à se relever, et tous les trois repoussent la vague de Sang-bleu tandis que Creed projette finalement Harper contre le mur. Il empoche les allumettes et accourt vers moi. Il sort ce qui ressemble à un couteau de cuisine du sac qu'il a à l'épaule et tranche mes liens.

— Sérieusement ? Vous pensez que vous allez sortir d'ici avec cette salope ? demande Harper qui tire un briquet de sa poche.

Creed l'ignore, me libère de mes liens et me remet debout. Il me tire vers l'une des fenêtres cassées pendant que Harper allume la flamme.

— Tu vas brûler, toi aussi ! lui répond Creed en hurlant.

Et puis, comme il est couvert d'essence, je le pousse par la fenêtre avant qu'il ne puisse me faire passer en premier. Il bascule et passe par-dessus bord à la seconde où Harper jette le briquet au sol. L'endroit s'enflamme comme un brasier.

J'étouffe sous cette bouffée de chaleur soudaine, mais Creed m'attrape déjà par les bras et me fait tomber sur l'herbe.

— On doit se barrer d'ici, déclare Zack, haletant, alors qu'il s'arrête à côté de nous et nous aide tous les deux à nous relever.

— Pas sans Tristan, je réplique, puis je tourne les talons pour m'enfoncer dans les arbres, en direction de la piscine.

La scène sur laquelle nous tombons est affreuse : Tristan à genoux, saignant à la tête, les yeux fermés. Greg a le pistolet pointé sur son front.

On a peut-être quelques secondes pour le sauver. Des secondes.

Sans réfléchir, je saute du bord et percute Greg. Un coup de feu est parti, sans que je sache s'il a touché Tristan ou pas. Je n'ai pas vu.

Les autres garçons sont aussitôt descendus dans la piscine, pour me débarrasser de Greg.

Zayd et Zack le retiennent tandis que Windsor recule et frappe le connard au visage aussi fort qu'il peut, ce qui fait tomber la brute comme un sac de pierres.

Creed m'aide à sortir de l'eau trouble et je tourne la tête pour voir Tristan qui s'échine à se mettre debout. Une balle est enfoncée dans le mur juste derrière sa tête, mais il est vivant. Vivant. Il est vivant, putain. On l'est tous les deux.

— Il faut qu'on sorte d'ici pour aller à la Maserati, annonce Windsor. On est venus avec deux voitures, juste au cas où. J'imagine qu'ils ont déjà crevé les pneus de l'autre.

Je dois réfléchir un moment avant de me rappeler que ce n'est pas ma décapotable dorée et rose qui s'est arrêtée près de l'étang, mais la Jaguar bleue de Zayd.

Windsor et Zack aident Tristan à sortir de la piscine, tandis que Creed et Zayd font de même avec moi.

Puis on court à fond, vers le vieil arbre qui nous sert de point de repère, avec sa silhouette se découpant sur le ciel orange et jaune. S'il ne dominait pas autant le reste du paysage, on ne saurait peut-être pas comment sortir de là.

Parti du hangar de maintenance, le feu se propage

maintenant à travers les arbres, profitant de la chaleur sèche de l'été pour ensevelir le monde sous ses flammes. D'ici peu, ce sera probablement un véritable feu de forêt.

Merde, Harper !

Plusieurs Sang-bleu nous attendent sur le parking, y compris John Hannibal.

— Vous ne partirez pas d'ici aussi facilement, crache-t-il en levant l'arme de Harper dans notre direction.

Il appuie sur la gâchette et une balle vient frapper le gravier près de nos pieds.

— Je pense que si, au contraire, réplique Windsor en sortant un revolver de sous sa propre veste. Je vais te tirer dessus. Sache-le. Il est plus facile de demander un pardon qu'une permission, non ? Je parie que le Club t'oublierait si je le payais assez. Tu n'es pas important à ce point, John Hannibal.

John serre les dents, mais il ne lâche pas son arme, pas avant que Tristan ne s'avance, le bras toujours serré contre lui. Sa voix résonne dans l'espace vide et silencieux.

— Vous savez pourquoi il vous suffirait d'un instant pour être repris à l'école ? demande-t-il. Parce que je suis le roi de Burberry Prep et que je le serai toujours. Maintenant, dégagez ou les mails qu'on a programmés pour être envoyés à minuit ce soir vont détruire les entreprises de vos familles d'une manière que vous n'auriez jamais pu imaginer. Mais si vous avez envie d'être pauvre, alors je vous en prie.

Les deux armes s'abaissent, doucement et lentement. Et j'entends alors un cri.

— Où est Harper ? je demande, juste avant que Becky ne débouche en trébuchant des arbres.

— Harper a été brûlée. C'est vraiment, vraiment la merde, sanglote-t-elle.

Les autres se regardent pendant un moment avant que plusieurs d'entre eux n'emboîtent le pas à Becky à travers les arbres.

— On pourrait les aider, mais il vaudrait peut-être mieux appeler les pompiers ? lâche Creed.

Zayd acquiesce.

— Oui, foutons le camp d'ici tant qu'on le peut encore.

Il se baisse pour prendre ma main et on se dirige vers la porte et la Maserati. Si on a besoin d'une explication sur la raison pour laquelle la voiture de Zayd se trouve ici, je suis sûre qu'un peu d'argent fera taire les curieux. Je ne vais pas rester dans le coin pour essayer de la déplacer.

Installée dans la Maserati, je jette un coup d'œil par la lunette arrière : les flammes de l'incendie lèchent l'obscurité du ciel. Au loin, j'entends les sirènes hurler, mais il leur faudra du temps pour arriver jusqu'ici. Pour l'instant, on se dirige vers l'hôpital et vers Charlie.

S'il vous plaît, faites que mon père aille bien, je pense alors que je m'appuie contre Creed et que ses bras m'entourent. *Faites qu'il aille bien.*

CHARLIE REED ne meurt pas cette nuit-là.

Non, il vit pendant de nombreuses nuits après celle-ci. Assez pour qu'on puisse se dire au revoir, assez pour que, le moment venu, je sois à ses côtés, nos doigts entremêlés. Je suis là quand il sourit pour la dernière fois, quand il lève les yeux vers moi et me dit qu'il m'aime.

— J'ai peur, Marnye, avoue-t-il.

Mais j'appuie ma joue sur la sienne et mes larmes coulent sur son oreiller.

— Il ne faut pas. Je suis là. Je serai toujours là, je murmure.

Et quand il s'éteint enfin, c'est avec moi à ses côtés, cramponnée à lui, comme toujours.

Ensuite, je laisse les garçons me conduire à la maison de Jennifer et j'utilise ma clef pour entrer.

Elle me fait le câlin le plus chaleureux que j'aie jamais eu d'elle, puis je grimpe les escaliers jusqu'à la chambre qui ne sera jamais la mienne et je m'endors. Je suis presque sûre d'avoir dormi une semaine entière.

L'ENTERREMENT EST SYMPA. Triste... mais sympa.

Je me tiens dans le cimetière, vêtue de la robe noire de Tristan, et je lève les yeux vers le ciel pour regarder les branches des arbres qui ondulent doucement.

— J'ai entendu dire que tu avais rendu visite à Harper à l'hôpital, lâche Zayd, en posant sa main sur la mienne.

Je lui jette un léger coup d'œil et m'oblige à sourire.

— J'ai essayé. Elle a des brûlures sur tout le visage. Il est probable qu'elle reste marquée à vie.

Je regarde à nouveau la parcelle de terre fraîchement retournée devant moi. La foule est partie, Jennifer, Marley et Isabella aussi. Il ne reste qu'Andrew, Miranda, les garçons et moi.

— Pendue avec sa propre corde ? chuchote Zayd.

On se tait à nouveau. Il n'y a pas grand-chose à dire pour arranger les choses. Dans quelques semaines, je vais assister à une réunion d'information de l'université de Bornstead, je retrouverai ma chambre dans la résidence étudiante et j'imaginerai mon avenir.

Et Charlie... ne sera pas là pour voir tout ça.

Mes yeux se mouillent à nouveau, mais je serre les dents et je baisse la tête. Cela n'empêche pas mes larmes de tomber sur mes genoux. Je serre les poings, probablement cramponnée si fort aux mains de Zayd que ça fait mal. Il ne se plaint pas. Pas du tout.

— J'ai fait mon choix, je murmure au bout de quelques secondes.

Zack s'est assis de l'autre côté de moi et Miranda a tiré sur la main d'Andrew pour l'éloigner et nous laisser un peu d'intimité.

— Ton choix ? demande Creed d'une voix douce et mal assurée.

— Depuis que nous sortons ensemble, je savais que je ne pourrais pas vous garder éternellement, je déclare en regardant toujours la surface brillante de la pierre tombale.

Mes yeux se brouillent et le chagrin me traverse en une vague douloureuse. C'est comme être frappée par la foudre... sans relâche. Pendant quelques minutes, tout semble aller pour le mieux.

Le soleil brille toujours.

Les oiseaux chantent encore.

Mais... ensuite je me souviens que papa est parti et tout mon monde se modifie. Les couleurs semblent moins vives, les piaillements moins beaux.

Je lève les yeux et vois Tristan Vanderbilt qui me regarde avec, au fond de ses iris gris, une douce tendresse qui n'était pas là avant. Son bras est toujours en écharpe, mais il va guérir. Avec le temps. Peut-être que mon cœur... se sentira à nouveau normal un jour, lui aussi ? Ça n'en a pas l'air, mais je sais que la vie continue, que je le veuille ou non.

— Tu n'as pas à faire ça maintenant, réplique Windsor en s'agenouillant devant moi.

Je secoue la tête.

— Si… Je t'aime, papa. Veille sur moi, d'accord ?

Je me lève, et les garçons s'écartent pour que je puisse m'approcher de la tombe et m'agenouiller afin de déposer un bouquet de roses blanches devant. Je souris maintenant, mais je pleure en même temps.

Après quoi je me lève et me retourne pour voir mes cinq petits amis qui me fixent.

Ils sont tous si beaux, chacun à sa manière. Je sais au fond de mon cœur que les traces de noirceur que chacun d'eux recèle sont toujours là, mais c'est un risque que je suis prête à courir. Tous les êtres humains sont capables d'être cruels... mais ils sont aussi capables d'aimer.

Et je vois l'amour se refléter dans cinq paires d'yeux.

— Je me disais que… si on était dans un manga, je commence en m'asseyant sur la pierre tombale de papa et en faisant semblant, l'espace d'un instant, d'avoir à nouveau cinq ans et d'être assise sur ses genoux. (Ma main gauche se referme sur le bracelet à breloques qui pend à mon poignet droit.) Si on était dans un manga – un manga de harem inversé, pour être exacte – alors je choisirais sans doute… Tristan.

Les garçons se déplacent, mal à l'aise, et échangent des regards bizarres.

— Ce n'est pas le cas ? demande Creed, la voix toujours pleine d'espoir.

— Si on était dans un manga, je le choisirais, mais il me quitterait pour Lizzie. (Tristan marmonne, mais je ne le regarde pas : je fixe mes orteils brillants dans mes chaussures.) Windsor finirait par mourir, probablement tué en essayant de me sauver des Harpies et de la Compagnie.

— Ah, c'est donc mon destin, murmure-t-il, la voix légèrement amusée mais respectueuse.

— Creed s'en irait à l'étranger, vivrait à Paris et deviendrait un écrivain qui passerait la plupart de son temps à se prélasser dans des cafés en plein air. (Mon sourire s'élargit un peu, mais j'ai encore le goût du sel de mes larmes.) Zayd deviendrait la plus grande rock star que le monde ait jamais connue et, même s'il continuerait à m'aimer, il disparaîtrait pour une tournée mondiale et j'épouserais Zack. On irait à l'université de Bornstead, il jouerait au football et je serais pom-pom girl – une mauvaise pom-pom girl – tout en m'échinant à décrocher mon diplôme. Un jour, on emménagerait dans une belle maison, on aurait des enfants et on serait très amoureux.

— Donc tu choisis Zack ? demande Zayd, l'air légèrement confus.

Je lève alors les yeux vers eux et secoue la tête. Zack serre les dents, le visage assombri d'une affreuse mélancolie. Mais je n'ai pas fini, je me lève et j'enlève une poussière de ma robe.

— C'est ce qui se passerait dans un manga, mais... on n'est pas dans un manga. (Je jette un coup d'œil à la tombe de papa et une autre vague de douleur me traverse.) C'est ma vie, et mon choix, c'est... de ne pas choisir du tout.

— Qu'est-ce que ça veut dire ? murmure Zack d'une voix rauque et brisée.

Charlie lui manque aussi, je le sais. Ils étaient amis. Pareil pour Windsor.

— Ça veut dire qu'elle ne veut pas faire de choix, explique Tristan.

Mais je secoue la tête et je lève les yeux pour voir ses cheveux noir corbeau voleter dans le vent. Le noir lui va bien, comme à tous les autres. Ils portent tous leur uniforme de quatrième année pour la dernière fois. C'est approprié, d'une certaine manière, de voir les fils de bonne famille de Burberry Prep alignés devant moi en demi-cercle.

— Ça veut dire que je ne ferai pas de choix, je nuance en souriant à travers les larmes, la tête inclinée sur le côté. Je ne veux pas choisir. Je vous aime tous. Vraiment. Et perdre Charlie m'a appris que l'amour ne se rejette pas sous prétexte de règles arbitraires ou parce que quelqu'un vous le demande. Parce que le monde veut que vous le fassiez. Je vous aime, les gars, et je... je ne suis pas prête à dire au revoir à quelqu'un d'autre, du moins pas encore.

— Donc tu veux dire..., commence Zayd qui a compris avant tout le monde. Tu veux dire que tu as envie de continuer comme maintenant ? Qu'on va aller à l'université avec toi ?

Je hoche la tête et il s'avance pour prendre mon visage entre ses mains tatouées.

— Je l'espère. Il est un peu tard pour que vous changiez d'avis, je réplique. La date d'inscription est passée, donc vous devrez prendre une année sabbatique...

Un sanglot m'envahit. Je pleure maintenant - Charlie me manque à la folie - et Zayd me prend dans ses bras puissants. Il me tient serrée jusqu'à ce que mes pleurs cessent, puis il s'écarte pour me regarder dans les yeux.

— Marnye, tais-toi, murmure-t-il en enfouissant son visage dans mes cheveux. Personne ne me dit ce que je dois faire. J'agis selon mes propres règles. Si je veux sortir avec une fille qui a quatre autres petits amis, je le ferai. J'emmerde le monde. C'est pas leurs affaires de toute façon.

— Merci, je murmure, les mains tremblantes.

Zack s'avance à son tour, le souffle court, des larmes au bout des cils.

— Charlie..., commence-t-il, avant de secouer la tête et de passer une main sur son visage. Il a élevé une fille extraordinaire. (Je continue à sourire, même si tout me fait mal. Tout. Mon cœur, mon âme.) Je suis d'accord. Je... ne veux pas connaître l'université sans toi.

— Tu sais que je suis là pour toi, murmure Windsor. Je le serai toujours. (Le vent ébouriffe ses cheveux et il sourit.) Peut-être qu'un jour, tu m'épouseras vraiment. Tu pourras même garder ces connards dans les parages. Je m'en fous.

— Je l'ai su quand on s'est embrassés sur le bateau cette nuit-là, dans le froid, intervient Creed, en s'avançant. Tu es mon âme sœur, Marnye. J'en suis sûr.

— Je te l'avais dit ! s'écrie Miranda de quelque part à proximité, ce qui m'arrache un petit rire triste. #TeamCreed !

Je fais alors une pause et je remarque que les yeux de Tristan sont fermés.

Quand il les ouvre, il regarde le ciel.

— Si tu t'inquiètes pour tes frais de scolarité, je les paierai, déclare Windsor.

Tristan baisse les yeux vers le prince en souriant.

— J'ai décroché une bourse complète, espèce de connard prétentieux. Je suppose que l'année prochaine, je serai l'œuvre de charité de première année dans une nouvelle école.

— Espérons que les élèves n'essaieront pas de te malmener, je murmure alors que Tristan se tourne vers moi.

— Que Dieu leur vienne en aide dans ce cas, dit-il, et je sais qu'il en est persuadé.

S'ensuit un long moment de silence pendant qu'il m'étudie. Et j'en ai encore la certitude : il va dire non. Tristan va refuser, il va s'en aller, et ce sera la fin de tout ça.

Toutes les histoires ne se terminent pas sur un beau bouquet final, non ?

Mon séjour à la Burberry Preparatory Academy est terminé et, avec lui, se termine ce chapitre de ma vie. Marnye Reed, étudiante boursière, fille de Charlie et Jennifer, fanatique du tableau d'honneur, amoureuse d'architecture ancienne et de faits historiques ennuyeux.

— Marnye, quand je prends une décision, elle est rapide et irréversible.

— Je sais, je m'étrangle.

Zack se renfrogne, les épaules de Windsor se raidissent. Creed et Zayd échangent un regard, puis se retournent vers leur camarade Idole comme s'ils étaient plus que désireux de lui botter le cul.

— Donc quand j'ai décidé que j'étais amoureux de toi et que tu étais à moi, j'ai gravé cette décision dans la pierre de mon cœur. (Il s'avance et place ses doigts sous mon menton, pour lever mon visage vers le sien.) Tu es à moi, Marnye, et je ne te lâcherai pas. Même si je dois partager ton cœur. La façon dont tu aimes, c'est infini. C'est plus que suffisant pour moi.

Je jette les bras autour de son cou et Zayd soupire de soulagement.

— Câlin de groupe, vous autres ? Oui, oui, un câlin de groupe.

Il écarte grand les bras et, même si Tristan grogne, il accepte. Creed cède à son tour, puis Windsor. Zack nous enveloppe de ses bras immenses avant que Miranda ne débarque en sautillant, entraînant Andrew à sa suite.

On s'embrasse juste là dans le cimetière, avec Charlie Reed qui veille sur nous.

Et la chaleur du soleil... elle nous fait juste l'effet de son sourire.

ÉPILOGUE

L'UNIVERSITÉ de Bornstead possède l'un des plus grands et de plus beaux campus du pays, situé dans l'atmosphère pittoresque des montagnes du Colorado.

Je porte un carton d'effets personnels dans l'escalier du dortoir des filles, Miranda sur mes talons. Elle a la chanson *California (The Way I Say I Love You)* de Good Charlotte sur son téléphone, dont elle fredonne les paroles en montant les escaliers. Je ne lui dis pas, mais ces paroles me font pleurer.

Si seulement Charlie était là, je pense en entrant dans ma chambre vide, dont j'ouvre la fenêtre. Je ferme les yeux face à la brise fraîche de l'automne. Il y a quelques semaines, j'ai eu dix-neuf ans. Les garçons et moi, on est allés manger des gaufres (couvertes de beurre de cacahuète et de sirop, bien sûr) à la Railroad Station. On a gardé un siège pour Charlie et j'ai posé sa photo sur la table en face de moi.

Isabella et Jennifer nous ont rejoints et j'ai apprécié

leur compagnie plus que je ne le pensais. Bien sûr, ni l'une ni l'autre ne comprend comment je peux sortir avec cinq gars, être amoureuse cinq fois, mais... c'est bon. Elles n'ont pas à comprendre. Les seules personnes qui doivent comprendre comment ça fonctionne... c'est nous.

Zayd s'écroule sur mon matelas encore nu. J'ai de nouveaux draps, trop mignons, avec de petites harpes dessus. Ils sont censés être des draps de Noël ou quelque chose comme ça, mais bon, une harpe est une harpe.

— Bébé, ma chambre est trop loin de la tienne, gémit-il. Et au premier étage ? Quelle cruauté ! Je vais devoir apporter une échelle pour me faufiler chez toi.

— Tu n'as pas besoin de te faufiler, espèce d'idiot, je murmure en m'approchant du lit pour lui donner une pichenette sur le front.

Il m'attire sur le lit à côté de lui tandis que Miranda lève les yeux au ciel. Après quoi elle entreprend de mettre ses draps rose pâle sur son propre lit, s'interrompant seulement lorsqu'elle reçoit un texto d'Andrew, qui lui se trouve à Stanford. Sa relation avec ce Ross va-t-elle fonctionner alors qu'ils sont si loin l'un de l'autre ?

Seul le temps nous le dira.

— Andrew et Ross vous saluent, nous annonce Miranda quand Zack arrive, le plus lourd de mes cartons sous le bras.

Creed bâille et porte... un oreiller - comme c'est approprié -, ainsi qu'une pile de mangas sous son autre bras. Il jette quelques volumes d'« amour entre garçons » sur mon lit, dont toutes les couvertures sont aussi explicites qu'embarrassantes. Je les ramasse en le fusillant du regard.

Tristan et Windsor sont les derniers, chacun portant un carton de taille moyenne.

— Ça devrait suffire, constate Wind, les mains sur les hanches. Pas mal, pour une chambre de roturière.

— Ha ha, je réplique en contournant mon lit pour ranger mes nouveaux mangas. Vous êtes tous dans des chambres de roturiers, vous aussi, ne l'oubliez pas.

— En effet, convient Windsor tandis que Tristan se baisse et sort la photo de Charlie de mon carton.

Il la regarde un moment avant de me la passer. Je la prends et le feu se propage dans mon bras jusqu'à ma poitrine, à l'instant où nos doigts se frôlent.

— Allons à la cafétéria, voir ce qu'ils ont à manger par ici, murmure-t-il, d'une voix douce comme le cognac.

Miranda laisse la chanson de son téléphone jouer en boucle, et tout recommence alors que je serre un instant la photo contre moi.

— Allez-y, les gars, j'arrive. Attendez-moi dehors, d'accord ?

— Tout ce que tu veux, bébé, répond Zack.

Il a utilisé le surnom que mon père me donnait, avant de m'embrasser sur les lèvres. Ce frôlement de nos bouches me laisse sur ma faim.

— Ne tarde pas trop, ou je vais me sentir seul, ronronne Creed.

Il fait glisser ses doigts sur mon bras avant de quitter la pièce, suivi par les autres gars. Miranda s'arrête à la dernière seconde et me regarde avec des yeux doux et tristes.

Je me demande si elle a toujours craqué pour moi... ou si elle a dépassé ce stade ? Impossible à dire, parce qu'elle m'aime tellement qu'il serait difficile de faire la différence.

— Je garderai un œil sur eux pour toi, je frapperai toutes les étudiantes trop avides avec un bâton.

Elle marque une pause, sourit à nouveau avant de partir dans le couloir, laissant son téléphone derrière elle, avec cette foutue chanson qui joue ce qui pourrait être le thème final de mon histoire.

Mais voilà le truc : mon histoire ne se termine pas.

Non, j'en suis juste à son putain de début.

Je ne sais pas ce qui va se passer plus tard, ni comment le reste de ma vie va se dérouler. Personne ne sait ce genre de choses. Ce que je sais, c'est que je suis dans l'université où j'ai toujours voulu aller, avec les garçons avec qui je veux être et la meilleure amie qui a toujours été à mes côtés. Le Club Infinity existe toujours, mais... là-bas. Il est là-bas, et moi, je suis ici.

Je suis ici, et je l'ai, mon « *happy end* ».

La vie ne cesse de se dérouler, une seconde après l'autre, rien n'est fini avant d'être fini, mais... pour l'instant, je suis heureuse de me reposer dans les bras de l'élite. Pour l'instant, c'est exactement ce dont j'ai besoin.

— Tu me manques, papa, je murmure en posant sa photo sur ma table de chevet.

J'attrape mon sac et je sors rejoindre ma nouvelle famille pour notre premier dîner sur le campus. Je lui souffle un dernier baiser avant de refermer la porte derrière moi et de me lancer dans ma nouvelle vie.

— Et je t'aime. Pour toujours et à jamais.

EXTRAITS EN AVANT-PREMIÈRE

L'enfer de Burberry Prep se termine ici. Si vous avez aimé votre lecture, n'oubliez pas de laisser un commentaire.

Si l'histoire de Marnye et des garçons se termine, vous retrouverez plus de romances addictives et palpitantes sur www.greyeaglepublications.com/fr/.

Si vous avez apprécié ce livre, vous aimerez aussi *Nuits blanches* par Anna Zaires & Charmaine Pauls et *Obsession* par Lynda Chance. Tournez la page afin de découvrir un extrait passionnant de chaque livre !

EXTRAIT DE NUITS BLANCHES PAR ANNA ZAIRES & CHARMAINE PAULS

Le pouvoir. C'est à cela que je pense quand je le repère dans la salle des urgences. Le pouvoir et le danger.

Alex Volkov est l'un des oligarques russes les plus riches du monde. Il est aussi impitoyable que magnétique. Il obtient toujours ce qu'il veut, et ce qu'il veut, c'est moi, dans son lit.

Il représente exactement le genre de problèmes que toutes les femmes devraient fuir, comme en atteste la balle que son garde du corps a reçue à sa place.

Je devrais garder mes distances, mais le temps d'une nuit, je cède à la tentation. Avant que je m'en rende compte, il m'attire plus profondément dans son monde d'excès et de violence, envahissant non seulement ma vie, mais aussi mon cœur.

Puis-je faire confiance à un homme aussi dangereux ? Que suis-je prête à risquer pour son amour ?

Me détournant du lavabo, je jette un œil vers l'endroit où se trouvait le blessé pour croiser une paire d'yeux d'un bleu d'acier rivés sur moi.

C'est l'un des hommes qui accompagnaient la victime, un de ses proches, certainement. En temps normal, les visiteurs ne sont pas autorisés à entrer dans l'hôpital la nuit, mais les urgences sont une exception.

Au lieu de détourner le regard, comme la plupart des gens quand ils sont surpris, cet homme me dévisage fixement.

À la fois intriguée et un brin agacée, je lui renvoie son regard.

Il est grand, plus d'un mètre quatre-vingts, et large d'épaules. Il n'est pas beau au sens traditionnel du terme, ce serait un adjectif trop faible pour le décrire. Non, je dirais qu'il est magnétique.

La puissance. Voilà ce qui me vient à l'esprit quand je le regarde. C'est justifié par l'inclinaison arrogante de sa tête, son regard calme, son air sûr de lui et sa capacité à contrôler son environnement. Je ne sais pas qui il est ni ce qu'il fait, mais ce n'est clairement pas un employé de bureau. Non, c'est un homme habitué à donner des ordres et à les faire respecter.

Ses vêtements lui vont bien. Visiblement hors de prix, peut-être même sur mesure. Il porte un trenchcoat gris, un pantalon anthracite subtilement rayé et des mocassins italiens en cuir noir. Ses cheveux bruns sont coupés court, presque à la manière des militaires. Cette coupe simple met en valeur son visage aux traits symétriques parfaitement dessinés. Il a les pommettes hautes et un nez droit comme une lame avec une légère bosse, comme s'il avait été cassé un jour.

Je suis incapable de lui donner un âge. Son visage n'est pas marqué par le temps, et pourtant il n'a rien de juvénile. Pas la moindre douceur, pas même dans la courbe de sa bouche. Il doit avoir entre trente et trente-cinq ans, mais il pourrait tout aussi bien en avoir vingt-cinq comme quarante.

Il ne bouge pas et notre échange de regards se poursuit en silence, sans qu'il paraisse mal à l'aise le moins du monde. Il reste là, muet et immobile, son regard bleu fixé sur moi.

À mon grand étonnement, mon rythme cardiaque s'accélère tandis qu'un frisson de chaleur déferle dans mon dos. On dirait que la température de la pièce a augmenté de dix degrés. Tout à coup, l'atmosphère devient intensément sexuelle et je prends conscience de ma féminité comme jamais auparavant. Je peux sentir mes dessous soyeux frôler mon entrejambe et ma poitrine avec sensualité. Mon corps tout entier me semble en feu et hypersensible, mes tétons tendus sous mes couches de vêtements.

Oh, merde. C'est donc ça, l'attirance charnelle ? C'est irrationnel et illogique. La rencontre des esprits et des cœurs, ça n'existe pas. Tout est question de désir, élémentaire et primitif. Mon corps a perçu le sien à un degré presque bestial, et il éprouve le désir de s'accoupler.

Il le ressent, lui aussi. Ça se voit à l'obscurité qui voile ses yeux bleus, à ses paupières mi-closes et à la manière dont ses narines s'évasent, comme si elles essayaient de capter mon odeur. Ses doigts se crispent, il serre les poings et je sens qu'il essaie de se contrôler, de se retenir de me toucher.

Si nous étions seuls, il serait déjà sur moi.

Sans quitter cet inconnu des yeux, je recule. La force de ma réaction face à lui m'effraie et me déstabilise. Nous sommes en plein service des urgences, entourés par un flot de patients et de soignants, et pourtant mes pensées sont envahies d'images torrides et de draps humides. J'ignore qui est cet homme, s'il est marié ou célibataire. Pour ce que j'en sais, c'est peut-être un criminel ou un simple connard. *Un affreux queutard comme Tony.* Si quelqu'un m'a appris à y réfléchir à deux fois avant de faire confiance à un homme, c'est bien mon ex. Je ne veux pas me remettre en couple si tôt après mon dernier fiasco. Je n'ai pas besoin de ce genre de complications dans ma vie.

Mais à l'évidence, ce bel inconnu a d'autres idées en tête.

Constatant que je recule prudemment, il plisse les yeux, le regard plus vif, plus acéré. Enfin, il s'avance d'un pas étonnamment gracieux pour un homme aussi costaud. Ses mouvements fluides me font penser à une panthère, et pendant une seconde, j'ai l'impression d'être une souris traquée par un gros matou. Instinctivement, je fais un pas de plus en arrière et il pince les lèvres, visiblement mécontent.

Bon sang, je suis une vraie lâche.

Je cesse de reculer et je reste là, debout, du haut de mon mètre soixante-sept. Je suis toujours la professionnelle sereine et compétente qui gère habilement les situations stressantes, et pourtant je me comporte comme une écolière devant son coup de cœur du moment. Cet homme me met mal à l'aise, mais je n'ai aucune raison d'avoir peur. Quel est le pire qu'il puisse faire ? Me demander de sortir avec lui ?

Mes mains tremblent cependant lorsqu'il s'approche et s'arrête à moins d'un mètre de moi. De si près, il est encore plus grand que je le pensais, plus d'un mètre quatre-vingt-dix. Je ne suis pas petite, mais face à lui, je me sens minuscule, et ce n'est pas un sentiment que j'apprécie.

— Vous êtes très douée dans votre travail.

Sa voix est grave et un peu rauque, mâtinée d'un accent d'Europe de l'Est. Cette sonorité me noue les entrailles, et je dois admettre que c'est étrangement agréable.

— Merci, dis-je avec hésitation.

C'est vrai, je suis douée, mais je ne m'attendais pas à recevoir un compliment de cet inconnu.

— Vous avez bien soigné Igor. Je vous en remercie.

Igor doit être le prénom du patient blessé. C'est un nom à consonance étrangère. Russe, peut-être ? Cela expliquerait son accent. Même s'il parle couramment anglais, ce n'est pas sa langue maternelle.

— Il n'y a pas de quoi.

Je suis fière de mon intonation assurée. J'espère que cet homme ne se rend pas compte de l'effet qu'il produit sur moi.

— Je lui souhaite de se remettre sur pied rapidement. C'est un parent à vous ?

— Mon garde du corps.

Waouh, j'avais raison. Cet homme est un gros bonnet. Est-ce que ça veut dire…

— A-t-il reçu cette balle dans l'exercice de ses fonctions ? demandé-je en retenant mon souffle.

— Il a pris une balle qui m'était destinée, oui.

Il a parlé sur le ton de la conversation, mais je perçois une rage sous-jacente.

Je déglutis.

— Avez-vous déjà parlé à la police ?

— Oui, j'ai fait une rapide déposition. Je leur parlerai plus en détail quand Igor sera rétabli et aura repris conscience.

Je hoche la tête sans trop savoir quoi répondre. L'homme qui se tient devant moi a bien failli être assassiné aujourd'hui. Qui est-ce ? Un chef de la mafia ? Une personnalité politique ?

Je me suis demandé un instant si cela valait la peine d'approfondir cette étrange attirance entre nous, mais ce n'est plus le cas. Cet inconnu n'augure rien de bon et j'ai tout intérêt à garder mes distances.

— Eh bien, je souhaite à votre garde du corps un

prompt rétablissement, dis-je sur un ton faussement guilleret. A priori, il devrait s'en sortir.

— Grâce à vous.

Je lui adresse un demi-sourire avant de faire un pas de côté, espérant pouvoir le contourner et rejoindre mon prochain patient.

Mais il change de position, me bloquant le passage.

— Je m'appelle Alex Volkov, reprend-il à mi-voix. Et vous ?

Mon pouls s'accélère. L'autorité et la virilité de sa question me rendent nerveuse. Espérant qu'il saisira le message, je lui réponds :

— Seulement une infirmière qui travaille ici.

Il ne comprend pas, ou du moins, il fait semblant de ne pas comprendre.

— Comment vous appelez-vous ?

Il insiste. Je prends une grande inspiration avant de dire :

— Katherine Morrell. Maintenant, si vous voulez bien m'excuser...

— Katherine, répète-t-il, son accent donnant aux syllabes familières de mon prénom un côté curieusement exotique.

Sa bouche pincée se radoucit un peu.

— Katerina. C'est un beau prénom.

— Merci. Je dois vraiment y aller.

Je suis de plus en plus impatiente de lui fausser compagnie. Il est trop grand, d'une puissance excessivement masculine. J'ai besoin d'espace pour respirer. Sa proximité est oppressante, elle me rend nerveuse et fébrile. J'ai trop envie de quelque chose qui, je le sais, serait nocif pour moi.

— Vous avez du travail, je comprends, dit-il, vaguement amusé.

Il ne s'écarte pas pour autant. Au contraire, profitant que je sois encore sous le choc de sa présence, il lève sa grande main et passe les jointures de ses doigts sur ma joue.

Je me fige, le corps submergé par une vague de chaleur. Son contact est léger, mais je me sens marquée, ébranlée jusqu'aux os.

— J'aimerais vous revoir, Katerina, me dit-il à mi-voix en laissant retomber sa main. Quand aurez-vous fini votre service ce soir ?

Je le dévisage avec l'impression de perdre le contrôle de la situation.

— Je crois que ce n'est pas une bonne idée.

— Pourquoi ? rétorque-t-il en plissant les paupières. Vous êtes mariée ?

Je suis tentée de lui mentir, mais l'honnêteté l'emporte.

— Non, mais je ne cherche pas l'amour en ce moment.

— Qui vous parle d'amour ?

Je cligne des yeux, abasourdie. Je croyais que...

Une fois de plus, il lève la main, interrompant le fil de mes pensées. Il prend entre ses doigts une mèche de mes cheveux et la fait glisser lentement.

— Il ne s'agit pas d'amour, Katerina, murmure-t-il,

son accent étrangement envoûtant. Mais j'aimerais coucher avec vous. Et je pense que ça vous plairait.

Envie d'en lire plus ? Merci de vous rendre sur www.greyeaglepublications.com/fr/ pour commander votre exemplaire dès aujourd'hui !

EXTRAIT DE OBSESSION PAR LYNDA CHANCE

Mâle alpha comme on n'en fait plus, Damian Rule est un homme d'affaires guindé qui aime sa vie exactement telle qu'elle est. Il porte ses cheveux courts, exige que ses affaires professionnelles soient hyper organisées et que ses femmes soient d'une élégance impeccable et conservatrices, tant au niveau de leur discours que de leur apparence. Quand il rencontre Angie Ross pour la première fois, il voit en elle un beau cocktail *sexy* et gothique. Avec ses bas résille et ses poignets en cuir à piques métalliques, elle est follement inappropriée à ses besoins sur le long terme. Sur le court terme, en revanche… elle fera tout à fait l'affaire.

Assis dans la salle d'attente du salon de coiffure, Damian Rule se demandait pour la centième fois pourquoi diable il continuait à fréquenter cet endroit, avec sa décoration sur le thème du sport. Peu pratique, loin de son appartement et de son bureau du centre-ville. De plus, l'atmosphère était envahissante, l'éclairage trop dur et le flot continu de commentaires sur des événements sportifs dont il se fichait diffusé par plusieurs écrans plats disséminés un peu partout.

En examinant la salle avec ses éléments de décor, il devait bien admettre que ni les employés qui y travaillaient ni la clientèle qui fréquentait l'établissement n'étaient le genre de personnes qu'il côtoyait au quotidien. Mais voilà, il y était entré un jour en désespoir de cause pour une coupe de cheveux alors qu'il se trouvait de ce côté-ci de la ville, et depuis, il ne cessait de revenir. Pour être honnête, la coiffeuse effectuait un travail tout à fait correct, mais pas au point d'être irremplaçable.

Lorsque la jeune femme en question vint le chercher pour son rendez-vous et se mit aussitôt à bavarder en fouillant dans le tiroir du haut de son meuble avant de commencer, Damian bloqua mentalement le flot de paroles et laissa ses yeux se promener dans la partie de la pièce qu'il pouvait observer à partir du reflet dans le miroir.

Il ne vit pas tout de suite ce qu'il cherchait, mais il continua à regarder la glace. L'endroit était bondé, comme toujours. Plusieurs coiffeurs se déplaçaient, soit à leur poste de travail où ils s'occupaient des coupes, soit pour conduire les clients vers et depuis la rangée de lavabos. Après quelques minutes supplémentaires d'observation patiente, sa persévérance fut récompensée par un léger mouvement à l'arrière du magasin qui attira son attention. *Ahhhh... Elle est là !*

Sa tête brune était penchée sur quelque chose qu'elle mélangeait dans un petit bol, et à la vue de sa silhouette féminine et de ses yeux baissés, Damian ressentit dans son entrejambe le même serrement que chaque fois qu'il la voyait. Tout en continuant à la regarder, il comprit ce qui le ramenait sans cesse dans ce salon particulier. Il n'était pas venu ici pour l'emplacement, ni pour la coiffeuse qui lui coupait les cheveux, ni pour les événements sportifs diffusés pendant les horaires de bureau. Non, ce n'était rien de tout cela.

C'était pour la femme qu'il regardait maintenant. L'employée qui retenait son attention, celle qui s'appelait Angie.

Damian fit rouler les syllabes dans sa tête et laissa la connotation du mot éveiller une image dans son cerveau. Angie. Angela. *Ange.*

Sa bouche se tordit en un sourire. Ange. *Tu parles !*

La fille ne ressemblait pas du tout à un ange. À moins, bien sûr, d'intégrer le fait qu'elle pouvait sans aucun doute l'emmener au ciel avec ses lèvres pulpeuses.

Merde !

Il devait se la sortir de la tête, il le savait. Mais comment diable était-il censé y arriver, alors qu'il laissait sa verge le ramener ici chaque fois qu'il avait besoin d'une foutue coupe de cheveux ? Il venait dans ce salon de coiffure, il la surveillait depuis des mois.

C'était absolument, indéniablement incroyable, putain, qu'il ait réussi à rester assis à ne faire que l'observer pendant tout ce temps ! Elle lui tourneboulait les tripes, cette... *et merde !* Il prit une grande inspiration et s'obligea à se calmer. Il ne voulait pas penser à ce qu'elle lui faisait à l'intérieur.

Incapable de lutter, néanmoins, il continua à l'observer, comme si ses yeux étaient des aimants attirés par son métal. Son sexe gonfla dans son jean alors qu'il l'étudiait. Non, elle n'était pas un ange. En fait, elle était peut-être tout le contraire. Bien qu'elle se déplace avec une grâce naturelle, cette jeune femme n'était certainement pas née de la dernière pluie. Non, elle avait le regard sombre et enivrant de la malice. C'était une petite diablesse féminine, attirante et ne demandant qu'une chose : *être baisée.*

C'était une gothique *sexy*, mince et illisible.

Elle avait l'air de taille moyenne, peut-être un peu plus petite — impossible à dire parce qu'elle portait toujours des talons compensés noirs qui augmentaient sa taille et rendaient ses jambes, sous les bas noirs en résille, proprement sublimes. Damian n'avait aucun moyen de savoir si elle portait toujours des jupes courtes ou si c'était juste un heureux hasard, en tout cas, chaque fois qu'il la voyait, elle était en jupe si courte qu'il aurait presque pu jouir rien qu'en la reluquant. Elle était totalement incroyable, totalement baisable... en tout cas, absolument assez baisable pour qu'il revienne ici juste pour la mater encore et encore, en dépit de ses efforts pour l'éviter.

Chaque fois qu'il entrait ici, il s'attendait à découvrir que son esprit et sa libido lui avaient joué des tours. Il était impossible qu'elle soit aussi *sexy* qu'il l'avait imaginée la fois précédente.

Mais non, elle était tout aussi *sexy*.

Super *sexy*, mais pas toujours parfaite. Parfois, elle avait l'air lasse, indiscutablement fatiguée. Sauf que c'était justement là qu'il avait le plus envie de coucher avec elle, quand son maquillage n'était pas impeccable et que son sourire n'était pas bien en place, dans les moments où elle avait l'air si vulnérable qu'il ne désirait rien plus que de la prendre dans ses bras et d'enrouler ses jambes autour de sa taille pour la pénétrer profondément.

Il n'aurait pas dû aimer la voir fatiguée, pourtant c'était le cas, parce que c'étaient les seuls moments où elle dérapait et se laissait aller à jeter un coup d'œil dans sa direction. La plupart du temps, elle l'ignorait ostensiblement.

Habillée comme elle l'était, on aurait pu imaginer qu'elle se la jouait, mais ce n'est pas le cas. C'était incongru, avec son apparence, mais elle ne lui adressait aucun signe, jamais elle n'avait essayé de flirter avec lui, ainsi que le faisaient la plupart des femmes.

Elle l'ignorait tout bêtement, comme s'il n'existait pas. Une attitude qui éveillait le chasseur en lui, mais il le retenait toujours et restait maître de la situation. Lorsqu'elle était fatiguée, cependant, et qu'il la surprenait à le regarder derrière ses longs cils, ses entrailles s'embrasaient et ses veines se nourrissaient de luxure. Son imagination se déchaînait : il se voyait traverser la pièce et la soulever, enfoncer les mains dans la chair douce de ses fesses et l'emporter dans l'arrière-salle. Il la déshabillerait complètement, puis il la prendrait debout, jusqu'à jouir fort au fond d'elle et qu'elle fonde autour de lui, le sexe chaud et humide, tandis qu'exploserait son orgasme.

Le fantasme de la baiser le titillait chaque fois qu'il venait ici, et il continuait à le titiller chaque fois qu'il repartait. Dans son cerveau, il l'avait déjà baisée de toutes les façons possibles et même plus. Il l'avait baisée debout, il l'avait baisée à quatre pattes, il l'avait baisée attachée à son bureau.

Il serra les dents et déglutit péniblement afin de dissiper ces images, en vain. Il avait nourri de très, très mauvaises pensées à propos de cette fille. Jamais encore dans sa putain de vie il n'avait eu de telles pensées au sujet de qui que ce soit.

D'habitude, quand il pensait au sexe, c'était seulement pour tirer son coup. Un soulagement physique, en somme. Mais pas avec cette fille. Il voulait l'attacher. Il voulait la contrôler.

Il prit une profonde inspiration pour calmer ses nerfs et laissa son regard parcourir sa silhouette, presque contre sa volonté. Il tâcha de se concentrer sur la situation concrète et de chasser les fantasmes de son cerveau. Mais la réalité ne cessait de l'envahir : il voulait se la faire davantage chaque fois qu'il la voyait. Et son cerveau analytique connaissait la raison de ce fantasme : c'était parce qu'elle n'était pas faite pour lui.

Elle était exactement le contraire du genre de femmes qu'il recherchait d'habitude. L'exact opposé de la créature qu'il épouserait au bout du compte. Une femme qui prendrait sa place à ses côtés et donnerait à sa vie personnelle le type de base conservatrice dont il avait besoin, en restant à l'arrière-plan pendant qu'il développerait l'entreprise familiale. Qu'il le veuille ou non, il était obligé de donner régulièrement des réceptions, et ces occasions ne feraient qu'accroître la taille et le rayonnement de la Rule Corporation.

Il savait qui il lui fallait : quelqu'un de parfaitement habillé, dans un style élégant et classique, quelqu'un de très instruit qui puisse divertir ses invités le moment venu. Mais pas la femme à laquelle sa mère avait fait allusion ces derniers temps. Jamais elle. Il lui fallait au minimum être attiré par celle qu'il finirait par épouser, or, Courtney Powell ne faisait même pas frémir son sexe, aussi gentille et jolie soit-elle. Elle était assez sympathique, agréable même. Seulement, il la connaissait depuis qu'elle était toute petite et la relation étroite que partageaient leurs mères respectives lui donnait presque l'impression qu'elle était de la même famille que lui.

Même si la femme que sa mère ne cessait de vouloir pousser dans ses bras ne ferait jamais l'affaire, il se rendait bien compte qu'il lui fallait quelqu'un de son monde, et pas une sorcière gothique qui portait des bracelets à pointes aux poignets, des chaînes qui pendaient à sa ceinture et une jupe si courte que l'on voyait presque ses fesses. Non, il lui fallait quelqu'un de raffiné, pas quelqu'un qui portait du fard à paupières noir et du rouge à lèvres violet. Quelqu'un d'élégant, pas quelqu'un qui avait l'air de chanter des odes au seigneur du monde souterrain et qui ne voulait de lui que pour boire son sang.

Non, la fille dont il ne pouvait pas détacher les yeux n'était pas celle dont il avait besoin pour son avenir, alors autant s'interdire de la voir. Discrètement, il fit courir son regard le long de son corps, avec un regret presque douloureux. Il avait besoin d'une femme et celle-ci était tout bonnement inadéquate.

Mais parfaite pour la partie de jambes en l'air qu'il brûlait de partager avec elle.

À PROPOS DE L'AUTEUR

C.M. Stunich se qualifie de bibliophile, avec un amour pour les thés exotiques et toute une collection de personnages qui vivent à temps plein dans l'étrange tourbillon de ses pensées. Certains trouveraient ça bizarre, mais Caitlin Morgan s'en fiche – d'autant plus qu'elle doit écrire ses biographies à la troisième personne. Oh, et la moitié des personnages dans sa tête sont des bad-boys torrides, au langage cru et aux mains talentueuses (entre autres). Si être bizarre, c'est passer du temps avec eux tous les jours, le choix de C.M. est vite fait.

Elle a horreur du pudding au tapioca, elle adore enchaîner les films d'horreur ringards et elle est l'esclave de nombreux chats. Quand elle ne passe pas l'aspirateur sur son canapé pour enlever les poils de chat, C.M. a le nez dans un livre ou les yeux rivés sur un écran d'ordinateur. Elle est l'auteure de plus de trente romans – romance, new adult, fantasy et young adult. N'hésitez pas à rejoindre sa folie. Il y a tout un tas de choses à y faire.

Oh, et Caitlin adore bavarder (non-stop), alors sentez-vous libre de lui envoyer des e-mails, des messages sur Facebook ou même des signaux de fumée. Elle a hâte d'avoir de vos nouvelles.

Harcelez-moi, s'il vous plaît !

www.facebook.com/groups/thebookishbatcave
www.instagram.com/cmstunich
www.cmstunich.com

NOTES

Chapitre 7

1. *Transformé par le feu, détruit par la flamme, brisé par la violence, restauré par la pluie.*
2. *Tes larmes ont été le catalyseur dont j'avais le plus grand besoin, la chaleur de ta bouche a été le baume qui pouvait me sauver. Tu as ouvert les yeux et tu as vu à travers ma douleur.*
3. *Je ne serai jamais un gentil garçon, je ne serai jamais un saint, mais si tu veux bien me laisser essayer, je changerai vaillamment. Si tu pouvais m'aimer pour le connard que je suis, alors je le jure devant Dieu, je serai l'homme que tu voudras faire tien.*
4. *Je suis désolé, Marnye, mais je me sens mal. S'il existe la moindre chance que tu me fasses confiance, peux-tu me l'accorder encore une fois ? J'ai tellement de peur en moi, nulle part où me cacher. Mais peux-tu voir celui que je suis vraiment ?*

Printed by Amazon Italia Logistica S.r.l.
Torrazza Piemonte (TO), Italy

43012190R00258